徐宗义◎著

出山

作家徐宗义继《幸福村里的光棍》之后又一部长篇力作，于思想性、艺术性、文学性、可读性浑然一体。

天津出版传媒集团
百花文艺出版社

图书在版编目（CIP）数据

出山 / 徐宗义著 . -- 天津 : 百花文艺出版社，2021.1
ISBN 978-7-5306-8003-2

Ⅰ. ①出… Ⅱ. ①徐… Ⅲ. ①长篇小说—中国—当代 Ⅳ. ① I247.5

中国版本图书馆 CIP 数据核字 (2020) 第 247335 号

出山

CHU SHAN

徐宗义　著

选题策划：董满强　　**责任编辑：**由高峰

执行编辑：王　欣　　**装帧设计：**陈丽维

出版发行：百花文艺出版社

地址：天津市和平区西康路 35 号　**邮编：**300051

电话传真：+86-22-23332651（发行部）
+86-22-23332656（总编室）
+86-22-23332478（邮购部）

主页：http://www.baihuawenyi.com

印刷：天津雅泽印刷有限公司

开本：710 毫米 ×1000 毫米　1/16

字数：230 千字

印张：17.25

版次：2021 年 1 月第 1 版

印次：2021 年 1 月第 1 次印刷

定价：55.00 元

如有印装质量问题，请与天津雅泽印刷有限公司联系调换
地址：天津宝坻经济开发区宝富道 2 号 101 室
电话：（022）29645110　邮编：301800

目录

CONTENTS

第一章

沙河集镇三面环山，只有集镇西面是一条大冲；冲边山脚处是一条直通刘庄的大路，因没有水泥硬化，一刮风，路面上尘土飞扬。

沙河镇的政府机关都建在集镇上，因此当地人也把沙河集镇称为沙河镇。沙河集镇是沙河镇管辖内唯一的集市，逢双日开集，村民来集市上购买家庭的日常用品，也将喂养的家禽与种植的蔬菜拿到集市上出售。不开集冷清，开集后人来人往，变得热闹而繁华。虽然地处大山深处，位置偏僻，但集镇南边简陋的汽车站里，每天都有一趟往返县城的班车。镇中学建在集镇东边的山坡上。十六岁的枝子在镇中学读高中二年级。她长着漂亮妩媚的脸蛋，身材高挑，笑容灿烂，皮肤白皙，周身散发着青春气息，被同学们称为“班花”。

一个早春的下午，太阳快要落山，响起了放学铃声。枝子第一个跑出教室，最近总是如此。一出校门，枝子就顺着集镇上一条街道往北跑去，到了一家店铺门前才停下脚步。这里，早已站满了看电视的人。枝子挤到人群前面，想近距离观看店内那台黑白电视机，因信号差，屏幕上有雪花，但这不影响枝子的观看兴趣。电视上精彩的画面、新鲜的事物，令枝子耳目一新，开阔了她的视野，也让她滋生了走出大山的理想。每次看完电视走在回家路上，枝子都会变得黯然神伤。枝子住在刘庄，这天又是黯然神伤地回家，母亲张明清早已烧好晚饭，父亲李汉光早坐在堂屋饭桌边，他们正等枝子回家一起吃晚饭。枝子进屋就说她很累，肚子不饿，要去卧室休息了，让张明清与李汉光面面相觑，认为枝子情绪反常。张明清跟进枝子的卧室。面对母亲的追问，枝子疲惫地说她心累。心累！张明清猜测，枝子在谈恋爱，但遭到了枝子的否定。张明清说："现在进入八十年代了，女孩大了谈恋爱很正常，妈不反对。"可枝子矢口否认，让张明清一头雾水。

次日是星期天，枝子不上学，但她早早起了床，说刘庄的后山顶上空气新鲜，安静，是背书的好地方。李汉光说："你去吧，学生应把读书放在第一位。"接着枝子来到后山顶上，在一块光滑的石块上垫纸坐下。这座山在附近山中不算最高，但坐在此处，枝子也能把远处的山脉收入眼底，能放飞她的视野，是观看日出不错的位置。此时太阳还没升起，遥远的东方地平线上，只有射向天空的一抹美丽的粉红色。一只鸟飞过枝子头顶，留下一串清脆的叫声。枝子来背诵课文是借口，只想看日出，与朝阳进行无语的对话。一会儿，朝阳出来了，红彤彤的，映在枝子白皙的脸上。朝阳洒在山巅葱郁的沾着露水的草丛之上，洒在绿叶婆娑的树木之上。枝子深情地望着它，心里默默与它对话。枝子感到无比畅快。她把朝阳当成情感的寄托者。与朝阳对话半小时，之后，枝子站起，自语道："如果能冲破山的桎梏，拥有自己的崭新人生，那该多好！"走出大山太难了。枝子想好了，暂时将这理想埋在心底，既不让父母知道，也不让别人知道，害怕别人讽刺她好高骛远，不切实际，耽于幻想。枝子清楚刘庄女孩们的命运，虽然离开了刘庄嫁到外村，可步履仍然没有逾越巍峨的大山。到了吃早饭的时候。回家的枝子一边走，一边告诉朝阳，下个星期天的早晨，她再来向朝阳倾诉心声。

长方形的刘庄自东向西延伸，是沙河镇人口较多的一个自然湾。村民房子陈旧，檩条就地取材，墙壁用土垒就，多家的墙面上有坑洼，它是风雨剥蚀留下的。土地实行承包责任制后，村民收入来源一是庄稼收入，二是出售家里土特产的收入，三是孩子在外打工的收入。家里日子过得滋润些的，都是因为有人在外打工。枝子家里没人在外打工，但李汉光与张明清勤俭持家，既种田，又在多种经营上动脑筋，家里日子过得并非紧巴巴的。枝子住在刘庄中间三间普通陈旧的瓦房中。枝子的爷爷奶奶五年前相继去世了，现在家里只有父母、她和弟弟春波四个人。春波目前在村小学就读。在刘庄，与枝子同年龄的女孩多，其中包括春花与翠花，她们眼下都辍学打工去了，只有枝子还在就读。这些女孩中，枝子最漂亮，任何时候在那儿一站，都是一个美丽的影子，一处好看的风景。

没有了以往读书的积极性，枝子这天上学迟到了，遭到了她的语文老师刘小明的批评。此人家住县城，毕业于县师范学校，一年前分配到沙河镇中学执教，私下里，有人说他只是来边远山区学校锻炼一下，为镀金后调回县城。枝子接受了刘小明的批评，但没把走出大山的想法告诉他。午饭后，刘小明把枝子叫到一边："走，我给你一样东西。"枝子微笑一下，不想去。刘小明说枝子微笑时更美丽，更耐看。枝子蓦地脸红，没想到他竟然说出这种话，于是垂头瞧地面。刘小明说："不要害羞，我说的是实话。跟我走吧。"刘小明把枝子带到他的宿舍，拿出一张纸给枝子："我读师范时，闲着了喜欢画些素描。这是我最近画的，你瞧画的女孩是谁？"枝子随便扫了一眼："这姑娘好漂亮，是谁呀？"刘小明要枝子把素描收好，回家后一边瞧镜子一边瞧素描，就知道她是谁。傍晚，放学回家的枝子，在卧室里一边照镜子一边瞧素描，吓了一大跳，原来素描上画的美丽女孩是自己。为什么画我？枝子细细地想。枝子笑自己自作多情，刘小明比她大九岁。说实话，在枝子眼里，刘小明谈不上潇洒英俊，不过他身上散发的青春气息，对枝子却有吸引力。素描给枝子的启示是，刘小明对她有好感，否则班上女生多，为什么单单只给她画素描。

刘小明早晨有围着操场跑步的习惯。次日上学，枝子就从操场一侧绕着去教室，但还是遇到了刘小明。他说："枝子早上好！"枝子简单回答一句，匆忙去了教室。上语文课时，枝子要么瞧黑板，要么垂头瞧书桌上的课本，尽量回避刘小明的目光。刘小明把一道问答题写在黑板上，这时坐在枝子身后的一位同学，站起来要回答。刘小明说：“你坐下。我找个其他同学来回答。”这位同学沮丧地坐下。刘小明点了枝子的名字。众目睽睽之下，枝子只好站起来。枝子知道这道问答题的答案，却不想回答。面对同学们的目光，枝子显得尴尬。刘小明说：“你大胆回答嘛。”枝子只好无奈地回答，刘小明就表扬枝子，这时枝子同桌妒忌地站起，对刘小明说：“刘老师，你如果像关心枝子一样关心我，我的成绩至少是班上前三名，或者说至少在枝子的成绩之上。”同学们叽叽喳喳地议论开来。枝子脸红，像一块红布。刘小明对枝子的同桌说：“你有不懂的问题可以向我提问，都是我的学生，我不会厚此薄彼。”刘小明说完，在黑板上又写下一道问答题，点名要枝子的同桌回答。

为了早点去看电视，枝子一放晚学就跑出了教室，经过学校大门时，刘小明正站在大门口：“你以前可不是这样急于回家的。”枝子说：“春天正是播种的时节，回家可帮父母在田里做点力所能及的事情。”刘小明“啊”了一声：“我还以为是我的素描影响了你的情绪。”枝子害羞地跑出了学校大门。刘小明望着奔跑的枝子，脚步匆匆，长发梳成了两条精致的马尾辫。夕阳正浓。刘小明臆想枝子的脸在灿烂夕阳映照下，一定更为白皙，更为光滑，更为水嫩。枝子的迷人让刘小明怦然心动。看了电视，枝子在回家路上，竟然把走出大山的梦想与刘小明送的那幅素描联系起来，想，如果刘小明带她走出大山，那就太好了。

刘庄有个男孩叫小秋，跟枝子的年龄差不多，过于憨厚，有人说他智力不全，因此还在读初中一年级。小秋身体瘦弱，面黄肌瘦，看上去营养不良。他母亲一年前病逝，他父亲每天只做田地事，琐碎的家务全是小秋做，做慢了，他父亲骂小秋太笨，于是小秋就愣眼瞧着他的父亲。是的，就机灵而言，小秋没法与别的孩子相提并论。

这天傍晚，小秋放学回家，进门看见父亲坐在饭桌边抽烟。父亲说：“小秋你过来，爸问你一件事。我昨天在集镇上碰到了你的班主任，说到你的学习成绩，你为什么那样差劲，难道上课没听讲？”小秋脸红，垂头，小声说：“爸，我不想读书了，想回家每天做家务。我面对课本就心烦，坐在教室心却想到别处去了，老师讲的我根本没听。其实这事我早想告诉你，你今日不提我也要找机会跟你讲，真不想读书了。”父亲猛地抽了一口烟，瞧着大门外慢慢沉入暮色的大山。父亲想，自己一辈子就围着眼前的大山转，小秋也只能是这样的宿命了。父亲又想，这些年来，村里没有一人走出了大山，仅有一家搬到镇上居住做生意，现在家里日子过得挺滋润。这事给了父亲启迪，改革开放了，做生意可以致富，在家喂猪也是发家致富的门路之一，政府还给予了经济上的扶持。于是父亲对小秋说：“既然你选择不上学，爸不勉强你。爸想好了，你回家后，除了做家务事，就打猪草喂猪，我明日就到集镇上买几头小猪仔回来。再说你也太笨，即便眼睛读瞎了也读不出名堂来，索性趁早回家做点实事。”

小秋对父亲同意让他辍学感到很高兴，赶紧跑进厨房烧晚饭。小秋站在灶台边哼唱着歌曲，但有些不着调。吃饭的时候，父亲说：“你憨厚老实，但你烧的菜还行，看来这是你的命。”小秋笑了笑：“爸，我向你保证，以后我做好家务事，你安心在田地做事，我再把猪喂得肥肥胖胖，过年时俺家宰杀一头，不卖一两肉，馋死村里那些杀不起年猪的人。”父亲笑说：“等以后攒够了钱，爸在集镇上给你租店铺做生意。”小秋却说：“爸，我想过了十八岁到山外去打工，那样来钱快，每次见到在外打工的人寄钱回家，我真的眼馋。”父亲快活地说：“好。不想做生意也行。”

校长见小秋第二天没来上学，就来小秋家里询问原因，做小秋父亲的思想工作。校长说：“再穷不能穷教育。”小秋的父亲说：“你说得没错，我同意。可小秋读书蠢笨，不如让他退学回家做家务事。我观察过了，他不是读书的料，就是一块朽木，花再大的精力也雕不出有价值的东西来。”校长说：“小秋现在还是孩子，他的人生路长着哩，好好读书，不定以后从这大山沟里走到了繁华的城市里。”父亲说：“不可能的，我祖坟上长满了青草，没有冒烟哩。”校长想见小秋一眼，但小秋见校长来时就有意躲避起来。这让校长走时很失望。小秋望着校长离去的背影，松了一口气。小秋的人生理想里，压根没想以后走出大山。小秋觉得住在大山里好，有美丽的风景，雪天还能逮到野兔子。野兔子的肉细腻鲜美，那是城里人难得吃到嘴里的。什么是完美的人生，小秋不懂。小秋认为大部分人的现实生活就是他以后追求的生活。小秋认为上了大学后在省城工作或在县城工作，那样才是走出了大山。在外面打工挣钱回家，不是真正意义上的走出大山。因为家里就父亲与小秋，父亲偶尔去集镇上买条鱼回家，想到其他家庭一年四季很少能吃到鱼，小秋对眼前的生活很知足。

小秋平时以偷看枝子为乐趣。这个星期天，小秋早早做好家务事，喂饱了猪栏里的四头猪，然后来到枝子家附近，站在一棵大树身后，等候不上学的枝子走出门，这里是欣赏枝子的最佳位置。树身粗壮，小秋侧着身子，就有了很好的遮蔽。雨后的天空澄清蔚蓝，一碧如洗。村里的绿树中间响着鸟儿清脆的叫声。空气新鲜。小秋想，难道枝子今日不在家吗？正常的情况下，枝子这个时候应该出来了，要么去池塘边洗衣服，要么站在屋场上眺望天空。小秋觉得枝子每次瞧天空时精精怪怪的，心事重重的样子，刘庄里别的女孩可不这样。突然，小秋听见吱呀的门响声，枝子端着装满衣服的塑料盆出来了，胸襟上围着沾满油污的围布，俨然一副家庭主妇的模样。小秋知道，每个周末的早饭过后，枝子都要在家做家务，烧饭喂猪，洗衣服，打扫屋场等。

枝子门前的长方形池塘，几乎从刘村东头延伸到了村庄西头。池塘边有多个洗衣埠头，枝子家门前就有一个。一块厚宽的长木板伸到池塘水面上。枝子蹲在木板上洗衣服时，躲在大树身后的小秋没有进入枝子的视线。跑过来了一条黑狗，小秋熟悉它，它见了小秋摇尾巴，不发吠声。

枝子洗衣服时，水面上泛起了涟漪，阳光下波光粼粼。当枝子站起时，小秋直勾勾地瞧着枝子，这眼光不是歹毒的，是善良的、美好的，带着真诚的祝愿。小秋瞧着枝子，心里有一种无法言说的美妙感觉，而这种感觉如果离开了此地是没有的，它仿佛喝醉酒似的欲醉欲仙。快乐之外，小秋觉得还拥有了美好视觉的享受。小秋在心里为枝子默默祝福，祝愿枝子永远美丽，永远快乐，以后不要站在屋场上瞧天空，那样子让小秋心生怜悯，心生惆怅。突然，枝子的身子又蹲下去，又响起棒槌击打衣服的声音。这声音在村庄上空回响。如果每天能见枝子一面多好，即便不说话，即便自己站在远处瞧，都是美好的，因为此时有澄清的蓝天、飘动的白云、绿色的村庄、清水的池塘、洗衣的枝子……

枝子再次站起来伸腰歇息时，与小秋的目光相遇了，认为小秋藏在树身后心存淫秽与邪念，就冲小秋生气道："你为什么这样不要脸呢？这样偷偷摸摸看人是流氓行为！我没记错的话，你这是第二次偷看我。上次我就嘱咐过你，以后不能这样，你为什么当耳旁风呢？你两耳塞了石子吗？"枝子岂知小秋已经偷看她多次了。小秋赶紧解释："我是路过这里，我没瞧你。我在瞧树。树上有鸟叫。你听，枝上鸟儿还在啁啾哩。"枝子瞪小秋："瞧你的尸呀！你快回家瞧你家的猪，小心被别人偷走你父亲打断你的腿。"见小秋迟疑不走，枝子怒目圆睁地拿着棒槌，向小秋走去，想教训小秋一顿。可是憨厚的小秋也懂得好汉不吃眼前亏，冲枝子嘿嘿一笑，边跑边说："谁叫你长得漂亮。你要是个丑女孩才没人看你哩。"枝子一棒槌甩向了小秋，用尽了全身力气。小秋站在远处说："别的女孩喜欢听我说她漂亮，你为什么不愿意呢？"是的，别的女孩喜欢听憨厚的小秋夸她漂亮美丽，感到由衷的快乐，但枝子不，尤其不喜欢像小秋这样憨厚的人夸她漂亮，认为小秋没资格夸她，夸她是对她的嘲讽与讥笑。在枝子心目中，小秋家就是一个支离破碎的家庭！一个贫穷的家庭！一个没人做家务的家庭！一个永远走不出大山的家庭！

小秋跑远了，枝子气自己没打着小秋，就没心情洗衣服了。

第二天枝子上学一走进学校大门，刘小明就笑着告诉枝子："放学后你迟走一步，我有话对你说。"枝子问有什么事情？刘小明笑而不答，故意卖关子。傍晚放学后枝子就等在教室，看刘小明对她说什么，刘小明却问枝子今年是不是十六岁，枝子睁大眼睛质问刘小明什么意思，刘小明瞧着教室陈旧的黑瓦自语道："难怪出落得这般水灵，正是花儿怒放的时候，正是人生春天的季节。"枝子想去看电视，催刘小明把话说明白，不要说这种暗示性的语言。刘小明问枝子是什么原因造成心情不好，枝子说自己很好，并惬意开心微笑着。刘小明说："你的眼光告诉我你说了假话。我希望你说出来，也许我能帮上你。"枝子摇头道："我那个忙是任何人帮不上的，只能靠我自己。不过我倒要问问你，为什么如此热心关照我？"刘小明说："作为你的老师，是我的分内之事。"枝子说："你的眼光告诉我，你对我说了假话。"接着跑出了教室。枝子来看电视时，场上早围满了人。电视中的画面又让枝子欢欣鼓舞，喜不自禁，把与刘小明的对话忘在脑后了。

这天回到家里，枝子吃了晚饭，把碗筷一丢进卧室就睡下了，张明清进来询问原因。枝子说见了书本就烦，见了沙河镇中学就烦。张明清以为枝子故意说这话气她，就没放在心上，出来了。漫漫的春夜里，风将陈旧黑瓦上的灰尘吹落，睁着眼睛的枝子，听见书桌上的塑料布发出的细碎响声。狗吠声在夜晚特别清脆。好不容易枝子睡着了，但睡着就做梦，梦见刘小明把她带到县城他的家里。他家好漂亮好气派呀，装潢考究。刘小明向他的母亲介绍了枝子，枝子当时显得拘谨，感觉手脚在刘小明母亲面前无处安放，把手放在腿上觉得不妥，收回到原来的位置上更觉不妥。刘小明的母亲叫枝子不要拘谨，越说枝子越拘谨。枝子见戴着眼镜的刘小明的母亲，一对眼珠在镜片后闪动着，带有一种莫名的神秘，或者说咄咄逼人。刘小明的母亲说："姑娘你坐呀，不要站着，在我们县城，你是我见到的为数不多的美女之一。"枝子坐到漆着红漆的椅子上，羞涩脸红，心跳加快，感觉刘小明母亲和蔼的外表下，滋生着一种不可抗拒的力量。枝子迟疑地说："阿姨过奖了，我就是一个农家姑娘。"刘小明的母亲说："谁也没规定美女不准出生于农家。"可怕的眼珠又在镜片后面闪动，枝子瞧了一眼赶紧垂头，身子瑟瑟发抖，接着吓醒了。枝子用手摸自己的额头，手上有冷汗。屋外夜风飒飒。枝子失眠了。为什么要做这样的梦？枝子想不明白。

刘小明每到月底回一趟县城，返校时，从家里带来一些日常生活用品。枝子因被走出大山的追求与理想折磨着，想与刘小明交流一下。在刘小明走向沙河镇汽车站的途中，枝子拦住了刘小明，大胆问他这辈子能不能把她带进县城，能不能让她走出大山。这句唐突的话让刘小明诧异不已，细细揣摩才明白意思，于是说“我不能对你说假话，我没能力带你出大山。你想出大山就好好学习，将来考上大学去省城工作，那样就走出了大山。”枝子说：“我们县每年考上大学的才几个人，我不是考大学的料。我想问你的是如果我考不上大学，你能把我带入县城生活吗？”刘小明摇头说：“你不要把我的能力看得太大了，我就是一个普通老师。又没有过硬的家庭背景。我自己到时候能不能调回县城教书，还是个未知数哩。”枝子听后失望地说：“你回家吧，我走了。”枝子大步奔跑着，脸上写满了沮丧。这天枝子没去看电视，直接回家，走到刘庄的侧面山坡时停下脚步，坐在一块平坦的草丛上想心事。此时，周围草木上洒满了金色的夕阳的余晖。枝子很失望，也有些伤心。以前学过“事与愿违”这个词，当时只知道词的表面意思，现在才知道这个词的真正含义。夜幕慢慢降临，夜归的鸟儿从枝子头上飞过，枝子起身回家。走到坡下，要跨过一条水沟，心情影响力量，跨的时候枝子用力小了些，险些掉进沟里。沟里有流水，发出的响声让枝子心烦。然而烦归烦，聪明的枝子不想让父母从她的表现与神情上看出她的心烦，因此回到家里时，枝子表现得什么事也没发生过，晚饭后称胃不舒服，提前睡了。哪里睡得着，枝子想，不能实现带她走出大山的梦想，再美的语言都是浮云。枝子把走出大山的范畴放宽了，认为刘小明通过高考改变了命运，可仅是改变命运而已，并未实现枝子所追求与渴望的那种走出大山。因县城周围也是绵绵大山，县城只比家乡集镇人口多一些，城区面积大一些，机关单位多一些。枝子从床铺下拿出那幅珍藏的素描，出门将它甩进池塘，它在没有星光的水面上，马上变为一团纸浆，消失于池水之下。

星期天，春波去了舅舅家。枝子烧好晚饭，把饭菜端到堂屋饭桌上。父母回家时闻着饭菜香，笑夸枝子能干。晚饭后，枝子说：“爸、妈，你们累了一辈子，我要挣钱孝敬你们。我想退学，出去打工，让弟弟一个人读书。考大学这条路不是我能走到终点的。”李汉光以为枝子担心家庭困难：“多读书总有好处。不要考虑家庭困难，我和你妈能克服，就是砸锅卖铁，也要让你和春波读书。上不上大学是另一回事，起码有个高中文凭，以后出门办事方便。”枝子心意已决：“爸，你不用做我的思想工作，我真的不想读书，请理解我。村里与我同龄的女孩，她们在外打工挣钱，购买漂亮衣服穿回村，我好羡慕啊。”李汉光不吱声，大口抽烟。张明清瞧着李汉光，不知说什么好。枝子进她的卧室打开窗户，让新鲜空气进来，面对窗外的繁星，希望父母能理解她的想法……

一会儿张明清进来规劝枝子，说世上没有后悔药，不要轻易下结论。枝子说她不后悔，这个决定是她经过了多天的深思熟虑做出的，终生不会后悔。枝子态度坚决，语气恳切。张明清说：“既然你这样讨厌读书，我和你爸就不阻拦了。你安心睡吧。”张明清出去了。枝子好生兴奋，心都飞到春花打工的那座美丽的城市去了。睡着以后，枝子梦见小时候，她坐在门前的小凳上，见门前大山的山顶与蓝色天空连在一起，不知道大山顶为什么要挨着天空，是天空召唤了大山还是大山召唤了天空。后来又梦见坐班车到了县城，再从县城坐班车到了邻县县城，然后坐上奔向远方的火车……

第二章

枝子选在暮春三月一天清早出门，恰好春波不在家里，枝子不想见到春波在她走时的伤感。李汉光与张明清把枝子送到通向沙河集镇的大路上，嘱咐了很多贴心而实际的话语。张明清流下了惜别的泪水。枝子安慰母亲："出门打工，也不是再不回家，放心，我长大了，又有知识，走过千山万水也走不丢的。"张明清说："你为何总想走出大山？妈一辈子没走出大山，生活过得也知足，习惯了就好。"枝子说："现在社会发展日新月异，各种新鲜事物层出不穷，年轻人追求的理想发生了变化，不能用老眼光看新世界。"分别时，李汉光要枝子到了春花那里之后，不管情况好歹，一定记着给家里写信报个平安，不要让家人担心。枝子说知道了，向父母挥挥手，转身走了。可枝子走了一会儿，选择走山坡上面的一条小路，能节省到沙河镇汽车站的时间，又不会遇到刘庄的熟人。走着走着，枝子想起了往事，小时候与同伴们在这里捡过蘑菇，也吵过嘴……

小秋正站在前面等着枝子，这让枝子很意外，不知道小秋想干什么。枝子咳嗽一声，提醒小秋滚远些，可小秋一动不动。想到自己今日出门图个吉利，枝子打算对小秋视而不见，从小秋身边直接走过去，跟小秋这种人计较影响心情。枝子认为他缺乏潇洒与激情，缺乏十六岁男孩的阳光与魅力，呆呆傻傻的样子，近似猥琐，有时憨厚得让人厌恶，恨不得打他耳光。此时的小秋头发没有光泽，皱巴巴的，耷拉在难看的尖鸡脑壳上，瘦削的脸颊看起来营养不良的样子，眼神满是渴望和怯懦，衣服上沾着喂猪时溅的草叶与糠粉。枝子一步步走近小秋，小秋忽地知趣了，退到路边给枝子让路。可是枝子经过小秋身边时，小秋突然手脚变得利索，一把夺下枝子的行李，然后拔腿往前跑，等枝子反应过来，小秋已经跑到三十米之外。生气的枝子索性站着不走，质问小秋为何抢走她的行李，藏着什么心思。小秋怯懦地说："只想送你一程，你一走，不知何时才能见到你。我早在这里等你哩。如果你走大路，我也会在大路上拦着你。"

枝子真的生气了，对小秋说话凶狠，言辞不敬，可是小秋充耳不闻，枝子情急之下骂出了一句难听的话，以为能气得小秋放下行李滚开，岂知小秋依旧脚步匆匆往前走，与枝子保持一定的距离。枝子好不容易追上小秋，质问道："你凭什么这样呀？我叫过你吗？谁稀罕你呢？"小秋说自己是好心，没有丝毫的恶意。枝子说小秋不配帮她背行李，给小秋一个咄咄逼人的表情。可枝子刚把行李拿在手上，马上又到了小秋手上。望着小秋大步奔跑的背影，枝子咬牙切齿。误了去县城的班车今日就走不了了，于是枝子大步去追小秋，可枝子加快脚步，小秋相应加快脚步；枝子放缓脚步，小秋相应放缓脚步。枝子急得跺脚。"哎哟"一声，小秋突然蹲下身，用手抚摸脚后跟，它被硬物击中，见到脚边尖尖的石块，明白是枝子扔来的。枝子边走向小秋边说："把你的脚砸碎才好！"小秋没有吱声，见枝子快走到跟前时忍痛又跑。小秋单纯，只知道不把枝子送到汽车站，望着枝子上了车，他就不能心安，不能原谅自己。昨晚，得知枝子今日要出远门，他一夜没有合眼，黑暗中聆听屋外的风声，感觉到从未有过的惆怅。

不过一番周折之后，小秋见枝子真的不想他送，就将行李给了枝子。枝子说："回去吧。到医院治疗你的脑筋。"小秋说他脑筋没毛病，否则他喂养的猪不会膘肥体壮，否则村里人不会夸他是个喂猪能手。枝子说："你今日就病了，不然不会在我没同意的情况下夺走了我的行李。"小秋说：

“我送你不是病，是我的美好想法，人的美好想法是病吗？”说完大步走了。

来到汽车站，枝子看到了等她的刘小明，他不知道从哪儿得知枝子今日要出门的消息。刘小明对枝子说：“我在这儿等你一会儿了，年轻人要真正走出大山，读书才是唯一选择。教育对每个学生都是公平的，你应该把你的志气用在读书上。像你这样时间不长又要回归大山，没有实际意义。”枝子说：“在我心里，故乡是美的，但这种美不能带给我想象中的美好生活，所以我要大胆地去追求它，直到把它追求到手为止。我不明白，县城有宽敞的马路与明亮的路灯，有百货商场与美丽的公园，你为什么不留在县城而来山里教书呢？”刘小明说：“山里太美了。山花烂漫、莺歌燕舞的季节更美。即便严酷的冬天，我迎着凛冽的北风走在皑皑雪地里，同样感到难得的美。你是身在美中不知美啊。人要知足。人一旦有知足感，就不会胡思乱想，就不会去追求虚无缥缈的东西。”枝子说：“我要为理想去追求，即便碰壁也心甘情愿。”刘小明说：“你是一个固执的耽于幻想的女孩。这没办法了。来之前我做了两手准备，能劝你回去复学是最好的，劝不回去，就送你一样东西做纪念。”一边说一边拿出一幅素描，恭敬地给了枝子。素描上的枝子栩栩如生，形象逼真，眼光清纯。枝子说上次已经给她一幅了，但枝子没说将它甩进了池塘。刘小明说这次画的有别于上次，他用了两倍的时间，而且画工精巧，倾注了他的心思与精力。枝子只好收下，但在车上，枝子将那幅素描扔到了车窗外，但见它在慢慢飘飞，消失在班车的尾部……

坐了几十个小时的火车，枝子下车时，看见春花站在月台上等候她的到来。春花欣喜地说：“你来了就好，我以后有伴儿了。”枝子说：“我是为了逃避故乡的连绵大山才出来打工的。我现在最想吃饭，饥饿感在强烈地折磨我。”春花在车站附近找了一家餐馆，待枝子用餐后，二人坐上开往城市开发区的公交车，回到了春花打工的饲料厂里。刚好与春花住在同宿舍的一个外省女孩，因父亲生病，辞工回老家去了，现在宿舍里只睡了春花一人。枝子就睡在外省女孩睡过的床铺上。坐在床沿上，春花说："是不是宿舍太简陋？打工就这样的，可能与你来之前想象的不一样。"枝子笑说："我觉得挺好，有高档的铝合金窗户、平整的水泥地面，卫生间还能洗澡。"春花跑到窗边，看了一眼西天的太阳，还没有落下地平线，认为名叫曾伟的厂人事部长还在上班，就带着枝子来见曾伟，让曾伟给枝子安排工作。走在去办公楼的路上，春花说："曾伟是本地人，是厂里聘请的中层干部，又是一个有意思的人。"什么叫有意思，春花没做进一步解释。枝子说："厂里会不会变卦不收我？"春花说："已经说好的事不会变卦，否则我不会让你过来的。放心，你有绝对的优势，身高一米七，有一张漂亮的脸，健康而充满灵气。像你这样的人，厂里打着灯笼也难找啊。"枝子奇怪地瞧着春花，询问厂里招人还要具备这些条件吗，春花说："你理解错了我的意思，在生产车间从事缝包工作，只要年轻，动作利索，身体健康，吃苦耐劳就够了，可你具备在厂办公室工作的条件。我是生产车间的缝包员，每天下了班，鼻子里总沾有灰尘。我打工就是打工，你打工是想走出大山，概念不一样的。如果你在车间缝包，你会明白你追求的走出大山，是多么的荒腔走板。你只能把打工当作走出大山的跳板。既然是跳板，办公室工作是最好的平台。不瞒你说，我现在多么想念家乡那独有的新鲜空气、那难得的温馨的草木清香。"枝子望了一眼天空，觉得颜色与家乡的没什么不同。

曾伟正坐在他的办公桌边，看样子不到三十岁，戴着眼镜，有些严肃。春花把枝子带到曾伟跟前："这是我给你介绍的人，叫枝子。"脸红的枝子有点尴尬。春花对曾伟说，枝子刚从高中学校辍学，才出来打工，纯净得像一张白纸，上面没写一个字，又像没有云彩的天空。曾伟叫春花到门外回避一下，他与枝子单独谈谈。春花知趣地出去了。曾伟打量一眼枝子："不要站着，不要紧张，坐到椅上。今年多大了？想做什么工作？"枝子坐到曾伟办公桌的对面，那儿有一把现成的椅子。枝子说："虚岁十七岁，初次出门，没有任何打工经验。"曾伟见枝子细皮嫩肉，笑说：“你进生产车间做事真的不合适，但目前也只能如此。这样吧，你让春花带你到生产车间看一看,晚上再想一想,明天上午把想法告诉我，看自己适合在车间从事什么工作。”曾伟说完，把站在门外的春花喊进来做了具体吩咐，安排枝子与春花睡在同一宿舍。

生产车间的粉碎机发出轰隆轰隆的声音。枝子感觉地面在震动。春花讪笑：“放心，不会坍塌的。”看原料仓库时，枝子为堆积得像小山似的玉米、棉饼、菜饼、糠皮、小麦、豆粕等所惊叹，缩缩鼻子，闻着有说不出的味道。春花说，这味道是各种原料混合在一起滋生的，闻的时间一长，就习惯了，没有毒。枝子瞧着灯光下飘浮的灰尘说：“春花，这里真有灰尘哩。”春花告诉枝子，在车间从事饲料加工工作，甭想穿干净衣服。问枝子在车间做事有没有信心，现在后悔吗？枝子坚定地说：“我会迎难而上。我不怕灰尘，你能坚持下来，我也能坚持下来。再说车间里那么多人都不怕灰尘，我怕它干什么。”春花给枝子一个赞美的微笑。来到成品打包的地方，春花向枝子详细介绍了这份工作的特点及要求，枝子听后说自己能胜任，也能适应这儿的环境。次日，枝子正式上班。枝子提着一台几公斤重的手提缝包机，当放料员将称过的用塑料袋子装着的饲料拖到枝子面前时，枝子就将塑料袋口按要求规范缝好，然后搬运工人将其堆码到成品仓库的指定位置。第一天上班，枝子认为这项工作程序简单，缝包机也不重，比在家里拎喂猪的潲水轻松多了。可晚上躺在床上，就感觉腰酸背痛，春花睡着了，枝子还睁着眼睛，瞧着从窗外射进宿舍的月光，鼓励自己，不能气馁，腊梅香自苦寒来，坚持就是胜利。果然一个星期后，枝子工作得心应手，做事利索，全身不再酸痛，也没有单调与乏味的感觉了。

有一天枝子正在缝包，面前出现一双锃亮的皮鞋，抬头瞧，曾伟正望着她微笑:“你忙,你忙,我从这儿路过,顺便看看你适不适合这份工作。”枝子表示感激。曾伟走时嘱咐枝子工作不顺心，随时找他谈谈，他可以考虑给她调整更适合的工作岗位。可是最后一句话，因粉碎机的声音太大，枝子没听清楚。这天枝子上白班，春花上下午四点的中班，交接班的时候，枝子发出“妈呀”一声惊叫，左手小指被缝包机的针头，从指甲中间穿透过去。幸亏枝子及时关掉了缝包机上的电源开关，否则可能还有第二针第三针的穿透。这种事春花以前见过，赶紧用手转动缝包机，让缝包针慢慢从枝子指头中间脱离，鲜血从指尖滴到地面。生产车间主任鲁兵匆忙赶来，安排春花将枝子送到厂医务室包扎。因太疼，枝子包扎时咬紧牙齿，记忆里，这么疼是第一次。其实这种小事故在车间时有发生，大家见怪不怪，即便熟练员工，偶尔也会发生。春花安慰枝子：“放心，就是受点痛，包扎后不会发炎，明日照常上班。”走出厂医务室时，鲁兵前来看望枝子，批评枝子做事精力不集中，要枝子时刻记着安全第一。

枝子在春花上班后回到宿舍刚躺下，曾伟推开宿舍门进来了，见枝子要下床迎接，赶紧说：“你睡嘛睡嘛，我看看你就走的，听说你被缝包针穿透了指甲，我不放心。”枝子说：“不疼了，明天继续上班。”话音刚落，那只受伤的手，被曾伟温馨地握在手中，他发出怜悯的啧啧之声，自语这么漂亮的手，竟被缝包针伤着了。枝子目瞪口呆，马上缩回手，放回自己的身后。幸好缩回来了，不然曾伟会在手上亲吻，枝子长这般大，手还从来没让陌生男人吻过。曾伟见枝子难为情，说：“以后要适应生活环境，千万不要脾气犟，这样的人有时会吃亏的。”这在暗示什么呢？枝子没想明白。他又说：“你长得清秀，在车间做事亏了。这样吧，你好好表现，下个月我想办法把你调到我的人事部办公室，做我的助手。”枝子措手不及，好事来得太快，仿佛峰回路转。此时枝子脑海里，浮现出车间中央控制室工作的女孩，穿着干净的工作服，坐在干净的环境里，密闭的门与窗将噪声与灰尘隔绝在室外。望着曾伟和善的笑脸，枝子想起第一次见到曾伟时的情景，感觉他乐于助人，不像肚里装着坏水，也对他刚才的举动释然了。枝子说：“在办公室做事，我怕自己没这个能力。”曾伟说：“我说你有你就有，我这个老师可以帮你嘛，再说你也读到高中了，肚里墨水够坐办公室用了。”听见宿舍走廊里有人说话，曾伟起身出门，走到门口回头望着枝子笑说：“你是个聪明的女孩。”宿舍走廊里并没有人说话，于是曾伟又折回枝子的宿舍，对枝子说：“我是个爱情的失败者，这些年一直奔波在爱情的路上。不知为什么，第一次见到你，就有似曾相识的感觉。我找春花咨询过，你是一个有理想、有追求的女孩，我们有很多交谈的话题。”枝子赶紧回避这个话题，称自己打工只想挣钱，别的什么都没想。曾伟笑说：“你想多了，我没想与你恋爱。我只是想与你建立一种同志式的互信，在共同话题上更好交谈。”曾伟出去了，走下楼梯时，枝子双手捂脸，后悔自己刚才自作多情。

这晚枝子在床上辗转反侧，越睡越精神，床铺偶尔发出单调而惆怅的声音。直到春花上完中班，在食堂吃过夜餐后回到宿舍，枝子还没入眠。枝子把白天曾伟来宿舍的事告诉春花，又问春花什么时候跟曾伟聊过。春花说从没跟曾伟聊过什么，恭喜枝子以自身魅力征服了高傲的曾伟。春花说：“厂里年轻女孩多，特别是财务部、办公室、销售部的女孩，个个有气质、有风采，但曾伟竟然向你枝子抛来了橄榄枝，恭喜你！”枝子把曾伟最后说的话，向春花复述了一遍。春花笑说：“主动表现吧。幸福就在眼前，不把握好机会稍纵即逝，世上没有后悔药。”枝子说：“你的意思是叫我主动追他？”春花说：“可以这么理解吧。”枝子一口拒绝，口气坚定：“我不会追他，他不是我心中的白马王子，可能别人认为他长得英俊潇洒，但在我眼里不是。另外，他说话的声音我听着怪怪的。”春花解释本地人说话都是这种怪怪的腔调。春花说：“你想走出大山，部长就是那个能带你走出大山的人，你们结了婚，你就不用再回大山生活了。”枝子说：“嫁人不失为走出大山的一种选择，但情人眼里出西施，可他——”春花笑说：“不要心口不一。”用手轻轻推了一下枝子。

曾伟次日午餐时，见枝子在食堂吃饭，问枝子手指好了没有，枝子说已经结痂了。曾伟要枝子休息一天，今日上什么班呀。走到食堂门口又回头瞧一眼枝子，笑了一下。接下来的日子里，枝子把曾伟的话忘在脑后，做事时心情舒畅，当装成品饲料的两个大铁斗里没有成品饲料时，枝子就坐在生产车间门口，望着晴朗的天空，想着自己走出大山的理想何时能够实现。让枝子意想不到的是，鲁兵在月底这天对枝子说：“明天去厂人事部报到吧。”枝子诧异地望着鲁兵：“我不是那块料，倒是车间缝包的一块料。我已经喜欢缝包了，而且做得不错，你是亲眼所见的。”鲁兵笑说：“你以为我想让你走呀？官大一级压死人。只是过去之后，不要骄傲自满。”枝子望着离开的鲁兵，分析着他话中的深意。

第三章

厂人事部的办公室在办公楼二楼。里面放着两张办公桌，都紧靠窗边，挨着摆放。这样枝子办公时，就与曾伟面对面了。办公室的窗户朝西，当太阳移到西边天空时，耀眼光线就照在桌面上，反光到天花板上，因此一到下午，曾伟就拉下粉红色的窗帘，把阳光隔在窗外。曾伟叫枝子说，此时室内的颜色像什么？枝子把室内细致打量一番，实在说不出这是什么颜色，就感觉朦朦胧胧，有一种撩人的神秘感。曾伟说："我知道，但我不想当你面说。"枝子说："不就是颜色吗，不要不好意思说，我现在不是学生了，已经走入社会，算是成人了。"曾伟就说，此时室内的颜色像他这个地方男女结婚时洞房的颜色。枝子好奇地说："不会吧，我们老家男女结婚布置的洞房，燃着红蜡烛，床上铺着红被褥，贴着大红喜字，整个洞房的颜色是红红的。"曾伟避开颜色的话题，问枝子老家是怎么闹洞房的，新娘当天穿什么衣服、戴什么首饰，有没有无聊后生在洞房外面偷听，见枝子有些难为情，他又说："这有什么呀？不就是风俗习惯嘛，看你拘谨的样子。"实话实说，枝子清楚，但枝子说不出口，又不想让他不快，只好委婉地说从来没有关注过此事。他说："就我所知，大山女孩多半早熟，十三四岁就懂事了，看你成熟的身体与说话的水平，应该属于早熟一类。"枝子尴尬地说："高抬我了。我懂事后最关心的事，不是恋爱结婚，是想如何走出让我讨厌的大山，过上幸福的生活。”他说：“什么时候带你到我家瞧瞧，也许你去了之后，会让你走出大山的概念发生一些变化，有可能这个地方就是你人生最好的归宿。”枝子说：“上班时，我们只说与工作有关的话题，否则不好。其实我倒无所谓，大不了再回车间做事，你就不同了。”他想了想，出去半小时后又返回办公室，忽然说枝子头发上有一片纸屑，要帮枝子择下来。枝子清楚，自己头发上没有纸屑。他说：“是我眼睛看花了。我觉得你的头发在全厂女孩中最黑、最漂亮，散发出一种令人欣慰的光泽。”枝子说：“我觉得与工作无关的话下班后再说吧。”他笑说：“工作中哪有那么多的正经话说，说点题外话调节工作气氛也是可以的。你不用担心什么，有我哩。”接着他又将枝子赞扬一番，说枝子像模特。

在枝子眼里，曾伟的言行举止有些无赖，可枝子无力阻止。慢慢地，时间磨平了枝子对待感情的棱角。当然，这与春花的开导也有关系，说曾伟是喜欢枝子，想与枝子谈恋爱，并激枝子：“我倒希望他能对我说出那些话，可他瞧不起我啊。再说你想走出大山，机不可失啊。”想到曾伟追求自己的良苦用心，枝子有些感动，本来平静的情海，一时间泛起美丽的涟漪。枝子佩服曾伟的在情感方面的攻击能力，并发挥得游刃有余，完全超乎了她的想象，诸如曾伟请枝子到厂外餐馆吃饭，给枝子送温馨的小礼物，在厂长面前夸枝子工作出色，承诺给枝子增加工资，等等。一条条情感支流，冲垮了牢固的情感坝堤，时间一长，枝子没辙了。拿了别人的手软，吃了别人的嘴短，枝子一步步走上曾伟的情船，只能逆耳听着曾伟的龌龊言语，忍让他对自己的无伤大雅的动手动脚。枝子想好了，只要牢固守住自己的“底线”，保持婚前清白干净，这就够了。

不得不说，枝子对曾伟的情感态度，带有了你情我愿的意味。枝子欣赏曾伟为追她舍得花钱，比如把枝子带到这座城市最好的商场，让枝子挑选喜欢的衣服，无论枝子看上哪一件，他不问价格，也不讨价还价，爽快付钱，之后从来不说衣服太贵。相反，他总是夸枝子身材姣美，精致苗条，新买的衣服穿在身上美轮美奂。第一次听曾伟讨好她的奉承话觉得逆耳，听惯之后，隔几天听不见，枝子反觉缺了点什么。这天上班时，枝子见办公室的门关着，也听不见门外有人走动的声音，就问曾伟："你在我身上投入本钱，真想与我谈恋爱吗？"曾伟一本正经道："明知故问。人的情感是珍贵的，我不会乱给人。我是真心的，只想与你谈一场轰轰烈烈的恋爱。在我眼里，你是世上最美丽的女孩，你在我心目中的位置，别的女孩无可替代。能把你追到手是我最大的幸福。"枝子摇头苦笑一下。曾伟要枝子看他的眼睛，枝子看到了真诚与真情。枝子冷静地说："爱情要两相情愿，如果我不同意呢？"曾伟直言不讳："我相信我的攻克能力，我相信我真挚的情感定会融化你那块美丽的坚冰。"枝子说："大山深处出来的女孩传统守旧，与你新潮的恋爱观会发生激烈冲撞。"曾伟说："我有耐心。我清楚，撞击时溅出的火花最耀眼。"曾伟说着，走到枝子身后又无伤大雅地动手动脚，枝子先是听之任之，见没有节制了，就打下了他的双手，严肃道："这是办公室。"曾伟说，知道是办公室。虽然手背上有点疼痛，但曾伟感到心满意足，返回坐到自己的办公椅上，瞧着枝子脸上的表情笑道："你生气的样子比你不生气时更美丽。"这话逗得枝子发笑，枝子有些无奈地说："说实话，你身上写着曾伟与无赖，我一想就心痛，你明白我的意思吗？"曾伟说："情感的力量是伟大的，也是最真诚的。"枝子苦笑道："这些话下班后散步时再说吧。工作是工作，休闲是休闲。"曾伟尴尬地说："说真的，情感让现在的你我转换了位置，你变成了人事部长，我却成了你的助手。"话音刚落，门外有人喊道："枝子同志，你的信。"是门卫值班人员的声音。

信是春波从家乡寄来的。看完信，枝子脸色深重。曾伟说："家里出啥事了？"枝子幽幽地说："父亲住院，要我寄钱回家支付药费。你知道的，我的积攒上月底就寄回家了，估计用光了。"信中春波没写父亲得的啥病，住院要花多少钱，也没要枝子迅速回家，这让枝子更是担心。想到身在千里之外爱莫能助，枝子就愁眉苦脸地垂头瞧着地面。曾伟答应借钱给枝子。枝子摇头说："我找同乡春花借吧。我最担心父亲长期住院，我每月工资不够父亲的医疗费。父亲身体一向硬朗，为什么突然生病呢？”曾伟笑说：“别担心，还有我哩。”枝子说：“这不好。”曾伟大声说：“不瞒你说，今日索性当面向你表白，在我心里，你就是我的未婚妻，我不帮你谁帮你？”不等枝子说不要一厢情愿，曾伟已大步走到了门外，过了一个小时回到办公室，将一沓钱放在枝子面前，实心实意且动情地说：“刚去附近银行取的，寄回家吧，不够我再给。”枝子深情地望着眼前潇洒英俊的曾伟，这次真的被感动了，相信曾伟是真心想与她谈一场情真意切的恋爱，而不是处心积虑图谋不轨。为感谢曾伟，枝子主动伸手握着他的手，这让他喜出望外，借此亲吻了枝子的秀发，喃喃道：“以后遇到再大的困难有我顶着，我个子比你高。”这话让枝子更感动了，再次让他吻了她的秀发。他大喜过望，跑出办公室找个僻静处平静激动的心，将情绪恢复到工作时的状态。从此以后，只要没有第三者在场，或者他认为安全时，就向枝子表现一些“出格”的动作，慰藉他心里翻江倒海的情感波澜。想到欠他的人情，枝子假装视而不见，拒绝时也显得委婉。他由此认为抓住了枝子的软肋，暗自欣喜。

这天晚餐后，太阳刚没入地平线，天空上还有夕阳的灿烂余晖，曾伟就站在枝子宿舍下面，眼光集中在枝子宿舍窗口，有人经过身边向他打招呼，他不脸红，表情怡然，称随便瞧瞧。春花瞧了窗外的曾伟一眼，催枝子：“你快点，曾伟等在下面哩，没看他不停地来回走动吗？你真幸福，走出大山有希望了。”枝子说：“我们只是同事关系。他是我的领导，我不好拒绝啊。”春花说：“他的眼神早就告诉我了，他被你深深迷住不能自拔了。看来男人陷入情感里比女人更痴迷。早点回来哟。”枝子明白春花的暗语，向春花粲然一笑：“传统守旧的底线是任何情感地雷也炸不翻的。”说完，噔噔跑下楼梯。几分钟后，二人出了厂大门，来到一处类似公园又不是公园的地方。当夜幕降临时，二人停止散步，找了一处草丛坐下。起初二人中间隔着两米的距离，但曾伟四处瞧了一眼，又见跟前没人走动，就将身体挪到枝子身边坐下。枝子瞧了一眼他，想挪动一下身体，但最终没有挪动，怕他不悦。这时他喜滋滋地说：“今晚月亮多么皎洁啊。”枝子抬头瞧天上的月亮，感到有点朦胧。枝子说：“我老家的夜晚山川寂静，天上月亮看上去才皎洁啊。”枝子的思绪，刹那间回到家乡，脑海里出现坐在屋场上看月亮的场面，突然感觉胸前衣服动了一下，回过神来一看，看见了他那只熟悉的，然而令枝子生畏的手，就毫不迟疑地伸出自己的手，重重地打在他的手上。那响声是清脆的。随着清脆的响声的消失，他的手回归到它应放的位置。枝子质问他，想干什么？他小声地说：“眼前也没有走动的行人。”枝子发现，那只收回去的手突然又到自己胸前了，枝子再次打回了那只手，其力度比上次大，响声比上次更清脆。枝子感到自己的手打疼了，认为他的手更疼。可是他赖皮无耻地说：“谈恋爱嘛，这是正常现象——”枝子斩钉截铁地说：“不行，就是不行！最多我让你吻一下。”他再次央求，枝子的回答依旧是斩钉截铁的“不行”。他只好妥协，却提出别的要求，但枝子依然斩钉截铁地说：“你只能吻一下我的手背，这样我回去后用水清洗干净，心里就不会留下情感的负担。”他没有吱声，心里生气，觉得对眼前这个美丽水灵的女孩，苦心经营了这么长时间，按说应该水到渠成了，但突然觉得与她相隔千里，认为是上天对他的不公。他闭眼思索，气息加重。两分钟后，他的气息变细了，知道客观现实不能对枝子动粗，否则将竹篮打水一场空。他想到了好事多磨。他又想到煮熟的鸭子飞不掉的。枝子的情感命运掌握在他的手上。把枝子当成可口芬芳的美味佳肴，他迟早会拥有的。他双手拿起枝子的一只手，嘴巴凑了上去。刹那间，枝子感到了恶心，努力压抑着才没有呕吐，看天上的月亮，似乎没有慢慢移动，蓦然间凝固在那儿。

一个小时后，枝子轻轻推开宿舍门，又轻轻关上，尽量不弄出声响。枝子拉亮电灯，床上的春花在灯亮的刹那打量枝子，见枝子头发没散，衣服整洁，就说：“你能很好地保护自己我就放心了。”枝子说：“虽然走出大山的理想让我放低了身段，但放低身段不等于下贱。”枝子爬上自己的床铺，背靠墙壁说：“你比我早来这里，没遇到喜欢你的男孩吗？”春花幽幽地说：“好的男孩瞧不上我，差的男孩我看不上。在这儿打工的既有本地人，也有外地人。据说外地男孩家境都很困难，嫁过去不如嫁到老家大山里。本地男孩仗着地理环境好，眼光高，感情上朝三暮四，一点也不纯情，有的想把你玩耍了再甩掉你，我才不会上当哩。”枝子说：“没你说的那么严重吧。我与你想的不一样，在婚姻上，只要本地男孩能让我真正地走出大山，即便家庭与自身条件差一点，我也会考虑，曾伟就是这种人选，不然他大我那么多，我是不会与他交往的。”春花说：“我还是认为家乡好，人情纯朴，风景如画，男孩憨厚可爱。”枝子叹息一声：“我们的追求不一样，也许你是对的，也许我是对的，我们各自追求幸福未来的初衷没有错。”枝子熄了灯。宿舍里漆黑一团。眼前浮现出曾伟亲吻她手背的场面，于是枝子下床，走进洗澡间，打开水龙头，仔细地清洗那只手。水发出哗哗的响声。清洗后回到床铺上，春花问枝子，洗什么呀？枝子说手上有细菌发痒。当春花进入梦乡时，枝子还在想她与曾伟的恋情，认为不失为曲线走出大山的好办法。枝子心里明镜似的，知道要实现这个理想，就得在实现之前，不允许曾伟在她面前过于放纵，对他的约束，是为这段恋情的实现保驾护航。

但枝子对曾伟越是约束，他的激情越浓，在情海里不能自拔了。进入秋天后，他才不顾及枝子的想法，在办公室工作时，或是下班后二人在厂外闲逛时，有人没人，他就大胆地在枝子身上摩挲几下，见枝子脸色严肃时就收敛一下，见枝子不在意时就大胆一点。有时枝子真想发怒了，然而想到自己的理想，就压抑了自己的恼怒，然后宽慰自己——守住情感底线就好了。不过时间在改变着枝子的想法，慢慢地，枝子也习惯了曾伟的不太出格的小动作，有时候错误地认为，这是一种温馨，是一种恋人间情感的自然流露。有一次厂里来了客人，曾伟陪客人去了宾馆，一天不见曾伟的人影，枝子却感到像失掉了什么，心里生出苦涩的滋味，仿佛从情感的云端跌落下来。枝子在情感路上越走越远了，有时面对曾伟炽烈的情感攻击，思绪有些混沌了。

而这种可怕的混沌，直到有一天，她水嫩的像花朵怒放的脸颊上，重重挨了一巴掌之后，才刹那间清醒过来。这个巴掌抽得太重了，抽出了全身的力量，那怒火凝结而成的力量，从抽者全身集中到那只巴掌上。随着啪的一声响，枝子感到脸上火辣辣的痛，她顿感天旋地转，眼冒金星，感觉转到了五彩缤纷的天空上，随即又跌落在地面的污泥浊水之中。这个场面发生在上午，正是枝子与曾伟上班的时候。当时一个穿着红色上衣的、蓄着披肩长发的年轻女人，从办公室门外冲进来，她就是曾伟的爱人张敏。她来找曾伟有事，走到办公室门口时见房门关紧，纳闷办公时间为何关门，而以前她来曾伟的办公室，任何时间房门总是开着。突然间她有一种可怕的预感，这个预感是她不愿意有的，她担心里面正在进行着某种可耻的事情。她故意轻手轻脚，站在门外细听，一听吓一大跳，枝子清脆的带有缠绵情感的声音，传进了她的耳里，她于是一脚踢开了房门，眼前的一幕让她目瞪口呆，自己的丈夫，正站在枝子身后，亲吻着枝子的秀发，看上去欲醉欲仙的样子。怒火在张敏心中剧烈地燃烧，使这个忠于丈夫的、感情专一的、结婚才两年多的漂亮女人变得疯狂。张敏终于明白了，丈夫每次回家对她无动于衷，视而不见的模样，还有隐隐的烦躁情绪，回家迟了就谎称工厂太忙，原来是被眼前这个狐狸精把魂勾走了。“你们这对无耻的狗男女！”张敏一边冲向枝子一边骂道。熟悉的声音让曾伟惊慌失措，赶紧退到自己的办公桌边。而枝子，见一个陌生女人贸然冲进办公室，以为此人是疯子，要不就是一个精神病患者，正觉得莫名其妙时，张敏的巴掌抽在脸上了。张敏大声骂枝子：“抽死你这个不要脸的狐狸精！”霎时，枝子美丽的脸上，出现了五个令人痛心的指印。张敏恶毒地说：“我要用刀将你的脸划破，让你以后再不敢勾引别人的丈夫！”张敏看见办公桌上，有一把裁纸的闪闪发光的小剪子，赶紧拿在手上，但随即被曾伟夺下。这会出人命的。曾伟吼张敏：“你要干吗！”接着放低声音央求道：“好老婆，算我求你，我们现在就回家，我们不在厂里闹，如果闹得沸沸扬扬，我以后在厂里还混得下去吗？我五年在此经营的人生理想不就完蛋了吗？这对你也不是好事啊！我以人格向你发誓，我与枝子不是你想象的那样。”说着，见门口有两个熟悉的身影晃了一下，曾伟赶紧过去将房门关上并反锁。用三夹板做的房门上没有一丝缝隙，曾伟认为外面的人，听不清里面人的说话声，才呼出一口放松的气息。张敏指着丈夫的脸质问道：“说实话，是你诱惑她，还是她以美色引诱你？”曾伟瞧了一眼泪流满面的垂着头的枝子，又瞧了一眼凶神恶煞的蛮不讲理的爱人，于是昧着良心说出了以求自保的可耻的话，枝子惊讶地瞪大眼睛直视他，他就向枝子做出可怜巴巴的求饶表情。枝子彻底失望了，指着他咬牙切齿地说：“你无耻！”曾伟垂下头。张敏冲向枝子，要再抽枝子的耳光，却被曾伟拉住，央求道：“你放过她，她还是个小姑娘。”张敏冷笑道：“长得如花似玉，身体饱满，还是小姑娘吗？给我滚一边去，不抽她，她以后还会祸害别人！”张敏用力推了曾伟一把，曾伟后退两步，见张敏又往枝子跟前冲去，曾伟赶紧拉住张敏。张敏要曾伟放手，声音大，表情僵硬。但曾伟把张敏往办公室外面拉，见张敏两脚在地上蹲着，曾伟就用力拉，几乎是拖着张敏走。张敏的鞋底在办公室地面上摩擦出声。担心张敏瞎嚷嚷，曾伟一边拉着张敏走，一边用手捂紧她的嘴巴，这样她的嘴巴在动，却没有声音发出来，全部消失在曾伟宽大的巴掌里。出了办公室的门，张敏两腿乱踢，想要挣脱曾伟，虽然拼命似的，却徒劳无益，感觉此时曾伟拉她的手，像铁钳牢牢地钳着她，让她被动至极。偶尔从她嘴里传出哇哇声，有些急促，也有些断续，那是她在骂曾伟是个没良心的东西。对曾伟来说，当务之急是拉走张敏，不让她在办公室乱来，否则后果不堪设想，会砸掉他的饭碗。说实话，曾伟把这个岗位看得很重，认为特别适合他。适合很重要。如果饭碗砸掉了，虽然在别的单位也能找到岗位，但没有如此合适的了。真是谢天谢地，此时走道上没人，曾伟小声嘱咐张敏冷静，再大的事不要在单位闹，回家后她想如何惩罚他，悉听尊便。然而这种安慰对此时的张敏来说是轻飘的，知道是曾伟的权宜之计，所以她还在挣扎，但那铁钳似的手就是不松开。经过厂大门时，门卫值班人员瞧热闹，曾伟就剜了值班人员一眼，值班人员赶紧躲进值班室，摆出一副什么也没看见的模样。到了厂外，曾伟才把自己那只手，从张敏的嘴巴上拿开，张敏就蹲在地上不停地喘息，身子起伏着，抬头用眼光剜曾伟，曾伟便转过脸去。张敏气喘吁吁无力地说："你想把老娘憋死啊？"曾伟瞧了一眼四周，见有走动的熟人，认为不宜在此与张敏说话，拉起张敏就往前走，张敏不走，他就不由分说地拉着她走，到了一处任何人都瞧不见的地方才放下心来，用衣袖揩了额头上的汗珠，一脸沮丧……

枝子在曾伟与张敏走后，没回自己的宿舍，而是反锁了办公室的门，后背抵着门，不想此时进来人，也不想此时有人敲门。枝子清楚，此时离开此处，经过走道定会遇到同事，那是多么尴尬与难堪，她丢不起那个人。她两手捂脸，泪如泉涌了。但她不哭出声，她在心里哭。出声会让别人听见，心里哭只有她自己听见。她一边哭，一边想着那重重的耳光，耳里还响着张敏的污言秽语。那张敏看起来长得漂亮，嘴里迸出的语言如此歹毒，与她的面貌形成了强烈反差。骗子！泼妇！这两个词，此时不停地在枝子脑海萦绕，久久不去。那些污言秽语不是鞭子，胜似鞭子，在枝子全身抽打着，让枝子身上出现累累伤痕。那些污言秽语像一根根的针，戳着枝子的五脏六腑。枝子觉得她的心在滴血，这是实现走出大山梦想的代价吗？如果不滋生走出大山的理想，此时的枝子还在学校，坐在课堂上听课哩，或者下课了，在学校操场上奔跑着，与同学们一起欢歌笑语哩。站了多长时间，枝子不知道，她只知道自己的两腿站酸了，身子要倒下去了，于是蹲下身，但后背依旧抵着门。清亮的泪水像断线的珍珠，从枝子捂脸的指缝之间渗出。此时无声胜有声。泪水滴在枝子的胸襟上。这件款式新颖的上衣是曾伟给买的，让枝子感到了从未有过的羞愧……

走道上响起了脚步声，开始时是呼啦啦的，后来变得轻盈起来，最后消失殆尽。窗户那儿的阳光，由先前炽白变成了粉红色，太阳要落入地平线了。枝子清楚，下班了，同事们都离开了办公楼，让喧嚣的办公楼寂静下来，寂静得可怕。枝子没有眼泪了，可能是泪水哭干了，起身来到办公桌前。悲伤也有所缓和，悲伤有什么用呢？发生过的事是退不回去的，她要勇敢面对。她的眼光集中在曾伟桌面的茶杯上，这个茶杯是她给曾伟特意买的，上面的蓝色山水画釉面很漂亮，曾伟拿在手上很舒服。枝子突然对它反感、厌烦，就把它装进自己的口袋里。枝子轻轻打开办公室的门，先左右瞧了一眼走道，见没人，就出来了，然后轻声下楼梯，没遇到一个同事或熟人。回宿舍时，经过一个垃圾坑边，枝子把那个茶杯丢了进去。枝子对着垃圾坑说："我恨你！"

夜幕降临。枝子上宿舍楼梯时，担心遇到同事，走道亮着灯光，担心被同事看见了她哭红的眼睛，见到了她的沮丧心情。至少与人说话声调发生了变化，是幽幽的、伤感的、不带喜庆的。枝子接受不了那个尴尬。好在没有遇到同事，真是谢天谢地。宿舍里亮着灯。枝子一进宿舍就将门反锁，动作异样。春花上的白班，此时坐在自己的床边，问枝子为何如此心慌与怪异，宿舍门反锁这是第一次。春花又说："我在食堂吃晚饭，没见到你，以为你与曾伟去了餐馆。告诉我，你们吃的美食名称，分享一下，嘴巴尝不着，耳朵听着也滋润。"枝子不吱声，也不瞧春花，径直走到自己床边，鞋子一脱就上床，然后用被子蒙着头。春花更是诧异，问枝子是不是不舒服，枝子无力地点头。春花要过来摸枝子的额头，脚步声一响，枝子就撑起身子，阻止春花过来，若过来了就跟春花急。这声音是憋出来的，表情是怪异的，做出的阻止手势也是强有力的。枝子如此而为还是第一次。毛病！春花在心里说，返身坐到自己的床边，思索枝子情绪反常的原因。这时枝子将被子用力往上一抖，将自己的脑袋盖得严实。不想见就算了，何必如此呢，春花很知趣，起身出去了，招呼也不打。

但一下宿舍楼，春花就听见了议论声，都是关于枝子的，关于人事办公室的。有人认得春花与枝子同住一室，见春花经过跟前就闭嘴不说，换个话题。联想枝子在宿舍的言行举止，春花就相信了风言风语。无风不起浪。初听时春花不信，认为说话者有目的，是嫉妒枝子在办公室工作轻松，故意往枝子身上泼脏水。但见几堆人议论同一话题，春花不信也信了。作为同乡与好友，春花惊讶地睁大眼睛，转身跑回宿舍。一进宿舍，眼前的一幕简直吓坏春花，但见枝子被子蒙头，在里面哭得厉害，却故意压抑哭声不让人听见。这样的经历春花也有过，知道人不伤心到极点时不会如此。春花关紧宿舍门，关上窗户，这样外面就听不见屋里的声音了。春花慢慢掀起枝子头上的被子。灯光下四目相对。刹那间，二人都有灯光惨白的感觉。枝子脸上全是清亮的泪水，眼睛哭红了，也哭肿了，像两只红透的桃子似的。春花的嘴巴张开又闭上，将想说的话又咽回肚里。春花转过脸去，眼底潮湿。沉默了一会儿，春花怜悯地说：“你笨啊！”

枝子再也控制不住，倏地坐起，冲春花喊道：“春花——”

春花安慰枝子：“你什么话也别说，你要勇敢面对，相信任何困境都会过去的。自己做的错事，自己坦然承担起来，想办法把损失降到最低，想办法让自己恢复过来，开始新的未来。这件事你没想到，我也没想到，只能说知人知面不知心，他就是个人面兽心的家伙。他一开始就在下棋，一盘诱惑你的棋，手段也太可耻了。你要把眼泪揩了，忘掉这个渣男。”枝子哭道：“他骗了我的感情，骗了我的单纯，他利用了我的弱点。我哭，是为自己太笨而哭，而伤心，还是社会阅历浅了，只看表面，只听好话，对事情不细致分析。我恨那个可恶的女人，但也感谢她，感谢她提前挑破了这层纸，让我没有跌进山崖摔个粉身碎骨，我还有人生的机会。唉，我笨呀！”春花轻轻地拍着枝子的后背：“自责有什么用？如果自责可以挽回失败，我倒希望你无休止地自责。其实不是你太笨，相反，你很聪明，这是家乡人有目共睹的，只怪曾伟太狡猾，狐狸尾巴藏得太深，即便火眼金睛也不易发现，包括我在内，一直把他当好人。他的本质有问题，结婚了就不能骗人。”此时枝子又流泪了。春花拿来一条湿毛巾，揩掉枝子脸上的泪珠，一边揩一边安慰枝子，过去的事就让它过去吧，展望未来。枝子止泪道：“听你的语气好像我被曾伟玷污了，其实没有，我是清白的，他就是在我身上占了一些小恩小惠，我的底线还是守住了。我再笨，也不会笨到不结婚就放弃底线。”春花放心地说：“既然如此，你更不要流泪了，眼泪是宝贵的，为该流泪的人而流。看来你受骗的程度只有五成，不是十成，恭喜你。”春花微笑一下，绷紧的神经松弛下来。枝子说：“我不是那种随便的女孩，我有自己的主见。我就是受不了那泼妇的污言秽语、那沉重的耳光、那渣男当我面的撒谎、他那无耻的嘴脸！”

春花安慰道：“忍一口气算了，保住清白就好。刚才在外面，那些议论者说得可吓人啊，说被曾伟爱人当场逮住了。真是谢天谢地，要是那样了，可是你心里一辈子的阴影啊，它会像魔鬼一样一辈子缠着你。我当时就想，你不是轻浮的女孩，不会轻易上别人的贼船。这一页就此翻过去吧。现在要考虑的是，曾伟爱人会不会再来公司找你麻烦。听别人说曾伟爱人是个厉害角色，不好对付，你要有所防范。”枝子不吱声，瞧着屋顶思索着。几分钟后，枝子伤感地说：“你觉得我在这厂里还有未来吗？”春花睁大眼睛：“怎么？你想回故乡吗？你打算放弃走出大山的追求吗？”枝子不甘地说：“不，我不会放弃我的追求，我会一直坚持下去，这个厂待不下去，我换个地方继续追求。这里企业多，东方不亮西方亮，相信有人会接纳我的。”春花说：“我认为你不走，曾伟爱人以后还会来找你。”枝子说：“我不怕她，我怕的是自己是女孩，顾及自己的脸面，她不一样，她什么脏话都敢朝我身上泼，又是本地人，别人会相信她说的，不会相信我。总之此厂不要我，我去别的厂，我会在追求梦想的路上勇敢地走下去。就此回老家，打碎自己的梦想，我不答应！”枝子语气坚定。

这时有人轻轻敲门。春花对这奇怪的敲门声是陌生的。她向房门投去惊诧的一瞥。枝子熟悉这敲门声，闻之，心海里波涛汹涌。枝子说，他来了。他是谁？春花糊涂地望着枝子。枝子生气道："除了渣男还有谁？"枝子要春花开门，让他进来。此时，枝子想与他进行理论，让受到创伤的心灵得到一些抚慰。枝子特别想听他如何回答，回答时是什么样的嘴脸。

春花认为在宿舍区大声理论这件事太不合适，会让枝子更难堪、更尴尬，是对受伤心灵的再次伤害。以枝子的性格，情急之下与他大吵，向他掷物件的可能性也有。沉默是金。春花说："不能让他进来。我想，门不开他会走的。此时与他理论，如同此地无银三百两。由我看，你忍忍吧，你守住了自己的清白，与人家理论什么呢？"春花说厕所里的粪便，沉静时不臭，搅动时臭气熏天。枝子说想听他当面的解释。春花说："能解释什么？无非向你道几句歉，安慰你几句，谎称对他爱人如何如何了。你信这种鬼话吗？听你说他在他爱人面前软弱无能，他敢吗？我想，真要与他理论，就找个适当的机会与场合，不要在宿舍里。"枝子见春花不开门，自己跳下床。春花赶紧从背后抱住枝子。枝子真的怒火中烧，此时只想喷他一脸唾沫解恨。枝子用力挣脱，春花的两手却像铁钳一般。春花一边安慰，一边将枝子推至床边，抱起枝子的双腿让她躺到床上。枝子喘息着，慢慢平和些了，脸朝墙壁。几分钟后春花打开房门，门口没有曾伟。春花小声说，他走了。枝子听了用被子蒙头。春花回望一眼枝子，再将头伸向门外探视，竟看见了曾伟，站在楼梯转角的暗处，朝春花轻轻招手。春花向他点头。接着，春花返身走到枝子床边，要枝子好好躺着，她去楼下寻人问个事后就回来。枝子没有吱声。春花出门时将门带上。曾伟对春花小声道："我们到楼下说话。我知道这个时候枝子不想见我，我也不好意思见她。"下楼时，二人的脚步声尽量轻。有员工与曾伟迎面相遇，曾伟神态悠闲地说随便看看。

一会儿春花返回宿舍，进门就告诉枝子，说曾伟权衡后决定让枝子离厂，安排枝子到别的工厂做事。曾伟熟悉那家工厂的老板，称枝子过去后，其工作会像在本厂一样轻松。枝子生气地质问如果不走呢，春花说：

“你不走不行的。你不走，曾伟爱人再来纠缠你怎么办？今天你保住了完美无瑕的脸颊，下次有可能头破血流，美貌被毁啊。你是离家千里的打工者，想胳膊拗过大腿难啊。我开始也不理解曾伟的想法，想来想去，觉得从关心层面，他是对的。”枝子愤怒道：“国家健全的法制置于阳光之下，他想赤裸裸地要挟，他想仗势欺人，我不怕！”春花安慰枝子，不要用鸡蛋去碰石头，他要挟，他仗势欺人，枝子拿他又能怎样。枝子望着灯光下有些昏暗的天花板，半晌无语。春花说：“曾伟叫你现在去老地方见他，有些话他想当面对你说。什么老地方，我不知道。”枝子斩钉截铁地说：“不见！清楚认识了他的真面目，一个胆小而无耻的人！我离开，离开这个让我伤痛的地方，不想再面对他，他不要我离开我也会离开的。”春花说：“不要逞强，还是去他介绍的那家工厂吧，你人生地不熟的，不好找厂做事，恨归恨，善意的帮助还要接受，鼓就鼓敲，锣就锣打。”枝子态度强硬：“办法总是人想的。我妈告诫我说，天无绝人之路。”春花沉默一会儿道：“要不你暂时回老家，待心情调整好了再来，或者在老家待着，我帮你联系好了工作给你发电报。”枝子走到窗边，望着窗外的天空思索着。天气清朗。月亮挂在天空上。过一会儿，枝子说累了，上床睡了。春花随后熄灯也睡了。黑暗中的枝子没有睡意，睁大眼睛，望着窗台边慢慢移动的月光，就想起了家乡的月亮，还想起了语文老师刘小明与讨厌的小秋，想着想着，一滴清泪挂在眼角。

晨光熹微。宿舍楼下面的樟树上，鸟儿的啁啾声清晰地传进枝子的耳里。枝子起床了，经过一晚的深思熟虑，她有了新的打算，决定抛开颓丧，放松身心，认为自己没偷没抢，不是犯人，不是贼人，一个清清白白的人没理由做贼心虚地离开此厂。洗漱之后，她与春花去食堂吃早餐。春花赞扬枝子的坦然和勇敢。事实上，走过宿舍楼梯时，熟悉枝子的员工，像平时一样亲切地招呼枝子。在食堂窗口排队，食堂师傅对枝子像平时一样客气，当众夸枝子越长越漂亮。与春花坐在饭桌边吃饭时，员工对枝子没有异样的表情，仿佛什么事也没有发生过。

第四章

曾伟被叫进了厂长办公室。有人听见厂长拍桌子的声音。过了半小时，曾伟出来时一脸沮丧，表情难看。回到人事部办公室，曾伟向枝子极力解释自己尽力了，向厂长不知说了多少好话，但没用，厂长铁心辞退枝子，说那件事影响了厂里的形象。曾伟劝枝子不要固执己见，安心去他帮忙找好的那家工厂上班。枝子不吃嗟来之食。枝子不明白犯错者是曾伟，为什么由她来承担这苦果。曾伟说："现在争论这个问题还有必要吗？我承认你是受害者，但反过来讲，我也是受害者，我们同病相怜。不信我撸起袖子，让你看我手臂上的伤痕，当时不是隔着衣服，就变成了流血的伤口。我认为有缘无分，是我们之间最大的障碍。"枝子面无表情："你是咎由自取。如果我执意不走，厂里会撵我走吗？"曾伟说："这种情况以前发生过。如果你执意不走，到时候门卫值班人员会撵你走的。国有国法，厂也有厂规。走吧，我现在自身难保。"枝子满脸愤怒，激动道："实践检验了你的虚伪与无耻。走，我走，我现在就走！"枝子倏地站起。曾伟见枝子识了时务，绷紧的表情放松下来，但见枝子又突然坐下，曾伟表情又恢复了原状。枝子提到了她的工资。曾伟就去找厂财务部负责人，一会儿拿回枝子的工资并交给枝子。枝子蔑视曾伟一眼，自信地说："此地不留人，自有留人处。我走！"回到宿舍，枝子就清理她的衣服，墙上挂的、皮箱里装的、床铺下面纸箱里放的，全部清理出来，堆放在宿舍中央，红的、白的、紫的、绛的五颜六色。它们是枝子与曾伟结识后穿过的，上面留有曾伟的手迹，其中也有曾伟给枝子买的。枝子从被褥下面拿起剪子，仅十分钟左右，就将眼前这堆衣服，变成了五颜六色的布条，然后抱起它们来到宿舍楼下，怨气冲冲地扔进了散发臭气的垃圾坑里。返回宿舍，枝子走到窗边，呼出一口轻松的气息。接着，枝子匆忙下楼，没去车间找上班的春花，而是径直走出工厂大门，她要去自己找工作。她相信此地工厂众多，总会有一家聘用她，给她一个适合岗位。可这段时间厂家不招人，让枝子应聘时一次一次失望。有的厂家缺人，可只招聘高学历的人才，不招普通员工，把枝子拒绝于门外。一连串的闭门羹，使枝子一脸茫然，挫伤了枝子的傲气，只是没有损伤殆尽而已。枝子强压糟糕的情绪，不显露于众目睽睽之下。

夜幕降临。春花找着了在路灯下走来走去的枝子，告诉枝子一个好消息，说曾伟被厂里辞退，枝子可以解恨了。可恨是解了，但枝子高兴不起来，因为自己失去了工作。春花安慰道："找工作的事急不得，慢慢找，有时就遇到了好的机会。你想啊，这儿是开放地区，全国各地的打工者涌向这里，我亲眼所见，有人在此等候几个月才等到工厂招人，我当年通过熟人来，来时也等了将近一个月。你来后顺利，是事先把你的岗位保留了。你能进人人事部办公室做事，是你长得漂亮的结果。"枝子生气道："不要提人事部办公室，你去宿舍楼下的垃圾坑瞧一眼，就知道发生了什么，我把你称为最漂亮的衣服，都剪乱扔进了垃圾坑，我想成为一个新的枝子，一个返璞归真的枝子。"春花沉默一会儿："经历过了曲折，人才能更好地成长，估计以后你在感情上会更有主见。"春花的语气是推心置腹的，她嘱咐枝子，以后不属于自己的，不要眼馋，不然带来的将是揪心的后果。她希望枝子吃一堑长一智，不再犯同样的错误，擦亮眼睛看人看事。春花也自责没有眼力，在枝子情感发展上，给予了错误的引导。

不过在这个地方，保姆一年四季都招，改革开放使这个地方富人多了起来，自然招保姆的家庭也多。就枝子的气质与自身条件，当保姆大材小用，但眼下找工作困难，枝子只能去当保姆，不能坐吃山空，这不是枝子的性格。春花告诉枝子，能招保姆的家庭，其家人素质一定不低，绝非“下三滥”的人物。去了就做两件事，家里有小孩的帮带小孩，家里没有小孩的，你就洗衣做饭做家务。

这是一幢三间两层的小洋楼，房前围了一个漂亮的小院落，院落两边栽种了四季常青的树木，院里修建了花台，花台上种植了芳香的花卉。院落左边与正屋屋檐相连处，紧挨围墙搭建了一间十多平方米的小屋。这就是枝子当保姆的家庭。枝子第一天走进这家的院门时，一位老太太热情地接待枝子。她是这个家庭的小男孩的奶奶，头发半白半黑，戴着眼镜，举止得体。老太太说：“以后把这儿当成你的家，我们一家人也会对你好的。”枝子说了感谢的话。小男孩的奶奶细致地打量枝子，见识了枝子标致的长相，夸道：“好身材，面貌也周正漂亮，皮肤好，能与我年轻时媲美。”枝子浅笑一下，听着不像夸自己，像是自夸。但夸时的笑容是慈祥的，让枝子明白她喜欢枝子。老太太说：“这么漂亮的姑娘可惜生在大山，又辍学不读书。”枝子纳闷老太太为何说这样的话。随后，老太太把枝子引到院里那间小屋：“以后你每晚就睡这里，本来楼上有空置的房间，可叫唤不方便。在你之前，已经住过一个保姆，屋里收拾得干净。先瞧瞧，如果觉得不中意，我再安排别的房间。”枝子打量以后说就住这间小屋。小屋里有窗户，墙壁装修过，涂上了白色的涂料，摆放着整洁的床铺，在窗户下面，摆放着一张漆着红漆的书桌，上面放着两本小说。枝子想，这两本小说肯定是前面的保姆留下的。能看小说说明心闲，心闲说明工作不累。

傍晚的厨房里，满是烟火气息。一个儒雅男人走进院里，衣服干净讲究，脚上皮鞋擦得锃亮。如果只看脸上的皮肤，不看白了一半的头发，很难猜出他的真实年龄。他相貌和善，为人谦逊。老太太向枝子介绍，说他是自己的老伴儿，一名公职人员，还有两年要退休了。老太太叫枝子以后直呼他“星星爷爷”。枝子真诚点头。接着，老太太的儿子和抱着星星的儿媳妇回来了，老太太接过孙子星星，抱到枝子面前说：“这是我孙子，叫星星，满周岁了，脸蛋胖嘟嘟的，笑得灿烂。”枝子把星星抱在手上轻轻抖动，星星不哭不闹，并露出可爱的笑脸，跟枝子没有陌生感。大家都说找枝子当保姆找对人了。

在客厅，星星爷爷询问枝子名字的由来，枝子告诉他，老家门前有几株栀子树，栀子花怒放时，屋场上氤氲着浪漫的馨香，刘庄人经过时摘几朵带回家里。可惜那几株栀子树现在没有了。父亲因这几株栀子树，给枝子取名为栀子，上学时老师图书写简单，就将“栀”改成树枝的“枝”，说这个枝字比那个栀字更有意思。星星爷爷听了，念出了描写春江晚景的“竹外桃花三两枝”的古诗。

天上星星闪亮。院门紧闭。院门外水泥道上，偶尔响起摩托车的奔跑声与人的断续的脚步声。厨房边的水坑旁，虫子轻叫。堂屋门缝里露出朦胧的灯光。院中的小屋里，初来乍到的枝子熄灯后背靠床头，思绪回到了家里，想到了家人，想到了自己为走出大山的付出，又想到春花与那可恨的曾伟，心情变得忧郁。这时老太太突然进来，拉亮电灯，说枝子以后的工作就是照顾孩子，到了烧饭时间由老太太带一会儿孩子，枝子一门心思烧饭，饭后枝子再带孩子。枝子认为带孩子是工作，做饭也是工作，同意了。老太太说：“其实家里平时吃饭人少，老伴儿和儿子及儿媳妇很少在家里吃早餐和午餐，只在家里吃晚餐。当然周末是例外。对，白天你带孩子，晚上由儿媳带。”接着老太太问枝子，最大的愿望是什么？枝子直言不讳地说：“我叫你婶吧。我不想一辈子住在巍巍的大山里，只想走出大山，过一种我期望的幸福生活。”老太太说：“追求幸福生活是每个人的自由，我支持你。其实实现你的愿望并不难，在此地，寻个富裕家庭的小伙，若喜欢，嫁过去就行了。”枝子脸红，垂头，这想法是她实现走出大山理想的计划之一。老太太离开时，嘱咐枝子好好做事，一步步去实现自己的愿望。

枝子每天的工作是重复的、机械的，看似轻松实则忙碌，不照顾星星的时候，她的身影出现在弥漫着烟雾的厨房。聪明的枝子在老太太的调教下，加上以往积累的一些厨房经验，很快掌握了烹饪的技巧，让这个家庭的成员没有发出挑剔的或者责备的声音。随着天气一天天变凉，院外那棵树上，枯叶只剩几片，地上的残叶也被风吹得不知去向。老太太出门买菜的时候，只要天气晴朗，枝子就抱着星星坐在院门口，瞧偶尔从树上掉落的枯叶。走进这个家庭以后，星星在枝子的照看下，没生过一场病，即便轻微的伤风感冒也没发生过。星星每次面对落叶，可爱的小脸更可爱了，可枝子面对落叶乐不起来，马上想到故乡的父母和弟弟春波，自己来此之后没给家里写信，春波也没有给枝子写信来，不知家里现在情况如何，枝子眼里有些潮湿了。把星星抱到小屋的床上，见星星快乐玩耍，枝子就坐到桌边给家里写信，可是提笔后不知道说什么，现在成为保姆了，如何好意思给家里说呢？于是枝子收起了纸与笔。

进入冬季，已经能感到北风的寒意，老太太向枝子提出，周末时星星有他妈妈照看，她计划陪着枝子一起去商场，给枝子购买两套合身的冬衣。枝子的工作深得老太太好感。可枝子要求购衣的钱自己出，要是老太太出钱，枝子就不去了。枝子说自己有钱，工资都存着。老太太反问枝子为何不把钱寄回家里，枝子说攒到一定数量再寄回家。老太太微笑了一下，从她的卧室里抱出几套旧衣服，不过看上去也是新的。老太太说："扔掉觉得可惜，自己身材发胖不能穿，你身材苗条，穿着合适。款式并不陈旧，布料也时尚。"心高气傲的枝子不想收下，但当着老太太的面，不想扫了老太太的兴，只好收下了。老太太突然说起春花。春花来过两次，老太太记在心里了。老太太说："春花是个好姑娘，我看人很准，她没有怂恿你离开我家的坏心思。对，这几件衣服如果你不喜欢，春花哪天过来，你给她，在厂做事，穿着抵挡灰尘也好。"枝子说喜欢这几件衣服，自己留着。

一个星期后，老太太突然给了枝子一个严肃的表情，称家里最近出现奇怪现象。星星爷爷回家吃午餐了，以前可不这样。枝子笑说：“婶多虑了，我听星星爷爷说，他单位食堂换了烧饭师傅，饭菜不适他的胃口。他也对你说过呀。”老太太仍然说这事有蹊跷。枝子在老太太离开后，认为一定是自己烧的饭菜对上了星星爷爷的胃口，他曾夸枝子是烧饭的能手。这天中午吃午饭时，星星爷爷不顾老太太坐在桌边，又表扬枝子的饭菜做得香。老太太眼里射出了奇怪的光。星星爷爷说：“随口表扬啊。其实枝子的表现，仅表扬是不够的。”老太太的眼光更奇怪了。星星爷爷看出了不好的苗头，于是说：“趁热吃饭，不然饭菜变凉了。”又一天，星星爷爷一高兴，竟忘记了老太太在桌边坐着，给枝子碗里夹菜，又表扬枝子：“没想到枝子到我家时间不长，就掌握了我们的口味，真不简单，年轻人就是有优势，聪明，记忆力强，适应能力快。能把我弄回家里吃午餐，枝子本事不小啊。”老太太语气生硬地质问星星爷爷道：“以前饭菜不行吗？你记着，那多半是我亲自烧的，你年轻时那么热衷我烧的饭菜，为何老了就改变了胃口？这变化也太大了！”星星爷爷笑说：“如果细加分析，每个年龄段胃口发生变化应该是有科学道理的，人的肠胃也在老化。”老太太争不过，当着枝子面不好意思争执，于是胡乱吃了，碗筷一放，就进了她的卧室，称有点困，想休息一会儿。星星爷爷冲坐在婴儿车上的星星说：“你奶奶不想抱你，长大后少孝敬她。”星星啥也不懂，就灿烂地微笑，腮帮都鼓起来了。接着星星爷爷一边吃饭，一边聊起枝子的父母。枝子羞怯道：“他们都是纯朴的农民。”星星爷爷说：“农民，好，朴实！”

每次饭后去上班，星星爷爷会打量枝子，眼光有点复杂，只是枝子没见到而已。星星爷爷在心里夸枝子像电视里的明星。有时故意把公文包留在家里，走到院门那儿时，就大声喊枝子，快把他的公文包拿给他。老太太不要枝子拿，说别理他，他自己没长腿吗，要枝子好好带孩子。没有老太太在场的时候，星星爷爷对枝子小声说，以后少听老太太的。枝子没有吱声，担心因为她的缘故，这对老夫妻闹不快。可枝子很快就打消了这种想法，她敬重星星爷爷的人品，通过了解，知道星星爷爷当年是某名牌大学的高才生，肚里装满墨水，有学问，做事一定经过深思熟虑。

晚上十点钟左右，枝子睡了，却听见院里有人走动的声音，接着响起不同的脚步声。只听老太太说：“心里有事，不要在院里走动，吵醒了枝子，也吵了孩子们的休息，他们明天都要上班哩。”星星爷爷生气道：“你不要跟着我好不好？我心里有事，在院里走动走动，清醒一下脑子，想些行之有效的办法应付明天的会议。”老太太没有吱声，接着枝子听见老太太返身进屋的脚步声。接下来半个小时，星星爷爷在院里来回走动着，脚步声有时清晰，有时拖沓，有几次似乎临近枝子小屋的门前。他有什么心思呢？枝子想不出合理的理由。枝子认为他可能年龄大了，工作压力重。次日，枝子见老太太一脸不悦。吃午饭时，星星爷爷像往日一样准时回家。经过院中小屋前，恰好枝子从小屋出来，他朝枝子微笑。枝子见老太太正在厨房里忙着，就小声对他说：“以后不要回家吃午饭，老太太不高兴。再说年龄大，来回折腾两腿累。”他说没事，走动也是锻炼身体。接着放低声音，说家里饭菜香，否则不会回来。这时老太太在厨房喊枝子快进去，枝子赶紧跑了进去，马上把坐着星星的婴儿车推了出来。老太太埋怨枝子，说厨房烟雾重，影响星星的健康。

三天后是星期天。老太太感冒了，去卫生所输液时要星星爷爷陪着一起去。星星爷爷坐在沙发上动也不动，称近期压力太大，心情也不爽，只想星期天在家清静清静。又说儿子今日也在家里休息，让儿子陪她去。最后是儿媳妇陪着老太太去了。半小时后，院门外有人把星星爸爸喊出去，今日同学聚会，他也走了。天气晴朗。院墙上洒满阳光。星星爷爷告诉枝子，哪天休息，带枝子去公园看清澈的池水、美丽的景色、怒放的时令鲜花与健身器材等。枝子对公园充满向往，只在电视上见过，想去亲身体验，就一口答应，问哪天去，他说：“不能定时间，不可能周末，要去，也是我在正常工作时间内请假。关键是，你的时间不能自己做主，去时又找什么借口？”枝子说跟老太太说明原因，什么时候都可以的。他严肃地说：“就是不能让她知道。她知道了就不好了。”他不言明为什么不好。枝子觉得他今日有点语无伦次，就用迷茫的眼光注视他。枝子说：“老太太不去才不正常哩。”他说：“老太太去了才不正常，有些事你不懂，她有时小肚鸡肠，喜欢浮想联翩，这是多年的毛病，已经改不过来。”他问枝子平时看不出来吗，枝子摇头，说老太太为人挺好的。他说老太太眼里容不下一粒沙子。枝子说每个人都不会让沙子进入眼睛，那太难受了。他没有吱声，进他的卧室拿出一沓整齐折叠好的钱，似乎早就准备好了。他要枝子收下钱，作为平时零用。枝子不接，说自己有零花钱。他问枝子是不是嫌少了，枝子说从来不收别人的钱，不是自己劳动所得不要。枝子记忆犹新，曾经收了不是自己劳动所得的钱，最后的结果令她揪心，同样的错误不能再犯第二次。这让他生气，他严肃地说：“那人是那人，我是我，给钱目的各不相同，那人给你钱有目的，我给你钱没目的，就是把你当女儿看待。”他不由分说，把钱塞进枝子的绛色裤袋里。他的举动让枝子发愣，不知所措，感觉自己处于毫无还手之力的尴尬境地。这让枝子欣喜不起来，表情有些失望。这时他坐到沙发上，嘱咐枝子这是小事，当它是一阵吹过屋檐的风，不让人知道就万事大吉，让人知道了就是节外生枝。枝子越听越尴尬，哪有做了好事不让人知道的道理？就疑惑重重地望着他。他看出来了，给枝子做解释，此举完全是基于枝子对这个家庭好，也基于自己有一颗怜悯之心，曾经也帮助过别人。枝子说：“既然如此，我如何回报呢？”他说：“不用回报，如果要你回报，我就不会给你了，只希望你在我家多待几年，闲时陪我聊聊天就行了。”刹那间，枝子觉得眼前熟悉的他，变得如此陌生，这些话，从一个儒雅者嘴里说出来不可思议。枝子想把钱退给他，但考虑他的尴尬，就打算暂时收着。接着，枝子抱着星星去了院中的小屋。

他一个人在家里看了几分钟电视，就去了院门外。他出去做什么，他没告诉枝子，枝子也不问。大约过了半个小时，他又返回到院里，听见枝子在小屋里逗着星星发笑，他就站在小屋门口，先是打量小屋，然后对枝子郑重说道："你在我家好好做，把星星照看满了三岁，我就替你找一份正规的舒适的工作，你的理想不是走出大山吗？只要我替你安排了工作，你的理想就实现了。"枝子的眼光突然放亮，对她来说，钱不是核心的东西，走出大山才是真正的核心所在。枝子激动地说："好啊，只要你说话算数，我把星星照看到五岁也行。"他笑说："放心，我说到办到。两年后，我还在岗位上，并没有退休。即便不在岗位上，我让我的部下给你安排。"说完他去了客厅。接着又响起电视的声音。

三天后的深夜，枝子听见老太太的卧室里，有热水瓶爆炸的声音。又过了一天，星星爷爷上班去了，星星的爸爸妈妈也不在家，老太太从外面回来，身后跟着一个姑娘。枝子抱着星星从小屋出来，正好与她们在院中邂逅。那姑娘与枝子目光相遇，因陌生，显得有些胆怯，赶紧垂头瞧地面。老太太从枝子手上接过星星，递给刚来的姑娘抱着，检验星星嫌不嫌。有趣的是，星星像第一次让枝子抱着一样，又是灿烂的笑脸。于是老太太对刚来的姑娘笑说："我孙子就是一个见面熟。对，你把星星抱到院外走动，我对枝子有话讲。"新来的姑娘抱着星星去了院外。老太太对枝子说："来的姑娘叫小凤，从现在开始，由她照看星星。我结清你的工钱，你走吧。"枝子一愣，缓过神后向老太太追问原因，自己样样做得好，为什么突然要我离开？仿佛夏天下冰雹，平静水面陡起波澜，枝子无法接受，至少给一个明确答复，枝子想，自己不能带着满腹的疑惑离开这个家庭。老太太说："我不想说穿事实的真相，你是一个聪明女孩，你必须走，我不想我家老爷子的精神出了毛病，美满家庭会因你而垮掉。"枝子急道："我不明白您的意思。我对自己的工作尽心尽职，您都看在眼里。"老太太生气道："你没见老爷子瞧你的眼神吗？老爷子因你已经神魂颠倒了，上班的积极性小了，这是多么危险与可怕！"说完，老太太进她的卧室，拿出了早就准备好的枝子的工资，不由分说，脸色黯然地塞到枝子手上。刹那间，枝子眼里噙满了伤心而委屈的泪水。

她张开嘴巴要说什么话，但话未出口，却被老太太的严峻手势挡在了喉咙处。为了回避老太太眼里射出的火一般的、不容解释的目光，枝子抬眼凝望天空，感觉明净的天空上罩上了一层雾幛。老太太说："你照看星星是尽力的，我看在眼里。但你不能在我家继续待下去了，有些事目前仅是处于萌芽状态，等到糟糕时就来不及了。客观地讲，错不在你，但你必须离开我的家。收好你的行李走吧。"话一说完，老太太又变得冷若冰霜，让枝子的心一下子落到谷底。

枝子离开了星星家，磨蹭到天黑以后，才回到春花的宿舍。见到春花的时候，枝子抱着春花痛哭起来，眼里溢出伤心的泪水。枝子紧紧抱着春花的肩膀，似乎害怕春花突然之间要离开她。春花怜悯地说："哭吧，好好哭一场，把心中的委屈哭出来，哭出来就好了。"见枝子抬头要说话，春花赶紧阻止道："你不要说话，尽情地哭，我知道发生了什么。"枝子用衣袖揩了眼睛，不哭，反问春花知道了什么，春花拉枝子坐到床沿，又拿来毛巾替枝子揩净了眼泪，伤感地说："其实在你进宿舍的刹那，我就知道你被辞退了，也知道辞退的原因，与你长得漂亮有关。"枝子不说被辞退，说自己最近天天失眠，想家，决定回一趟老家。春花说："你在骗我，你说了假话。"枝子说："告诉你吧，就是伺候星星时，与星星妈妈为些小事无法融洽沟通，你知道我的强势个性，既然难沟通，我不如趁早离开，我四肢健全，做事有力气，何必从事保姆工作？现在我终于明白了，从事什么工作也比做保姆好，至少不会顺着主人的意思，看别人的脸色。"可是这个时候，沙河镇可能大雪封山了，行动不便，最佳回家时间应为明年春天，春暖花开了，山里积雪融化了，人的心情也好了。

此时，生产车间正缺一名缝包员，找了几天，来了几个人都不适应。春花想找鲁兵说说，给枝子一个机会。枝子从事这个工作轻车熟路，不存在合适不合适的问题。再说先前与曾伟之间的事，后来都搞清楚了，是曾伟的本质有问题。次日，春花没想到跟鲁兵一说，鲁兵竟一口答应：

“回宿舍把枝子叫来，现在就上班。”这样，枝子再次成了一名缝包员。

顺着厂前的水泥路往南走六公里，就是开发区管委会的所在地，这里有办公大楼，有宽敞商业街，有货物齐全的商场等。一天下午厂里停电，枝子与春花来此购买冬装。来到商场，枝子购买了一套冬装外套，一件薄羊毛衫，一件单薄的毛裤。可一出商场，枝子对春花说：“我突然想到了父母下雪天的怕冷模样，想给他们买好冬衣寄回去，过年时我不想回去。”春花说：“你这一说，我也想给我的父母购买冬衣，这里的服装比沙河集镇上便宜。”于是二人返回商场，各自给父母购买了满意的冬衣后，匆匆来到附近的邮局邮寄了。回厂途中，春花问枝子，这次打工，收获最大的是什么。枝子毫不掩饰地说：“终于明白了，实现走出大山的梦想，不是当初想象的那么容易的，路上铺满了荆棘。但我不会放弃，会义无反顾地向前走。”春花劝道：“不必较真，如果一辈子在这里生活，你认为达到了走出大山的目的，但我认为不值，原因是，在我眼里，这里比我们家乡好不了多少，当然方便挣钱是例外。”枝子反驳道：“你错了，至少这里没有挡着视线的大山。”春花说：“如果以山而论，你嫁到平原，同样见不到大山。走出我们的老家，就是一望无际的大平原，能看到奔跑的汽车、冒着白烟的火车，还有弯曲的河流等，那风景也很美丽。”枝子幽幽地说：“来这里时我见过平原，但它不是我想去的地方，因为从普通人居住的房屋，能知道那里人生活得不富裕。”春花摇头说：“我明白了，你所说的走出大山，既要不见大山，又要有富裕的物质生活，你是不是好高骛远？”枝子诡谲一笑，大步朝前跑去。

又到了下班的时候，门卫把一封信交给枝子。信是春波写来的。

姐：你在厂里还好吧？爸爸妈妈天天惦记你。你邮寄回来的衣服收到了。你不知道，那天爸爸从镇上邮局拿回你买的衣服是多么高兴，几乎一路上都在微笑，一到家，就对妈妈说：“咱闺女长大了，能挣钱了，孝敬父母了！”妈妈迫不及待地抻开衣服穿在身上，叫我瞧合不合身，我说正合身，你不知道妈妈有多么欢喜。在我的印象中，妈妈很少笑的，但那天妈妈笑得好开心。妈妈笑的模样很好看。妈妈对爸爸说："还是枝子了解妈妈呀！"妈妈试过后，慢慢地脱下来，担心弄坏了衣服。妈妈说等到过年的时候再穿，让刘庄人都见识你从外地买回来的衣服。爸爸也是如此，妈妈让他试一下，他把衣服细致地瞧了一遍，叫妈妈收好，爸爸舍不得穿上，但爸爸脸上全是微笑。姐，我们这里下雪了，好大的雪啊，满山遍野都是皑皑白雪，树枝让白雪压弯了，家门前的池塘水面上结着厚厚的冰。你们那里下雪了吗？爸爸妈妈要你穿暖和，每天吃饱，不要亏待了自己，强健的身体才是挣钱的本钱。姐，最近你的语文老师又到家里来了一趟，他要你的通信地址，爸爸不给，也嘱咐我不说。他走的时候脸色不好看。还有那个小秋，讨厌死了，经常到我们门外转悠，总是问你回来了没有，什么时候回来。那天妈妈质问小秋为什么关心这事，小秋就跑了，说他家的猪正要喂食。姐，我觉得小秋的脑子有毛病。还有一件重要的事要告诉姐姐，家乡通电了，家里一到晚上，就有了明亮灿烂的灯光。

读完信，枝子眼前出现了爸爸妈妈的影子，还有那美丽的飘舞在空中的洁白的雪花，脸上是欣喜的笑容。春节厂里放假三天，除夕之夜，厂里能坐一百五十人的会议室，墙壁上挂着一台大屏幕的彩色电视机。没有回家过春节的员工，都陆续来到了会议室。室内的房顶上，六个彩灯变幻着五彩纷呈的颜色，给人梦幻一般的感觉。春节文艺晚会开始了。会议室里安静下来，大家集中精神看电视。枝子看得不眨眼睛，全神贯注，跟当年在沙河集镇上看电视一样的神情。嘹亮的歌声、优美的舞蹈，带给枝子的感觉就是一个字：爽！这个"爽"字背后的深层意思，枝子说不出来，但枝子能想到，它就是枝子渴望拥有的走出大山的美好感觉。想到走出大山的愿望，枝子在晚会结束后回到宿舍，睡在床上，突然想到了星星爷爷曾经对她的承诺。遗憾的是，后来她离开了那个家庭。枝子认为梦想的实现，如果不走捷径，真的太难。枝子清楚，虽然现在又在生产车间上班了，可是它给枝子的，只是一个立足点，不能让她实现梦想。捷径就是爬上梦想的梯子，可这个梯子在哪儿呢？星星爷爷不失为一个梯子，现在却攀不上了。枝子认为，以后要用心寻找这样的梯子，遇到了就牢牢抓住，不要松手。

震耳欲聋的春雷声又响了起来。一下，两下，三下，还伴有耀眼的闪电。为安全起见，生产车间拉闸停电，但员工不能离开，等一会儿乌云散开了，大雨停歇了，雷声消失了，闪电不见了，就继续生产，员工各就各位。停电让生产车间漆黑一片，大家都到生产车间的大门口站着。枝子与春花站在最前面。在老家的刘庄，这样的雷声与瓢泼大雨，一到春天就司空见惯，听着与看着都觉得亲切。墙壁上的排水管里，流下的浑浊的雨水哗哗作响，水响声让枝子想到了门前的池塘，春雨时，水面上泛起美丽的涟漪，庄稼因春雨变得绿油油。而春花想到的不是池塘，而是春雷一响，她在这个城市打工又多了一年。又一声雷声过后，鲁兵对大家笑说："春雨下得好啊，春雨一下，车间又要忙碌起来了。"枝子用费解的眼光瞧着鲁兵。鲁兵解释说："春雨贵如油。农民喜欢，我们生产饲料的企业更喜欢，原因是鱼池里增加了水。同时，春雷背后是气温升高，池塘的鱼要吃饲料了。每年，厂里都在春雷响过之后，就大量生产鱼饲料，满足市场需求的同时，还要屯货以备旺季销售之需。"春花告诉枝子，这个厂以生产鱼饲料为主，夏天是销售旺季，有的经销商，在厂里等几天才能提到货，拖鱼饲料的车辆，有时候排起了长队，从成品库门前一直排到厂大门那儿。

第五章

有一位叫小胖的经销商，专门销售厂里的鱼饲料，生意做得大，很受厂长赏识，并给予他最大优惠。小胖与鲁兵是亲戚，这层关系让生产车间的大门对他总是敞开的。他个儿一米八三，体重达到了令人咋舌的一百一十公斤，挺起的啤酒肚让他看起来像将要临盆的孕妇一般，因为太胖，又因为年龄才三十一岁，人们叫他小胖。他也喜欢这个称呼，听着顺耳。小胖对胖倾注了更大的热情，在他心中，胖是有钱人的特点之一，他在电视上看见凡是有钱人或经理老板类的人物都是胖胖的，而不是那种腰板瘦削的样子。但太胖也让他的走路姿势，像鸭婆似的那样不雅。气温一天天升高了。小胖这天叫他的专职司机，把他的东风牌140汽车，开来厂里拖鱼饲料。来到厂里，他就找了厂长，返回驾驶室时满面春风，告诉司机，今年给予他更大的优惠。小胖是厂里饲料销售的大户，被称为经销商里的“大哥大”。想到小胖去年赚钱可观，今年赚钱更多，司机羡慕道：“这叫越是有钱而钱来得越是容易。”司机佩服小胖长着灵活聪明的脑袋。

小胖想找鲁兵聊聊。走进生产车间就大声喊道：“鲁兵！鲁兵！”不见鲁兵答应，估计是机器声音太大，鲁兵没听见。于是小胖打算过一会儿再找鲁兵，来到缝包的地方看看。可是看见枝子后，眼睛一亮，称枝子太漂亮了，忽略了枝子旁边还站着的春花。小胖瞧枝子的眼光不仅是惊讶，更带有强烈的迷恋，觉得是一种视觉上的盛宴。小胖想不明白，流汗的车间里竟然藏龙卧虎，有枝子这样的美女，实在匪夷所思。作为暴发户，小胖多次出入高级宾馆或灯火辉煌的歌舞厅，见过美女如云的场合，但他认为那些美女，与枝子比较都要逊色，他还没见到过能与枝子媲美的姑娘。小胖在心里惊呼：这身材，这脸蛋，这神韵，这气质，电视上见过，生活中没有。漂亮，标致，美丽，生动……

小胖想知道枝子的名字："可以把你的名字告诉我吗？"枝子停止缝包，抬眼一瞧，第一次见到如此胖的人，脸胖，手胖，肚胖，腿胖……总之全身上下都显胖，没有一处给人瘦的感觉。枝子奇怪地说："我不认识你，凭什么要告诉你呀？"小胖尴尬地浅笑道："我是好心，就是想知道嘛，并无恶意。其实你不告诉我也没事，我马上就会知道的。你这么漂亮在这儿做事，实在是大材小用了。"枝子诧异地瞧着小胖，带着怀疑的眼光，在想这胖子关注她背后的动机。小胖就做了进一步的解释。枝子问小胖平时吃的什么竟然长成这样，小胖脸红了，跑上铁板做成的楼梯。枝子向春花打听这胖子是谁，春花支吾其词说不清楚，要枝子安心工作。

小胖径直来到四楼，找到了正在检查设备的鲁兵。小胖恳请鲁兵："表哥，今日中午我们去餐馆，不要推辞哟！"鲁兵笑道："一来就请我吃饭，不愧是个有钱的老板，好啊。"小胖要鲁兵把打包的枝子带上。鲁兵费解地追问原因："她是缝包员正忙着哩，带别人可以，就是不能带上她，我不能因为带上她到外面吃餐饭而影响车间的正常生产。"小胖生气地说："表哥，你就不能成人之美吗？我现在单身哩。小英病死之后，我一直没遇着一个适合的，今日算是遇上了，做梦没想到竟然这样的人在你的车间上班。"鲁兵说："好吧，我安排一个人顶替枝子缝包。但我要问你，是不是头脑发热，你可是有钱的老板，只要你想找，找个本地漂亮姑娘轻而易举，何必追求一个外地女孩？不要头脑发热做出错误的决定。"小胖再次恳请鲁兵，无论如何要促成这桩美事。小胖真诚地说：

“表哥，我真的想好了，不是头脑发热。”小胖说枝子就是他的意中人，能与枝子成婚是他一生最大的幸福。鲁兵说：“枝子能不能同意我不知道，如果不同意，你就打消你的想法。要夏天下大雪，那是乾坤倒转，不可能的事。”小胖不这么认为，说，有表哥帮忙，这事准成。一个外地来的打工者，岂有不尊重车间主任的？鲁兵说这是两码事，一码归一码，不可同日而语。小胖就表示，事成之后对鲁兵有重谢，不仅仅是吃喝，也不仅仅是给点小恩小惠。鲁兵笑说：“不要你报答，咱们是亲戚，能办到的事，一定不会让肥水流进外人田。不过有言在先，我没把握，只能试试看，枝子答应了是好事成双，不答应也是她的自由选择，你不要为难她。就我所知，她是一个有意志、有理想的姑娘。”小胖连连点头，将“遵命”二字连说了两遍。

当鲁兵把枝子叫到车间外面时，春花一脸费解的表情，不知是好事还是坏事，印象中，这是鲁兵第一次把枝子叫去单独谈话。二人来到车间背后的墙壁下站着，此处方便说话，没人往来。鲁兵对枝子推心置腹，与枝子进行深层次交谈，无论态度还是语气，都让枝子明显感觉到了。鲁兵把小胖心思说给枝子听，同时细说了他与小胖之间的亲戚关系，特别向枝子细致介绍了小胖的家庭情况，且说且瞅枝子的表情，见枝子有惊喜，也有质疑。鲁兵说：“我说的都是实话，哪天你去看了他的渔场，看了他的家庭环境，你就明白了他的实力，反而会认为我的介绍语言贫乏，苍白无力。真的，在他的那个地方，他算是一个有钱的人，是改革开放造就的暴发户。”有钱！枝子眼睛一亮，精神一振，她清楚，钱对于她实现走出大山的理想，是至关重要的。好汉无钱处处难。一分钱难倒英雄汉。这都是老家的说法。能成为俗语广为流传，肯定有它的道理。因为小胖有钱，枝子对小胖的看法发生了质的变化，在欣赏与讨厌的天平上，朝着欣赏那一端倾斜。于是向鲁兵小声询问小胖的年龄。鲁兵说：“我知道你的年龄，实话实说，小胖大你一截，但在我们这个地方，年龄不是问题，老夫少妻是常见的，男的经得老，女的老得快，婚后你们走在一起，别人不会产生老夫少妻的印象。同时我知道小胖注重保养，你看他脸上没皱纹，光光溜溜的。我与小胖一起长大，我了解他，外表有些粗陋，脾气有点暴躁，但心地善良，是个靠得住的好男人。你想啊，如果他在外面花心不顾家，他能积攒现在的财富吗？对，他结过一次婚，但他前妻是病死的，不是小胖折磨死的。他们没有留下孩子，婚后你不会产生前娘后母，难以做人的烦恼。”枝子失望地说：“结过婚的。”鲁兵说：“这有什么呀？前妻是死了，不是离婚，你没有后顾之忧。其实有过婚史的人，才更心疼他的后妻。就我所知，他与前妻生前没吵过一次架，这事到时候你询问他家附近的人就知道了。”

枝子没有回答，只是微笑了一下。

在餐馆，枝子与小胖的交谈，起初有些尴尬，但一会儿后就开始融洽了，投机了许多，彼此脸上都有了自然的笑容。二人谈不上一见钟情，却找到了交谈的话题。酒菜端上桌时，枝子见包括司机在内一共才四个人，竟然上了一桌子的菜，觉得过于浪费了。小胖说无所谓，浪费就浪费嘛。一脸的大方表情。吃饭时，鲁兵与司机都知趣，简单吃后就找借口离开了，给枝子与小胖腾出了交谈空间。小胖专门投枝子所好，说一些枝子爱听的话。毕竟在商场上混的时间不短了，一听枝子的语言，就能把枝子的心思知道一个大概。时间在慢慢地过去。二人说话少了顾忌，同时互相恭维了。小胖夸枝子太漂亮了，漂亮得找不到好词来形容了。枝子也不提小胖的胖，净夸小胖有赚钱的能力。待二人走出餐馆的时候，二人脸上都有了喜悦的表情。他们达成了初步协议，三天后是星期日，小胖开车到厂里接枝子与鲁兵去他家里。枝子能答应去小胖家里，是因为她想与有钱的小胖交往，有缘就走到一起，实现走出大山的理想；不能走到一起，也不损害自己什么。横算竖算自己都是赢家。

周末，小胖做了精心打扮，黑发上涂抹了放亮头油，穿了一套黑色西装，西装让小胖的肚子变小了；脚上的黑皮鞋是新买的，还戴上了粉红的领带。随后，小胖自己开来一辆黑色小轿车，把枝子与鲁兵接到他的家里。在车上，枝子暗中仔细打量小胖，发现小胖看着顺眼，也够气派，不是不能上桌面，一看就知道是个有钱人。特别是黑色小轿车，枝子想，在老家只有县领导们才能坐的，小胖竟然拥有了。但枝子不知，这辆黑色小轿车是二手，小胖购买它花钱不多，厂里众多饲料经销商里已经有很多人拥有了这种二手轿车。

小胖把黑色轿车停在自家门前，待枝子与鲁兵下了车，就把车开到屋侧面的车库停好。这是一幢三间三层的漂亮小洋楼，令枝子眼前一亮，好是羡慕。原来小胖真的有钱，不是徒有虚名。枝子看见房子外墙上，溜光的瓷砖能照出人影。门窗全是闪光的铝合金。屋场上进行了水泥硬化，既平坦，又不见灰尘。场边上还栽种了四季常青的树木，刮过一阵风，枝子闻到了树叶的馨香。让枝子没有想到的是，粗鲁的小胖表现绅士，右手往前一伸，头稍低下，请枝子走在前面，非常有礼貌。为了让枝子与小胖交谈方便，鲁兵就不进小胖家里，在外面随便走动。这天小胖家里人都出去了。小胖解释家人有事，实际不想让枝子不便，没有家人在场，枝子能更好地与小胖说话。从一楼走到三楼，又从三楼下到一楼，枝子想到了四个字：豪华富贵。通过与小胖进一步交谈，枝子认为小胖为人真诚，是真心喜欢她，不是有钱人玩弄她以图谋不轨。看小胖的卧室时，枝子的印象是奢侈，觉得一个粗俗的人，每晚睡在这种奢侈的房间，有点不可思议。小胖激动地说："如果老天有眼，让我们走到了一起，结婚时我不会将婚房选在这里，我要在三楼重新装扮一个气派豪华的婚房，比这儿更奢侈，让你不由衷满意都不行。见到你以后，我突然明白了我挣钱的目的，为你，这辈子能为你挣钱是我最大的快乐。"枝子感动地说："谢谢你。但我们八字还没有一撇，能不能水到渠成还是个未知数。"小胖语气异常坚定，说他会努力的，相信世上无难事，只要肯登攀。枝子在心里说，自己一定要走出大山，挣脱大山的束缚，过上富人的日子，享受时代发展的美好。

接着，小胖把枝子带到他的渔场观看。渔场非常壮观，一个鱼池挨着一个鱼池，中间隔着水泥硬化过的路面。眼前有多少鱼池，枝子无法估计。反正眼前的鱼池四四方方，水波清亮，水中有天空的清晰倒影。但枝子垂直望过去，感觉最边上的鱼池非常小，只有眼前鱼池三分之一大小。想不到这世上还有如此规模的渔场，枝子讪笑自己的孤陋寡闻。当然这世上还有比这大得多的渔场，只是枝子没有见到而已。枝子瞧着小胖质疑地说：“都是你的？”小胖郑重地说：“是的。放心，我不会把你带进别人的渔场，这种华而不实的事我是不会做的，也做不出来。自己的就是自己的，别人的就是别人的，黄牛与水牛不搭界。为人要诚实，这是我小胖做人的底线。”枝子笑说：“不要在我面前老表决心，我相信你就是，不相信，或者我有别的想法，我从你家里一出来，就会找个借口要你把我送回厂里，我不会跟着你来看鱼池。”小胖迫不及待地说：“这么说你答应我了？”枝子睁大眼睛反问，答应了什么？枝子解释好感与答应有一段距离，又说心急吃不了热豆腐，好事多磨。接着枝子问小胖，这么多鱼池一年能赚多少钱？小胖却给了枝子一个神秘的微笑，称暂时保密，等他俩结婚时再告诉枝子。枝子说：“你不告诉，当我没说。”小胖向枝子伸出了五根手指。枝子问，五千？小胖摇头。枝子说，五万？小胖笑说：“你还是不要问了，我说了你也不信，再说我也没有认真统计，今年的收入中含有去年的，不准确。”枝子说，是的，信嘴说的话不能当真。这时枝子听见鱼池水面上溅起了水响声，循声瞧见水面上冒出了很多鱼，张开嘴巴，很是有趣。它们在干什么呀？小胖笑说，它们在欢迎未来的女主人。这显然是假话，但脸红的枝子爱听。枝子不想让小胖见她脸红了，快步朝前走，没想到一只脚踩在池边，身子摇晃，不是小胖眼疾手快拉住她，枝子就栽进了池中。枝子尴尬地说：“没想到胖胖的你看似有些木呆，反应能力倒是挺快的。”小胖扮个鬼脸，微笑道：“说哪里去了？木呆能当老板吗？木呆能赚钱吗？赚钱可是能力的表现。”枝子笑说：“你说得也是。喂，我喊你小胖你不介意吧？”小胖说：“你喊我我不介意，我手下员工这样喊那可不行，我是老板呀。

真的，听你喊我小胖感到好亲切，喜欢听，听着舒服。”枝子给了小胖一个媚人的微笑。

有鲁兵的精心安排与撮合，枝子与小胖的恋情，半月之后，就到了交谈没障碍与顾忌的地步，原本不是这个时间段说出来的话，顺嘴说出时，彼此都不脸红，像交往一年半载的恋人一般。恋情升温如此之快，缘于二人都揣着对方不知的心思，枝子一方，想利用小胖的富裕做文章，认为与小胖结婚，无疑是实现走出大山理想的一条光明而平坦的、撒满鲜花的捷径。遗憾的是年龄与相貌有点悬殊，但相比走出大山，这又算得了什么？而小胖，现在整个身心都投入到枝子身上，吃饭时想着枝子，睡觉时梦见枝子，有一日不见如隔三秋的感觉。他把枝子比喻成为一朵馥郁清香的花朵，真想三下五除二，把这朵花采撷到手。于是，小胖将渔场的事，全部指派熟悉而放心的专人打理，他一门心思打好与枝子的恋爱战役。

车站的月台上人声嘈杂，枝子觉得与小胖的关系发展成熟了，可以带回老家让父亲过目，如果一切顺利，就与小胖走进婚姻的殿堂。鲁兵与春花来给他俩送行。火车还没进站。春花嘱咐枝子：“回去后，如果父母对小胖不好，你要有耐心，好好做父母的工作，不要与父母发生争执，父母毕竟是父母，把我们养大不容易，付出太多辛苦了。冲动只能火上浇油，于事无补。”枝子说：“我会把握分寸，我相信不会出现你说的那种情况。如果真的出现了，我会做父母的思想工作，这事是我深思熟虑后做出的决定。不过我也清楚父母非常传统，还将过去那套封建规矩奉为圭臬，但我已有思想准备。”鲁兵把小胖叫到一边，嘱咐小胖去了枝子家，要怎样应酬枝子的家人，要注意哪些细节。同时提醒小胖在车上，向枝子了解她老家的风俗习惯，做到心里有数，打有准备之仗。上车后，枝子打开小胖准备的行李，发现除了给父亲准备的各种礼品，还有各种新鲜水果，觉得小胖是人粗心细，真的行。小胖嘿嘿一笑：“不好好表现，煮熟的鸭子就飞了。”

在车上待了几十个小时，枝子与小胖一下车，就呼吸着新鲜空气。在餐馆随便填饱肚皮，二人就坐上了开往沙河集镇的班车。弯曲陡峭的山路上，班车缓缓前进，司机谨慎驾驶。一路上，小胖除了偶尔与坐在身边的枝子说几句话外，眼睛一直盯着车窗外。他充满好奇，慢慢消失在车后的风景是他没有见过，或者说见过但没有认真看过的，那连绵起伏的山峦似曾相识，然而又有一种自己说不出来的韵味。那绿叶旺盛的树木叫不出名儿，是那样生机勃勃。那悬崖处的光秃石壁等景致，都是他有生以来第一次见到，太稀奇好看了。这里的美丽都是原生态的，所有景致编织成一幅有趣的美丽的画，达到了和谐与统一，相映成趣。潺潺的小河流与逶迤的山川相得益彰；大地与天空成为绝配。生在平原、长在平原的小胖想，平原的风景怎么能与这里的风景相媲美呢？由美丽的风景，小胖又想到了枝子的美，就转过脸来对枝子说："今日终于明白了大山深处出美女这句话的内涵了。"枝子问，什么意思？小胖说，枝子就是最好的佐证。明白意思的枝子莞尔一笑。接着，枝子问小胖的文化程度，小胖脸红，说初中毕业还差一年，但喜欢语文，爱看爱情小说。

第六章

班车到达沙河镇汽车站的时候，太阳正挂在西边天空上，小胖不感到难耐与闷热，切实感受了此处天气的热度比他的家乡低，若此时在家乡，绝对满头大汗，衣服透湿。小胖抬着头，见有鸟儿从头顶上飞过，并留下清脆的鸟音。小胖感觉大山深处的天空比家乡更蔚蓝，缓缓飘动的几片彩云也更好看。来之前就听枝子多次说过沙河集镇，小胖要好好欣赏一番，就站在一个稍高位置放眼望去，觉得它过于寂静，偶尔才能听见几声断续的说话声，其规模之小也出乎小胖的意料，与自己家乡的集镇没法比。小胖没看出它的繁华。枝子走到小胖身边，从小胖脸上的表情知道心里所想，就解释，此时没有赶集的人，所以看不见它的热闹，逢双日早晨开集市的时候，可是人声鼎沸。

走在回刘庄的大路上，小胖的眼光几乎都在瞧山两边的景致。枝子却在想一会儿见到父母，如何向父母解释，假如他们不悦意又用什么办法化解。枝子最担心刘庄人说，她与小胖一起不相配。枝子一边走，一边暗中打量着看风景的小胖，此时有点恨小胖太胖，本来五官还看得过去，因为胖有所变形；特别是那对眼睛，好像长在厚厚的肉里。

枝子带着小胖走到自家门前，一路上没遇见刘庄人。家里只有母亲张明清。张明清见枝子带回一个陌生的胖子，刹那间睁大眼睛，心慌意乱且一脸窘态。小胖却对张明清真诚而亲切地喊了一声“妈”。怎么能见面就是妈呀？张明清越发惊慌失措。枝子解释：“妈，他叫小胖，我的朋友。”张明清把枝子叫到一边小声道：“朋友与同事有区别吗？”枝子笑说：“当然有区别，同事就是一起做事的人，朋友就是男女间交往的人。”张明清明白了，心里急着，但碍于小胖在场，又不好意思埋怨枝子，于是给小胖倒了一杯茶，让小胖坐在饭桌边慢慢喝着，把枝子叫进厨房并关了门。张明清埋怨道：“你如何把这个老男人带回家了？都胖得不似人形了，成心让刘庄人讪笑我家吗？你呀，胆太大了，这么重大的事情，竟然擅自做主，事先都不给家里通报一声。这该如何办呀？”张明清一着急竟语无伦次。枝子变色道：“不要这样看人家好不好？人家就是年龄大了一点，长相粗糙点，这有什么不妥吗？男人胖不是坏事，有力气，在外面做事不被人欺负。我就喜欢这种有力气的胖男人。妈，小胖是老板，有钱。一会儿你瞧了小胖给你和爸带来的礼物，你就知道小胖多有钱。把小胖带回来的意思，就是让你和爸认可他，也让刘庄人知道我枝子的男朋友是个如何有钱的人。”张明清听了更生气：“听听你在说些什么。如果婚姻建立在钱的基础上，有什么幸福可言？刘庄里这种事例还少吗？你要想清楚。你应该征求我和你爸的意见。我告诉你，这个小胖，我这关过不了，你爸那关照样过不了。你呀，叫妈怎么说你好啊。”枝子说：“不要以貌取人，相信我的眼光，我看人不会错，再说我与他过一辈子，我愿意了你们还有什么不满意的？”母亲着急地说：“这人实在上不了台面呀。村里姑娘多，人家找的姑爷穷也好富也好，但那人才与年龄，起码能过大家的眼睛。男女走在一起要般配。你与小胖站在一起会让人笑掉大牙，不信你偷着用镜子照照就知道我说得没错。”枝子气道：“妈，我是铁心这辈子跟小胖过，你不要为难女儿了。我要走出大山，这是我的梦想，小胖能带我实现走出大山的梦想，我不能放弃他。机会难得。错过了机会等于错过了美好人生！”张明清叹道：“冤家啊！”

张明清安排枝子让小胖坐在家里，不要在刘庄东瞧西望，刘庄人对外地来的陌生人既好奇，又敏感，必定会与小胖说东道西，那就丢人了。见枝子一脸不情愿，张明清不与枝子理论，赶紧出门，却被枝子拉着："妈，你先看看小胖带来了什么。"此时小胖已把带来的礼物，全部摊放在墙壁边的木板上，都是高档衣料与贵重补品之类，还有李汉光抽的烟等。孤陋寡闻的张明清，不知道它们的真正价值，扫了一眼那些礼物，再次出门去坡田里找李汉光。家里出了这么大的事，夫妻俩要商量应对之策。张明清跑得气喘吁吁，没到田边就冲李汉光大声喊："你还挖什么呀，家里出了大事了。"李汉光一愣，诧异而惊慌地瞧着张明清，待张明清小跑到跟前，冷静地说："什么事大惊小怪的？"张明清说："枝子的男朋友又老又胖又黑，她把他带回家了，此时正在家里坐着喝茶，叫小胖。这怎么得了呀。"李汉光睁大眼睛："枝子信上没说谈朋友了，怎么突然就带回来了？"李汉光丢掉手上的锄头，夫妻俩赶紧回家。走了几十米，张明清说："我们不要急着回家，商量一下对策。"李汉光咬牙切齿地说："没什么好商量的，叫那个小胖现在就离开我的家，不要坐在家里丢人现眼了。俺家住在刘庄中间，人来人往的，见了多不好！"张明清说："可枝子铁了心跟定他，我们要从长计议，慢慢做通枝子的思想工作。我认为，我们还是对那个小胖友好一点，明天让他先回去，不让枝子跟他一起走。他走了，我们就好收拾枝子了。二人不见面，时间一长都断了念想，这是最好的解决办法。你不能冲动。"李汉光大声道："这种事我能不冲动吗？又老又胖又黑，枝子不是瞎了眼吗？气死我了。你听那小胖的口音是哪里人？"张明清说是枝子打工那地方的人，是个有钱的老板。李汉光更为生气："他的钱再多，我们不能把枝子送进火坑啊，人活一张脸！让枝子嫁过去，刘庄人会讥讽我们用闺女换钱，以后在刘庄挺不起腰杆了，再说，年龄相隔那么大，枝子以后有什么幸福可言？"张明清认为冲动只会让事情雪上加霜，叹息一声后，跟李汉光再商量，二人最终达成一致意见，把小胖作为枝子的同事，对刘庄人也这么说。不准枝子人前人后说小胖是她带回来的男朋友，用"同事"二字迷惑刘庄人，刘庄人就不会大惊小怪；然后打发小胖离开刘庄返回老家。

而枝子在张明清出门之后，就让小胖看自己的卧室。体重过高的小胖，一坐到枝子的床铺上，枝子赶紧拉他起来，笑说：“你还是站着吧，坐断了床铺，我晚上就没地方睡觉了。”这让小胖有点尴尬，为回避这个尴尬，小胖就到门外走动一下，借此看看枝子平时津津乐道的刘庄。枝子说：“你去吧，不要走远了，我把卧室收拾一下。”小胖一出门就被枝子家门前的池塘吸引了。太阳还没落山，水面上金光耀眼。小胖站在池塘边，认为这么好的一个长方形池塘，又不乏水源，可惜里面没有养鱼，就几条自然生长的小鱼。池塘里长着水草，如果在他老家，这是养鱼的好所在，每年养鱼收入是很可观的。小胖小声自语道，这里的人们，致富观念慢了半拍。改革开放的春风是一样的，但吸收春风的能力严重滞后了。让小胖没有想到的是，这时一条黑狗突然奔他而来，因没有弄出大的动静，没有发出吠声，小胖没有丝毫的防范。黑狗嘴巴张开，露出了尖尖的牙齿，典型的龇牙咧嘴，溜到小胖身后时，没有一口咬着小胖的腿，而是猛地发出吠声。小胖闻声一看，吓得魂飞天外，在黑狗的嘴巴快要凑到自己的右小腿时，情急之下不小心退进了池塘。好在池水仅淹及小胖的胸部。此时的小胖脸上溅满水珠，样子滑稽可笑。可黑狗并没就此离开，站在池塘边上望着小胖继续狂吠，舌头伸出嘴外，因没有咬着小胖情绪激动。这时小胖听见有人说：“黑狗，跳进池塘咬那个胖子，咬破他的脸，让他脸上流血！”黑狗闻声真的吠得更凶，四只脚不停跳动，要跑下去又怕水的样子。小胖循声望去，看见了枝子屋侧边的那棵大树身后，露出了一个清晰的脑袋。此人是小秋，刚才是他唆使黑狗咬小胖。这时小秋再次把刚才说过的话，对黑狗复述一遍。小胖义愤填膺，冲树下的小秋大声嚷道：“我没得罪你，为什么如此歹毒？”小秋说：“你不懂，把你咬跑了才好，你要不离开刘庄，我就让黑狗咬死你！”话音刚落，枝子跑了出来，一见眼前的情景，明白发生了什么，先赶跑了黑狗，再把小胖从池塘里拉上来带进家里，找出父亲的干衣服让小胖换上。

在小胖换衣服的时候，枝子出来找小秋质问：“你为什么要这样？他得罪你了？我枝子得罪你了？他是我枝子的朋友！”小秋激动地说：“他不配当你的朋友！”枝子说：“他配与不配是我的事，与你没有相干！”小秋坚定地说：“不行。他必须离开你，我管定了。在我眼里他就是一个流氓！”枝子急道：“你什么意思？”小秋说：“意思就是他必须离开刘庄！”小胖怒火中烧，认为小秋不怀好意，在无理取闹，破坏自己的好事，就在大门旮旯处找棍子，要给小秋一个深刻教训，可是没有找着棍子，只好从屋里跑出来，一到小秋面前，不等小秋反应过来，就狠狠抽了小秋一耳光。小秋被抽得身子不稳，后退几步，小胖上去又是一耳光。小秋眼里射出了愤怒的火焰，明知不是小胖的对手，依然像一头咆哮的狮子扑向小胖，抱住小胖的腰，将左腿膝盖往上一提击中了小胖的裆部。小胖痛的样子极像刚才黑狗的龇牙咧嘴。但小胖没有就此放开小秋，而是忍着痛苦将小秋摔在地上，然后骑在小秋身上，在小秋脸上左右开弓，抽打耳光。这时村民们闻声赶来解救小秋，枝子也要小胖住手，可小胖打得红了眼，不把枝子叫停的话当回事，一边抽小秋的耳光一边大声道：“老子从记事起没有外人敢打我，你小子吃了虎胆，我告诉你，老子用钱就能砸死你！信不信老子现在就把你打死，老子有钱赔偿你！”这话激起了众怒，在场的人们都提起了拳头。枝子冲小胖大声喝道：“小胖，你住手！”枝子使出全身力气把小胖推到一边，然后拉起了小秋：“你走吧，过后我给你赔礼道歉。”小秋嘴巴与鼻子在流血，他瞧了一眼枝子就走了。小胖用手捂着自己的下体回到枝子家里。村民们一边散开一边议论：“枝子这么漂亮的，在哪儿找了一个不讲道理的丑老头，来刘庄显摆自己几个臭钱！”枝子听得面红耳赤，无地自容。

小秋爸爸得知儿子被打，在路上拦住李汉光讨公道。李汉光大惊失色，不信会发生这种事情。又想，如果真没此事，小秋爸爸不会如此。于是李汉光与张明清向小秋爸爸赔礼道歉。好说歹说，小秋爸爸才谅解此事，但嘱咐李汉光回家之后，一定要赶走这个丑陋的老男人，不让枝子这朵鲜花插在牛粪上。走时，小秋爸爸“哼”了一声，往地上吐了一口痰。实在太打脸了。李汉光与张明清匆忙往家里走。然而不等到家，张明清又做思想工作，觉得这事只能息事宁人，不能过分渲染，如果把枝子逼得无路可走，是自己给自己脸上抹黑。李汉光消了消气，决定尽量克制自己。

李汉光回到家里时，小胖起身相迎，并亲切地喊着伯父。李汉光似理未理地坐到饭桌边，小胖赶紧给李汉光递上一支名牌香烟。李汉光迟迟不接，枝子赶紧把烟接到手上递给父亲。枝子说：“爸，刚才发生的事，都是小秋的错。当然小胖也有错，但主要是小秋错了。”李汉光说：“你什么都不要说了，我清楚。进厨房帮你母亲烧饭。”枝子就去了厨房。李汉光细致打量小胖，然后与小胖交谈。

厨房里，张明清对枝子说：“你要有思想准备。”枝子知道母亲话中含义，激动地说：“妈，这是断我走出大山的梦想啊。”张明清说：“什么梦想不梦想，你那是胡思乱想。”枝子说：“小胖是个好人，又是有钱的老板，这种人打着灯笼难找呀。”张明清说：“你没听刘庄人说他是老男人，我都羞得无地自容啊。”枝子着急了，要哭了。张明清说：“这事你听你爸的，无论他做出什么决定，你不要顶嘴，等小胖走了以后，他心情好了再说。我的办法是让小胖明日就回去，你在家多待几天，等你爸爸同意了这门婚事，你再过去与小胖见面。”枝子思索着，接着抱着张明清的脖子央求：“妈，这件事全靠你成全，你要多做爸的思想工作。”母亲再次强调，说父亲正在气头上，枝子不能与他较劲。

枝子从厨房来到堂屋。李汉光脸上的表情，不像刚进屋时那样难看，此时是轻松的，又是和谐的。李汉光不停地抽烟，烟雾在面前缭绕。小胖脸上的表情虽然有些沉重，但同时露出了轻松。枝子冲小胖微笑，小胖回给枝子一个微笑。难道二人刚才的谈话很融洽？枝子想。这时李汉光起身去了厨房。枝子把小胖叫进她的卧室，问小胖：“我爸同意我们走到一起？”小胖说：“暂时没有，可也没拒绝。”枝子问，什么意思？

小胖说："他要我们先了解一年半载，然后再谈婚论嫁。他说你年龄还小，要对你的婚姻负责，不能只见几次面就确定关系。我理解伯父的心情，可怜天下父母心，他是为了你好。他对我表态，如果一年后我们还在恋爱，他就让我们走到一起，不会狠心拆散我们。"激动的枝子笑说："我爸是个言而有信的人，他做不出言而无信的事来。这我就放心了。"小胖说："可我要告诉你一个坏消息，伯父要我明天就返回，说我在这儿待时间长了，刘庄人会胡乱议论，影响我们以后的发展。又说小秋可能会报复我，前会儿他在回家路上，他父亲拦着伯父要为小秋讨回公道。你说，今天为什么要冒出这个小秋呢？如果将来坏了我们的好事，就是小秋的责任，我会恨他一辈子。"小胖问枝子这小秋为什么是这样的人。枝子说："有些事你不知道为好，何必要打破砂锅问到底呢？我只能告诉你，小秋是个头脑有毛病的人，不然他不会闲在家里喂猪，他会选择继续上学。"枝子要小胖不要把小秋今日的过激行为记在心里，忘掉它，一个健全人与一个有毛病的人较真，值得吗？小胖点头。晚饭后，李汉光对小胖说："今日春波在同学家里，你睡春波床上吧。"接着李汉光与张明清上床睡了。枝子与小胖说了一会儿话，把小胖带进春波的卧室。小胖睡前，把自己的湿衣服检查一遍，已经半干了，不影响明天穿在身上。

次日天刚蒙蒙亮，张明清就在厨房准备早餐。李汉光随后起床。接着枝子起床收拾小胖的行李。小胖实在不想起床，在家里很少早起。枝子说："你没听见狗吠声吗？这说明刘庄有人早就起床去田里做事了。"小胖说："真的不想回去，能不能再做做伯父的工作，让我在这儿多玩几天，这里山清水秀啊。"枝子说："不要想入非非了，不然父亲真的生气，到时候你不走也得走，走也得走，多尴尬啊。先回去吧，我随后会赶过来，我请假的时间你清楚，不要多长时间。到时候真的结婚了，来刘庄的机会多，玩的时间更多。"

沙河集镇每天去县城的班车总是准时的，为了不误车，李汉光等小胖一放下饭碗，就催大家出发去沙河集镇。小胖背着自己的行李出门时，枝子却抢过来背上。枝子清楚这个时候去集镇上坐车，至少还要等四十分钟，班车不到发车时间不会走。枝子不明白父亲为什么趁早赶路，与其在车站等车，不如在家里多坐一会儿。可是枝子不知父亲心思，就是要让小胖早点离开刘庄，只有小胖离开了刘庄，李汉光烦躁的心才静得下来。小胖不要李汉光与张明清送，说有枝子送他就够了。但李汉光与张明清坚持要送，说反正去集镇上办事，顺路送送也好。只有枝子心里清楚，他们是担心小胖不走，住在沙河集镇上，又怕枝子跟随小胖一路返回。

汽车站里，早就停了一辆红色的班车，车门开着。李汉光对小胖说："你上车吧，先把座位找好。"小胖就上车并找好自己的座位。枝子把行李背到车上放好，挨小胖坐着："回去了不要胡思乱想，我很快会来见你的。"小胖在枝子脸上亲吻。这个细节被车外的张明清看见了，赶紧回避自己的目光，担心被李汉光看见，就故意指着汽车站旁边的一棵树说："你瞧汉光，那棵树好像我家屋侧那棵树，叶子一模一样，都是绿的。"李汉光瞧过去生气地说："哪片树叶不是绿的，是不是没话找话说？"张明清瞧了一眼车上，见小胖的嘴巴还没松开，又对李汉光说："我们一会儿去一趟菜市场，家里什么菜也没有了。"李汉光说："可以。来了一趟集镇，不能空手回去。"张明清故意大声喊枝子的名字，要枝子下车，说开车时间到了。枝子这才推开小胖："我会给你写信的，有事在信上说，见信如见人。"说完跑下车。张明清冲枝子生气地说："在车上磨蹭什么呀？有那么多话说吗？真是的！"张明清剜了枝子一眼。这时小胖把头伸出窗外，叫李汉光、张明清与枝子都回去。司机瞧了一眼手表，大声说："没上车的人赶紧上车，马上发车了。"乘车的人陆续上车。李汉光拿出一支烟抽着，悬着的一颗心终于放下来了。

随着尾部冒起一股黑烟，班车发动了。在班车前行的刹那，小胖再次把头伸出窗外，向李汉光与张明清热情挥手，嘱咐他们保重身体，以后再来看望他们。李汉光与张明清听而不闻。枝子却追着班车要跟小胖说话，走出十几步，李汉光冲她吼道："人都走了，还追什么追？回家！"语气是严肃的，是咄咄逼人的，是不容置疑的。张明清对李汉光说："走，把枝子带回家，其实家里有菜吃。"李汉光生气地说："不把她带回家，留在集镇上你放心吗？现在的枝子不是以前的枝子了，太任性了。"说完，李汉光就在前面走，张明清随后跟上；李汉光走了几十米回头瞧，见枝子站在那儿一动不动，就叫张明清去拉枝子走，张明清赶紧小跑到枝子跟前，看见枝子眼里泪水在打转。张明清说："别哭了，回家吧。"张明清拉着枝子就走。枝子小声地说："妈，我想走出大山为什么这样曲折呢？"张明清劝慰道："回家后不要对你父亲提'走出大山'四个字，他还在气头上。"

第七章

李汉光回家后去了坡田，坐在田埂上抽烟，想一个人静一静。枝子回家后躺在床上。吃午饭时，张明清有意烧了四个菜，还加了一碗汤。平时这样丰盛的午餐只在待客时出现。当阳光透过瓦缝射到饭桌，李汉光从坡田走进家里，进屋就问枝子去了哪里。张明清说睡在床上，心情不好。李汉光又问不年不节，把午饭办这么丰盛，有客人吗？张明清说："小胖走了，你喝点酒放松心情，枝子爱喝鸡蛋汤，让她喝点鸡蛋汤忘掉小胖，一切从头再来，让家里恢复以往的融洽气氛。"李汉光生气地说："你就爱搞折中，正是你的言行举止，让枝子分不清好与歹，误入歧途还以为自己走上了光明大道，走进黑暗胡同还以为能见到灿烂曙光。"张明清要李汉光小声说话，别让枝子听见，不在她伤口上撒盐。岂知生气的李汉光故意提高声音："世上的父母，含辛茹苦把儿女养育大，所做一切都为他们好，不理解父母的苦心，就是一个呆子！"卧室里的枝子眼睛睁着，父亲的话听得一清二楚，也知道父亲是有意说给她听的。枝子在心里说："哼，为我好，这是为我好吗？"这时张明清进来劝枝子去吃午饭，枝子激动地说："妈，我吃得下饭吗？我回不到从前了，现在的我眼界开阔了，知道什么是我想要的，什么不是我需要的。"张明清说："听妈的话，忘掉小胖，妈看人准，小胖不会真心对你。何况又是二婚。"枝子激动地说："你错了，小胖才是真心对我，别看人家是二婚，结过婚的男人才最疼爱后来的老婆。”这时李汉光在堂屋大声道：“枝子，你记住我的话，只要我活着，你休想跟小胖结婚，一个黄花闺女嫁二婚，再好的条件也叫刘庄人笑话。”枝子说：“只要能带我走出大山，我才不管二婚三婚，我要活在现实中，我不要让世俗偏见束缚我，桎梏我！”话音刚落，堂屋里响起了一声震耳的响声，李汉光的拳头打在他旁边的椅面上，将椅面的木板打裂了缝。李汉光怒道：“什么束缚？什么桎梏？在哪里学来的洋词？人活世上，有脸无皮还算个人吗？一个闺女家，还没有出嫁竟说出二婚三婚，耻不耻辱？”张明清赶紧出来要李汉光消气，安慰道：“值得动这么大肝火吗？老了，脾气放缓和些，心疼自己的身体。”李汉光说：“我能心平气和吗？原指望支走了小胖，枝子会回心转意，岂知她变本加厉！”张明清向李汉光保证，她做枝子的工作，会做好的，只是时间问题，心急吃不下热豆腐，慢慢来。于是李汉光甩掉烟头，拿起筷子吃饭。

下午家里只有枝子一人，当屋外有鸟儿鸣叫的时候，她的心情缓和多了，背靠床头坐着，望着卧室窗外天空想小胖现在应该走到什么地方了，对，他在火车上。接着想到走出大山的理想，发生的一系列事情让枝子明白了一个道理，实现美好理想只是自己的一厢情愿，自己并不能主宰自己，即便是自己的婚姻，也不是掌握在自己手中的。想完这些，枝子忽然想到刘庄在外打工的翠花，枝子认为翠花是自由的，翠花的个人问题，她的父母是尊重的，不像自己父母这样过度干预。目前有个外省小伙子在追求翠花，翠花还没有告诉父母，认为二人的关系还不成熟。在对待婚姻的问题上，翠花与枝子的区别是，翠花把爱情看得高于一切，但里面不包含走出大山的成分，翠花心里没有走出大山的意识。枝子却加进了走出大山的成分，作为实现理想的梯子之一。如何让自己的婚姻云散日出，枝子真想不出好的办法，黯然神伤又罩在她的脸上。

张明清回家后，自枝子脸上的表情，知道枝子还对小胖回去耿耿于怀，安慰道：“不要扛砖不换肩，一条道硬要走到黑，听妈的话，走出小胖的阴影。其实小胖就是有钱，与刘庄的女婿们相比，真的比不上，自己长成那样再有钱也不太成样子吧。另外他的年龄又大你一截，实在不般配，走在人前会叫人笑掉大牙。你也不想想，人家讪笑你和小胖，不是变相笑我和你爸吗？不要觉得你爸对你心狠，由我看，他是对你太宠爱了。”枝子不要母亲此时提及小胖，只想父母学学翠花的父母，至少翠花在外面谈恋爱他们不干扰。张明清不想就此话题再说下去，会给枝子再添烦躁，就叫枝子去大队小学接春波回家，应该快放学了。姐弟俩回家经过山顶时，枝子叫春波想想，钱与爱情哪个重要。春波抬头望天，真不知道如何回答，说自己没有这方面的知识，但有钱肯定是好事。枝子又问春波，男的长得胖好不好？春波说：“这个我知道，胖子不好看，全身都是肉，但打架有劲，我班上一个同学是胖子，我就不是他的对手。”枝子生气了，要春波联想胖子与有钱人的关系，问有钱人是不是个个都胖，春波想到曾经看过的连环画，那上面有胖子，但并不是有钱人。枝子生气地说：“春波呀，不是姐姐说你，你明年就要去沙河镇上读初中了，我感觉你的知识非常贫乏，业余时间应该看点课外读物。最后，还有一个问题，你要好好回答。你告诉我，你打算一辈子住在刘庄吗，一辈子看着眼前这些大山吗？”这句话内涵太深刻，春波思索着，过一会儿说：“反正我觉得刘庄也很好，村里人多好玩。”枝子揪了一下春波的耳朵：“你呀你，除了玩，就不能了解点别的有用的知识。刘庄有什么好呀？可怜地沉在山脚，没有一点生机，没有一点活力，一年四季被大山压得喘不过气来，我都听见了它的可怜的呻吟声，还有它冲天的呐喊声，你为什么就听不见呢？”春波愣眼瞧着枝子，这是他第一次看见姐姐对他如此情绪激动。

午饭没吃饿得枝子饥肠辘辘，晚饭时，枝子不瞧父母，在桌边埋头吃饭。张明清瞧着笑了。李汉光表扬了枝子：“这就对了，以后不管遇到多大的事，但饭要吃。你能走出泥潭，我就安心了。”枝子说：“爸，我不是成心气你，让家人不高兴，让刘庄人笑话，我就是想走出大山，小胖可以让我实现这个愿望。”李汉光愁眉苦脸：“没有大山就没有我，没有我哪有你呢？在我眼里，大山就是一个宝地，资源取之不尽用之不竭，是财富。”枝子放下饭碗，说自己吃饱了，到门外的屋场上呼吸新鲜空气。月光洒满刘庄，晚风拂动着池塘水面。突然，枝子看见屋侧面的大树身后，有个晃动的人影，一见枝子赶紧把头缩到树身后面。枝子问是谁鬼鬼祟祟，小秋主动出来了。枝子质问小秋想偷听她家人的对话吗？小秋赶紧解释："不是。真不是。对对对，我先向你赔礼道歉，不该与胖子发生纠纷。是我的不对。我当时就是想多了，乱想，因为乱想，就与胖子产生了矛盾。是的，胖子是你的客人，得罪你的客人就是得罪你了。我不想得罪你，怕得罪你。我小秋可以得罪别人，但不能得罪你。”听枝子说小胖已经回老家去了，小秋高兴地跳起来，身子转了一个圈，笑说："胖子走了就好，走了就好。”枝子怒道："都是因为你！”在地上寻找石块要打小秋，见势不妙的小秋赶紧就跑，边跑边说："我告诉你，翠花傍晚时回到家里了，肚里像是怀了孩子。”枝子把手上的石块丢在地上，不追小秋了，觉得小秋在胡扯，翠花在外打工好好的，为什么突然回家了？

第二天上午枝子来找翠花，翠花大门上挂着一把锁，家里没人。翠花邻居告诉枝子："天刚蒙蒙亮的时候，翠花母亲就带着翠花去了沙河集镇。哎，赶集也太早了。”枝子问翠花走的时候情绪好不好，邻居却换个话题对枝子说："听说你家客人走了，走了好啊，你爸妈可以省心了。以后多听你爸妈的话，天下父母哪有害儿女的。”枝子转身就走，经过自家门前时，没有回家，支吾其词地跑了。枝子从邻居嘴里嗅出了异样，来到沙河集镇上，联想小秋的话，径直去了集镇上的沙河镇卫生院。卫生院在枝子当年看电视的那条街的末端，背靠山坡，外墙上刷着白色石灰，是三层楼房，但楼梯不是水泥板，而是就地取材的木板，枝子走在上面，木板发出嗵嗵的声响。枝子向咨询处的值班医生询问翠花，医生说："你是她的亲戚，来看望她的吧？请跟我来。”医生一边走一边对紧跟其后的枝子说："已经成功引产了。翠花好老实啊，胎儿都成了形，肚子都挺了，才知道来引产，姑娘家多难受啊。你好好安慰她一番。唉，改革开放与经济发展是好事，可有的男孩就学坏，不负责任。年轻姑娘们出门打工要学会保护自己，否则吃亏受罪的还是自己。”原来小秋说得没错。枝子睁大了眼睛，说先到街上给翠花买点营养品，以此跑出了卫生院。快到刘庄时，枝子坐在树荫下，让自己跳动的心慢慢平静下来。翠花无疑是一个反面教材、一个受害者，昨天还在羡慕她，今日就可怜她了。

枝子为翠花暗中祈求，引产的事让家人知道就算了，千万不要让刘庄人知道，特别是不能让父母知道。可好事不出门，坏事传千里，翠花出院回到家里，刘庄人就沸沸扬扬议论开来，嘲讽翠花的堕落，奚落翠花父母教女无方。李汉光与张明清拿翠花说事。李汉光抽着烟，要张明清先说。张明清把大门关紧，不想说话声让门外的过路人听见。张明清说：“枝子，翠花引产的事你肯定听说了，翠花全家人的脸面都给翠花丢光了，我敢肯定，此时她父亲不敢出门，她母亲以泪洗面，翠花在家里闷着怄气，后悔莫及。这件事给刘庄在外打工的姑娘提个醒，外省男人不要脸，做了坏事不认账，就是无耻的牲畜！枝子你想知道来龙去脉吗？那男人与翠花在同一家厂里做事，翠花要他对此事负责，赶紧结婚，可那男人竟然偷着离厂跑了，翠花再也联系不上了，只好回家引产。”枝子说：“妈，别说了，我比你知道得早。”李汉光生气地说：“早有什么用！这件事的核心问题在于，老实的翠花被人骗了。我和你妈最担心的是你也被那个小胖骗了。你今日给我们说个实话，如果是真的，我们就放下脸皮，通过法律手段，找那姓胖的赔偿损失。”张明清对枝子说：“在脑筋灵活与考虑问题的周全上，你爸就比翠花的爸强百倍。”李汉光激动地说：“你看翠花爸那憨厚的样子，事情已经败露了，还在人前故作镇静，给自己脸上贴金，说是路程太远，否则找到那男人家里，让那男人赔偿千元万元，然后将那无耻的男人绳之以法。有多远的路啊，又不要人走，坐车啊。”张明清说：“枝子啊，以后不要想嫁外地，翠花的事是最好的启示，外地男人不负责，靠不住。”李汉光生气道：“枝子，今日我把话撂在这儿，以后你要再想那小胖，再想嫁到外地，再提什么走出大山，就不要怪你父亲心狠！如果翠花父母对翠花严格管教，翠花能走到今天这个悲惨地步吗？”枝子不语，认为此时跟父亲说什么都是多余的，只会使他更生气，只能沉默。张明清问枝子，把刚才的话都听进心里去了吗？枝子说，枝子不是翠花。翠花也比不过枝子，她都记在心里。李汉光说：“现在好了，刘庄的人眼光都集中到翠花身上了，不会再关注枝子与小胖的事了。”张明清惋惜地说：“唉，那翠花是我瞧着长大的，小时候听话乖巧，可打工时就是经不起歹男人的甜言蜜语啊。”

在沙河集镇的商场里，李汉光只买了一包时髦香烟，然后去了镇上的邮政所，找到了邮政所的冯所长，把烟塞进了冯所长的口袋，央求道：“只求所长一件事，凡是我家枝子发往外地的信，以及外地写给我家枝子收的信，请所长帮我留个心眼，全部留在所里，我到时候拿回家，千万不要让我家枝子拿走了。”枝子以前来邮政所寄过信，冯所长认识她。李汉光把苦衷向冯所长做了细致陈述，天下父母都是为了儿女的幸福考虑，是没有办法而采取的一种极端手段。冯所长说：“能理解你的苦心，我也是做父亲的，现在的孩子们，把爱情当饭吃、当柴烧，被爱情的谎言迷了心窍，她们没到那步生活经历，是不会知道其中的利害的，知道利害了后悔莫及，但为时已晚。”冯所长向李汉光表态，专门安排一人暗中关注枝子的信函，见到一封压下一封，保证不让一封信走出沙河集镇。冯所长知道这样做是违法违规的，可面对李汉光那渴望的眼神、那期待的表情，还是点头同意，并承诺守口如瓶。李汉光离开时，冯所长将那包烟退给李汉光，李汉光说冯所长不收烟，就不是诚心帮他，要给冯所长跪下，被冯所长拉住，只好恭敬不如从命把烟收下了。

走出邮政所的李汉光，想到堵住了枝子的后路，断绝了枝子与外界的来往，从此可以睡安逸觉了，一高兴，就觉得天空真蔚蓝，凉风吹在身上真凉爽，转到菜市场，专门买了一斤肉提回家里，叫张明清晚上用新鲜猪肉煮上土豆。张明清以为家里今日有客，李汉光说枝子改变了思想，特意犒劳一下枝子。张明清干脆杀了一只鸡，肉与鸡一起煮，香味飘散到刘庄的上空，让很多刘庄人不由吸吸鼻子。张明清平时杀鸡舍不得，显得手太笨拙，今日不同了，眼光在鸡身上窥探时，只瞅肉多的那只，见时机成熟就利索地逮在手上，割鸡脖子时也不手软，一刀下去，鸡弹跳几下就不动了。枝子问母亲，为谁杀鸡？张明清笑说：“就在眼前。你爸心疼你，怕你怄气瘦了，犒劳你。以后要听话，好好体会父恩重如山。以后不要出门打工了，在家好好待着，妈会经常为你杀鸡。”枝子说刚才去看了翠花，变了一个人，觉得她好可怜。张明清严肃地说：“她是全村姑娘的前车之鉴。你若非抽身及时，怕是也要落到翠花这样的境地。”枝子脸红了一下，马上笑起来，心想，你们说你们的，我表面上装着听话，内心还是照自己的想法走，我不会步翠花的后尘，爱情于我是第二，我的第一是走出大山。

晚饭时，喝酒的李汉光放下酒杯，郑重地告诉枝子，以后不要再去那家饲料厂上班了，在家帮忙料理家务。没结清的工资与没带回家的行李，李汉光也想好了，以后让春花带回来。枝子激动地说：“担心我去了与小胖又来往是不是？我今日当面表态，与小胖断绝来往，安心在外打工挣钱，这总可以了吧。”李汉光说：“现在农村致富门路多，不出外打工在家也能致富。你听说了没有，小秋父亲准备给小秋在集镇上租门面，让小秋搞自行车修理。你与小胖断绝关系是必须的，你们不合适，原因我不说了。我对你这样安排的，在家玩两年，家里不缺你打工挣的那点钱。”枝子睁大眼睛：“两年？我做什么呀？”李汉光平静地说：“做好家务事，田地事你想做就去做一下，不想做，我和你妈不会勉强你。”枝子失望地说：“这样会让我在家寂寞死的。”李汉光说：“闲时不知道看看书吗？必须老老实实在家待着！”李汉光的语气是斩钉截铁的，不得反驳的，一锤定音的。枝子质问，为什么？李汉光没有回答，他想枝子会明白为什么。枝子垂下头，黯然不语，匆忙吃完了碗里的饭菜，放下了碗筷。李汉光一会儿也放下了碗筷，出门找春花父亲去了，回家时脸有笑容，对枝子说事情安排妥了，不用枝子操心了。失望写满了枝子的脸。

秋风吹落大树上的黄叶，树上没有落下的叶子，在秋风中簌簌作响。双脚踩在树叶上，枝子心情惆怅，不明白给小胖写了五封信，不见小胖一封回信。仔细想想那寄信地址，一个字也没错。于是枝子怀疑小胖变了心，跟别的姑娘好上了。可是枝子接着给春花写去一信，也不见春花回信。这是为什么呢？枝子想不明白。这天晚上，枝子站在屋场上，久久地望着深邃的夜空，认为有必要再给小胖写封信，于是返回卧室在灯光下写信。可是面对信纸，枝子写下称呼后，就不知道写什么了。磨蹭近一个小时，信纸写了撕，撕了再写，折腾得心烦了，才写道："小胖，最后一次给你写信，再不回复，你永远收不到我的信了，我们的关系就此结束吧。"写好后装进信封，第二天送到集镇上的邮政所寄了出去。

小秋又站在枝子家的屋侧面，从大树上飘落的黄叶，有时落在小秋的身上，可小秋视而不见，迫不及待地等着枝子出现。枝子一走出家门，就质问小秋干什么。想到小秋上次告诉翠花的事没有假，枝子对小秋的态度客气些了，不吼小秋了。不过枝子不喜欢他的眼光，感觉那眼光里，有一种说不清的东西，或者说歹毒的东西。小秋说："你每天待在家里一定闷，你应该出来走走，即便在池塘边看看池水也行，总比烦闷好。"枝子生气地说："我在家闷不闷与你有什么相干？我闷我的，你做你的事，井水不犯河水。真希望坏人往你的猪栏里下毒，这样你就不会乱跑了，会在家里好好看猪，省得你跟我拌嘴。"小秋反问枝子，他关心一下有错吗，小秋提醒枝子，在刘庄，只有他小秋在关注枝子，别的男孩子没有关注，可能有人暗中在关注，但暗中关注有用吗？小秋说，关注人爱护人，是人应该有的美德。枝子说："你知道什么叫美德？让你爸带你去镇上卫生院看看吧，你病了。"小秋生气地说："我没病，我说话不咳嗽就没病，就没感冒，我身上没有一处疼痛。对，有一个好消息，我爸要给我买自行车了，让我先学会骑自行车，以后就学修理自行车，到时候在沙河集镇上租个门面。"这些内容都不是枝子想要听的，毫无新意，要小秋快离开，不要在她眼前出现。小秋又提自行车的事，枝子就咬牙切齿了，说小秋骑上了自行车，最好骑到池塘里。小秋不生气，继续说，枝子以后有了自行车，坏了他帮着修理，不收一分钱。枝子说：“见你的鬼去吧。到时候我的自行车坏了，不会找你修，不会经过你的门面，不要把自己想得太能干了，就你也能修理自行车？我不相信。”说完就往家里走。这时小秋央求枝子别走，听他再说一句话：“你如果觉得打我几拳头就开心了，你现在就打我几拳头吧，我不怕疼，经得起打，就当那天坏小胖的事赔礼道歉了。”小秋说着往枝子跟前走，真希望枝子打他几拳，可枝子向小秋瞪眼，说才不会弄脏自己的手，在地上寻棍子，小秋吓跑了。

当季节进入暮秋时，望着光秃的枝丫，想到写给小胖的信石沉大海，枝子反而调整了心态，再不去沙河集镇寄信了，也不指望再收到信了，每天老老实实在家做事，且做得井井有条，脸上出现了微笑，有时还唱起了从前唱过的一些歌曲。李汉光暗中高兴，提醒张明清，说枝子变了，已经从暗路走到明路上来了。张明清觉得李汉光有点言过其实。李汉光说：“枝子现在不去沙河集镇了，晚上不在灯光下写信，而是看书，脸上气色也变好，整个人精气神上来了。”张明清悉心观察，透过枝子卧室的门缝，果真发现枝子晚上坐在床上看书。返回床上，张明清告诉李汉光：“你说得没错，我的一块心病总算好了。”李汉光说：“我平时总在观察枝子，比你有心，现在枝子与那个小胖断了。”为了让枝子更好地打发时间，李汉光次日去了沙河集镇上，回来时带回了一台崭新的收音机。李汉光把收音机交给枝子：“你每天听，坐在家里能知国家大事，也能听歌曲，让你没有空虚与无聊。”枝子当然喜欢，拿着收音机去找翠花分享。

北风吹起地上的枯叶满天飞舞，光秃的树枝，在北风中哗啦哗啦地响。一个亲戚的孩子过十岁生日，李汉光与张明清赶人情去了。枝子在家打扫卫生，先打扫堂屋，然后去打扫父母的卧室。当整理父母的床铺时，发现在父亲睡的这一头，枕头下面压着一封拆开的信，信与信封分开放着。拿到灯光下一看，枝子大吃一惊，简直不敢相信自己的眼睛。这封信竟是小胖写给她的，日期是小胖那次回家不久后写来的。这是怎么回事？为什么几个月过去了，父亲却不告诉她？小胖在信上说，他真心实意爱枝子，称枝子是他心目中的女神又是女王。小胖在天天盼望枝子给他回信，每天不见枝子而郁闷伤心，有时彻夜难眠，与黑暗为伴。

接着，枝子在父亲这头的被褥下面，又翻出了几封信，发现有自己写给小胖的信，也有小胖写给自己的信。枝子想不明白，父亲是怎么把自己寄出去的信全部又拿回家的，他又是如何把小胖的信拿到的。细细一想，枝子恍然大悟，父亲早与集镇上的邮政所串通一气，有意为之。枝子把小胖的信全部拿到卧室，通读一遍，恨自己太笨，恨自己错怪与误解了小胖，恨自己年轻考虑事情不周，对父亲这种雕虫小技竟没有识破。

走出大山的梦想，刹那间又在枝子心里泛起，是如此强烈。枝子打算马上逃离家庭，去找爱自己的小胖，去实现自己的理想。枝子把父亲床铺上动过的地方，还原成没动前的样子。枝子知道母亲张明清放钱的地方，拿足路费。接着枝子急急忙忙写信，说她到厂里上班去了，不要爸妈替她担心，到厂之后会写信回家报平安。要爸妈不要寻找她，找不着她的，她不在春花那个厂做事了，几个月没去上班，厂里肯定找了人。她请爸妈放心，她无论去哪家工厂做事，也不会出安全问题，到时候满意而归。这次执意如此，实在是迫不得已，请求爸妈原谅……

枝子把写好的信放在饭桌上，这样爸妈一回家就能看见，就知道她走了。收拾好行李后，枝子把收音机放在春波的枕头上，锁上大门去了沙河集镇。枝子明知道今日已经没有去县城的班车，但她必须离开家，去了沙河集镇再想办法，实在想不出办法，就在哪个同学家里借宿一晚，这样总比待在家里坐以待毙好。在沙河镇汽车站，有人告诉枝子，去集镇上百货公司了解一下，看有没有回县城的货车，如果有，可以免费坐到县城。恰好有一辆返回县城的货车，枝子给司机说了几句好话，送了一包香烟，司机就让枝子坐进了驾驶室……

见到春花的刹那，枝子紧紧抱着春花，心情像鱼归大海一般畅快。

一见春花，枝子肚子饿得厉害，就与春花去了厂外的餐馆。心情好，枝子的话特别多，脸上表情灿烂。饭后返回宿舍的路上，熟悉的厂房，熟悉的办公楼，熟悉的门卫值班人员，让枝子觉得样样亲切。上宿舍楼梯时，身心解除了可怕的羁绊，枝子的脚步有力，使楼梯发出了嗵嗵嗵的响声，春花提醒别吵着同事，枝子才放轻脚步。

宿舍里亮着熟悉的灯光。枝子躺在自己的床铺上，马上坏消息让她心情沮丧，几个月不来厂里上班，厂里以为枝子不会来了，或者以为枝子去了别的工厂，果真招人顶替了枝子的打包岗位。让枝子更沮丧的是，小胖一个月前结婚了，女的就是车间微机室上班的那位，大家都说她漂亮，可比枝子还是逊色一截。小胖真是大方，结婚那天，抱了一箱子喜糖，都是高档的，用金丝线包裹，叫全车间人随便吃，晚上还把全车间的人请到餐馆招待一餐。证婚人是鲁兵，鉴于小胖是厂里的重要客户，厂长都参加了小胖的婚礼，并送上厚重的红包。春花遗憾地说："枝子，真不知道你回家后，与小胖之间发生了什么。你当时说你要走出大山，这小胖正是合适人选，你为什么后来放弃小胖呢？"枝子先是目瞪口呆，慢慢心态平静，也不沮丧了，因为小胖结婚了，再埋怨自己只会增加伤痛，不可能回到小胖没结婚以前的情形了。枝子说："男人的本性就是见新忘旧。这件事过去了就让它过去，我不后悔，在车上，我就料到有可能是这个结果。"春花安慰枝子："算了，凭你的漂亮和聪明，天涯何处无芳草，你的走出大山的梦想能够实现的。其实在我眼里，你与小胖配成双也有让人讪笑的地方，比如你的颀长苗条配小胖的粗胖。我相信你，还有更好的未来暂时藏在某个角落等着你。你现在只能往前看，不要往后瞧。你现在需要调整心态，给自己减压，活出一个真实枝子的模样。"枝子点头说，是的，心情豁然开朗起来。枝子说："我要离开这个厂，莫说没有岗位，就是有岗位，我面对鲁兵也是尴尬，小胖肯定对他说了一些事。另外，在此上班，不定哪天遇到小胖，也是尴尬，换厂打工是最佳选择。"春花没有及时回答，沉默一会儿说："我支持你。我在大雪季节之前就要回家了，在这个厂里打工我比你时间长，我了解的事情比你多，即便不发生你与小胖的事，我走后，你一人在厂里做事也是不好的。对，听说这个城市的开发区新办了一家饲料厂，你明日过去应聘一下，你可以应聘办公室后勤岗位，也可以应聘车间缝包员的岗位。”枝子看见了曙光，兴奋地坐起来：“好的。我明天去应聘，相信自己情场不顺职场一定顺，上天给我关闭了一扇门，就会给我打开一扇窗。以后我一边打工一边追梦，急于求成反而于事无补。我要展望未来，重塑自我。”春花祝枝子追梦成功。枝子说：“对，你刚才说你大雪前就要回家了，我在家里可没听你爸妈提过。告诉我，是不是家里催你回去相亲？”春花说：“朋友面前不说假话，是的，已经收到三封催我回家的信了。我能理解家人为了我好，女孩是终要嫁人的。那天见微机员跟小胖结婚，我就想辞职回家。”枝子说：“我不知你回去后，想找个什么样的男孩，我希望你找家住县城的男孩，家境好坏并不重要，环境更重要，下雨时不走泥巴路，晴天出门身上不落灰尘。”春花笑说：“你说错了，我不想嫁到县城，只想在沙河集镇周围找，到时候回娘家近，能经常看到娘家人。当然，这个男孩必须对我好，吃苦肯做事，有经济头脑，人生几十年光阴，恩爱和睦过日子最好。”枝子说：“如果找在沙河集镇周围，我觉得你对待自己的婚姻太草率了，睁眼是高山，闭眼也是高山，有时听见野猪的叫声，大雪封山难去县城，真不知道你是如何想的。”春花说，人各有志，物质与环境不是婚姻幸福的全部。

第八章

“红兴”饲料厂坐北朝南，一条宽敞大道横亘在厂前，出了厂门，顺着大道往南走 500 米，一条水泥硬化的公路，连接红兴开发区政府所在地的三岔处，这里有集市、街道、餐馆、旅馆等。“红兴”饲料厂的打包设备现代化程度高，称得上半自动化。坐在干净的工作平台上，脚踩自动缝包机，手只要将饲料包装袋的袋口拉直，然后放进自动缝包机就可以了，缝出来的针线又直又好看，缝完时自动割断缝包线。可坐着缝包，又干净又轻松。

找厂里负责招聘员工的肖主任之前，枝子先到成品库，对自动缝包机进行了了解。枝子见缝包员有三位，一位中年妇女，两位年轻姑娘，经介绍后得知，中年妇女叫刘蕊，两位年轻姑娘一人叫小麦，另一人叫小胡，三个人住在同一宿舍。枝子介绍自己是来应聘缝包员的，她们表示支持与欢迎。刘蕊说：“你来了正好，正缺一个缝包员，目前只有一个白班，马上又要开中班，一班至少要两个缝包员。”枝子好是高兴，自己来得正是时候。大家就让枝子坐在缝包平台，教枝子缝包时手脚并用，先放慢速度，学会之后再提速度。聪明的枝子一学就会，仅试缝了五袋饲料，就可以不用别人指点单独缝包了，毕竟有过缝包经验，自动与手提，只是设备不同，但缝包的质量要求是一样的。大家为枝子的能干鼓掌，枝子对能胜任自动缝包工作充满自信。

在厂办公楼一楼，枝子走进了肖主任的办公室，说明来意并自我介绍。清瘦的肖主任认真打量枝子：“就你的气质和精明，在办公室工作最适合，只可惜你没有高中文凭，因此你只能去当一名缝包员。”枝子说：“我喜欢这项工作，以前就是缝包员，刚才从成品库打包平台过来，我已经熟悉了自动缝包工作。”肖主任笑说：“这很好。我们就是要招聘熟练工，这样就不用岗前培训了。”枝子在劳动合同上签了字。随后肖主任给枝子安排了宿舍，走到成品库门前时大声喊刘蕊，刘蕊知道意思，赶紧回去打开了宿舍门。在刘蕊的宿舍里，肖主任对枝子说：“你就睡在那张空着的床铺上。这个大宿舍，住四名员工绰绰有余。”待肖主任一走，枝子一边收拾自己的床铺，一边对刘蕊说：“刘姐，我们工作在同一平台，以后请你多多关照，我要向你虚心学习。”刘蕊说了互相帮助，就上班去了。

想到明日正式上班，枝子打算今日没上班，将厂内与厂外环境熟悉一下。看过了厂内环境，枝子来到厂外，站在大道边极目眺望，目及之处没有山峦，无边无际，工厂林立，充满了勃勃的生机。而在开发区以外的旷野里，一直延展到地平线，没有山峦，太辽阔了。枝子在地平线那儿看到了天地相连的一抹白色，跟在故乡看地平线有山脉迥然不同。枝子认为，这里才是她走出大山应该来的地方，四季不见高山，眼前没有山峦阻挡视线，人生活在神清气爽的环境里。枝子庆幸这次逃离家庭及时，迟来几天，自动缝包的岗位就被别人应聘了。

次日，枝子正式上班，坐在缝包平台上，小胡与小麦羡慕枝子姿势优美，与其漂亮相得益彰，她们在心里自叹弗如。这里运输饲料成品的是叉车，叉车司机叫吴长生，他第一眼见到枝子，眼神发直，称枝子是厂里最漂亮的姑娘。吴长生对枝子说：“你是山里的姑娘吧，在这平原上，少有你这样漂亮的姑娘。山里飞出金凤凰。”刘蕊提醒吴生长：“不要一见枝子就神魂颠倒，小心你老婆晚上一脚把你踢到床下。”吴长生脸皮厚，喜欢跟女同事说男女间的那点事，说得越露骨越好。见吴长生来了劲，刘蕊说：“今日不跟你说了，三位年轻姑娘在场，她们还没结婚。”

中途休息时，刘蕊把枝子叫到一边，提醒枝子："吴长生有脸无皮，少理他，可也不要得罪他。建厂占用了他家田地，厂长也让他三分，他不是一条蛇，可是一条虫。"枝子记着了刘蕊的话。是的，吴长生黝黑的皮肤，难看的脑袋，尖尖的下巴，无光泽的头发，看上去贼眉鼠眼，一个无赖的模样，三十二岁的他有个六岁的女儿，妻子是个老实人，鉴于他的霸道，从来对他言听计从。

让枝子没有想到的是，下班时吴长生请她吃饭，说是为她接风。刘蕊警告吴长生："枝子可是单纯的小姑娘，你是个有家室的人，要以家庭为重。"吴长生笑说："刘姐，你不要想多了，我就是想把枝子带到三岔处吃餐饭，然后把枝子带回厂里，自己再回家睡个安稳觉。对，我以后要好好保护枝子，这地方我熟悉，我有一个亲戚与她般配，没准我为她找个有钱的人家，让她走出大山。""走出大山"四个字让枝子听进心里了，瞧了吴长生一眼，给予一个并不反感的笑脸。

宿舍里放了两张铁架床。铁架床分为上下两层。小麦与刘蕊睡了一张，枝子与小胡睡了一张。小胡喜欢安静，选择睡在上面。枝子就睡在下面。靠宿舍门口有个窗户，窗户下面放着一张书桌。晚餐后枝子一人在宿舍，伏在书桌上给家里写信：爸，妈，对不起你们，请原谅我的不辞而别。这事的根由，我想你们应该知道了。没办法，谁让你们养育了一个耽于幻想，又认死理的女儿呢？我是孝顺的，也爱你们，也爱家庭，可我有自己的理想追求。小胖在我来之前结婚了，我与他什么关系也没有了，不信，春花回去后你们当面问她。我现在换了工厂做事，环境好，工作轻松，全是自动化设备。春波给我回信时，就用信封上的新地址。我在外面会安心做事。我已经长大了，即便去再远的地方也不会走丢的，也知道回家的路，请你们在家安心……

十天后枝子收到了家里的回信，从信中得知，她走后父亲没有寻找她，在床上睡了三天。母亲哭了。直到收到枝子的来信，父母才把一颗悬着的心放下来，才有了精神和笑脸。父亲嘱咐枝子在新厂里好好做，想回家随时回家，在外面好好保护自己，不要像翠花那样傻……

这天上班中途休息，枝子坐在那儿想心事，吴长生偷偷走到枝子背后，在枝子头上轻拍两下："想什么呢？天真烂漫的年龄，情绪为何如此低落？"枝子生气地说："不要动脚动手，请文明礼貌！作为同事，说话做事要规矩，听说你女儿都六岁了。"吴长生质问枝子，是不是肖主任对她说及他的作风问题。枝子仍在生气："不要瞎想肖主任，他什么也没说！"这时小胡喊枝子随她一起走走，枝子赶紧过去了。小胡告诉枝子："我比你来得早，刚来时，他也是成天围着我转，说我长得漂亮什么的，还帮我买早餐，有一天竟然在没人时送我一束花，真不知道他是什么意思。我对付他的办法，就是不跟他翻脸，不搭理他，让他自觉没趣。现在我感觉他不关注我了，精力全部集中在你身上了。吴长生这样的人天生就是邪货！"这时刘蕊站在成品库门口喊枝子，开始缝包了。枝子与小胡赶紧跑去。

厂食堂里熙熙攘攘，正在吃午餐。枝子坐在饭桌边吃饭，吴长生突然坐在她的对面。枝子说旁边桌子空着。吴长生笑说："我到小食堂去给你弄来鱼肉吧。"食堂里面有个小食堂，专为厂里中层以上负责人就餐服务。吴长生能随便进去弄来鱼肉吗？太会吹牛了。枝子诧异地望着吴长生。但见吴长生拿着一个空碗，大胆走进了小食堂，出来时，碗里真有了两块鱼与三块红烧肉。吴长生把它们倒进枝子的碗里："我没说假话吧。你吃吧。为厂做事，吃点鱼肉也应该。"害怕别人的眼光，枝子起身要走，被吴长生按得坐下。枝子质问吴长生为什么脸皮如此之厚。吴长生说得轻描淡写，说他不要脸皮，要脸皮就不会去小食堂。面对吴长生的无赖，枝子放下碗筷不吃了。

春花回家的前一天，枝子休息，在三岔处商场给家人购买了冬装，请春花帮忙带回家。春花说："我明天赶早就走，不然大雪封山回家就困难了。我是该回家了，我当初来厂里时，外来女员工多，最近两年几乎都走了，有的嫁在本地，有的回老家成亲了。青春易逝，时间不等人，你也要抓紧啊，迅速实现你走出大山的梦想。我要走了。你在这儿慢慢追你的梦吧。我想好了，如果回家相亲成功，明年秋天就结婚，到那时候，你一定要回老家给我当伴娘啊。”枝子说：“一定，不请自到。”接着这对好姐妹走进工厂附近的一家餐馆，二人痛快地喝着啤酒，说了很多彼此珍重的话。分手时，想到以后难得再见，彼此都落下泪来。内心里，枝子替春花惋惜，回家以后要去相亲，那男人如何，权力握在春花父母的手上，春花一辈子就生活在大山里。虽然春花嘴上说喜欢大山，枝子总把这句话打个问号。在三岔处下了公共汽车，走在返回工厂的路上，枝子想到从今后，自己一个人在这个城市孤军奋战，不由双腿乏力，表情黯然，有一股强烈的孤独感。枝子不知道自己走出大山的梦想什么时候可以实现。

半个月后，刘蕊突然问枝子有没有男朋友。枝子摇头。刘蕊说：“我轻易不给人介绍，从你来厂我就在暗中观察你，漂亮能干，心又善良，我觉得你们两个挺般配的。”枝子问他是谁，家住什么地方，刘蕊告诉枝子，是她娘家的远房侄子，潇洒英俊，高大挺拔，住在城内，目前帮家里打理门店生意。刘蕊说：“你要是有意愿，周末休息，你们在三岔处找家餐馆吃个便饭，互相了解一下。”枝子说：“我是山里姑娘，只怕你娘家侄子看不上我。”刘蕊说：“其实也有人帮她介绍了两个，都是本地姑娘，但他就是看不上。你们先了解一下再说吧。婚姻讲究缘分与眼缘，这个很重要。你虽是山里姑娘，但并不逊色于本地姑娘，从漂亮的角度更占优势。”

这是三岔处一家普通餐馆，刘蕊把枝子与娘家侄子刘畅引进餐馆里面一个包间，叫二人真诚谈谈，她出来并将房门带上。刘畅二十三岁，蓄着稍长的时髦的长发。刘蕊没说假话，这刘畅果然潇洒英俊，是枝子喜欢的类型，是带枝子走出大山的合格人选。枝子的心在跳动，有一见钟情的感觉。但枝子尽量压抑心跳，也尽量不让脸上露出羞涩与发红。对刘畅而言，对枝子打量一眼后，就瞧漂亮的房顶，然后把印刷精美的菜谱拿在手上瞧。这举动让枝子费解，特别是刘畅脸上不温不火的表情，背后是什么意思，枝子想不出来。枝子说："听说你在家里帮忙打理门店生意对吧？"刘畅说："是呀。不好吗？"说时不瞧枝子，眼光依旧落在菜谱上，语气里有点咄咄逼人的味道。枝子说："好啊。你不要看菜谱，中午我请你吃饭。"刘畅说："对不起，我中午要见一个客户，我走的时候把菜点好，你和我姑姑在此慢慢吃。"枝子说："你为什么不瞧我呢？我丑吗？"刘畅沉吟一下："不是的。你不要想复杂了。第一次见陌生的姑娘，我一般不抬头正眼瞧她。对，我不喜欢听你说话的声音。你是哪省人？听说你是山里人，是吗？"枝子理直气壮地说："是啊。山里人纯朴，没有什么不好呀。"刘畅说："我没说山里人不好。我想知道你那里以什么作为主食？"枝子反问刘畅为什么询问这件事，这件事与他们今日相见没有关系。枝子不想回答这件事，担心说以稻米与土豆为主食刘畅会小瞧她。刘畅说："听说你老家的山挺大，为什么有那么大的山呢？有进山的公路吗？司机敢开车进山吗？"枝子说："山里没山还叫山里吗？山里没有公路我能来到这里打工吗？我们还是说正题吧，你对我印象如何？你说实话，我老家有句谚语叫'生意不成仁义在'，恋爱不成功，我们以后可以做普通朋友，我与你姑姑是好同事。"刘畅沉默，依旧看着手上的菜谱。枝子已经感到了氛围不对劲，自己对刘畅是一见钟情，可刘畅对她没有多少感觉。枝子在催刘畅，刘畅瞧着枝子："对不起，我今日不能向你表什么态，我回家后再想想，你回去也想想。"枝子想了想说："也好。你想想，我也想想。"这时刘畅把服务员喊进来点菜。刘蕊也跟着进来了。枝子对服务员说："不要点菜，我们马上走的。"刘蕊把枝子拉到门外问谈得如何？二人有没有眼缘？枝子叹息一声："我对刘畅一见钟情，刘畅对我热情不高。彼此考虑后再说吧。"接着刘蕊一人走进包间询问刘畅："这么漂亮的姑娘你看不上吗？"刘畅叫服务员出去了，又瞧房门没关，过去关了，对刘蕊说："你说她长得漂亮，可我不认为她长得漂亮，再说我对山里姑娘没有好感。

有句话叫‘情人眼里出西施’，她在我眼里不是西施。这没办法。”刘蕊在刘畅额头上戳了一指头：“这么清纯可爱的漂亮姑娘你看不上，你完全是看花眼睛了，不要以为家里有钱不愁媳妇，也有当光棍的可能。”刘畅笑说：“放心，追我的姑娘多，我会找一个你满意的。我相信，枝子还会主动约我，她对我一见钟情了。恋爱上我是老手，知道什么时候退，什么时候攻，分寸把握得非常到位。看在你的面子上，我今天就不拒绝她，多接触几次再说。”刘蕊轻叹了一口气：“你要这样说，说明你们之间还有戏，我就放心了。是的，好事多磨，你与枝子能走到一起是好事。”刘畅向刘蕊扮了一个鬼脸，然后退到刘蕊身后。这时刘蕊说：“枝子你进来。”枝子推门进来。刘蕊说：“中午刘畅真有事，让他走吧，我俩在此吃饭。”刘畅走到枝子身边说：“对不起啊。你和我姑姑在此好好聊吧。你是一个苗条而漂亮的姑娘，对于山里姑娘来说，这是不多见的。”刘畅没握枝子的手，而是向枝子做了一个“再见”的手势。枝子望着刘畅的背影，感觉刘畅最后的话怪怪的，让枝子猜测不透话中的真正含义。有障碍物的原因，刘畅的背影马上在枝子眼里消失了。在枝子看来，刘畅除了桀骜不驯，还有抑制着的放荡不羁。刘蕊轻轻走到枝子身边，解释说：“这刘畅从小就淘气，现在成人了，身上淘气的影子还没有完全消失。”枝子说：“我回厂了，你就在这儿坐班车回市内你的家里。”二人就此作别。

回厂路上，枝子看见北风刮来吹起地上的纸页，在空中飘舞，感觉那飘舞的纸就是自己，竟然被刘畅瞧不起，原想谈一场轰轰烈烈的恋爱，名正言顺地实现走出大山的理想，可想象美好，但现实往往是残酷的。枝子想不通，自己的漂亮外表及内在气质，得到多人认可，是经过时间检验了的，诸如星星的爷爷、作为老板的小胖、语文老师刘小明、村里的小秋等，可在这些人面前的优越感，在刘畅面前荡然无存，打不动英俊潇洒的刘畅的心。枝子回到宿舍时，心情仍然不畅，刘畅的表现，对她借嫁人实现走出大山的理想，是一个沉重的打击。见宿舍里没有别人，枝子就坐在床上照镜子，好好瞧瞧镜子中的自己。岂知这时吴长生站在窗口，向枝子扮个鬼脸，枝子赶紧过去关上宿舍门。吴长生笑说：“我不会进来的，看把你吓成什么样子，你把我想歪了，光天化日下我敢做什么。实话实说，我嘴上没正形，作风却正派。”枝子要吴长生赶紧离去。吴长生笑说：“我今日来的目的，是向你说一件好事，你不是说这个地方好吗，想一辈子住在这个地方吗，我表弟在三岔处办餐馆，我想介绍你们认识一下。”枝子生气地说：“谢谢你的好意，我现在不想谈恋爱，至少最近不想谈，你让我安静好不好，你走吧，这事过一段时间再说。”这时小胡回来了。吴长生对小胡说：“我想给枝子介绍对象她不领情，以后我把这好事给你吧。”小胡赶紧说：“别、别、别，我近两年不想谈，清闲两年再说。这地方是个幸福的地方，但未必是我喜欢的地方。我现在心里矛盾着，不知是嫁在老家好还是嫁到外地好，老家虽然贫穷一点，但能经常见到家人；外地虽然优裕，但嫁过来以后想见家人就难了。”吴长生佯装生气地走了。

次日，枝子上班前把刘蕊叫到没人的地方，问刘畅回家后，是如何向他家人介绍她的。刘蕊发出一声叹息，遗憾地说：“这小子，回家后只字不提与你见面的事。我要他昨晚好好想想，不要错过了你，这小子想了一晚，今天早晨我走时，特意对我说他最近不想谈恋爱。”枝子脸红地说：“这不是拒绝我吗？算了，我与他中间隔着一层冰山，得不到他的温暖。”刘蕊说：“这小子是有点傲气，不就是家庭条件优裕吗？不就是一个城里小子吗？其实他心地善良。他有一个弱点，就是经不起别人几句好话，心软。看来这事想成功，只有你主动进攻了。”枝子不语。刘蕊说：“实话实说，我真的喜欢你，你是个难得的好姑娘，做事能干，心灵手巧，又有旺夫相，哪个男人娶了你就享一辈子福，我诚心想你与刘畅恋爱成功，走到一起过日子。枝子，你想过没有，这件事如果真成了，你们不仅般配，你就会幸福生活一辈子，作为一个山里姑娘，以后幸福地生活在城市里，你就走出了大山，回娘家多风光啊。所以我劝你放下身段，去倒追刘畅，那小子是经不起你大胆而真心追求的。”枝子说：“从来都是别人追我啊。另外，女孩倒追男孩，我不知道如何开口啊。”作为过来人的刘蕊，就向枝子支招，枝子听得脸红心跳，虽然如此，枝子从内心感激刘蕊，认为她是自己实现走出大山理想的恩人。幸福不会从天降，枝子要好好把握，担心机会稍纵即逝。无非就是自尊的问题，可自尊与一生的幸福相比，与走出大山理想的实现相比，枝子觉得真的不算什么。周六傍晚，下班的枝子在食堂吃了晚餐，就赶紧去三岔处。枝子围上了一条时尚的红围巾，担心北风沁了脸，影响明日见刘畅的形象。走出厂大门时，枝子碰上了小胡。小胡要随枝子一起走走，可枝子向小胡撒谎，称自己感冒了去拿药，要小胡离她远点，防止被传染了。枝子故意咳嗽一声。这招果然奏效，小胡向枝子说再见。枝子急匆匆地来到三岔处，走进了一家发廊。一个小时后走出发廊，枝子完全变了一个人，好看的脸型，头发上有一股怡人的馨香。接着枝子去商场，买了一条淡绿色的裤子，款式是新颖的。枝子对着穿衣镜试穿一下，很满意，能给枝子增分。同时，枝子在商场又挑选了一双猪皮鞋，大小合适，鞋皮锃亮。这晚，枝子没有睡意，听着小胡与小麦熟悉的呓语声，眼前就晃动着刘畅的身影。在枝子眼里，刘畅真是这世上难得一见的美男子，刘畅身上散发出来的气息，让枝子陶醉了。是的，一定要把刘畅追到手，到时候带回老家，相信爸妈及春波都会高兴极了，让春花与翠花羡慕得流口水。枝子把刘畅看成了一团熊熊燃烧的火，要将她熔化了。好不容易睡着了，又做着与刘畅一起说笑的梦。枝子梦见刘畅带她到了河边。那河面太宽了，看着河对岸的人像小树。刘畅起初拉着枝子在河边奔跑，为什么要跑？枝子不明白刘畅的意思。但跑了一会儿枝子跑不动了，刘畅就背着枝子跑，让枝子闻到了刘畅身上的男人充满魅力的气息……

第二天上午，听从刘蕊的安排，枝子来到刘畅家附近的名叫“南天轩”的餐馆前。四下一望，这里街道宽敞，楼房林立，人来人往，生意兴隆，属于闹市区。看见了站在那儿招手的刘蕊，枝子激动地跑到刘蕊跟前，问刘畅人呢。刘蕊叫枝子跟着她走。二人顺着“南天轩”餐馆前的人行道往前走。几分钟后，刘蕊突然停下脚步，指着一栋楼房说：“这楼房靠左一单元的三楼就是刘畅的家，他家的店面，就是楼下的三个面店。此时坐在店面门口的，是刘畅的爸爸与妈妈。刘畅兄弟姐妹三个，上面是两个姐姐，都出嫁了。刘畅最小，因此言行举止有点淘气而傲慢。”枝子打量商店的招牌，写着“刘畅百货店”五个大字。刘蕊要枝子去面见刘畅的父母，枝子说与刘畅还没谈好，跟他们见面太尴尬了，又能说什么呢。此时，枝子只想见到刘畅，与刘畅好好谈谈。刘蕊说：“他此时在家里。走，我们回‘南门轩’餐馆，我已订下了包间，你在里面坐，我叫刘畅过来见你。”回到“南门轩”餐馆，枝子站在餐馆包间的窗前，瞧着刘蕊去请刘畅，半个小时后刘蕊出现在那栋楼房的楼梯口，她的身后跟着刘畅。

刘畅走进餐馆了。不知为什么，枝子一见英俊潇洒的刘畅，心里就有些紧张，虽然今日做了精心打扮，却还有相形见绌的自卑感。不，不能这样，枝子给自己勇气，让剧烈跳动的心平静下来。房门推开了，刘畅跟在刘蕊身后进来了，手里拿着一本小说。刘蕊说：“你们二人这次好好谈，要谈出个结果，不能像上次那样不了了之。我去餐馆旁边的商店里买些水果来。”刘蕊出去时带上房门，也嘱咐服务员不让别人进入包间，服务员点头说知道了。刘畅坐在枝子对面，瞧了一眼枝子就看小说，表情不阴不晴。枝子说：“刘畅，我今日再来见你是鼓足了勇气，我老家有句话叫‘一家有女百家求’，今日是倒转过来，我来求你了。真的，上次见你之后，我彻底被你征服了，我真的爱上你了。我是真心的。我希望我们好好谈一场恋爱。”今日的枝子豁出去了，不想在刘畅面前保持女孩的礼义矜持。她要把钟爱的刘畅抓在手里，不让刘畅飞走了。这时刘畅说话了：“枝子，你应该清楚恋爱的美妙，在于男女都对彼此有好感，彼此都想谈。那天我走时对你说过，我们都想想，可我发现，你经过一个星期的想，越发对我一见钟情了，可我呢？对你越想越没有感觉了。感觉这东西很重要，比如我摸你的手，我没有感觉是多么可怕。”枝子生气地说：“你说得没错，我是越发爱你了，对你一见钟情了。可我不知道我哪儿不好，论人才，论吃苦耐劳，论心灵手巧，等等，你姑姑最清楚，我一点也不逊色城里女孩，你为什么就瞧不起我呢？为什么不想跟我谈恋爱？你说没感觉，你没摸我的手你如何知道没感觉？”枝子越说越激动，几步走到刘畅面前，不由分说，两手紧紧握着刘畅的右手，激动地说：“没有感觉吗？你手上肉细腻，我手上肉比你还要细腻，你没有感觉吗？”刘畅睁大眼睛：“枝子，你不能这样，这样不好。还没有哪个女孩握过我的手。”枝子依旧激动地说：“你不说话，你闭上眼睛，看你有没有感觉。”枝子加大了握紧刘畅右手的力度。刘畅不闭眼睛：“你这样对我，我如何能闭上眼睛？”刘畅要抽出自己的手，但枝子不松手。刘畅用力地抽，枝子双手不松，身子跟着刘畅抽动的节奏晃动。刘畅生气地说：“枝子你在非礼我！我要报警！”枝子说：“告诉我实话，你有没有感觉？你说了实话我就松手，不然我一直握紧，同时大声喊服务员进来见证。”说着，枝子把身子往下蹲了点，将自己的嘴巴，放在握紧的刘畅的右手上亲吻。刘畅见之大惊失色：“枝子你疯了！”枝子说：“我没疯。我就是太爱你，就是要你找到感觉！你说你对我有感觉了我就松手。”刘畅说：“有感觉了，真有感觉了，你快松开手。”枝子笑问什么感觉？刘畅只要枝子赶紧松手，不让餐馆服务员见到这一幕尴尬的场景，如果见到了，说出去，自己以后如何在这个地方混，不是叫人笑掉大牙吗？于是刘畅言不由衷地说：“是冬天在床上又盖了一床被子的感觉，实在舒服。”枝子笑说：“这个比喻我爱听。”说完松开手。但刘畅，一见枝子松了手，赶紧打开房门，回头对枝子说：“你简直不可理喻。我们的事就此结束。你赶紧到三岔处的医院看病去吧。”说完，刘畅跑出了餐馆。枝子追到刘畅身后，生气地说：“你把话说清楚，不然我跟到你的家里，跟你父母说清楚，我哪里配不上你？我如此爱你，你为什么不爱我？你要说出理由。”刘畅担心枝子真随他去了家里，于是不回家，去那个类似公园的少有人游玩的地方。这地方紧靠一个长方形的池塘，有垂柳，有石凳，有石雕，有草坪……刘畅生气地坐在一个石凳上，沮丧地瞧着地面，不瞧紧跟而来的枝子。枝子说："我是一个有自尊的女孩，是被你逼的。我真不知道我此时变成什么人了。"刘畅冲枝子瞪眼："你此时给我的印象就是无耻！不要脸！"枝子听了，并未恼羞成怒，而是轻言细语地说："刘畅，不要说气话，给我一次机会吧。你要想清楚，你年龄比我大，吃亏的是我而不是你。"刘畅黑着脸说："屁话！在我们这里，五十多岁的大叔还娶二十来岁的外地姑娘。我就是看不上你，没有理由！你走吧。"枝子说："你伤了我的自尊，我不走。"说着，又上前去握刘畅的手。这次刘畅防着枝子，见她走近，赶紧起身离开。刘畅说："我不能再让你握我的手了，你已经占了我一次便宜，不能让你再占了。"刘畅顺着池塘边快步走，枝子紧跟其后。刘畅激动而愤怒地说："你要是再这样不要脸地跟着我，小心我抽你的耳光！"

枝子真的被激怒了，认为反正已在刘畅面前失去了自尊，索性跑到刘畅面前，挡住刘畅的去路，理直气壮地说："你抽呀，我谅你也不敢抽，我求爱没有错，你不同意是你的自由，我求爱是我的自由。"刘畅对枝子怒目而视，突然感到眼前站着的枝子丑陋无比，是一个为了爱情不要脸面的无赖女孩，太可怕了。刘畅认为，此时对付这个无赖的女孩，做思想工作是没有用的，必须给她一点颜色看看，让她从梦幻的虚无缥缈的爱情中回到现实。刘畅抡起左手掌，把全身的力量都集中在这只手掌上，照着枝子皮肤细腻的脸颊，狠狠地抽了上去。立刻，枝子脸上显出了五个红红的指印。枝子愣眼瞧着刘畅，咬牙切齿："你竟然抽了我的脸！"纵身扑向刘畅。可刘畅身手敏捷，赶紧退到一边，然后转个弯，甩脱了追赶的枝子，边跑边说："一个山里女孩竟然攀附城里的男孩，癞蛤蟆想吃天鹅肉，做梦吧！"自尊心被严重刺伤，枝子不追了，蹲在地上让泪无声地横流，泪眼模糊中，见刘畅的身影渐渐消失了。在枝子的印象中，第一次受这么大的伤痛，人格受到这么大的侮辱。自己就是一块没有雕琢的璞玉，这刘畅为什么有眼无珠，城里人有什么了不起，山里姑娘就那么下贱吗？伤心与气愤最终让枝子哭出了声来。这时感觉后背有人轻拍，枝子转眼一望，是刘蕊站在自己的身边。刘蕊安慰道："起来了，不要哭了。这刘畅真不是东西，忘掉他！"枝子站起来，脸撂在刘蕊的肩膀上："刘姐——"刘蕊双手拥着枝子的头："什么都不要说，只怪刘畅这小子命薄，福到眼前却放弃了。走，我们一起回饲料厂。"刘蕊拿出手帕帮枝子揩净了眼泪。刘蕊说："凭你的条件，以后会找到比刘畅更好的男孩。这刘畅不值得你珍惜。我没想到刘畅是这德行，早知如此，我就不会让你追他了。常言道，强扭的瓜不甜。忘记这件不快乐的事，当成一页伤感的纸翻过去吧。"没有缘分，追到手也是枉然，枝子想了想这句话，不哭了。

颓丧至极的枝子连续三天不想说话，上班就上班，吃饭就吃饭，下班了就躺在宿舍的床铺上。好好的人为什么突然变成这样呢？最诧异的人是吴长生，他向枝子追问失落的原因，枝子就冲吴长生发脾气："我的事不要你管！"表情是严肃的，口气是不容置疑的。吴长生目瞪口呆，认为枝子完全变了一个人。枝子的发火，让吴长生知道了枝子的刚烈个性，发起怒来粉脸变色，叫人害怕。枝子这种可怕的低落情绪，持续了半个月。枝子暗自决定，以后再好的男孩也不谈了，暂时中断追求走出大山的梦想，好好打工挣钱，以此修复几近崩溃的心态。春节过后，吴长生再向枝子提及他的表弟，遭到了枝子义无反顾的拒绝。

第九章

枝子站在成品库门前，听着熟悉的春雷声，它颤抖着大地；望着耀眼的闪电，它自天空闪到大地上。刘蕊、小胡与小麦被雷声与闪电吓着了，躲避在成品库里。枝子对它们感兴趣，这里的春雷让她想到家乡的春雷。大地在春雷声中慢慢变绿了。在这里，枝子不见山，只能从厂里或大道两边的花台上，见到变绿的草木。当春雷停歇时，枝子收到了春波的来信。原来父亲病了，要枝子回家一趟。信中没要枝子带回行李，枝子判断父亲这回是真病了，不是诳她回家。于是枝子找到了车间主任程亮请假。程亮说："准假一个星期，现在风和日丽了，气温上升了，饲料销量大增，速去速来。"枝子点头。接着，仅带了一身换洗衣服的枝子，匆忙赶到三岔处，坐上了去火车站的公共汽车。

一到沙河集镇下车，枝子购买一网篓水果，几乎是跑进沙河镇卫生院大门的。走进父亲的病房，枝子喊了一声"爸"，把想到的很多话汇聚到这个字上。让枝子没想到的是，李汉光睁大眼睛瞧着枝子，表情严肃，追问枝子是一个人回来的，还是带回了别的男孩。张明清把李汉光的话重复了一遍。枝子说："爸，妈，我不会再做那样的考虑不成熟的事了。"张明清似乎不放心，跑到病房门外看了一眼，回来对李光汉笑说："枝子是一个人回来的。看来枝子长心眼了，吸取了教训。"李汉光这才露出笑容，对枝子说："你一人回来就好。我以为你不会回来的。那天春波给你写信，我不要他把我得病的事告诉你，可他还是说了。”张明清说：“我觉得春波说得好，不然枝子就不回来了，‘在家千日好，出门样样难’，她回来让我们看看，我们也放心啊。”李汉光坐直身子：“我想抽支烟。”张明清说医生嘱咐了不能抽烟。李汉光笑说：“枝子一回来，我就想抽烟。”枝子就把病房的窗户打开，便于空气流通，烟雾散去。枝子问父亲得了什么病，还要住院多长时间，李汉光抽了一口烟说：“其实也不是什么病，就是肾结石，这几天打针吃药炎症消下去了，现在不疼了，医生让明天出院，我想马上就去结账出院。”张明清要李汉光把药水输完了再回家。可李汉光说：“不啦，不啦，住了几天院，把人住得快要虚脱了。枝子现在去结账，我们回家。”枝子劝父亲不要固执己见，听医生的。李汉光笑说：“枝子一回家，我什么病也没有了。”说完用力掀掉盖在身上的白被单，下床走了几步，又抽了一大口烟，说肾结石不算病，不疼了等于痊愈了。待枝子结清了医药费，一家三口走出了卫生院。

经过菜市场，枝子买了鱼肉。回到家里帮母亲烧午饭。李汉光坐在桌边抽烟。一会儿，枝子从厨房走到父亲面前，满怀歉意地说：“爸，原谅我上次没征得你的同意就离家出走了，我太冲动了。”李汉光说：“我问了春花，你与那个小胖是真断了来往，我就不批评你离家出走了。当时我和你妈就看出，那人是靠不住的，幸亏我们刹车早，你险些步了翠花的后尘。菩萨保佑，你算是逃过了一劫。”枝子说：“爸，我现在变得理智了，我打算好好打几年工，婚姻一事不能操之过急。”李汉光说：“你应该学春花，在外打工就好好打工，在外几年不出事，现在回家了，安安心心在家相亲。上次你离家出走，我们已经把那一页翻过去了。我也有问题，采取了过激的处置办法。那些信我还收集着，你拿去烧掉吧。”枝子把那些信拿进厨房，甩进了正在烧着树枝的灶膛里。熊熊的火光中，它们瞬间化为了灰烬。

春花的家在刘庄村东，也是三门普通瓦房，与枝子家不同的是，春花家的厨房在屋场上。站在春花家的屋场上，能见到枝子家屋侧的那棵大树。刘庄村前的池塘，没有延伸到春花家门前。午饭后，在春花的卧室，枝子与春花这对好姐妹，四只手紧紧握在了一起。寒暄之后，枝子问春花回家相亲顺不顺利，是哪方俊男帅哥，春花关上卧室门说："婚姻讲缘分。回家相亲的对象，是我爸的朋友介绍的，在沙河集镇的山那边，老实人，五官说得过去，他对我印象倒是挺好的，可我对他没有感觉啊，我没同意，还在继续寻找。"枝子说："再找，最好找个住在沙河集镇上的，或者住在县城的，以后会少奋斗多少年啊。人往高处走，水朝低处流。我觉得人才放在第二位，第一位还是要追求生活的环境。我不反对你不想走出大山，但也要在大山里找个生活环境好的地方。对女孩来说，嫁人是第二次人生的选择。"春花故意逗枝子乐："也不完全对。有人离婚后再嫁，这样的事近年在我们山里发生多例。有人为了离开大山，跟进山的人贩子跑了，连儿女也不顾及了。也有中年妇女，跟进山收山货的商贩跑了，急坏了家里人，不知跑到什么地方去了，去派出所报案，警察一时半会儿也没有办法找到她。据说跑到平原上的多。"枝子说："我认为她们这种做法不对，如果真想离开大山，追求更好的生活，就要合法离婚，然后名正言顺地跟外地人结婚，把孩子的问题解决好，也可以带过去一起生活。"春花说："是的。这事归根结底还是大山的问题。但我对大山情有独钟，看着舒服，特别是闻着草木的清香。"枝子说："这个问题我们已经争论多次，不说了。我衷心祝愿你早日在山里找到自己的如意郎君。"春花说："谢谢。你那厂里有没有让你心动的男孩？我想应该有的，新厂，招的都是新人，至少大部分是本地人吧。我给你算准了，你以后会在那个地方生活一辈子。不过这样也好，等将来我的孩子长大了，去你那儿打工，也有个熟人啊。"枝子说："想法是美好的，但要实现这美好的想法难啊。"枝子险些把刘畅对她的无情说出来，话到嘴边又咽了回去。想到这次分别之后，不知哪天再见面，枝子特别叮嘱春花，相亲成功后马上告诉她，她好回信祝贺，结婚一定提前告诉她，回家给春花当伴娘。二人以手拉钩作为承诺。

从春花家里出来，枝子想去看看翠花。刘庄的长方形池塘，延伸到翠花家的门前就结束了。翠花一人在家。家里安静。枝子感觉时间这般长了，翠花的气色，还没有恢复打工前的状态，脸色不见红润。无疑，那次打胎给翠花留下了一时间难以弥补的心灵创伤。枝子鼓励翠花要走出那个可怕的阴影，重新做最好的自己。一失足成千古恨。翠花觉得这句话就是为她写的。枝子同情翠花的遭遇。枝子问翠花在婚姻上以后有什么打算，翠花说想在老家找一个，但目前还没有急于相亲，说她这个样子如何去相亲。翠花语无伦次，又说将来嫁到远处，至少越过沙河镇的地界，这样就没人知道她的过去，也不会有人称她是“破鞋”。

枝子从翠花家里出来，走到自家门前时，小秋不知从哪里冒了出来，一下子站在枝子面前。小秋友好地说：“听说你回来了，来看看你。”枝子生气地说：“你是不是又犯病了？我要你看什么，我们不沾亲带故的，你看我干什么？”小秋说作为同村人看看有什么不对吗？他完全出于好意。枝子说：“我知道你没有恶意，可我不想见到你。”小秋说：“我想到外面打工，但我父亲不准，说我人老实，在外面受人欺负。你告诉我，外面打工的人很坏吗？都是翠花接触的那种坏男人吗？”枝子瞪眼小秋：“你说你，扯到翠花身上干吗。我问你，你现在还是每天收拾家务喂猪吗？”小秋说：“是的。然而也不是。我家的猪现在只有两头了，我爸正在集镇上帮我联系店面，待联系好了，我就去修理自行车。对，我现在会骑自行车了。村里就我会骑自行车，别人都不会，包括你家的春波。你会吗？”枝子“哼”了一声，有轻蔑与嘲讽的意思。枝子转身进屋。这时张明清叫小秋进屋说话。枝子不愿意。张明清说：“小秋是个好孩子，让他在家里坐会儿。你不在家，有时家里遇到撵鸡赶狗的事，给小秋一说，小秋再累也去办。有一次你爸的烟抽完了，小秋二话不说就跑去沙河集镇买了回来。”不过小秋虽然憨厚，可是见枝子对他气呼呼的样子，就知趣地离开了。

天亮了。屋外有鸟儿清脆的歌声。一会儿枝子踏着清亮的露水，来到刘庄的后山巅上。枝子想再次看看日出。在平原上看日出与在山巅看日出，效果迥然不同，给人的心情也不同。枝子认为还是家乡的日出能激起她追求理想的信心。枝子坐在那块坐过多次的石块上，遥望东方的地平线，放射出淡淡的粉红色。慢慢地，太阳升上了地平线。红彤彤的朝霞洒在大地上，也映红了枝子白皙水嫩的脸。枝子又与朝阳默默对话。几年过去了，在追求走出大山的理想的路上，枝子付出很多，刘畅那一记响亮的耳光，让枝子明白，“走出大山”四个字写起来简单，实现起来太难。枝子对着太阳说：“美丽的太阳，给我勇气吧，不要让我在走出大山的路上打退堂鼓。有人说我是好高骛远，不切实际，耽于幻想，但追求理想有错吗？”对面的山中间，又有了缠绕的烟雾。这缠绕烟雾在平原人眼中，是美丽的风景，可在枝子眼里，它是束缚她手脚的桎梏。

枝子明天就要返回厂里。晚饭后，李汉光严肃地对枝子说：“我不希望你出门，像春花与翠花一样在家里待着，这样大家都省心。你在外面，我们不能见到你，每天为你提心吊胆。翠花就是一个例子。可不让你出门，你的心还在那个厂里，我思来想去，还是同意你出门打工，但你要答应我一个条件，答应了你就去，不答应你就不能去。”李汉光抽了一口烟接着说，“条件很简单，就是你去后，一旦收到家里催你回来相亲的信，你要二话不说赶紧回家。你考虑两分钟再回答我。”枝子不考虑，一咬牙大声说：“我答应。”枝子是违心说的，可是在这种场合下也只能违心而说。李汉光说：“既然你答应了，你明天走吧。”枝子起身，进了自己的卧室。次日枝子出门时，李汉光把昨晚说过的话重复一遍。张明清埋怨李汉光，说过的话不要再重复，枝子听了心烦。李汉光说鼓敲三遍有好处，话听三遍长记性。

在车上，枝子一直在想“回家相亲”四个字，觉得它们像魔咒折磨着她。直到在三岔处下了车，枝子才摆脱窒息的气息，呼吸了新鲜空气，有鱼归大海的感觉，有挣脱羁绊的感觉。回到厂里，吴长生又向枝子提及他表弟与枝子相亲的事，要枝子考虑考虑。吴长生想安排枝子与他表弟见面，二人在一起吃餐饭，说他表弟成天盼望着。枝子说：“我今年不谈婚事，年后再考虑。”吴长生想了想：“既然这样，我就让表弟耐心等着。不瞒你说，我表弟人长得不咋地，但心善，有男人味，也会心疼女人，你不要错过，错过了会后悔一辈子。”枝子没有回答吴长生的话，径直走了。吴长生望着枝子的背影自语道：“到时成了我的表弟媳妇，我就名正言顺地跟你逗乐，看我把你整投降！”说着，脸上罩满了放荡的微笑。

很快春节过了。家里来了一封信，枝子心惊肉跳，以为是要她回家相亲，拆信看后，见不是才放心。只要清闲下来，枝子就想到了相亲，觉得它是一个炸弹，随时都有可能爆炸。夜深人静的时候，或者下班后一个人在大道边散步的时候，枝子就思考如何破解相亲，让它成为一个泡影。枝子想了很多办法，最后都否定了，认为它们行不通。看来只有一种办法了，就是先斩后奏，找个自己瞧得上的，又能让自己实现走出大山理想的男孩嫁了，相亲就不存在了，父母从此也不会逼她了。这天吴长生又找到枝子，说枝子去年答应的话，他已经传话给他表弟了，春节一过他就天天盼望。想到当时就是随口一说，时间长，他是不会等待的，岂知他把此话当真了，从这点来说，这个吴长生的表弟，对婚姻是严肃而认真的，不是一个轻浮之人，可以见见，万一看上了又能满足自己的条件，嫁给他不失为一件称心事。这样一想，枝子叫吴长生着手安排她与他表弟见面。

时间是周末，地点是三岔处。吴长生的表弟叫李小小，枝子不要他开摩托车到厂门口接她，这样等于告诉全厂人，她枝子与李小小恋爱了，这不好。枝子提出李小小在厂外去三岔处的公路上接她。枝子来到约定的地方，看见吴长生与李小小早站在那儿，他们跟前停着一辆红色的摩托车。李小小对枝子欣喜地说：“早就见识过你的美丽，多次来厂里偷看了你，只是你不知道。你在我眼里就是仙女，不，比仙女还要仙女。实话实说，面对漂亮的你，我一激动，竟然不知道用什么好词形容你了。”枝子打量李小小，三十岁左右，厚嘴唇，牙齿显得黄，似乎没漱口，脸像吴长生一样黝黑，胡子挺硬，一副凶巴巴的模样。在他挽起袖子时，枝子看见他手臂上有个清秀美女的文身，估计在文身时，特意将带蓝墨的针深刺皮肤，因此文身特别清晰，文身美女栩栩如生。李小小脸型是个倒挂脸，即便不说话，脸颊鼓得突兀，像是嘴里含着硬物件，不雅观。不过李小小衣服时尚，穿着带花格的衬衣，直筒黑色长裤，脚上猪皮鞋擦得锃亮。枝子对李小小第一印象不好。还去三岔处吗？枝子有点犹豫不决。这时吴长生催道："走，我们快去李小小的餐馆，那儿环境好，在三岔处是最高级的。枝子，待会儿你去了李小小的餐馆，就知道人有钱多么幸福。"原来李小小是餐馆老板，是个有钱的人。于是枝子就坐上了李小小的摩托车。枝子想详细了解后再做打算，如果能让她实现走出大山的愿望，相貌丑点、年龄大点不是问题。摩托车只能带枝子一人，吴长生只能在后面步行了。

一会儿，摩托车到了三岔处，停在并排三家餐馆的最右边一家餐馆门前。李小小说："到了。"赶紧搀扶枝子下车。枝子说自己会下车，不要李小小触碰她，但李小小仍然把手伸过来，枝子就打开了李小小的手，李小小尴尬，解释没别的意思，是担心枝子跌倒，被摩托车挂破了衣服。餐馆大门口，早站了两位年轻小伙，用欢迎的表情望着李小小与枝子。李小小说："瞧什么？从来没见过美女吗？我的朋友，以后对她礼貌相待，否则不要怪李哥翻脸无情。快去做事。"语气听似温柔，实则带着钢刺。两个小伙脑袋一缩，到餐馆里面做事去了。李小小说："餐馆聘请的厨师，手艺不错，午餐时你可以见识他们的手艺了。"枝子瞧了一眼李小小的后背，真的，不是吴长生说好话，她真不想来见李小小。在枝子眼里，李小小虽然不是歪瓜裂枣，但与歪瓜裂枣已经不远了。枝子的心在怦怦乱跳，担心就算两人恋爱成功了，把李小小带回老家，父亲会不会接纳他，刘庄人会不会笑话她，枝子怕刘庄人笑她上次带回一个年龄大的胖子，这次又带回一个年龄大的黑人。有了这种担心，枝子跟着李小小走进餐馆大门时，感觉两腿突然乏力，与李小小恋爱的兴趣降温，抱着不认真的态度了。

枝子瞧了一眼刚来的公路上，希望能见到吴长生的身影，站在餐馆门口，不想进去。李小小说：“你进来坐着喝茶嘛，我表哥马上就到了。”枝子索性退到餐馆门前站着，说：“我等你表哥来了再进去。”李小小说他会来的。要把枝子拉进餐馆。枝子严肃地提醒李小小不要对她动手动脚，不然她立马返身回厂。枝子告诉李小小：“不是看你表哥的面子，我不会来。”李小小双手就老实了，沮丧地耷拉在裤缝边。李小小站在枝子面前：“好的，我双手规矩。我站在这儿陪你一起等表哥。”枝子生气地说：“你不能开摩托车接他来吗？”李小小大声说他来了。果然吴长生正大步走来了。李小小说：“枝子你看，这里一排三家餐馆，我的餐馆最豪华，不说里面，你只瞧外观，还有餐馆前面竖起的招牌。”枝子瞧了一眼，没点头，没说是，也没说不是。李小小餐馆的招牌竖得高，牌面比别家的大，上面写的字也大，还添加了醒目的颜色。李小小见枝子的眼光集中在招牌上，就得意地微笑着，要枝子认真分析一下，为什么他家餐馆的招牌比别家高大。枝子皱眉想了想，这用意太简单，不就是想醒目点？李小小摇头：“你想呀，常言道，同行是冤家，我们这三家餐馆实际上是冤家，心里都是暗流涌动，别看嘴上说得好听，见面脸挂微笑。做生意的人都想鹤立鸡群，压过别人让自己春风得意，生意兴隆。”枝子愣眼瞧着李小小，一脸诧异的样子。李小小浅笑一下，不说原因。枝子说：“难道一个招牌还暗藏玄机吗？”李小小得意地说：“当然。他们两家必须礼让我李小小，我咳嗽一声，他们也要抖三抖。”枝子诧异地追问原因。李小小只笑不说，枝子催他说，李小小说：“我们接触时间长了你就知道了。在三岔处，不是人人像我李小小这样高人一等的。”枝子认为李小小故意在她面前自吹自擂，别有用心，无非是想得到她的好感，就没把李小小的话放在心上。这时吴长生到了，李小小去迎接他，枝子瞅这时机瞧李小小餐馆的外墙，将挨着的三家餐馆进行了对比，李小小的餐馆的确显得大气，装修也讲究，还带有时尚元素，特别是门楼冠冕堂皇，枝子只在电视里见过。

吴长生随李小小走到枝子跟前时，佯装批评李小小："真不懂待客的规矩，让枝子进餐馆坐呀，不要让她站在外面。表弟，你要让我厂里的第一美女不高兴，我可对你不客气。"李小小笑说："表哥，也只有你敢对我说不客气的话，我听你的。"说完，去牵枝子的手，想拉枝子进门。枝子手一缩："我长着两腿。"径直在前面走进了大门。餐桌上早摆放了时令水果。枝子在桌边刚坐下，李小小就对在厨房忙碌的两个年轻小伙大声道："快把茶水端上来。"一个小伙子闻声赶紧过来，将倒好的茶水放在枝子面前。枝子说："我喝茶呢还是吃水果？"茶没有水果好，女孩吃水果最好，李小小让厨师把刚倒的一杯茶水递给吴长生，赶紧从果盘里拿起一枚大红苹果，去垃圾桶那儿蹲着削皮。一把锋利的削皮刀，被李小小折腾得轻盈自如，三下五除二，苹果很快被削好，放在自来水下冲洗干净，恭敬地递给枝子。这个削苹果的麻利细节，枝子看在眼里，让枝子对李小小有点好感了，想不到他还有情感细腻的一面。枝子吃着苹果，李小小望着得意。吴长生把李小小叫到一边，问午饭安排了什么好菜，嘱咐李小小炒几盘女孩爱吃的菜，少放辣椒，同时少不了在桌上摆上银耳汤，它口感滑润，香甜醇美，一般女孩子都喜欢。李小小问厨师有没有银耳，得知没有了，就骑上摩托车去菜市场购买银耳。吴长生对枝子说："我陪你把表弟餐馆整个看一遍，一会儿他回来了，你们两个单独谈谈，我相信你们两个能擦出爱情火花。"枝子跟在吴长生身后。吴长生一边走，一边向枝子介绍。枝子发现餐馆里面与餐馆外面对比鲜明。站在外面，看见的只有两个门面，其宽度最多十三米；但里面，每间房的长度达到了二十五米，一眼看上去像胡同。水泥硬化的地面，白色的粉墙，吊着的电扇，精致的桌椅，落地的窗帘。让枝子没有想到的是，过了后门，却是一个宽大的院落，将另两个餐馆后面的面积全占了，枝子估算了一下，如果停放厂里拖饲料的车辆，至少可以停放二十辆。地面虽然没有水泥硬化，但平整后铺上了干净的沙砾，也建起了高高的红砖围墙。紧挨围墙的右边，盖起了一排小房子，有的当包间，有的放有床铺供人休息。在左边围墙边，栽种了一排四季常青的树木，建有花台，花台里生长着花草。枝子见花台里开放的一种花，在老家山坡上似曾见过，过去细致地瞧，闻到了清新的香气，只是叫不出它的名来。眼见的一切，让枝子在心里直赞叹，小声问吴长生，李小小建这个餐馆要不少钱吧？枝子在老家的沙河集镇上，除单位外，没见私人餐馆有这般豪华与大气。吴长生说："我没骗你吧，我表弟有钱，是个有钱的人，在三岔处，比他富裕的人没几个。"枝子说："他创业几年了，是不是家里有钱？"吴长生说："全是表弟这些年赚来的，他二十岁办餐馆，已经办了十年了，是他打下来的江山。"枝子睁大眼睛："打下来的江山？什么意思？"吴长生笑说："商场如战场。他起初办餐馆时，餐馆没有生意，客人都去了有名气的餐馆，他是凭他的霸气，最终压垮了有名气的餐馆独占鳌头。别看今天餐馆生意清淡，是你今日要来餐馆，李小小叫客人别来了。你没看门前摆的今日不营业的牌子吗？"枝子明白了。

李小小回来了。吴长生安排枝子与李小小去一间漂亮的包间交谈，自己坐在餐馆大厅里喝茶。过了约半小时，枝子与李小小开门出来了。吴长生把枝子叫到一边，又让李小小不要跟来，待李小小笑着进了厨房，见枝子脸上没有愠色，还荡漾着美丽可人的笑意，就问枝子与李小小有没有戏。枝子羞涩地说："怎么说呢，慢慢谈吧，谈不好就当朋友。"吴长生请枝子说明白一点。枝子说："从人的这个层次讲，我对他还要细致观察，我估计他身上有流氓习性，不然与我初次见面，就想对我动脚动手，另外脸皮特厚，是情场上的老油子，我问他以前谈过几场恋爱，他只笑不说。在我看来，他的笑容里包含着我不明白的意思。从这个层面讲，他不是我心里的理想人选。但是有一点让我动心，就是他的家庭优裕，是个做生意能手，这家餐馆是他赚钱创办的，房子属于他个人财产。他向我承诺，如果将来我们结了婚，就将我的家人全部接过来，在后院空地上盖起房子，给我的家人居住，帮我实现我的走出大山的理想。"

吴长生拍起胸脯，恳切地说："这件事李小小没说假话，也不是吹牛，他一定会做到，他有经济实力。我相信，你越观察越喜欢小小，他身上的优点是别人不及的。"枝子浅笑一下。

李小小挑选了一个豪华包间用餐，四壁上贴着光滑明亮的玻璃，屋顶上也镶有玻璃，映照着光滑的地板。枝子看见了四壁上自己的影子，也在屋顶上看见了自己的影子。金碧辉煌这个词用在这里恰到好处。玻璃互相映照，极大拓展了包间的空间。奢华的窗帘于枝子是第一次见到。美味佳肴摆满了餐桌，比如"日出江河""蝴蝶飞舞""东风一枝""甲鱼戏水""鸡鸣三省""芙蓉出水""野兔腾空""鲤鱼驾雾"等，浓浓香味弥漫在整个包间里。

枝子随便在桌边找个位子坐下。李小小大声说："这怎么能行呢？今日你枝子不坐上席谁坐上席？"说完走到枝子身边，拉起枝子一只手，将枝子往那个主席位置拉。枝子要李小小放手，但感觉李小小的手像铁钳，挣脱不掉。枝子瞧了一眼李小小，李小小依旧说今日你枝子不坐谁坐呢，非常客气，让枝子想生气却生不出来。伸手不打笑脸人。再说人家让你坐上席，是出于礼貌，是好心好意。不能不识好歹吧。通过拉手，枝子感到了李小小手臂的力量，简直像一头野牛，劲太大了，让枝子顿感自己的渺小。枝子是在身不由己的情况下被拉坐在上席位置的。枝子岂知李小小的心思，她的美貌已经牢牢占领了李小小的心，即便瞧着枝子也是愉快的享受。与枝子在包间交谈时，他就想与枝子有肢体接触，可只在衣服外面摸了一下枝子的肩膀，被枝子用手打掉了。现在这个让座席的机会不能错过，错过了今晚会一夜无眠，辗转反侧，身心难受。所以他拉枝子的手时用足了劲，但用足了劲还要控制好力度，让枝子挣脱不掉，但又不能让她感到特别疼痛。枝子试图摆脱时，李小小却在享受枝子细腻皮肤带给他的温馨与浪漫。在枝子僵着身子不移动脚步时，李小小认为最好的机会来了，就用另一只手去搂枝子柔软的腰肢，吴长生发现枝子表情骤然生变，就大声咳嗽一声，会意的李小小赶紧缩回自己的那只手，就双手拉着枝子的手。应该说，整个过程枝子是被动的，身不由己的，而又必须压抑自己的不快。当枝子坐在上席的瞬间，李小小对枝子笑说："对不起，刚才用劲大了点，以后我注意。"枝子垂头道："吃饭吧。"其实李小小那点小心思，枝子心知肚明，不想此时挑破。

吃饭时，为了给枝子一个好印象，李小小对枝子恭敬有礼，极具绅士风度，与此前举动判若两人，并不时往枝子碗里夹菜。枝子说："不要夹了，够了。"李小小边夹边说："多吃点，它们肥而不腻，补身体却不使身体发胖，又能美白皮肤，这菜有保健作用哩。"枝子冲李小小笑说："好个做生意手，真会吹嘘，你平时是不是用这种方式招徕生意呀？"李小小一本正经："不是。这菜真有保健功效，我以后每天烧给你吃，有效果的。"吴长生翻了李小小一眼，李小小会意，马上住口，催枝子快吃，凉了不好吃。吴长生知道李小小有个不好的习惯，跟人说话不一会儿，爱往黄色荤话上扯，一扯就更兴奋了。枝子对李小小说："如果你平时也像现在这样谦谦君子，那就好了。"李小小立马表态："以后全听你的，你说走东我就走东，你说走西我就走西，一切行动听指挥，一定做个听老婆话的好男人。"枝子说没到那一步，不要扯远了。

第十章

李小小对枝子发起了强烈的情感攻势。枝子嘱咐吴长生，不要在厂里公开了这件事，又叮嘱李小小不要随便来厂里找她，二人可以在厂外见面，找个偏僻的地方，没有人看见的地方，好处是，以后恋爱不成功，对彼此都不会造成影响。李小小开始不同意，谈爱恋正大光明的事，为什么缩手缩脚，外人见了又能怎样，恋爱自由嘛，又不是偷人家的抢人家的，自己的情感自己做主，没有触犯他人。可枝子坚定地说："如果这个要求你不能答应，我俩就不要谈了，结束交往。"这怎么能行呢？到手的鸭子怎么能让它飞掉呢？枝子的美貌，已经死死占据了李小小的心，他日夜在想着枝子，恨不得马上与枝子洞房花烛，步入美妙的婚姻殿堂。在枝子之前，李小小谈恋爱对女孩没有真心，就是"玩玩"而已，玩腻了，找一个诸如性格不合之类的借口，撒手甩掉，另觅新欢。用李小小的逻辑，自己手上有钱，不担心龙王爷缺宝，皇帝的儿子缺媳妇。可这次李小小是真心爱上了枝子，把枝子当成了美丽的天使。枝子再次对李小小说："你要不同意我的想法，我们就不来往了。"李小小见枝子态度坚定，只好态度软化，有些无奈地答应了。

李小小按照约好的时间与地点等候枝子。每次李小小都不空手，不是给枝子送一束鲜花，就是给枝子送一件衣服，或者一双鞋子什么的。这天李小小又给枝子送鲜花，枝子说："以后不要再送鲜花了，我也不好意思带回宿舍，总是欣赏一番后，在进厂前扔在路边的花台里，浪费。”李小小说：“那我以后专门送鞋子衣服之类，你收着，以后你慢慢穿。”枝子说：“不要这样，送多了没用，我穿不过来也是浪费。再说每天带回宿舍，同事总是追问是别人送的，还是我自己购买的，我只能违心说是自己购买的，有时觉得真的挺尴尬。”李小小生气地说：“我听我表哥说了，你那宿舍里睡的三个臭女人，看我哪天不收拾她们，我要好好羞辱她们，让她们知道多管闲事的代价，向我求饶。特别是那两个年轻的，把我搞烦了，我就脱下她的衣服丑死她们。”李小小一生气，露出了置法律于不顾的丑陋面目，枝子见了就怕，不知李小小以前有没有这种行为，如果有，又是如何逍遥法外的。枝子生气地说：“你这是流氓行为，好可怕啊。”见枝子一脸惊悚，李小小赶紧安慰：“跟你说着玩的，没有这种事，只想让你不把她们的话放在心上，给自己增添烦恼。”枝子再质问：“你真脱过女孩的衣服？你说实话。”李小小笑说：“怎么可能呢？那不是犯法吗？我没有。如果有，女孩早去派出所报案了，我现在能站在你面前说话吗？”枝子想想也是。定睛瞅李小小黝黑的脸，枝子发现，此时的李小小，表情郑重而沉稳，流露的是真诚。

皎洁的月亮挂在天空上。满天的繁星眨着眼睛。枝子伴着美丽的夜色，迎着初夏温馨的凉风，去厂外约定的那个地方。早就等候在那儿的李小小，见枝子走来了，就迫不及待地跑向枝子。枝子回望一下身后有没有熟人，虽然没有，可枝子仍然说：“你不要过来，站在老地方。”李小小马上转身回到约定的老地方。枝子微笑了，心想李小小经过自己的调教，对自己言听计从了，不敢违拗了。是的，恋爱后的李小小，即便枝子使一个眼色，他也要遵章办事。其实李小小采取的战术是以退为进，希望尽快征服枝子。二人见面了。李小小拿出一条折叠的新毛巾，枝子接在手里，感觉沉沉的，就抖开它，岂知毛巾里的一块硬物，落在枝子的脚背上。枝子生气地说：“搞什么鬼啊！”李小小赶紧把地上的硬物捡起来，递到枝子手上，是一块包装精巧的香皂。李小小说：“天气渐渐热了，你用得上。我仔细想了，给你送鲜花、送衣服与鞋子，你已经没有新鲜感了，于是想到了送毛巾与香皂。”枝子笑说：“没想到你越来越心思缜密了，能知道我想要什么。真的，我正准备购买它们哩。”李小小说：“我要让你感动，我要走进你的心灵，我要你真正地爱上我，像我真正地爱上你一样。”枝子故意说：“我没发现你是在真心爱我啊，倒觉得是在诱惑我。”李小小发誓：“我要有三心二意就遭天打雷劈，不得好死。我是真心爱上你了，爱到骨髓里去了，实在是我的心掏不出来，能掏出来，一定掏出来让你看个清楚。这样吧，你考验我吧。”枝子问怎么考验，李小小说路旁有一条污水沟，里面还有臭泥巴，上面长着高高矮矮旺盛的水草。枝子想，是他本人提出要试试他，那就试试他：“如果你真爱我，就跳进水沟里。当然你也可以选择不跳。”谁知话音刚落，李小小就真的起身去跳水沟，一点也不是作假的表现，枝子看出了他的真心，眼疾手快地拉住他：“真跳呀！”李小小继续挣脱。枝子生气道：“相信你了可以吧。”李小小这才坐到枝子身边。枝子说想走走。李小小提出去三岔处吃夜宵。枝子嫌回来走路时间长。李小小说用摩托车把枝子送到厂门口。于是二人一边说笑，一边走向三岔处。空气多么新鲜啊。月亮、星光、人声与灯光，不失为一种视觉享受……

宿舍里早就熄了灯，一团漆黑。枝子轻声开门进去。能听见刘蕊、小胡与小麦的轻微的呼吸声。枝子不知她们都没睡着，只是刚才听见了枝子的脚步声，才故意装睡的。她们正在议论枝子为什么这个时候了还不回来。当枝子开灯时，刘蕊说：“回来了就好。”枝子说：“我去三岔处购买了毛巾与香皂。”刘蕊说：“前不久，路边发生了一起强奸案，受害者是个外地女孩，目前警方正在捉拿罪犯。”小麦嘱咐枝子注意安全。厂里安静了。小虫子在围墙边的草丛中轻轻地唱歌，偶尔也停歇下来。月亮已偏西，到了夜晚十二点。小胡与小麦都睡熟了。刘蕊下床去上厕所，一开灯，见枝子还睁着眼睛。刘蕊问枝子是不是有心事，就把枝子叫到门外，说话不被宿舍人听见的地方。刘蕊说：“不要瞒我了，吴长生今日说漏了嘴。告诉我，那男孩对你好吗？”想到刘蕊是好心，枝子全部告诉了她。刘蕊说：“我不了解那个李小小，但我知道那家餐馆，在三岔处生意不错。”刘蕊提醒枝子注意，头脑清醒些，防止上当受骗。枝子说谢谢。

吴长生说漏嘴后，枝子与李小小的恋爱在厂里传开了。休息的时候，小麦提醒枝子：“这里有钱的男孩，在我眼里没几个好的，你要注意点。我是不会在这儿恋爱的，我在我的老家找，老家的男孩老实可靠。”枝子说：“我们想法不同，追求的目标不同，所以选择就不一样。”正说着，见吴长生跳下叉车，枝子就跑到他面前，埋怨道：“不是说好不要把我与李小小恋爱的事说出来，你竟然还是说了，这样多不好，连那些搬运工也开我的玩笑，对，程亮也知道了，上班时开我的玩笑。”吴长生说：“是我告诉程亮的，这有什么呀？你与小小恋爱这长时间了，彼此相爱，这是好事啊。我告诉程亮是有目的的，希望他能照顾你，我向他承诺了，哪天把他请到李小小的餐馆。”枝子追问道：“他答应了？”吴长生笑说：“能不答应吗，免费的丰盛酒席，不吃白不吃，他不是傻瓜。其实全厂知道这事，对你好，对小小更好，他可以名正言顺进厂看你，你们也不用每次去那个约定的地方。”其实与其说是吴长生说漏嘴，不如说是李小小央求吴长生如此而为。

李小小的反应是及时的。次日上午，枝子正在做打包工作的时候，坐在叉车上的吴长生大声道：“有人送来了美丽的鲜花！”枝子闻声张望，在成品库大门口看见了李小小，手捧鲜花向她迎面走来，面带欣喜的微笑。这一幕也映入众人的眼里。刘蕊打量李小小，认为比刘畅差多了，虽不是歪瓜裂枣，但至少属于丑陋的范畴。刘蕊想不明白枝子图李小小什么，走在一起又不般配，难道图李小小的餐馆与富裕吗？正想着，手捧玫瑰花的李小小，竟然跪着向枝子献花。众人大吃一惊，这里不是献花的地方，枝子是在上班啊。在包括搬运工在内的众人的笑声中，枝子接过了鲜花，可是非常尴尬，赶紧把李小小叫出成品库，来到生产车间背后，这里没有他人。李小小抱歉地说："我原本送到你宿舍的，可见你在成品库上班，索性当着众人面给你献花，觉得更能表达我的真爱。"枝子说："算了，以后不能这样。"李小小真诚地说："我就是想制造浪漫，给你一个出乎意料的惊喜，让大家知道我李小小是多么爱你，让你一辈子不会忘记这个场景。"枝子说已经感觉到了李小小的真爱。当玫瑰花放在枝子的床头时，枝子就催李小小回去，晚上再见面，她现在要去上班。李小小唯命是从。枝子再次叮嘱李小小："以后找我，不要去我工作的地方，我担心哪天被程亮看见。"李小小说："他是车间主任对吧，他对你很坏吗？"枝子说："你要知道家有家规，厂有厂规，那是我做事的地方，不是我谈情说爱的地方，也会影响别人做事。"

又到了午餐时间。李小小进来了，他把摩托车停在食堂门口。李小小给枝子送来了红烧肉，盛在一个漂亮的银色保温煲里。程亮对李小小说："谈恋爱是好事，但心疼不能太过分了，食堂饭菜不错嘛，你看这么多人都吃得津津有味，枝子不能搞特殊化，有影响嘛。小小同志，你如果真心疼枝子，晚上下班了或者休息时间，把枝子请到你的餐馆好好犒劳她。这儿毕竟是工厂嘛，不是私人的小作坊，如果总经理见到了，会批评我管理松懈。"程亮先是笑着说，慢慢收起笑容，变得异常严肃。程亮不怒自威，长着浓浓的有威慑力的眉毛。程亮在车间管人有一手，生产车间的员工都怕他，暗中称他为"阎王"。李小小对程亮笑说："程主任放心，我以后注意，再不把菜送来食堂。"程亮拍了一下李小小的肩膀："顾全大局就好。"说完出去了。待程亮一走，枝子就埋怨李小小："叫你不要来，你就是不听，再这样，我就懒得理你了。"李小小刹那间尴尬极了。

月亮偶尔被淡淡的乌云遮住。枝子与李小小坐在草坪上，开始二人保持距离，至少一米，可李小小见缝插针，总往枝子身边移动。枝子说李小小的脸皮真厚。李小小大言不惭地说："面对你这样的美女，我的脸皮能薄起来吗？"说完握住了枝子的手，喃喃地说："我会一辈子对你好的，一定做到。”枝子说：“我们还没结婚哩，你想得太远了。”李小小提出想在冬天的时候结婚，他说他已经等不及了。”枝子说：“不要急着结婚，彼此多了解一些，草率了是对婚姻的不负责任。不负责的婚姻是对自己人生的不负责任。”李小小急促地说：“我等不及了，我们早点结婚吧，婚后你就是老板娘了，凭你的美貌与能干，我们餐馆的生意会更好。到时候把你的爹妈与弟弟，全部接过来一起生活，那才是幸福的生活啊。”枝子望着天上偶尔露出脸来的月亮，在想她的走出大山的理想。正望着，李小小亲吻了她，并将她拥入怀里。枝子惊慌失措，推开李小小，站起来，跑向厂里。李小小在后面追赶，枝子回头说：“小小，你要再向前一步，以后我不会再理你了！”李小小果然一动不动地站在那儿。

随着天气炎热，饲料销售也到了旺季，拖饲料的车辆排起了长队。生产车间由以前只上白班，改为二十四小时上班，实现两班倒工作制。就是说枝子上白班也好，上夜班也好，都要坚守十二个小时，加上一个小时处理交接班事宜，枝子一天有十三个小时的劳动强度。最终枝子连续上班两个星期，开始头昏脑涨呕吐起来。程亮了解情况后，要枝子去三岔处卫生所打针拿药。正值中午时分，太阳像火一样烤着大地，枝子热得大汗淋漓。恰好李小小骑摩托车来了。李小小就把枝子扶上摩托车，送枝子去三岔处。可是走到中途，由于天气太热，也许是被钉子之类的东西戳破，摩托车后轮胎没气了。恰好这时枝子又要呕吐，李小小就扶枝子到路边呕吐，用手轻拍她的后背。枝子发出啊啊啊的声音，脸都红了，却没呕吐出秽物，脸色苍白难受至极。于是李小小背起枝子，迈动双脚，小跑着奔向三岔处的卫生所。在三岔处，有钱的老板李小小可算“名人”，他背人还是破天荒头一遭，这让众人产生了好奇，不由浮想联翩。有人小声嘀咕，说老板背美女真有意思。有人说李小小平时为虎作伥，今日肯定没安好心，要不就是又抢来美女带进他的餐馆，光天化日竟敢如此胆大妄为。还有人认为，一定是李小小把这美女折腾晕过去了，送美女到卫生所抢救。李小小冲一个用疑惑眼光直视他的人吼道："瞧什么瞧，信不信哪天我把你的眼珠子抠出来！"此人赶紧退到一边，待李小小过去了，就说："没教养的东西，仗钱欺人，迟早再被派出所关押进去！"

三岔处卫生所紧靠三岔处北边。李小小把枝子一背进卫生所，就故意大呼小叫，要医生赶紧给枝子治疗。一位中年女医生闻声从病房出来，因动作缓慢了一点，李小小怒道："没吃早餐吗？两腿上是不是绑着铁棍？"女医生质问李小小什么意思，李小小生气道："没见病人脸色苍白吗？医生天职是什么？是救死扶伤！没见过这样的老黄牛耕地！"女医生指着李小小说："你嘴巴干净点！"李小小怒目而视道："收回你的手,小心哪天你失去一截指头,却不知道是什么人干的！"女医生说："这是三岔处卫生所，不是你的餐馆，我不惧你的恫吓。"女医生认识李小小，也从别人嘴里多少知道李小小的横行霸道，话就到此为止，认为与李小小这种人结仇实在不值。这时枝子无力地说："你跟医生无理取闹，我就走了，好烦。"李小小赶紧点头。女医生给枝子诊断时叫李小小出去，李小小瞧了枝子一眼就出去了，走时提醒女医生细致点，不要草率从事。女医生叫枝子躺下，给枝子测量体温，诊断的结果是枝子得了热感冒，让枝子躺在病床上输液。李小小守在病床边，给予枝子尽心照顾。枝子叫李小小回他的餐馆做事，李小小生气道："这怎么可以呢？你是我的未婚妻，我不照顾你谁照顾你？我能把你留在这里一走了之吗？知道我此时在想什么吗？我在想，如果此时，我能把你的感冒移植到我的身上多好，这样你就不会受罪了。"枝子感激地说："小小，原以为你做表面文章，逢场作戏，没想到你对我是真心的。"李小小微笑且认真地说："天地作证，我李小小爱你超过爱我自己。我向你吐露实情，以前的那个李小小，从来就没有真心实意爱过一个姑娘，更别说一个外地姑娘。我不会说话，但我清楚，我目前已深陷你的温馨情海里，不能自拔了。"枝子怔然地瞧着李小小，这个黑不溜秋的粗人，有时说话也文雅，就问李小小平时爱不爱看书。李小小脸红了，说闲着时，偶尔看点情爱方面的书，或者心灵鸡汤式的短文。李小小又说，他只有在遇到相爱的姑娘时，才会突然间想起一些与情爱有关的字句来。枝子觉得这个解释也合情理。见枝子恢复正常了，李小小牵着枝子走出卫生所。女医生嘱咐枝子回去后注意休息，明日再来输液，坚持三天。枝子微笑着点头。女医生瞧着李小小的背影，估计说话声李小小听不见了，就对身边一位护士说：“这家伙今日脱胎换骨，装好人装得真像，只是那位美丽的姑娘要遭殃了。”李小小把枝子扶到他的餐馆，亲手煎熬慰胃的银耳汤。当枝子喝着银耳汤的时候，李小小就去推回他的摩托车，叫修理师傅赶紧修好。傍晚的时候，李小小没把枝子留在他的餐馆过夜，用摩托车把枝子送回了厂里。

这一拳打得够重。五个手指捏在一处的拳头强劲有力，出击时像一阵旋风似的，在程亮猝不及防时，鼻子上就挨了重重一拳。程亮往后踉跄四步才站稳身子。但站稳身子的刹那，一记重拳又落在他的鼻子上。这次就不只是踉跄，而是仰倒在生产车间后面润滑油仓库前的水泥地上。程亮倒地时，用双手后撑住水泥地面，以保护脑袋不触及地面，否则后果不堪设想。程亮坐起身子，手在鼻子上一抹，鲜红的鼻血醒目地沾在手掌上。这时程亮陡然间听见两种声音汇合在一起，一是枝子的声音，一是李小小的声音。枝子厉声道：“你住手，否则我们以后不再来往！”李小小也厉声道：“不教训这个不知天高地厚的家伙，他以后还会在厂里欺负你！你松开我的手，让我再打他第三拳，这次我要打得更狠！”程亮的鼻子上，没有接受第三拳头，枝子倏地站在李小小面前，李小小伸出去的重拳，只好遗憾地收回来。接着是匆忙的脚步声，跑来两位为程亮救驾的车间员工。他们瞪了李小小一眼，架起程亮离去……

这个场景的起因，是程亮安排枝子上班。李小小认为枝子精神才恢复，身体还有点虚弱，应该让她再休息一天。事实是，程亮做了枝子的工作，征得了枝子的同意，不是死逼的。但李小小就管不了这么多，见枝子不在宿舍，打听得知枝子在上班，就把带来的防暑东西，放在枝子宿舍的窗台上，怒火中烧，直接来响着机器隆隆声的生产车间寻找程亮，一楼二楼不见，就到三楼中央控制室。得知程亮在车间后面的润滑油库，李小小噔噔跑下楼梯，见到程亮，二话不说，就出现了前面叙述的场景。

程亮被人扶走后，枝子冲李小小愤怒起来，脸色难看：“知道你在干什么吗？你是在撵我离开此厂。你凭什么打程亮？”李小小怒气未消：“他这人就是欠揍！他算个什么东西，这种人不打天理不容！你别为他说好话，信不信我现在再去打他一拳。”枝子说李小小疯了，催他快走，此时不想见到他。李小小去拉枝子的手，被枝子用力地甩掉，质问道：“你瞧着我的眼睛，我问你，是真心爱我还是虚情假意？”李小小理直气壮：“真心！这还用问吗？”枝子说：“那好，你现在就去厂办公室向程亮道歉，请他原谅你的无理取闹，原谅你的无知与冲动。”李小小犹豫道：“我不会向他道歉。他要向我道歉，他损害了我未婚妻的身体。”枝子严肃道：“那好，你现在就走，以后再也不要见我，我也不会再见你！”李小小质问，为什么要这样？枝子转身就走，李小小赶紧拉住她。枝子大声说：“放手！”李小小小声说：“我不放手。”枝子说：“去给程亮道歉，去不去？”枝子眼光像火焰似的直视着李小小的眼睛。李小小思索着，抬起头，望着没有云彩的碧天，突然用手拍打自己的大腿，咬牙切齿地说：“为了你，我去道歉！”转身走向厂办公楼。半个小时后，枝子看见李小小走出办公楼，回去了。随后枝子来见程亮，表达了真诚的歉意。枝子说：“主任，都怪我，是我不好让主任受伤，我向你道歉。”程亮说：“这事翻过去了。我已经接受了李小小的道歉，原谅了他的冲动。”

桌子上，放着一瓶写着英文字母的红酒。桌面油光锃亮，四把高贵的靠背椅，椅背的黑皮之上，人物与花草栩栩如生，形象生动。欧式豪华吊灯正好吊在桌子上面，即包间中央位置。吊灯散发出来的光似真似幻，朦胧隐约。为给枝子压惊，李小小把枝子请到自己的餐馆，坐在餐馆最好的包间里。相对而坐，枝子一颦一笑，李小小尽收眼底。枝子提议此时没有客人，把两个年轻厨师叫来一起就餐。李小小摇头，称此时此刻，这里是他们二人的世界，进来一只蚊子也属多余，会影响用餐的温馨与浪漫氛围。李小小叫枝子举起酒杯，待枝子举起时，李小小笑着说：“为你病后压惊，为我的莽撞向你道歉，为我们的爱情干杯。”透明的高脚酒杯里，红酒被二人一饮而尽。接着，李小小又在高脚酒杯斟满酒。枝子欣喜的同时，又埋怨李小小：“就我们两个人，桌上既有猪肉、鸡肉、牛肉、羊肉，还有兔肉等野味，叫我吃得好尴尬啊。”李小小说：“这不值一提。只想平息你的怒气。现在想来，后悔当时太冲动了。”枝子欣喜道：“事情都有两面性，透过事情看本质，你的出发点是真心爱我的。”说完，二人再次碰杯。

见枝子与李小小的婚姻成功已是铁板钉钉，绝无分道扬镳的可能性，吴长生就开起了枝子的玩笑。刘蕊、小胡与小麦都认为，枝子彻底成为李小小的囊中之物，是他手上一只煮熟的鸭子。是的，枝子的心思全在李小小身上了，工作时，只要中途休息，枝子不跟别人坐在一处聊天，而是独坐一处，静静凝视着厂大门口，希望能见到李小小的身影。刘蕊出于好心，劝枝子婚姻并非儿戏。枝子固执地说知道自己在做什么，认为细节决定成败，透过李小小为自己所做的事情，判断李小小是真心爱她的，是她可以托付终身的人，是帮她实现走出大山梦想的不二人选。虽然李小小说话粗鲁无礼，处事傲慢，还有一定的痞性，但瑕不掩瑜，枝子认定他了。当李小小提出，要枝子带他去看望枝子的父母，枝子拒绝了。枝子心里清楚，此时带李小小回去，一定会遭遇小胖那样的命运。与李小小结婚后，再带李小小回刘庄，是唯一可行的选择。为了让走出大山的理想现实，在李小小提出结婚时，枝子说可选在春节前，也可以选在明年春天。

这天枝子休息，她问李小小今日如何安排，李小小说：“先吃早餐，然后去景点游玩，再去商场为你购物，然后是午饭与晚饭。总之一句话，让你玩得尽兴，吃得尽兴。”枝子说：“购物就免了，东西购得实在太多了，感觉这个城市可玩的地方都玩过了，要不在你餐馆吃过早餐后，我们在三岔处附近的河边走走，据说有条河河水清澈，风景优美。”李小小说：

“再美也不过是公园，可供观赏的东西十分有限。今天带你去的地方，让你赏心悦目，流连忘返。”

这个地方不是公园，可是看上去类似公园。地处繁华街道附近，即便平时，游玩的人也特别多。澄清的池水、栩栩如生的假山、耸入云霄的城市地标性建筑、活灵活现的石雕白龙马、文化底蕴丰厚的各种巧夺天工的景致、四季常青的树木、美不胜收的芳香温馨的时令花卉、各种特色小吃等，都让枝子赏心悦目。在池塘边一条大理石做成的条凳上，李小小与枝子并排而坐，心情惬意。李小小说：“不是我吹嘘，这个城市哪条街哪条巷子，我都了如指掌，我把你带到哪个地方去游玩，一定是你以前没有见过的。不要小看我这个开餐馆的小老板，其实我神通广大着呢。”枝子愣眼瞧着李小小。李小小捡起石块，用力地掷到池水之中，望着池中久久不散的涟漪，自语道：“请相信我的能力，请相信我对你山高海深的情，以后我要多赚钱，总有一天，在这个繁华地方，盖起一幢人人羡慕的房子，让你每天推开窗户，欣赏这里美丽的风景，让你的心情，一天到晚陶醉在美好之中，让我们一辈子处在谈情说爱之中。”枝子发现，李小小语气是坚定的，表情是认真的，神态是充分准备的，爱情是真挚的，仿佛在斟酌一件大事。枝子也捡起小石块掷进池水，瞧着泛起的涟漪慢慢消散，可不等涟漪消散干净，枝子又掷去了一枚石块……

傍晚回到厂里，办公室的员工给了枝子一封信，是春波写来的。枝子又担心要她回去相亲，拆信时怦然心跳。好在虚惊一场，并没有要她回去相亲，只说春节时，要她回家一趟，在外挣钱是好事，但不能因为挣钱，让一家人两年不能团聚。信上说到了小秋，说他在集镇上开自行车修理部了，但做事心不在焉，常来她家坐坐，令春波讨厌。信的最后要她保重身体。

看完信，枝子没有欣喜的表情，想，与李小小的婚事不能再拖了，必须春节前结婚，让生米煮成熟饭，让回家相亲的事化为泡影，让父母死心，以尽快实现走出大山的理想。再见李小小时，枝子说：“我们春节前结婚，你要着手准备。”李小小说：“不用准备了，婚房与家具都是现成的，只等结婚的准确时间，到时我提前一星期收拾一下，再添加一些床上用品就行了。”枝子说婚姻是大事，一辈子结一次婚，要郑重而严谨。李小小连连点头承诺。次日，李小小告诉枝子：“我妈找人看了，我们结婚日期定在冬月初八，是吉日，我来跟你商量，你觉得好不好？”真正定下了结婚日期，枝子有些发怵，担心这先斩后奏，会让思想传统的父亲急坏的，如果有个好歹，枝子会后悔一辈子，一辈子不能原谅自己。枝子说：“我还没有想好，等想好了再告诉你，这个冬月初八的结婚日期就作废吧。”李小小脱口而出：“我妈说了，这结婚日期不能随意更改。”枝子生气道：“回家告诉你妈，就说我不同意，明年再说结婚的事。真的，说到结婚，我觉得我没有心理准备。”李小小激动地说：“不是你催我办理这件事吗？为何一会儿风一会儿雨的？”枝子两手插在头发里，是的，枝子突然间很矛盾，不抓紧结婚，又担心回家相亲，再次失去了走出大山的机会，可如此这般不告诉家人就结了婚，以后又如何有脸返回刘庄，面见刘庄的人，不是成为翠花第二吗？

第十一章

农历十月的天空，罩着一层厚厚的黑云，站在宿舍前的枝子，望着天空自语：天要下雨了。话音刚落，厂安保室的小崔走到枝子面前：“知道缝包员枝子住在哪间宿舍吗？”小崔平时跟枝子没有往来，不认识枝子。枝子笑说：“全厂就我一个枝子，没有第二个，找我有事吗？”小崔打量枝子，有点不可思议，摇头说：“走，跟我到办公室，有事找你核实一下。”核实什么呢？见小崔表情冰冷，枝子跟在小崔身后忐忑不安。枝子边走边说：“见你严肃的样子，不知道我犯了什么错误，我在生产车间尽心尽力做事，工作是出色的，从来不在厂里做犯法的事，即便厂里值一毛钱的东西，我也从来不私心带出厂，车间主任程亮可以作证。”小崔说：“你这次犯的错误与厂无关，但你作为厂里一名员工，与厂也有关系，不然派出所的同志不会找到厂里来。”枝子就怕“派出所”三个字，吓着了，停下脚步愣在那儿，一脸恐惧之色。小崔催道：“走啊！”枝子害怕地说：“我在想，你是不是找错人了，我能犯什么错？”小崔生气道：“我没说你偷你抢，你去了就知道了。三岔处派出所的警察同志，这会儿就坐在我的办公室等你核实。”枝子问核实什么，小崔说：“你自己做的事你知道，我不知道，要我拉你走吗？”枝子赶紧往前走：“我自己走。我心里非常安静，我平时做了什么我非常清楚。我是个好人。”小崔说：“我没说你是坏人。你不要害怕，警察只是找你了解情况。当然你是好人与坏人，最终下结论的是警察同志而不是我。听你口音是外地人。”枝子说了自己的老家所在地。小崔意味深长地“哦”了一声，让枝子听后，像一记重拳击在心口。

枝子一出原料仓库，看见一辆警车赫然地停在办公楼前，心惊肉跳。走进办公楼，枝子看见多人向她投来诧异的目光，虽然这些人不知道她犯了什么错，但被小崔叫来定不会是好事。枝子回避异样的目光，垂头走。走进安保室的瞬间，枝子感觉自己的心因紧张要跳出来，赶紧做深呼吸平缓情绪。她看见有两名警察，威武地坐在椅子上，目光炯炯有神，警徽熠熠生辉，震慑人心。一名警察打量枝子一眼，从公文包里拿出本子和钢笔。警察对枝子说：“坐到我的对面，我询问你几个问题，老实回答。”枝子小心翼翼走到警察对面，坐正身子，害怕地瞧着警察。小崔拎着热水瓶，给警察茶杯里添加了热水，把房门关严，不让外面行人观看。见枝子两腿有些颤抖，小崔说：“不要紧张，积极配合警察，如实相告，隐瞒实情的后果你是清楚的。”枝子听了更是害怕，由两腿颤抖变成全身颤抖，表情惧怕极了。警察质问枝子是哪里人，多大年龄，什么时候来厂打工，在车间做什么工作，家里有哪些人，都是些例行提问，枝子一一如实回答。接着警察话锋一转：“你认识一个叫李小小的人吗？”枝子惊恐道：“认识。当然认识。我们目前正在恋爱。还有结婚的打算。请问他怎么了？”警察说：“这不是你该问的。我问什么，你就回答什么。看来我们暗中了解的情况都是真的。你刚才都如实回答了。你了解李小小吗？”枝子说：“了解，心地善良，在开餐馆，对我很好。”警察说：“你说的是他的表面，你了解他的过去吗？”枝子摇头说：“不了解。我问过他，可他缄口不说，或者在我询问时，他回答其他方面的事情，有些文不对题，我也不好继续追问。”警察说：“他为非作歹，横行霸道，玩弄女性，给年轻女性造成人身与精神的双重伤害。我们现已将他抓捕归案，关押在派出所。既然你承认与他正在谈恋爱，就去派出所接受调查。”

仿佛晴天霹雳，来得太突然，将毫无思想准备的枝子打蒙了，满脸绝望的表情。窗外的亮光射进办公室，可枝子眼里变得朦朦胧胧。枝子想不明白，一个在自己眼里看不出有毛病的人，转眼之眼变成了一个被社会唾弃的坏人，不可思议。是李小小伪装得太深还是警察抓错了人，枝子一时无法搞清楚。对枝子来说，没有去过一次派出所。在家乡时，每次经过派出所门前，枝子总是径直走过去，连派出所门口挂着的牌子也不瞧。枝子是这样想的，除里面办事的警察外，凡是被警察带进派出所的人，多半是有问题或者犯了错误的人，而这种人身上有一种看不见的晦气，离远点最好，能不进去就尽量不进去。于是枝子激动地说："警察同志，我与李小小仅是恋爱关系，我什么错事也没做。如果他真犯法了，与我没有相干，我既不是其中的参与者，也对他所犯之法一无所知。我在厂里规矩做事。"警察道："我们不会冤枉一个好人，也不会放过一个坏人。走吧。"警察把笔与本子收入公文包，严肃地站起身。枝子向小崔投去求救的目光，但小崔赶紧回避开来，用这个细节告诉枝子，这件事他帮不上忙……

一个小时后，枝子家乡的沙河镇派出所，接到三岔处派出所的长途电话，希望贵所调查枝子在家乡有没有犯罪前科。接电话的是身材魁梧、脸膛饱满的值班民警小吴，挂断电话后，小吴马上翻看这些年沙河镇的犯罪档案，可查看一遍，没有枝子的犯罪记录。三岔处派出所不满意这个结果，要小吴到枝子居住的刘庄，调查村干部与枝子家人，然后做出结论，保证调查万无一失，不冤枉好人，不放掉坏人。对方告诉小吴，这件事非同小可，犯罪者李小小案情重大，既强奸女性，还有命案在身。枝子作为李小小的未婚妻，是否参与其中一起作案，必须调查得水落石出。因案情重大，所长安排小吴立即前去刘庄，然后将调查结果报告对方。小吴骑上自行车就往刘庄赶去。

天气晴朗。温暖的太阳照着山川大地。三天前，沙河镇下过一场小雪，此时去刘庄的路面上，虽然积雪早就融化，但还有泥泞，有的地方小吴只能扛着自行车过去。来到刘庄，小吴没有先到枝子家里调查，直接来找队长刘天合。此人有着三十年党龄，是刘庄的老队长。刘天合为人正直，大公无私，说话办事有一从不说二，以党性原则办事。他什么都好，称得上一身正气，就是一点不好，即传统思想在脑子里根深蒂固，能理解并支持刘庄的年轻人去外面发达地区打工挣钱，也喜欢听这些年轻人回乡后向他讲述发达地区的辉煌成绩，可对于家乡外出打工的姑娘，如果嫁到外地，即便发达地区，他心里总不舒服，认为她们忘恩负义，瞧不起出生的地方。刘天合平时在刘庄，人前人后，总是规劝外出的姑娘们，走千里万里，也不要忘了自己的根，金窝银窝还是自己的穷窝好。不能说他的话没有效果，效果还是很大的，外出的姑娘们最终几乎都回到了家乡，嫁到了沙河集镇周边的地方，还有一个竟然嫁在了本村刘庄。春花能毅然决然地选择回到家乡相亲，除了她自身思想传统外，与队长刘天合平时的谆谆规劝多少也有点关系。

无事不登三宝殿。刘天合说：“刘警察有事尽管问，我的为人你清楚，不隐瞒一个字。”小吴说：“老队长就是老队长，苍蝇在眼前一晃就知道公与母。好吧，我就不拐弯抹角了，你队上的枝子姑娘，在打工地出了事，现被押在打工地的派出所。”接下来，小吴把枝子打工地派出所的要求，向刘天合详细复述了一遍。刘天合猛吸一口烟，然后把浓浓烟雾吐出来，大声说：“我真不相信这事是真的。这枝子姑娘，我是看着她长大的，人长得漂亮，是刘庄一枝花，又懂事，平时从不做不正当的事，更不会做违法乱纪的事情。是不是搞错人名了？或者是沙河镇还有另一个刘庄，还有一个枝子，这样的事情，以前在沙河镇出现过，同一人名同一村庄却是两个不同的人。”小吴说：“这事我在电话里问过，对方也很肯定，对方又说了枝子的年龄，所有信息与你村的枝子无二，因此不会是另一个刘庄，另一个同名的枝子了。”刘天合叹息一声：“说枝子犯法，我实在难以置信，看着长大的好姑娘，是压根做不出坏事来的。这些年，我刘庄还没有出现一个犯罪之人，这枝子真犯罪了，却是第一人，实在不可思议。在刘庄，即便憨厚的小秋孩子，也不会做出害人的事来。我如实相告，枝子以前真没做坏事，当然我说这话是基于枝子在刘庄生活时，她在外面工作有没有犯罪，我就不知道了。”小吴说：“对方只想知道，枝子以前在家乡有没有犯罪前科。”刘天合拍着胸脯说：“真没有。不信你随便在村里找个人问问。我以人格担保，枝子是个好姑娘。”小吴叫刘天合再想想，不要过早下结论，比如枝子以前有没有偷过别人的东西，有没有把陌生人引回家里，有没有作风轻浮之举，孝不孝敬父母，骂不骂人，等等。刘天合皱眉思索着，回想着，翻新自己的记忆，尽量去搜寻与枝子有关的蛛丝马迹，一边寻思一边猛抽烟，然而怎么搜寻，也没找到一件与枝子沾边的犯法事。刘天合对小吴两手一摊：“枝子是个好姑娘，我不能编她的错事。恳请吴警察如实向对方警察反映枝子的情况，我认为这里面有蹊跷。”小吴站起来：“相信刘队长所说是真的。我现在去枝子家里，你陪我一起去吧。”刘天合点头同意，并带路。

枝子家里没有人，门上挂着一把锁。由于是冬季的原因，枝子家侧面那棵大树上的树叶掉光了。刘天合想了想对小吴说：“这样吧，他们老两口在坡田里做事，我们直接到坡田里找他们。”小吴就把自行车停在枝子家门前。没到上学年龄的孩子，围着自行车津津乐道。刘天合冲他们嚷道：“哪个用手摸了自行车，我就把他甩进池塘里。”孩子们吓得脸如土色，赶紧跑了。

刘天合一见李汉光与张明清，没到坡田就大声喊道：“汉光老弟，有急事，你赶紧过来一趟。”洪亮的嗓音直直地进入李汉光的耳里，当然也进入了张明清的耳里，夫妻二人不由循声瞧去，穿着警服的小吴让夫妻二人诧异，同时怦怦心跳，放下手里的活计匆匆跑来。李汉光向刘天合与小吴敬烟。刘天合急道：“不要敬烟了，你家枝子出大事了！”听了小吴的说明，李汉光的第一反应是屁股朝后跌坐在地，小吴几步前去扶起他。张明清开始老泪纵横，大声哭道：“枝子啊，你就不听娘的话，在家好好的，硬要出门啊，硬要走出大山啊！”李汉光生气地冲张明清怒道：“现在还有劲哭，都是你惯坏了枝子！别哭了，哭有什么用！当务之急是想办法！”刘天合说：“汉光说得有道理，当务之急是把枝子弄回来。”小吴向李汉光解释说：“大叔，你不要过于着急，现在对方就是要搞清楚枝子有没有犯罪前科，对方只说枝子卷入了一起大案，据说与强奸和命案有关，现在处于调查与取证阶段。根据刘队长的陈述，我认为枝子有可能被冤枉了，或者被人陷害了。”张明清一边哭，一边说：“我们枝子平时见我杀鸡都怕，她哪里敢执刀杀人啊。对，你刚才提及了强奸两个字，是枝子被人强奸了吗？”李汉光吼张明清：“听三不听四，乱嚷什么呀，强奸案与被人强奸是两回事。你先回家，不要在这儿添乱了。”张明清哭哭泣泣回家，两腿没力气，走过田埂时倒在地上，再爬起来踉跄前行，险些被肩上铁锹柄碰伤额头。

接下来，李汉光与刘天合坐在田埂上，向小吴细致反映了枝子的成长经历。小吴听了，认为对方派出所一定误会了枝子，再不只有一种可能，即枝子在外打工变坏了，往日那个懂事的枝子，成为一个做坏事的枝子。小吴要返回派出所，对方还等着他回复。小吴走时说：“刘队长，汉光叔，你们放心，我回去只如实回复了解到的事实，至于对方最终给枝子下个什么结论，我知道后，第一时间告诉你们。”李汉光央求小吴，给枝子美言几句。小吴说：“我自然会说好话的。但法律对每个人是平等的。不过就我个人，根据了解的情况判断，枝子应该没有做坏事，这里面一定有我现在不知道的、让人费解的原因，你们耐心等待吧。”

张明清一回家，就坐在堂屋里号啕大哭，声音穿过虚掩的大门，屋上的瓦缝，萦绕在刘庄上空。没去田地做事的村民，都听见了张明清的哭声。翠花与春花闻声赶来，先是惊诧，后是不安，极力劝慰张明清。当然，张明清的哭声，也引来了一些好奇的孩子，他们站在门外看热闹。张明清且哭且对翠花与春花说：“你们都是枝子的好朋友，这枝子为什么就没有你们懂事啊，傻得不知道自己姓什么了，傻得下雨天不知道回家了，好好地为人多好啊，干吗与坏人走到了一起。以后她如何有脸面对刘庄的父老乡亲啊，她把我们做家长的老脸丢光了啊。上回她把那个该死的小胖带回刘庄，就丢人现眼了，现在又出这等事……”春花信誓旦旦地说："张婶，你止泪，我向你保证，枝子还是好样的枝子，你所说的事情不会在她身上发生，我们是好姐妹，一起打过工，我最了解她，她比我聪明多了，即使是我，也不会那样做，何况是她。你所听到的信息一定不全面，或者是断章取义的。"翠花安慰道："是啊张婶，你要相信枝子，她比我聪明十倍，我现在还在后悔我做的错事，枝子通过我的情况，也会得到借鉴和保护自己。婶你放心吧。"张明清说："你们知道的，枝子以前真的样样好，就是滋生走出大山的想法后，她有点急于求成，有点走火入魔了，我的话她当耳旁风，她爸的话她也不听，这只耳朵进那只耳朵出。外面的世界有什么好啊，从来说千里万里还是故乡亲啊。我现在多么后悔啊，上次她回来了，我没有把她留在家里。"

这时李汉光走进家门，小吴跟在李汉光身后。李汉光冲张明清吼道："嚷嚷什么呀，还嫌不丢人，是不是要打锣，让全村人都知道你家枝子在外面犯法了？"张明清敛声止泪。小吴对张明清说："当务之急，是你们做父母的，马上坐车去枝子打工的地方，找到当地的派出所，把枝子的情况了解清楚，有事就勇敢地面对，没事就把枝子带回家里。好了，你们合计合计，我走了。"李汉光把小吴送出家门，返回家里，叫春花说说枝子打工的情况，春花一一做了说明。但春花隐瞒了枝子当保姆的那段经历。担心脑筋记不齐全，李汉光拿出笔与纸，叫春花把地址，乘车路线，几点上车，几点下车，到了枝子打工那个地方再坐什么车，工厂的名称，在城市哪个方位，等等，都写在纸上。春花认真写了，然后把纸递给李汉光，他收在上衣口袋，并在口袋外面拍了一下。李汉光说："在刘庄，枝子、春花与翠花，你们这三个女孩，都在外面打过工，但我认为数春花最懂事，钱赚回家了，人也安全回来了。春花，你对我说个实话，是外面好还是咱这沙河镇及县城好？这个枝子，我那么苦口婆心地教育她，她就是听不进去。"翠花不等春花说话，插嘴道："李叔，我敢肯定，枝子这次回家了，再不会提'走出大山'四个字了。"李汉光追问原因。翠花说："以我为例，现在就是别人用鞭子抽，我也不会再滋生嫁到远方的想法了。"李汉光听后没有说话。春花说：“每个人的想法不一样。我的想法是家乡好，土生土长的地方，有山有水，有鸟叫，也有花香，别人说爬山累，但我觉得爬山有趣。家乡的一切瞧着亲切。我曾多次劝枝子打消这个想法，可枝子太固执了，只有她自己才能撤回这个想法。”

春花与翠花回去了。李汉光对张明清说：“今天来不及了，明日我赶早坐车去枝子那儿，这件事不简单，我们养育的闺女我们清楚，她没糊涂到做坏事当坏人的地步，她还是高中生，就是刘村憨厚老实的小秋，他也分得清哪是好事能做，哪是坏事不能做。我刚才回来时，一路上就在估摸，搞不好就是坏人把罪责推给枝子，枝子为别人背了黑锅。”张明清激动地说：“我跟你一起去吧，让春波去他舅妈家玩几天。”李汉光想了想说：“算了，我一个人就够了，你去了不起作用，再加上你喜欢激动，处理这事不是激动就能解决，要凭证据，要以理服人。”张明清说：“让春波请假陪你一起去，他识字比你多，年轻，脑筋好使。”李汉光摇头说：“多去一个人多要路费。对，提到春波，我现在就去找来枝子写给他的信，把信封带上，上面有来信地址与邮政编码。”李汉光将信封上的地址，与春花所写地址进行对照，见地址一致，厂名都是“红兴”饲料厂，这才放下心来。

晚上，待春波做完作业睡了，李汉光与张明清在床上商量，处理完枝子的事，如何把枝子劝回家里。李汉光认为，就枝子那倔强的个性，肯定不会由此而断了“走出大山”的念头，又要找借口留在那个地方。张明清突然冒出一句：“如果枝子被判了呢？”李汉光生气地说：“怎么可能呢，枝子能杀人放火吗，能偷盗吗，从小不拿别人一针一线，你不能朝好的方面想吗？”是的，张明清也想朝好的方面想，但想着想着，就想到最坏方面去了。而想到坏的方面时，张明清眼前就浮现了枝子瘦削的身影，枝子脸上苍白的表情，全身的衣服肮脏不堪，整个人像是被人抽打过。接着李汉光下床，到屋场上瞧天空，见满天繁星。次日一早，李汉光背着行李包出门。张明清把李汉光送到村东，要李汉光去后，只要不是派出所不放人，一定把枝子带回家。

对李汉光来说，这一趟出门称得上千辛万苦，一路上几乎没有真正睡过觉，总在考虑枝子的事，实在困了就打个盹。为了省钱，李汉光一路上只吃半饱。吃也是买最便宜的诸如馒头之类，用开水相伴，吞咽充饥。饥肠辘辘加上熬夜，心情焦虑加上担忧，李光汉在三岔处下公共汽车时，一脸憔悴与疲惫。知道了“红兴”饲料厂的具体位置与路线，李汉光赶来三岔处派出所。此时是上午十点左右，阳光灿烂。在派出所接待室，李汉光向值班民警自报家门。值班民警热情地说：“原来你是枝子父亲呀。枝子没事了，调查清楚了，那起强奸案与命案与她没有关系，都是枝子的男朋友李小小与他的团伙所为，这几个人现已全部缉拿归案。枝子已经返厂上班了。”虚惊一场。李汉光高兴极了，心里一块石头总算落了地。他说：“我在家里就想到了，我家枝子不会做坏事，果然是的。她就是生活阅历浅了，认不清好人与坏人的面貌。”值班民警说：“算你说对了，你家枝子人长得漂亮，口齿伶俐，但就是看不清好人与坏人，竟然与三岔处有名的小混混李小小谈恋爱，幸亏这次有人举报了李小小，被我们抓捕了。这个李小小，反侦能力非常强，我们早就怀疑他，但怀疑归怀疑，没有铁证，所以没抓他。假如这次李小小不东窗事发，你家枝子就被他坑惨了，听说他们计划冬月初八结婚。”李汉光睁大眼睛：“结婚？这等大事我们家人可不知道啊！”值班民警说：“李小小是玩弄女孩的高手，这次举报他的，是他的前女友，既举报了自己受害，也替另一个姑娘打抱不平，说李小小骗了人家姑娘的钱，甩掉时还强奸人家。据李小小本人交代，他强奸了多名女孩，有的以恋爱为幌子，有的以金钱诱惑，手段多，卑鄙无耻。”李汉光急道：“这牲畜有没有害我家枝子呀？”值班民警说：“李小小交代说没有。我们也询问了枝子本人，她也说没有，并说李小小这次与她是真恋爱，没有害她的打算。看来，你家枝子对这个李小小还有感情啊。我的观点是，你来了，就把枝子带回老家，想继续打工就换个地方，就李小小的罪行，他这次要判刑入狱，可他手下有的还逍遥法外。”李汉光向值班民警表示感谢，承诺带枝子回家。

终于找到了“红兴”饲料厂。李汉光在宿舍窗前一晃，枝子就清晰看见了，激动地喊道：“爸！”跳下床把父亲迎进宿舍。李汉光一放下随身带来的行李包，就严肃地说：“赶紧收好你的行李，我们现在就回家。不重要的东西扔在这里，免得带在车上麻烦。”枝子睁大眼睛望着父亲：“跟你回家？我工资不要了？”李汉光说：“我现在就去找你厂长，结清你的工资，咱不在这厂里做事了！”从父亲的脸上，枝子又看到了那次带小胖回家，父亲所表现出来的愤怒表情。枝子赶紧拉回走到宿舍外的父亲：“爸，你要我回家，总得给我一个理由吧。”李汉光只说刚从三岔处派出所过来，枝子刹那间蔫了，像霜打的白菜。枝子哭道：“爸，我命好苦啊。这个李小小，我不知他是个罪犯，可他没有害我，他是真心爱我。我想再见他一面。”李汉光黑着脸：“不行，必须回家！你这次再不懂事，我就真的白养你了，你也别怪爸不顾及你的脸面，把你拖回家里！”枝子说：“爸，求你先回家，我最迟隔半个月，事情处理完就回家——”语气是央求的，表情是央求的，整个神情也是央求的。这种央求仿佛一团烈火，李汉光要是柔情一点，或者说意志薄弱一点，就会向枝子让步，答应枝子了。可李汉光是坚定的，不为所动，咬牙让自己心如铁石。他只想尽到一个父亲的责任：“不行！”这两个字像两块坚硬的石头，重重打在枝子存有侥幸的心坎上。枝子激动地说：“爸，你没见过李小小，他对别人坏，对我好，如果他没犯错，我走出大山的理想就唾手可得了，谁知他——”想到走出大山的理想，仅一步之遥又化为泡影，枝子的心在汩汩流血。李汉光吼道：“那小子要判刑，有可能是死刑，你醒醒吧！”情急之下，李汉光的手捏成了拳头，但又慢慢松开了。李汉光接着去厂里结算枝子的工资，颓然坐在床边的枝子，想了想，随后撵去，见父亲还没走进财务室，就把父亲拉到没人的地方坐着。枝子怕父亲说错话，以后给人留下笑柄。结清工资走出财务室，跟在父亲的身后，想到与走出大山的理想渐行渐远，枝子一脸茫然，心在滴血，不停在心里反问：这李小小为什么是个犯罪之人呢？

第十二章

在沙河镇汽车站下车时，灰色的天空中，飘着零星的小雪花。李光汉心想，幸亏回来得及时，再拖几天，有可能大雪封山了。

一出车站，枝子站在那儿犹豫不前，要父亲先回家，她想去学校，待春波放了学，回家时一起说说话。李汉光表情凝重，瞧一眼灰色的天空说："春波是个大孩子，知道回家，不会一个人走丢。想跟他说话，晚上有充足的时间。"李汉光表情与态度生硬，说完就在前面走，走时背着自己出门时带的行李包，又把枝子带回家的行李一起扛在肩上。走了十几步，李汉光停下脚步，回望枝子是不是跟上了，见枝子仍然站在那儿，就生气地说："已经到了沙河集镇，还想要什么花招，快跟我回家！"语气严肃而凝重，带有不可违抗的意味。枝子想了想走向李汉光，扮个笑脸："爸，随你回来了，哪想要花招，真有这想法，中途我就偷着下车了。"李汉光说："告诉你，爸不比你笨，在车上，我眼睛闭着看似睡觉，其实一直清醒着，你做出的任何动静，我从眯着的眼缝里看得清楚。我是似睡非睡。"到了李汉光身边，枝子假装生气地说："你这是典型的对自己闺女不相信的表现。"李汉光说："你要我相信你，你就要做出让我相信你的事来。"枝子几大步走到李汉光前面，回头一笑："爸，现在相信我吧。"一阵北风吹过来，枝子就将颈项间一条粉红色的围巾，往脸颊上挪了挪，以抵挡风雪的寒冷。

父女俩的突然回家，出乎了张明清的意料，她原以为这父女俩回家至少要一个星期。这几天，张明清的心一直悬着，每天都要去村东的路上看看，明知道这父女俩不会回家这么早，就是禁不住要去看看。没看之前心里不踏实，看了之后心里更不踏实，晚上睡觉，眼睛才闭上又醒了，好不容易睡着了又被噩梦惊醒。张明清紧握着枝子发凉的双手，慈祥地说："你可回来了！回来了就好！回来了就好！妈悬着的一颗心总算落下来了！"没想到虚惊一场，张明清脸上有了难得的笑容。枝子说："妈——"就这一个字，心里装着千言万语，一时间说不出来，一脸愧疚之情。张明清说："什么也不要说了，什么也不要说了，妈什么都知道，回来了就好，回来了比什么都好！"张明清不停拍打枝子身上的雪花，其实枝子身上没有雪花。李汉光对张明清说："快去厨房烧晚饭，一路上总是吃个半饱。"张明清欣喜地走进厨房。枝子说："爸，为什么一路上没吃饱，我在路上不是问过你？"李汉光不以为然："这事不要再问了，我是故意不吃饱以保持清醒的头脑。"枝子知道这是假话，感动父亲的良苦用心，为了省点钱。

枝子走进自己的卧室。床铺上的被褥还是走时的模样，所不同的是经过了母亲的翻洗。窗边，桌面上落有灰尘，显然也是前不久被人揩过的。一切依旧，勾起了枝子对以前的美好记忆。可一见桌上的纸与笔，枝子黯然神伤，不由想起了为走出大山所付出的种种。这时李汉光在堂屋里大声喊道："枝子出来，当着我和你妈的面表个态，我们要你亲口对我们承诺。"枝子走出卧室，见父亲坐在饭桌边抽烟，母亲还在厨房忙着。李汉光喊道："明清，灭了灶火，停一会儿再烧晚饭，先听听枝子说话。"张明清来到堂屋坐在李汉光对面。李汉光郑重地说："饭等一会儿吃不迟，但枝子的事必须这个时候说清楚，免得一会儿春波从学校回家，再说这事不好，枝子的脸面还要顾及，俗话说脸面值千金。"见枝子站着，李汉光指着墙边一把椅子："你坐过去，这事不是一句话两句话能说清楚。"枝子过去坐下。李汉光说："枝子，一路上，我没有数落你，不等于我对你的事没话可说，恰恰相反，要说的话太多。我这个当父亲的心里急啊，幸亏这回你的事有惊无险，如果你真的关进去了，或者判刑一年半载，我和你妈的老脸在刘庄算是丢尽了。你想想，现在时兴出门打工，刘庄出门打工的男孩有，女孩也有，有哪个男孩与女孩在外面犯法？你是破了先例啊。你可能要跟我辩驳你什么事也没发生过，你错了，你与那个犯法的人李小小谈恋爱就是大错。你胆子太大了，恋爱这么重要的事，竟然不给家里透露只言片语，一想我就来气，你为什么不跟春花学习一下？归根结底，你所做的一切，都是你想走出大山的想法惹的祸，你的这个不切实际的，也不能拿到桌面上谈讲的想法，必须从此打消，像祖祖辈辈的刘庄人一样，热爱自己的家乡，一生一世与家乡不分离，抱着单纯而朴实的想法过日子。”枝子说：“我在远方打工，是为国家的改革开放做贡献，也体现了我的人生价值，再说，走出大山的想法，不等于说我忘记了家乡，如果我在外面奋斗风光了，不等于是家乡风光一样吗？”李汉光生气地说：“承认你说得有道理，但道理归道理，我们要面对现实。现实是什么？现实就是你现在是大姑娘，不要再出门打工了，家里也不缺你打工的那几个钱，现在国家政策好，种植药材与香菇、木耳等，喂猪、喂鸡、喂羊、喂牛等，只要有一双勤劳的手，就能发家致富，也是在为国家的改革开放做贡献。你以后就在家里待着，跟我们一起发家致富，好好在当地找门亲事，这样我和你妈就安了心。”枝子说：“发家致富！这个穷地方如何发家致富？”李汉光气道：“不要打了几年工就眼瞧天空不瞧脚下，瞧不起自己的家乡了。”天黑下来了。李汉光拉亮电灯，刹那间屋里灯光通明。李汉光说：“看看，家乡电灯都有了，有了电，人们就可以借助自身的环境优势发家致富了，有人把电牵到山上，开始在山上办种植场了，有人在办养猪场了，反正有了电就好办事，电机可以转动了，电机一响黄金万两。我听说不出几年，沙河集镇周边就会拔地而起多家工厂。我和你妈已经在合计了，年后天气变暖和，我家准备办一个养猪场，场址选好了，在我的坡田边，那里地势平坦，坡田下又有现成的池塘，这样养猪场里养猪，猪粪肥田，又能养鱼，为这件事我专门去县城边人家的养猪场看过，喂猪，你妈是行家里手，不是难事。年后我就购买电线，把电牵过去。”枝子垂头听着，不吱声，看到父亲描绘的一幅发家致富的美丽蓝图。枝子认为父亲进步了，眼光拓展了，发家致富观念增强了，与时俱进，是好事。但即便发家致富了，也不能打掉枝子走出大山的理想，毕竟这是两码事。走出大山不是纯粹的致富问题，它与枝子人生理想与人生价值挂钩。再说那些巍然屹立的大山，不会因为村民致富发家了就自动移走，那曲折而陡峭的山路，不会因为村民致富了变平坦，变笔直宽敞。逶迤的山区不能代表无垠的平原。枝子清楚，无论家乡如何招商引资跨越式发展，要达到打工地那样的大格局，枝子怕是这辈子也难见到，因此父亲的耐心开导，没有从骨子里打消掉枝子走出大山的理想。

这时张明清对枝子说：“你爸刚才的苦口婆心，你听懂没有，你爸说得没错，都是为了你好。我们知道你心里嫌家里穷了，那好，开年后我们就做发家致富的事，你现在应该安心在家吧。”枝子说：“你和爸所说的话，我都听在心里，记着哩。”李汉光说：“光听在心里没用，你要对我们表态，承诺再没有走出大山的想法，以后安安心心在家做事相亲。”张明清说：“你要学春花。对，你看那翠花，在外打工不长眼睛，胡乱在外谈恋爱上了当，但人家知错就改，现在天天老实在家待着，听说她妈正四处帮她找婆家。”枝子不语，眼睛瞧着门外的天空。夜幕降临了。雪像是越下越大。

李汉光瞧着枝子，猛吸一口烟，质问枝子为何不承诺，还在想那个李小小吗？张明清赶紧说：“不要戳枝子的伤疤，她心里也难受。”枝子说：“爸，妈，我把心里话说给你们。”正说着，春波顶着雪花，匆忙从门外跑进家里，进屋就嚷：“妈，肚子饿痛了。”李汉光冲春波吼道：“你是饿鬼脱胎呀！”春波激动而伤心地说：“爸，我是真饿了，我没说假话。”说完过去拉起枝子的手，兴高采烈地说：“姐姐回来了，回来得好，推迟回来就遇上大雪封山了。走，到你的卧室去。”不由分说，把枝子拉进了枝子的卧室。枝子也不推诿，正好借坡下驴。一进卧室，春波大声说：“屋里这般暗淡，快开电灯。”赶紧去摁墙壁上的电灯开关。

晚饭之后，由于寒冷的缘故，李汉光与张明清早早睡了。雪还在下，屋场上盖满了白雪，春波跑到屋场上仰脸朝天，双手接飘落的雪花，脸上也沾上了冰凉的雪花。春波看见自家的屋瓦上、对面的山坡上、池塘埂上与麦田里，都盖上了白色的薄雪。晚上，枝子听见父母轻微的说话声，肯定与她有关。

次日，李汉光开门一看，大地覆盖着厚厚的白雪，暗自庆幸昨天回家及时。因对枝子不放心，他轻轻过去，推了一下枝子卧室的房门，见门反锁，反锁着表示枝子在里面。张明清烧热了洗脸水。李汉光一边洗脸，一边小声嘱咐张明清：“枝子昨天没表态，说明她没有放弃走出大山的理想，你一时一刻对她留神关注，等回家时间长了，过了年，估计她的心会在家里。”张明清说：“这话不要你吩咐。不瞒你说，我昨晚起来两次，我也对枝子不放心。”早饭时，春波催了枝子两遍，枝子不起床；春波上学后，张明清又到床边催，枝子说她没胃口，肚子不饿。张明清去摸枝子的额头，体温正常。枝子说：“妈，不要一惊一乍，我没病，是真的不想吃，让我多睡一会儿，昨天回家睡不着，越睡越清醒，听了半夜的风雪声。”张明清说：“好吧，再你睡一会儿。我去把春花与翠花喊来陪你聊天。”张明清转身要出门，枝子赶紧坐起，央求道：“求妈别去了，我现在不想让她们知道我回来了，我听父亲说派出所的吴警察到咱家里来过，显然她们或多或少知道了我的一些事，我不想突然见到她们，太尴尬。等我心情修复了，主动去找她们。现在回家了，又处于冬季空闲，多的是时间。”张明清把枝子按进温暖被子里：“睡吧，小心感冒。妈知道你的心思，也理解你，不去喊她们了。由我说，你没啥尴尬的，吴警察到咱家里来了是事实，但你在外没犯法也是事实。”枝子说：“那天吴警察走后，刘庄人对我如何评说，是不是全是难听的羞人的话？出门打工后我才知道，刘庄没有出过远门的人目光短浅，思想意识落后，跟不上时代大发展大变革的步伐，即便一根鸡毛落地这样正常又正常的事，在他们嘴里都说得变了味。”张明清将枝子胸前的被子往枝子下巴处挪挪：“乡亲们也不是你想象的那样不近人情，当然想让每个人说你的好话也不可能，每个人看问题的观点不一样。你爸去找你后，我在村庄行走，大部分人见了我，还是以往的情形，只有个别惹是生非的人，背着我说三道四，让人去说呗，能把人说到哪儿去，喜欢说是非的人，没事也会编事。至于春花与翠花，她俩肯定知道你的事，那天我一着急在家大哭，她俩好心跑来劝过我。”枝子叹息一声。张明清说：“小时候，你们三个孩子常在一起玩，后来春花与翠花先你出门打工，现在看来，只有春花打工没让家里人怄气，翠花出了那等见不得人的事，一家人脸面都丢了，你呢，带小胖回家丢了脸，这回险些被关押进去。看来，女孩打工不放心，还是男孩子打工好，在外谈了恋爱或是把人家姑娘带回家，刘庄人都觉得男孩有本事，女孩却恰恰相反。”枝子生气地说：“这是严重的封建思想，是男尊女卑的表现。”张明清幽幽地说：“妈知道你说得没错，原则上讲这种想法要不得，但想改变刘庄人的老思想，还有一个时间过程。”

这时李汉光在堂屋里说：“我去坡地那儿瞧瞧。”张明清从枝子卧室出来说：“大雪天路滑，去瞧什么呀，去屋檐下搬树蔸子，在堂屋墙壁边烧堆火，让屋里变暖。”李汉光已经穿上了皮靴，戴上了冬瓜样的棉帽。他说：“反正雪天不能做事，去那儿转转瞧瞧。”张明清说：“你现在迷上办养猪场，我觉得这事好好合计合计，急不得的。”李汉光说：“做事趁热打铁，磨磨蹭蹭，不是我的性格。”说完出门，冒着风雪朝自己的坡田走去，身后雪地上，留下了一串深深浅浅的脚印。

枝子一会儿起了床。昨天随父亲回家时正下雪，一路上没碰见熟人，刘庄人都不知道枝子回家了。枝子认为这是好事，少了不必要的烦恼，不然这个来家看看，那个来家瞧瞧，看似好心，实则看笑话，嘘寒问暖的背后，隐藏着想一睹枝子手上有没有镣铐的痕迹的想法。早饭之后，枝子要去后山看雪景。张明清说："生在山里长在山里，雪景哪年不见到，不要去了，在家暖和。去，把屋檐下的树蔸子搬进堂屋。"枝子说："妈不放心我，我是你闺女，你为什么就不相信我呢？我会跑了不成？虽然没对你和爸承诺，但我想好了，安心在家，快快乐乐过年。"张明清睁大眼睛："你放弃了走出大山的想法，想通了？"枝子撒娇道："我去后山顶上看看雪景，就是想走出大山吗？放心，你闺女是个听话的孩子。"张明清还是不放心，提出跟枝子一起去，枝子不同意，说影响看雪景的心情。张明清想想，打算把春花找来，陪枝子一起去。枝子说："算了，我不去了，在家睡觉。"说完进卧室躺在床上，望着窗外飘落的雪花。

春花嗅觉灵，还是知道枝子回家了。晚饭后，她踏雪来找枝子。走到枝子家门口，听见枝子家里有说笑声。一进门，春花冲张明清笑说："婶，你炖的什么肉，这么香？"张明清从饭桌边站起："兔肉啊。今日你李叔在雪地里撵了一只野兔子。吃了没有？没吃一起吃。"春花说吃过了。枝子赶紧放下碗筷，把春花引进自己的卧室，然后返回饭桌边，几大口吃光了碗里的饭菜。当枝子关上卧室门时，李汉光对张明清说："以后嘱咐春花一下，让她没事时陪枝子一起玩。对，也暗中嘱咐一下翠花，帮我们盯着枝子，让她俩成为我们的眼睛。"张明清点头。

在卧室，春花从枝子嘴里了解真相后，笑说："我那天就安慰你妈，说你那么精明的人，如何会做出犯法的事呢？现在你回来了就好。"枝子说："不管怎么说，我与李小小恋爱没有错，他有错那是他的事，他所做错事我完全不知情，也没有怂恿他。"春花说："不过你与李小小恋爱还是有点草率，你没有暗中对他认真了解，如果婚后他出了事，不就害了你吗？"枝子说："我不这样认为，我眼睛是雪亮的，李小小是真心爱我，他为我很花了心思，有些细节你想不出来，也只有一个如此爱自己女朋友的男孩才想得出来。如果真与李小小结了婚，生米煮成了熟饭，我大不了等他从狱中出来罢了，但我实现了走出大山的梦想啊。

现在被父亲带回家，我走出大山的梦想，便遥遥无期了。”春花苦笑道：“怎么还有这样幼稚的想法，应该打消它。家乡有什么不好，我看着都舒服。你也不往深里想，就算你与李小小结了婚，实现了你所谓的走出大山的梦想，对你的人生有意义吗？你回到家乡的时候，一点也风光不起来，刘庄人会当面讥笑你与一个杀人犯、强奸犯睡在一张床上，你在人前能抬起头吗？即便那个李小小放出来了，他有脸走进刘庄吗？你要为你家人的脸面想想。”枝子不语，脸红了。接着枝子说：“算了，不谈我了，我是个失败者。谈谈你吧，你回来相亲成功吗？我那个姐夫英俊不英俊？哪里人？春花，不是我说你不对，你走时对我说好的，回来后给我写信，可你回来后没给我写一封信。”春花笑说：“信没写是事实，但我心里惦记着你也是事实，要不要我现在把心掏出来让你瞧瞧。”枝子笑说：“相信相信。说姐夫吧。”春花脸红地说：“相亲成功了，这是第三个，他叫春生，是我的一个远房表哥，虽然没走动但沾着亲嘛。他在外面也打了两年工，目前在沙河集镇上做生意，经营山货土特产之类，生意还好。你一心只想走出大山，不关注家乡近年发生的翻天覆地的变化，很多外地商人，进山来收购牛皮、猪皮、山羊皮、药材、木耳等。春生就提前把这些东西收购到他的门市部，外地商人直接到他门市部提货。”枝子说：“旱涝保收、只赚不亏的生意。春生有眼光。”春花说：“这是春生在外面打工积攒的经验，不然，他也不会产生当老板做生意的想法。”枝子自言自语道：“老板？”春花说：“现在有人喊他春老板了，我几次当面听见的。春生很成熟了。哪天我带你去他的门市部看看，街道上有三间宽大的门面。”

三间门面让枝子羡慕得睁大眼睛，似信不信地瞧着春花。春花将她左边脸上的一绺秀发，拢到她的左耳后面，笑问枝子为什么用怀疑眼光瞧人。又说：“不信，到时眼见为实。也许春生的举动，能颠覆你走出大山的概念。在我看来，你走出大山的概念，就是彻底离开这个生你养你的地方，平时见不到巍峨的大山，所见的是车水马龙的繁华景色，过一种衣食无忧的富贵生活。可春生所揭示的走出大山的概念不是这样，那天他对我说，只要实现了人生价值，走出大山的理想就实现了，至于环境并不重要。”枝子认为，不是一个道上的人，即便说得再多，也是话不投机。

一阵北风吹过半掩的窗户，窗户边的旧报纸发出哗啦的响声。屋外，夜晚凛冽的北风，裹挟着雪花满天飞舞。枝子去将窗门关紧。春花说到翠花，说翠花还没有走出阴影，要枝子跟她一起陪翠花聊聊天。枝子爽快答应。

张明清突然站在枝子卧室门口，冲春花微笑着，问春花冷不冷，要给卧室送火进来。枝子不同意，说产生难闻的味道。春花说年轻人不怕冷。张明清想要春花今晚不回家，陪枝子一起睡。但春花跟枝子说一会儿话，还是回去了。北风更紧了。雪更大了。枝子目送春花回家。雪地上，留下春花一个个清晰的脚印。

第十三章

雪飘飘洒洒地落了一夜，次日早晨，大地一片洁白。枝子打开大门，见呼啸的北风停歇了，天空上露出几处碧蓝的天幕。树木的枝节上、山坡上、田地里、草垛上，都被厚厚积雪所覆盖。这是沙河镇入冬以来最大一场雪，似乎比往年提早了。刘庄里四季常青的树木上，像松树柏树之类，因雪的覆盖只剩下少量绿色。雪压得树枝弯曲厉害，偶尔有雪从树枝掉落地上。瓦沟里，都吊着粗细不匀晶莹坚硬的冰根，最长一尺来长，最短也有五六寸。枝子欣喜地跑到雪地上，故意在雪地上走动，故意将积雪踏出嘎吱响声，听着亲切。在打工那地方，枝子多想看到一场雪，但那里极少下雪，难得一见。从地上捧起一团白雪，枝子细细观赏，放在嘴边上慢慢吮吸，感觉一下子回到了童年。张明清笑说："嘴上犟，心里还是想家啊。"枝子高兴地说："妈，没想到一夜之间竟下这么厚的雪。"张明清说："瑞雪兆丰年。明年是个好年成。雪天没事做，还是回到床上躺着吧，饭熟了，我喊你起来。"枝子说不冷，走向池塘边。池塘里结着厚厚的冰，北风吹不着的冰面上有积雪，北风吹着的冰面上颜色发青，光滑亮洁，是刘庄孩子们滑冰的好地方。天晴了，春波去学校，走时，张明清嘱咐他这几天在学校住读，待路面积雪融化了再回家。

队长刘天合戴着冬瓜帽子，穿着厚厚的棉袄，嘎吱嘎吱，踏着积雪朝枝子走来，看见枝子有些吃惊，以为看错人，将眼睛揉了揉再看，看到真是枝子时就招呼："枝子可回来了！"枝子微笑答应，亲切地喊了一声刘叔。刘天合假装生气："不能叫刘叔，应叫刘伯，我比你爸年龄大。"枝子马上改口叫刘伯。刘天合走到枝子跟前，把枝子认真打量，笑说："越来越漂亮了，在外打工条件好、环境好、生活好，喂养得比花朵还要耐看。"枝子羞涩地说："刘伯真会夸人，哪有你说的那样好看。其实外面打工很辛苦。"刘天合把手放在嘴边哈了口气："这话我信，钱哪有那么容易挣到手的。姑娘，回来了就好，回来就好了！"加重的语气让枝子心里忐忑。枝子红着脸说："刘伯，以后我不出去打工，就在刘庄待着，你说好不好？"刘天合皱眉，觉得这话中有话，就说："刘伯没有不准你出门打工啊。现在政府提倡年轻人走出家门，闯出一番属于自己的事业来。"这时张明清站在大门口，喊刘天合进屋烤烘笼。她在灶里烧了柴，还在烘笼里加了旺火，烘笼正冒着热烟。刘天合笑说："谢谢。一队之长，下这么大的雪，要在村里走走看看，不能让村里五保老人出问题，看有没有陈旧简陋的房屋被雪压塌，有没有耕牛被冻死，以往下大雪，就遇到这样的情况。"李汉光叫刘天合进屋坐一会儿，称刘天合刚才所担心的事，不会在刘庄发生，否则早有人大呼小叫通风报信了。

刘天合想想也是，就进枝子家里，刚坐椅子上，张明清就递给他一个暖和的烘笼。李汉光给了刘天合一支廉价的纸烟。刘天合说："枝子回家了就好。那天我就意识到，枝子是个聪明姑娘，又上过学，肚里有墨水，知道孰重孰轻，违法的事是不会做的。果然被我说着了。汉光你说说，具体是因什么引起了派出所对枝子的误会？"李汉光不假思索地说："那个地方也有一个叫枝子的姑娘，与枝子年龄相仿，派出所弄错了人。我去时，枝子正在厂里工作哩。"李光汉脑子不糊涂，遇事能马上编出一套完善的叫人看不出破绽的谎话。刘天合笑说："这最好了。枝子可是我们刘庄最漂亮的闺女，上次带回那个小胖，就给枝子减了分，以后可要注意了。"李汉光赶紧说："是的。以后我们会进一步教育枝子。"这时张明清对刘天合说："队长，我简单炒几个菜，就在我家吃早饭。"

刘天合起身：“不了。我还有事。”刘天合往门外走，走到大门口，回头对李汉光说：“对，镇上组办一个新年团拜‘雄狮’文艺表演队，过年时，到沙河镇下辖的各村庄巡回演出，镇政府会给予一定的工资报酬，不是白白演出。那次说这个事的时候，我现场提出，给刘庄一个演出队员的名额。农历冬月二十，就要去沙河集镇上排练了，至于定谁去，我暂时还没想好，你们了解一下，枝子有没有去表演队的兴趣，有的话，就提前告诉我，就让她去。”刘天合说完就走，李汉光与张明清忙不迭地说着感谢。刘天合摆动两手，意指收到了谢意。

枝子在刘天合走进自己家里时，没有回家，直接去找春花，担心刘天合跟父母说及她的回家一事，不想让已经渐渐平和的心态，再起伤痛的涟漪。走到春花家的屋场上，春花母亲正从雪地里，抱着发枯的棉花秸秆进厨房。枝子亲切地喊了一声“婶”，春花母亲赶紧放下秸秆，将枝子迎进家里，说春花这个时候，还在床上睁眼躺着哩。春花母亲说：“你回来就好！”枝子觉得这句话看似关心，实则肯定枝子在外犯法，被派出所关押过。霎时，枝子有些脸红，心里没了刚才的喜悦。春花母亲将枝子细致打量，看枝子是不是挨打了，让枝子更是尴尬。春花母亲问枝子会不会再出门，枝子说：“不出门，年后也不出门了，像春花一样，老实在家里待着。”春花母亲说：“这最好的。女孩家毕竟不是男孩。你也到了谈婚论嫁的年龄，到时候在沙河集镇周围好好物色一个男孩，一辈子幸福过日子，这才最重要。”这时春花从卧室出来，对她母亲说：“妈，你不知道枝子的心思大哩，她有自己的主见，一般男孩过不上她的眼睛。”春花母亲说：“岁月无情，女孩漂亮是经不起岁月摧残的。”春花把枝子拉进她的卧室，并关上卧室门。春花说：“我妈近年来有点唠叨，你别把她的话听进心里，当耳旁风就是了。”坐在床边的枝子虽然点头，但表情有些沮丧，特别是那句“回来了就好”，让枝子想到了“人言可畏”。枝子说：“你继续睡吧，我回去了。”春花拉着枝子的手，不让枝子离开。枝子说：“我们是好姐妹，你不要想一边去了，我早饭后再来找你玩。”

春花就松开了手。

在自己屋侧面的大树下，枝子站了好一会儿，望着光秃的树枝上堆着积雪，突然想到了曾在此偷看她的憨厚的小秋。这家伙，现在沙河集镇上经营着自行车修理店，他能胜任吗？他有经营头脑吗？他父亲那个老光棍，这雪天里还关心他吗？张明清催枝子回家暖和，小心冻感冒。枝子回到家里，见父亲坐在饭桌边，双腿下，有一个还在冒烟的烘笼。李汉光说："枝子，我跟你说一件事，你考虑考虑，刚才刘队长告诉我们，改革开放让沙河镇群众的生活越来越好了，镇里要成立一个新年团拜'雄狮'文艺表演队，刘队长为刘庄争取了一个难得的名额，如果你想参加，我今晚就去找他说情，为你争取到手。""雄狮"文艺表演队的内涵，枝子一无所知，在枝子看来，表演队就是表演队，扯上雄狮是什么意思，女孩子在雄狮面前又有什么用武之地，不用说那"雄狮"是假的，即便假的那也要有雄狮的威武啊。枝子瞧了母亲一眼，又瞧了父亲一眼，站在墙壁边，垂头不语。李汉光笑了一下："表演队顾名思义是表演的，做戏让群众乐的，只能说表演队表演的节目中有玩狮子的节目，你小时候不是见过在家门前玩狮子的场景吗？有敲锣打鼓的，有燃放鞭炮的，还有拿扇子当丑角的，等等，但那是一个小班子，现在镇里办的是一支有规模的表演队，肯定里面有唱歌的、跳舞的、打快板的等等，意思是你去了，有可能就是唱歌的。现在大家的生活都比以往好，春节也不是以往那样过了正月初三就上工，都是过了正月十五元宵节之后，才到自己的责任田做事，都追求正月间的热闹喜庆。"

枝子坚持认为这个表演队不适合自己，都是男孩们才能表演的节目。枝子又说即便有唱歌与跳舞的节目，可自己既不会唱歌，也不会跳舞，没有任何的舞台表演经验，一到台上浑身不自在。与其在台上让众人瞧自己的尴尬和不自在，不如不去。李汉光劝说："不能说你说得没有道理，但掂量轻重与利弊，还是利大。你想啊，现在只有刘庄的人知道你枝子，夸你长得漂亮好看，如果你参加了这个表演队巡回演出，那整个沙河镇的群众都认得你枝子了，就人人都知道你枝子的漂亮。”张明清附和道：“你爸说得一点不错。光刘庄人知道你长得漂亮有什么用，家家就那几门穷酸亲戚，不能给你介绍一个好人家。但参加了表演队巡回演出，更多年轻英俊的男孩子认识你了，怕真是‘一家有女百家求’，媒人怕要踏破我家门槛。”李汉光瞧着枝子：“说到你个人婚姻，我今日撂个话，以后甭想走出大山呀，找个外地有钱男孩呀什么的，你老老实实在沙河集镇周围找，只要男孩英俊，看得上眼，其父母通人情世故不乱来，家庭不是穷得没有片瓦，我觉得就行了。好儿不吃分家饭，好女不穿嫁时衣，人一辈子只要勤劳苦作，勤俭持家，都会过上好日子。”枝子思索一会儿：“今年不去了，先观察表演队表演什么节目，真有适合我表演的，明年我去找镇领导毛遂自荐，应该没问题。太阳天天照，月亮晚晚有。”关于自己的婚姻，枝子说：“我现在没有什么想法了，如果明日遇到一个中意的，我想明日就嫁出去。”枝子说时夹有哽咽的语调，李汉光听后缄默不语。张明清说：“算了，算今日什么也没说，枝子你进卧室去吧。”枝子进了卧室。李汉光猛吸了一口烟。

早饭后，李汉光又去坡地那儿，此时的他，多么希望规划的养猪场，马上变成活生生的现实。枝子没有去找春花，独自踏雪去找翠花。路上又碰见了两个村人，但这次没有人冲她说“你回来了就好”，而是给她真诚的笑脸，夸奖她像电影演员一样漂亮。翠花家门前是村前池塘的尾部，水位浅，水面的冰就厚，一群孩子正在冰上快乐滑冰。想到小时候滑冰跌倒冰上，枝子嘱咐孩子们注意安全，不要滑向深水处的危险冰面。可话音刚落，枝子隐约听见女孩的哭声，侧耳细听，发现这哭声来自翠花家里。接着听见翠花母亲骂道：“自己还有脸哭呀，不把刘庄人都招来看笑话，你是不甘心！”翠花父亲吼道：“我和你妈的老脸都让你给丢尽了！你想哭，蒙在被里哭，门前人来人往，莫让人人都听见了！”话音一落，隐约哭声就消失了。

翠花母亲掩上堂屋大门时，枝子正好走到门口。枝子真诚地说：“婶，让我进屋劝劝翠花，她的情况我清楚，我怜悯她。”翠花母亲让枝子进屋：“翠花的事你不清楚，不是上回那件事，但也是上回那件事延续的结果，翠花命苦啊。”枝子安慰翠花母亲息怒，保持好的心态，任何不愉快的事都会过去。翠花母亲啜泣道：“枝子，你比我家翠花聪明啊，你们都是出门打工的姑娘，你现在回到刘庄，还是一个完整的枝子，我翠花就苦了啊。”这话说得隐晦，枝子也不好追问，就进了翠花的卧室，见翠花躺在床上，用被子紧紧蒙着头，哭泣让红色的被子不停抖着。原来翠花的哭，与前会儿走出翠花家门的一位中年妇女有关，她是翠花的媒人。此人给翠花介绍了对象，说好在农历正月初二，安排男孩与翠花在沙河集镇上一家饭馆见面，饭后给定亲礼金，陪客都请好了。翠花虽然没见过那个男孩，但从媒人提供的照片上，已经见识了男孩的潇洒与英俊，那双炯炯有神的眼睛，与天生具有的气质，都让翠花由衷喜欢。翠花父亲暗中也打听了男孩的家庭情况，认为不错。应该说翠花这边都满意了，吃下了定心丸，给媒人也做了承诺，一切准备工作都做好了，只等去沙河集镇的饭馆走个形式，可媒人今日突然踏雪而来，说男方取消了那天的见面，追问原因，说男孩知道了翠花在外打工期间，谈过恋爱并被人搞大了肚子。男孩说“不吃剩饭”。还没完全修复的伤痛之心，又被深深刺痛，翠花岂有不痛哭伤心之理。

翠花父亲站在卧室门口：“枝子，请你好好开导翠花，她就是没有出息，我只见过世上男求女的，没见过男的不愿意，女的却哭得伤心，实在说不出口。东方不亮西方亮，沙河镇男孩多得是。再说现在这种局面，都是她个人造成的，当初不要她出门打工，她坚持要出去，嘱咐她莫在外面谈恋爱她就是不听，还对我们说那男孩对她如何如何好！”枝子且听且脸红，感觉这话就是在说自己。这时翠花停止哭泣，抖动的被子归于平静。翠花坐起来，握着枝子的手。翠花父亲带着无可奈何的语气“哼”一声，出了门。

连续四天，太阳照着地面，从刘庄连接沙河集镇的路面上，积雪几乎化净，只剩下阳光照不着的阴暗地方，还有少量残雪。刘庄前面的池塘水面，结的冰也全部融化了，清澈见底的池水，倒映着池塘边的景色。刘天合到镇上开了会，下午回到刘庄时满面春风，喜气洋洋。走到枝子门前，双手叉腰，将声音放大到极致：“请各家各户的当家人，现在到李汉光家门前集中开会，有重要的事情向大家通报！”这句话刘天合说了三遍。一时间，整个刘庄就有了纷纷的议论声。自 1982 年实行土地承包责任制以后，刘庄很少召开群众大会，上面有什么指示精神，队长刘天合仅是挨门挨户，口头传达，像今日这样兴师动众，把大家召集一起开大会还是第一次，大家都觉得新鲜，同时又觉得一定有大事发生。枝子从家里跑出来，询问刘天合是什么重大事情。刘天合欣喜地说：“姑娘啊，是刘庄最大的好事啊，上面拨款重修刘庄到沙河集镇的公路，年底以前将路基扩宽修好，明年春天，天气暖和的时候，进行路面水泥硬化，以后可以畅通无阻地跑汽车，路宽了，也不担心汽车会车困难，到时候，你们年轻人自行车一骑，几下几下就到了沙河集镇，回家来也是一样快啊。”枝子欢喜地说：“刘伯这是真的吗？会不会目前只是一个初步计划？”刘天合一本正经：“我什么时候打过诳语？钱都打到专用账户上了。由镇委统一安排明天动工，刘庄村民重修分给刘庄的那段路面。枝子，你一回家就遇到了好事，做事有工资的，不是义务劳动。”枝子答应一定参加。见村民们陆续朝自家门前走来，枝子心里埋怨队长刘天合，为什么不把开会地点选在别处，比如选在刘庄宽敞的稻场，这样，村民们就不会见到刚回家的枝子，也不会向枝子聊些枝子不想聊的话题。为回避众人，枝子向张明清小声说不想开会，去找春花聊天，等会结束了再回家。张明清同意了，人多嘴杂，不想有人冲枝子问这问那，遇到不该问的话题，让李汉光尴尬，认为枝子回避是上策。

枝子径直走向刘庄的后山顶。走到半山腰，回头一望自家屋场上，已经站了很多人，还有人正陆续赶来。枝子到了山顶四处一瞧，目光所到之处，除了松树等少量四季常青树木，其他映入眼帘的是冬季的枯黄。

地面上，覆盖着枯黄的松针。可怜的栎树枯叶，在北风吹拂下，发出令枝子心情惆怅的飒飒之声。枝子浮想联翩，脑海里，是一连串追求走出大山理想所经历的不尽如人意的场景。当初，枝子把这个理想的实现，看得过于简单，认为自己是一个漂亮女生，只要利用自身条件，在外地与一位钟情于自己的、家庭条件与个人条件优越的男孩结婚，自己走出大山的理想就顺风顺水实现了。但事实并非如此，命运捉弄枝子，有时把她推到成功边际，又把她拉回人生起点……当刘天合洪亮的鼓劲声消失时，也是夕阳落山时，枝子回到家里，李汉光迫不及待，把刚才开会的内容，详细对枝子陈述一遍。这次公路的重修，实行统一行动，不以家庭为单位分成若干个小型战斗团体，只是将每家每户分一段路基。刘庄至沙河集镇这段公路地质复杂，难攻的地段多，如果小团体作战，将有其意想不到的难度。因此拉开战线集中开挖，遇到困难重点突破，可以收到事半功倍的效果。

李汉光对枝子说："这回刘队长给你安排了一件好差事。他是心疼你，考虑到你刚从外地打工回村，平时没有干过重体力活，手上细皮嫩肉，哪里能举起洋镐挖石头，就安排你每天记录出勤人数，出勤整天的与出勤半天的，都要记录清楚。这差事好多人眼睁睁瞧着，都想到手，可最终你运气好，得到了。记着啊，过年时不忘去给你刘伯拜个年，带一包红糖表示心意。"张明清说红糖的事，她提前安排好。枝子听后没有欣喜，只是小声问什么时候开工。李汉光说明天上午就开始了。枝子垂下头。李汉光问枝子为何不高兴，枝子说："爸，你不知道，我当记工员，就要与工地上的每个人打交道，你知道我才回来，我的事刘庄没几个人不知情，我怕……"李汉光生气地说："怕什么，都是乡里乡亲，哪个吃了你不成？再说你有什么见不得人的事，人家没捏住你的把柄，由我看，你大大方方去工地上，正好可以向众人证明，你枝子光光明明，没有被人怀疑的事情，你的出现会让他们的怀疑不攻自破。"张明清对枝子说："没偷人家的，没抢人家的，又不欠人家的，又没做什么见不得人的事，有什么理由不能在大众面前抛头露面。这次你回刘庄，只有少数人知道，可既然回来了，也就没有事了。无非就是上次带回了那个小胖，说白了那又有什么，你也不像翠花那样，傻得被人家占了便宜然后一脚踢了。你长得干干净净，漂漂亮亮，到了工地上就是一道好看的风景。”枝子想了想：“好吧，我去。”李汉光对枝子说：“待路基修好了，就去镇上购买一辆自行车。现在刘庄有五家购买了自行车，咱家也不能落后。有了自行车，你骑到镇上方便，春波上学也方便。刘队长还说，上面正在考虑，将县城连接沙河镇的那段公路，全部改直扩宽，到时候去县城，就是很便利的事，你枝子就再不会在心里滋生走出大山的想法，因为家乡也在与时俱进，也在大发展。又听说，以后沙河集镇边的企业，要增加到三十家，以你的聪明能干，又有在外打工的经验，到时候去集镇上当工人，是十拿九稳的事，不是变相实现你的走出大山的梦想吗？”枝子说：“我走出大山的梦想，与你所说的走出大山的梦想有区别。现在不说这个话题了，我已经回家了。”说完，跟着母亲去了厨房，坐在灶膛添加柴火。

次日在路面上，人们看见枝子匆忙的身影。枝子一手拿笔，一手拿着记录本，走路时头昂着，步伐有力，精神抖擞，春风满面。按照上面规定，撤下的公路重修石灰线，比原来直了宽了，不怕占用田地。工地上热火朝天，人们快乐地劳动着，有时发出爽朗的笑声。负责工程的指挥人员，不时在话筒里提醒大家要注意的内容。刘天合把枝子喊到跟前，将自家钥匙递给枝子，吩咐枝子这个时候去他家里，把那两把新洋镐拿到现场。枝子赶紧去办。经过翠花家门前，枝子看见翠花母亲，站在堂屋里骂翠花：“池塘没盖锅盖，大树枝节上随便摺绳子，自己把婚姻弄失败了怪哪个，不好好自省就算了，还成天给我脸色！知道你是今日的样子，当初就不该把你养大！”同样站在堂屋的翠花，哭说：“是的，我就是家庭多余的人，好，我离家出走，以后再不回来了！”翠花母亲说：“走，你走啊，你现在就走啊，走了就不要再回来！”翠花真的一气之下从堂屋往外走，不过双脚刚过堂屋门槛，就站在那儿泪水婆娑。翠花母亲的性格里，有一种类似于男人的倔强与好胜，见翠花有意跟她置气，怒火中烧，将站在门前迟疑不走的翠花，用力往外推，因在气头上，用力过大，可怜的翠花被生生地推倒在地，险些翻个大跟头，倒地时身体发出了沉闷的声响。重要的是，廊檐与屋场的相隔高度，接近两尺的距离，且廊檐边上砌着石块，翠花倒地时，先倒在廊檐边的石块上，接着栽到下面的石块上。因头先落地，额头上、脸上、嘴里都在流血。枝子赶紧跑去搀扶翠花，安慰道："何必跟母亲争吵，少说两句不就过去了。"翠花用手一抹脸，手上全是血。血让翠花火气上来，倏地站起来，愤怒地指着母亲："你这么嫌弃我，好，我现在就从你眼前消失，我去死！"话一落音，翠花用尽全身力气，甩脱枝子的双手，迅速跑向池塘边。枝子明白翠花的意图，这怎么可以啊，人命关天。枝子在翠花快到池塘边时，死死抱住了翠花。翠花在拼命挣脱，不顾朋友的情分，只有一个想法，就是跳进池塘。翠花脸上的表情是可怕的，带着无限的憎恨，既憎恨救她的枝子，也憎恨逼她的母亲。翠花咬牙切齿，用力想将枝子箍紧的双手扳开。可无论翠花用脚蹬也好，用指甲去戳手背也好，枝子就是不松手。翠花一边拼命冲往池塘，一边大声说："你放开我，让我去死，我在这世上活腻了，活着不如死了干净。"枝子一边拼命往后拉，一边喘息着说："不能这样，你没有错，你就是被人骗了，你要重新调整自己，忘掉过去。你今天应该去修公路，呼吸新鲜空气，而不是成天坐在家里胡思乱想，心情一烦，就跟你母亲搅嘴。每个人追求人生的幸福都不会一帆风顺，咬牙坚持过去，就是光明一片。"这时翠花的母亲，从廊檐那儿走向枝子，且走且说："枝子，你就由她的，松手，我瞧着她跳水，她这么想死就让她死了干净。"不及枝子答话，翠花母亲快步走到翠花面前，手掌一抡，狠狠抽在翠花沾着鲜血的脸上："丢人现眼的东西！还要想整个刘庄人都跑来看热闹呀！"一边说一边满腔怒火，把翠花往家里拉。翠花刹那间全身无力，望着陌生的母亲，任由母亲把她拉回家里……

次日清晨，枝子还在睡梦中，张明清匆忙而紧张地跑进家里，对李汉光说：“刘庄出事了，翠花那女子昨晚半夜，以上厕所为名偷跑了。”李汉光平静地说：“鬼话，一个弱女子能跑到哪儿去，不要杞人忧天，快进厨房烧火，吃了早饭我还要上路面干活。刘天合说了，农历腊月二十以前要完成任务，留些时间给大家准备过年的事。”张明清说：“这种事情我不能说假话，不信你去看看，翠花的母亲还站在家门口泪如泉涌哩，翠花的父亲气得垂头坐在门槛上，脸色发青。”李汉光真的去看，一会儿进屋就说：“这个不懂事的翠花，还真的离家出走了，把自己的换洗衣服都带上了，留给家里的信上说，从今以后在外地打工讨生活，沟死沟埋，路死路埋，再也不想回她这个让她伤心怄气的家了。你听听，这说的什么话！”张明清生气地说：“这闺女长大了，翅膀一硬就飞掉，就忘记了父母把她养育大多么不容易。”枝子在床上听着，先是心惊肉跳，很快归于平静，只当没听见父母的对话，反而称赞翠花的壮举。联想到自己身上，枝子想，也许哪一天，自己不堪重负时，也会再次离家出走。枝子认为离家出走，是翠花最好的选择……

第十四章

农历腊月二十，路基重修如期完成。竣工这天，燃放鞭炮以示庆贺，红红的鞭炮屑，飞上晴朗的天空炸响。在鞭炮声中，响起大山流行的高亢曲调，尾音悠长，在两山之间回荡。路基重修经认真检测，达到预定标准，验收员脸上洋溢着喜悦的笑容。但有点小遗憾，新年将近，新修路面不利村民春节出行，不能骑自行车。

当然刘庄人最高兴，路基重修延伸了，沿着刘庄前的池塘边，一直延伸到刘庄最西端，止于那个山脚边。据说，暂且延伸到此，明年冬季继续朝前延伸，连接沙河镇另一个村。这样的好处是，路面进行了水泥硬化，刘庄如果有人买了面包车，直接开到沙河集镇，当然外村的面包车同样如此。枝子想，以后在自己门前，就能坐上顺风车去沙河集镇。李汉光的愿望没有实现，他想路基延伸从他坡田边经过，但没有。所以农历腊月二十一，李汉光在路基与他坡田之间来回走动，估算这段距离，约一百五十米，想将二者连接起来。他观察地形，打算春节一过，带着张明清，在这段距离上，修出一条简陋路面，能走板车，方便养猪场以后配送饲料，免得肩挑手提。他回到家里时，家里已亮起电灯，鸡笼里的鸡叽叽喳喳。李汉光对枝子说："这条公路重修，对你意义重大，让你看到了家乡在发展，在变化，美好前景将抑制你心里'走出大山'的想法。你应该想到，不只是你打工的地方在发展，大山里也在发展，无非有快有慢，有先有后。拿养猪场来说，过去个人办想都别想，现在反过来鼓励你，帮扶你，让你上路了还送你一程。”张明清笑着对枝子说：“听说沙河集镇周围，以后要增加不少企业，到时你进厂当工人，这比你去外地打工更好，一个千里迢迢，一个就在自己家门口，不一样。”枝子生气地说：“妈，那不是家门口，那是沙河集镇。”李汉光生气地说：“以后水泥路面，自行车一骑，蹬几下就到了厂门口，就等于在自家门口。”枝子不吱声了，在心里说：“再过五十年，也达不到人家那样的发展速度，关键是，地理环境制约，有钱老板不愿意来深山老林投资。”而李汉光与张明清见枝子不吱声，以为枝子理解了。

农历腊月二十二，上午八点，沙河集镇东边的高山顶，露出太阳的笑脸。四辆清洗干净的面包车，从县城方向开来，穿过山区缭绕的雾幛，来到沙河集镇，没有停在车站里，而是停在沙河集镇西边一块平坦的场地上。旁边二十米处，就是连接刘庄的公路。每辆面包车前面，都挂着大红喜字，车身两边挂上了红纸条。从车上下来的人都喜气洋洋，满是欢声笑语。新郎官走到新修的路基上，瞧了瞧说：“听司机们的，有道理，车是不能通行，只能步行去刘庄。是的，要是车在途中陷入坑里，就麻烦了；特别是轮胎如果被石尖刺破，就回不了县城，更麻烦。”大家按新郎官安排，锁好车门，跟在新郎官身后，步行去刘庄。有人说这样去女方家里，担心女方家里觉得没面子。新郎官说：“不怪我们，只怪路基，早不修晚不修，偏偏这个时间段修。”

鞭炮在刘庄东头炸响，纸屑飞上天空。枝子从家里跑出来，奇怪哪家办喜事。枝子看见，新郎官带着一群接亲的人，进村就一直燃放鞭炮。鞭炮里有彩炮，一炸，整个刘庄像在颤动。他们经过枝子家门前，有人冲枝子微笑，笑中含有羡慕。枝子于是垂头。接亲的人一过门前，枝子问张明清，刘庄今日谁出嫁，事前没听见一点风声。张明清说：“我也是刚听说，今日是村西头的小红姑娘出嫁。她一家人嘴紧，不向外透露一点消息。据说这新郎官家里富裕哩。”这时，接亲人群里，有人大声吆喝：“乡亲们，不是新郎官不给小红面子，我们开来了四辆车，因为路面才修，开不过来，都停在沙河集镇上。”张明清对枝子说：“听听，多有钱，四辆车从县城开来。再看迎亲彩礼，好重啊。”这时李汉光从外面进屋，吼张明清：“看什么看，回屋去，看了心烦！”说完先进屋，坐在椅上抽烟。张明清随后跟进屋。李汉光说：“人家闺女听话，从不出门。论人才长相，那小红如何跟我家枝子相比，比枝子差一截，但人家就有这么好的命，说这么英俊的姑爷，听说家住县城，又有体面的工作。这下小红幸福了，嫁过去要享一辈子的清福了。小红的婚事让我悟出了两件事，一是不能再让枝子出门打工了，在家待着一心一意找个好婆家；二是介绍人重要。枝子与翠花就是不听父母话，结果一个离家出走杳无音讯，一个被找回家看管。春节一过，我们就去县城托熟人给枝子找对象，在县城，没人知晓枝子底细，她长得漂亮，嘴巴会说，找的对象一定比小红找的强。”张明清点头。李汉光嘱咐张明清：“这事保密，找好了再告诉枝子，提前让她知晓，就是打草惊蛇。”张明清再次点头。

响起自行车的铃铛声。枝子回头一瞧，骑车人是小秋。小秋赶紧下车，把自行车停在山墙边，望着枝子说：“什么时候回来的，我没听见一点动静。”枝子生气地说：“什么动静不动静的，我回家要向你打报告吗？”小秋笑说：“不是。当然不是。我是说我要是知道你哪天回来，提前在沙河镇汽车站等你，请你到餐馆，好为你接风，表示我的心意。我的自行车修理部早开办了，现在人人生活好，购买自行车的人多，当然我的生意就好，有时一天忙到晚。”枝子生气地说：“谢谢你的好意。我不在乎你那餐饭。我不明白，你如此憨，却学会骑自行车，还修理自行车。你在骗人吧。”小秋笑说：“简单的事，你会吗？不会我教你。”枝子赶紧说：“不用，你回家吧。”小秋说：“真不是特意回家看你，只是回刘庄看热闹，顺便了解姑娘出嫁的一些套数。”枝子冷笑道：“你了解清楚了也没用，你这辈子——”张明清突然打断枝子的话，不让枝子说下去，她知道枝子没有说出来的话，会伤了小秋这个老实孩子的心。

张明清对小秋说：“小秋，你进屋坐吧，别理睬枝子。”小秋说：“长时间没见到枝子，想跟她多说话，在外面跟她说话方便。”枝子斜小秋一眼：“哪个想跟你说话，跟天说话也不想跟你说话。”说完往小红家门前走去。小秋赶紧推着自行车，跟在枝子后面。张明清望着小秋的背影，摇着头说：“真是个实诚孩子。”

过了一会儿鞭炮声又响了起来。彩炮在天空中画出一道绚丽多彩的弧线。小孩们一边拍掌，一边大声欢呼。迎亲队伍出发了，轰轰烈烈。小红的家人与前来贺喜的亲戚们，跟在接亲队伍后面。跟随的孩子们叽叽喳喳，嘴里含着喜糖。迎亲的人中，有一人专门向观看热闹的人散发喜糖与纸烟。刘庄多数家庭的门口都站着人，一边看热闹一边小声议论，有祝福的，有羡慕的，当然也有嫉恨的，也有因鸡毛蒜皮的小事，与小红家闹过矛盾，此时就嗤之以鼻，眼光是憎恶的。众人最想看到小红此时的模样，当新娘了，打扮得如何艳丽。但小红的头上盖着一块红布，新郎官与她并排前行，新郎官的手温柔多情地挽着小红的手臂。枝子不关心小红此时的模样，那模样不会因为今日大婚而改变，枝子最羡慕小红穿的那身红，红鞋、红裤、红上衣与红盖头。温暖的阳光，让全身红的小红更加妩媚。枝子在想，将来自己出嫁时，也要像小红这样一身红，几乎红到心里去了。

小秋站在枝子附近，注意力不在小红身上，暗中观察枝子的举动。枝子已经发现他了，曾白他一眼，但小秋视而不见。这个老实人就认一个死理，他瞧着枝子的时候，背影也好，侧影也好，都感觉心里舒服与有趣。而这种舒服与有趣，他解释不清，只能强烈意会。他知道枝子不待见他，但他只要见到了枝子，就不会把这不待见放在心上，认为没有什么，只想枝子不赶走他。当迎新队伍走过去以后，小秋对枝子说：“你将来当新娘时，一定比小红更好看，小红哪能跟你相比。”枝子生气道：“不想听你说话，多管闲事。我一辈子就在家里当老姑娘！”说完大步离开了。

傍晚，张明清在厨房烧晚饭，给灶膛添柴，见枝子走进厨房，就问枝子今日见到小红出嫁有何感想。枝子笑说："没有感想，女大当婚，她出她的嫁，我当我的自由女。"张明清说："你应由此想到自己，小红比你仅仅大一岁。小红的年龄我记得清清楚楚，当年我与她妈在生产队一起劳动，曾为小红是男孩还是女孩打过赌，当时我说是女孩，小红妈说怀的是男孩。她就是不明白，她那肚子不是怀男孩的模样。"枝子说："你是不是想以小红出嫁为由逼我早点出嫁？"张明清说："如果明年这时候你能出嫁，妈就少了一桩心事，完成了人生的一件大事，到时只操心你弟弟春波了。你和你弟弟的事不办好，我和你爸就不能安心，这就是做父母的。"枝子故意逗张明清乐："你越想我早点嫁出去，我偏不早点嫁出去，其实一辈子待在家当老姑娘也是好事，可以陪你和爸，为你们养老送终，最方便我尽孝心。"张明清说："你要这样做，就是成心惹父母怄气伤肝。你看刘庄几十年有过这样的事例吗？男大当婚，女大当嫁，这祖传下来的老规矩谁不遵守，谁就要遭人詈骂和唾弃。姑娘就像一朵花，花期里鲜艳，花期一过就不鲜艳了。"枝子自信地说："妈，你闺女即便过了你所说的花期也不枯萎，永远是一朵艳丽的花。"这时李汉光在屋外说："小秋，这个时候了，你为什么还在我家跟前不走？"小秋说："我今日不去我的门市部，歇在家里。"李汉光说："你吃晚饭了？"小秋说："没有，我爸还没有烧晚饭，我玩一会儿就回家去了。"枝子在厨房一听，说："这小秋就是欠揍。"张明清说："不要这样说，这孩子实诚，他的想法我清楚，可惜配不上你，他想也是空想。不过他现在学会了修自行车，一辈子也不愁一碗饭吃。"

过春节了。正月初二，"雄狮"文艺表演队来到刘庄。刘天合吆喝没去外村拜年的村民都来观看。表演场地选在刘庄的稻场上。枝子还没到现场，表演队的锣鼓就喧天了，哐哐哐，啷啷啷，好不热闹。表演的节目中真有歌曲独唱与舞蹈，并非只有男孩表演的"玩狮子"。歌曲独唱中，既有流行歌曲，也有沙河镇本地的山歌。其实唱歌对枝子不是难事，在外打工闲着无事了，心情惬意了，枝子也会情不自禁地唱，不能与专业演唱者比，但作为业余演唱者还是不错，能上台面，参加镇上的“雄狮”文艺表演队不在话下。枝子当时推辞不参加，是有自己的想法。不过那次推辞让刘天合不悦，最后因为刘庄没有合适的人选，把这个名额让给了其他村。为此，刘天合对李汉光板着脸说：“感觉枝子回村后，性格变化大，有点好坏意思分不清，又变得不大方，不敢到舞台上抛头露面了。”李汉光无言以对，尴尬脸红，对刘天合一番好意深表谢意，可刘天合并不接受谢意。为了不让刘天合因这件事以后不关注枝子，李汉光过后真给刘天合送去了一斤红糖。李汉光是这样想的，以后沙河镇周围增加了企业，就要在各村里招工人，到时候还要刘天合给枝子报名，从中美言。就李汉光所知，目前沙河镇一些企业招工，不接受毛遂自荐，都是干部们推荐的。

表演队在刘庄表演了两个小时，在众人称赞声中谢幕，满意地去了别的村。很多人意犹未尽，表演队走远了，只能看到小小黑点了，还站在稻场上望着。春波就是如此，羡慕那几个“玩狮子”的小伙子，臂膀力气大，竟能举起人来，竟在地上翻起好看的跟斗。

枝子见父母进了家门，就折到春花家里去了，担心父母拿表演队的事，大过年里数落她。春花问枝子，当初为什么不参加表演队，说这是又能露脸又有报酬的好事。枝子说她当时没有参加的心情。心情是很重要的。春花说：“我如果有你那样嘹亮的歌喉，一定找刘队长要求参加了。”枝子说：“咱们不说这个话题吧。过年哩，说点喜庆的事。”春花起身端来炒熟的花生与瓜子。春花的母亲说：“枝子，你跟春花是好姐妹，明日春花对象来家拜年，你来我家吃午饭，认识认识。”枝子欢喜道：“肯定要认识，我还要一辈子跟春花姐走动哩。对，按理说今日大年初二，他该来拜年的。”春花说春生到他舅舅家里赶人情去了。

过了元宵节，天气一天比一天暖和。有人询问刘天合，路面是不是要开始做水泥硬化了，刘天合也急着想知道，但镇上说再等等。又说有倒春寒，等倒春寒过了就动工。不过对李汉光来说，路面什么时候做水泥硬化不是他关心的事，他正月初六就将过年抛在脑后，叫张明清帮他打下手，夫妻俩开始修整去坡田的简陋路。家里做饭的事情落在枝子身上。枝子认为，自家的养猪场未必能办成功，原因是，家里没有办养猪场的本钱。但张明清告诉枝子："你父亲早想好了办法，在信用社贷点款，找亲戚们再借点，等猪一出栏还给人家。另外再争取点政府的扶持款。"枝子说："虽然你与爸有养猪的经验，但你们那是老经验，喂几头猪没问题，喂多了，意想不到的困难就出现了。"张明清说："我喂猪多年，知道猪的习性，没事。再说开始我们只喂八头猪，以滚雪球的方式扩大规模，做到万无一失。"枝子想，父亲李汉光性格稳妥，像这样办养猪场，一步一个脚印，看来养猪场会顺风顺水办起来。这对枝子不是好事，会阻碍枝子实现走出大山的理想，让她以后有事做。

正月十六晚上，李汉光待枝子与春波睡熟了，推醒张明清："年前跟你说的事还放在心里吗？"醒来的张明清想不起来。李汉光生气地说："你说你，这么重要的事情竟然忘在脑后，就是给枝子找对象一事啊。现在年过了，天气暖和了，田地事又不忙，你该到亲戚家里走动走动，打听亲戚里面，谁有亲戚在县城，人托人给枝子在县城找一门好亲事。姑娘家就要嫁得好，至少要让枝子嫁得比小红强。小红嫁了一个好对象，她父母在刘庄让人刮目相看，有人当面羡慕，有人暗中羡慕。"张明清醒悟似的说："是啊是啊，这么重要的事，因为平整去坡田的路竟忘在一边。我明日开始走动走动。"李汉光说："这种事由我们老爷们儿出面似乎不好，我最后一锤定音，前期工作由你去做最合适。"张明清说："这件事急不得，慢慢来。枝子漂亮能干，不愁嫁的，不能草率从事。"李汉光说："我不是要你马上落实枝子的婚事，不论条件，如果这样，我家门槛会被媒人踏破的。我的意思是，只想今年能落实枝子的婚事，走动一年多，然后让枝子结婚，我俩就完成了一件大事。"

农历二月初八，路面水泥硬化开始了。工程队是县公路局派来的。从这天开始，白天，路面上尘土飞扬，响着水泥搅拌机的声音，也响着震动泵的叶轮高速旋转的声音。随着气温升高，太阳暖烘烘照着大地，公路两边的山坡上，人们能见到花期里的山茶与含笑的报春花。对刘庄人来说这无疑是一件喜讯，接着第二个喜讯又来了：春花在农历二月十二这个良辰吉日结婚。

农历二月初十上午，春花拎了一斤红糖与一包喜糖来到枝子家里，请枝子当她的伴娘。春花进屋时，李汉光与张明清先说了恭喜，并收下春花送来的礼物。张明清笑说："好啊，难得你瞧得起枝子。"在刘庄有个约定俗成的规矩，挑选伴娘不草率从事，要对方人长得好看，没有让人诟病的地方。

枝子把春花叫进卧室，带上门，假装生气地说："后天结婚，今天告诉我，你呀，口风真紧。"春花笑说："怕你早知道心里不安，觉得我出嫁了，你就慌了。其实，我们原计划下年丰收之后结婚，但春生母亲迷信，找算命先生看结婚日子，先生说二月十二这个日子好。其实我还不同意，觉得太提前，路面上正在做水泥硬化，出嫁那天不能走大路，只能走坡上小路。"枝子说："走大路走小路无所谓，只要到了沙河集镇就行了。"春花说："那不一样。本来春生以前对我承诺过的，我们结婚这天他请八辆面包车，他说他现在赚了钱，不怕请车费用多。但这样一来，我那天只能步行。"枝子笑说："我帮你想个办法，你不想走，路上就让春生背着你走，他全身是力气，背你走到沙河集镇上不在话下。"春花想了想："算了，不为难他了，我有两条腿，也喜欢走路，不能累着他，他回去了还有很多事要料理。这次结婚，他那边按过去的老规矩办，来亲饭与拜堂饭一共三个日期六餐饭，一些老亲戚要七餐饭，在结束那天还要留下他们吃了午饭再回家。"枝子笑说："看看，还没进人家的家门，就这么心疼人家，小心把他惯坏了你多受罪。"春花笑说："不会。我不会看错他，他会一生心疼我的。跟他最终走到一起，我也是经过了深思熟虑多方观察的。"枝子又说起走出大山的话题，认为春生是一个做生意的能手，春花嫁过去以后，一生过幸福日子是有保障的，虽然春花没有走出大山的想法，但这也可以变相实现走出大山的目的。但这种理解遭到了春花的不解，春花说自己就是一个单纯又单纯的人，脑海里从来没有“走出大山”四个字，所想的就是找一个对自己好的对象，一辈子勤勉过日子。春花说这次能跟春生走进婚姻的殿堂，不是看上春生会做生意，手上有钱，主要是看上春生的心好，这就够了。即便以后形势发生变化，生意不好了，家庭生活困难了，自己也能凭借勤劳的双手过日子。枝子握紧春花的手：“作为好姐妹，我真心祝福你一生幸福美满！”

春花回去时，张明清把春花叫到一边，小声说：“你现在什么事都办好了，找了那么能干的一个对象，好哩。你与枝子胜似亲姐妹，婚后，你的世界变大了，遇到适合的，给枝子介绍一个，你清楚枝子能看上什么样的男孩。”春花说：“婶，枝子在个人问题上自有主张，她有她的大格局、大视野、大收获，你就甭操心了。”这时枝子过来对春花说：“走，到你家里看看你的陪嫁，让我开开眼界。”二人嘻嘻哈哈出门而去。

想到小红出嫁了，春花又将出嫁，李汉光一边抽烟，一边对张明清说：“枝子的个人问题迫在眉睫，不能再拖了。”张明清说：“我还认为，这事急不得，总得找一个配得上枝子的男孩。”李汉光说：“我突然想起来了，枝子舅妈娘家侄女有个叫小卓的，听说在县城做家具生意，亲戚连亲戚也是亲戚嘛。”张明清说：“是啊，我倒忘记了小卓，这孩子，有次我在枝子舅妈家里吃饭，遇上她，个儿比枝子矮点，皮肤跟枝子一样白皙。在县城做生意，身上有了县城女孩的气质。”李汉光说：“听说小卓大枝子五岁，应该结婚了。”张明清说：“结婚了，住在县城，她对象在县城哪家单位上班，这个不清楚。”李汉光生气地说：“你看你，我今日不提醒，你肯定四处乱碰。后天我们要去春花家里吃喜酒，你外后天去枝子舅妈家，让枝子舅妈陪你一起去县城找小卓。对小卓说事成之后，好好谢谢她这个大媒人。天上无云不下雨，地上无媒不成亲，要是县城没有搭桥人，枝子的婚姻想在县城落实，就比攀天还难。”不待张明清答话，李汉光又嘱咐，“那天走时对枝子撒谎，不让她知情。”

张明清点头。

同样是村里的姑娘出嫁，但人们对小红与春花的热情度不同，小红的低，春花的高，原因是，小红嫁到县城去了，小红的对象与刘庄其他人没有往来，可春花的对象春生不一样，他在沙河集镇上有自己的门市部，做的生意又与刘庄人息息相关。春生收购的土特产，刘庄不少家庭有，平时刘庄人就把自家的土特产与山货卖给了春生，有时春生也上门收购。刘庄人几乎都认识春生。春生高挑的身材，脸颊不算饱满但也不瘦，五官端正，两条长腿，说话和气亲切，做生意时，无论认识的人还是不认识的人，总是笑着说话，不笑不说话。刘庄人这样评论春生：他是刘庄女婿里最讨人喜欢的。这是很高的褒奖了。因此春花出嫁这天，刘庄里多数家庭送来了份子钱，表达真诚的祝福。春花父母估算了一下，一共八桌客人，为了酒席的圆满与客人的满意，他们叫春生在沙河集镇上，请来手艺佳的厨师，在自家门前摆酒席。场面热热闹闹，刘庄上空飘荡着浓浓的肉香味。八桌客人与小红出嫁时的两桌客人比，小红父母自叹弗如，自惭形秽。

第十五章

小卓的家具门市部，位于县城西端，大门朝东。早晨，太阳越过县城边的高山顶，灿烂霞光映照在铁门上，熠熠生辉。连接沙河集镇的公路，经过门市部前，每天都有往返的班车。

小卓既是营业员，又是老板。这天上午，张明清和小卓二姑来了，小卓赶紧送走客人，安排张明清和二姑坐下喝茶。小卓不认识张明清，听了二姑的介绍，搜索记忆，但记不起来。张明清赶紧介绍自己："时间过得真快，这么快你就结了婚。你小时候在你二姑家里，我抱过你，当时你妈也在场，我对你妈说你是美人坯子，现在果不其然啊。"不管以前见没见过面，既然是二姑带来的，小卓就热情接待，茶后，把二姑与张明清带回家里。

小卓爱人在县林业局上班，县城林业局大院里分有房子。张明清在小卓家里，不由发出了啧啧之声，羡慕这里的豪华气派，家庭摆设好多她没见过。张明清曾听枝子描述过富裕人家的生活，想必就是这样的。张清明说："小卓啊，你家富裕得我都不敢想象了，原来县城人的生活与农村人的生活有天壤之别啊。难怪我村的小红父母想尽一切办法，把女儿嫁到县城来了。"小卓说："其实农村人的生活，现在也是翻天覆地，涌现了不少万元户，还上了《新闻广播》。"张明清说："可刘庄没有，你二姑村里也没有。万元户真的少。"小卓说："放眼整个县，万元户就多了，大部分搞养殖业发家致富的。”小卓二姑不想话题拉远，直接说明了来意。

小卓得知其来意，说：“我一定放在心里，帮枝子妹妹寻找一个好对象，到时候她嫁到县城了，我也多个亲戚走动。不过这事急不得，你们不知道县城里的男孩们，特别是一些有工作单位的男孩，眼光高，农村女孩除非漂亮优秀，否则就看不上眼。他们把眼光集中在县城长大的女孩身上。还有，这些男孩与家人，都认为找县城女孩好处多，有工作，婚后走动方便。现在时代发展快，年轻人的思想意识转变得也快，我都有些跟不上形势了。”张明清瞧一眼小卓，再瞧一眼小卓二姑，感觉小卓的说法，是枝子想嫁到县城没戏。小卓解释：“当然也不绝对，县城也有男孩子找农村女孩结婚的，问题是要花心思寻找。”

小卓二姑说：“你没看见枝子，长得没的说，比县城姑娘还漂亮，水灵灵像一朵刚出水的芙蓉，在外面打过工，接受了新事物，穿着打扮时尚清高，说话伶俐，嫁给县城任何一个小伙子，他就讨了大便宜，享一辈子清福啊。”小卓似信非信。

张明清提出，到时让枝子来县城面见小卓，互相交谈，百闻不如一见，知道枝子长什么样子，为人如何，便于给枝子介绍对象，介绍时更有底气。小卓二姑极力赞成。张明清思索着，想出一个好办法，对小卓说：“这样吧，我让枝子来帮你打理家具生意，不要工资。”小卓二姑附和道：“这办法好，两全其美，最方便，小卓给枝子物色了对象，就引人家来门市部与枝子见面，交谈一下，成功率就大了。”小卓说：“这事不急，先问问枝子，看她的想法。”

可张明清一回家里，就遭到枝子的抱怨：“妈，青天白日的，你跑到哪儿去了，我找遍刘庄，都说没有见到你。我问爸，爸说你大清早就去亲戚家串门了。你去哪家亲戚串门，走时应告诉我一声。”张明清不生气，微笑道：“妈一年四季在家待着，很少到亲戚家走动，想到春季闲着就走动一下。早上走时，见你睡得正香，没吵醒你，你爸呢，他赶早又去了坡地？”张明清把谎言编得天衣无缝。这时李汉光在卧室哼了一声。张明清问枝子：“你爸怎么了？”枝子说：“腰扭了，在床上躺着。我去镇上卫生院给他拿回了膏药，贴上了。”张明清称赞枝子是个孝顺闺女，走进卧室，询问李汉光现在好些没有，李汉光要张明清关上房门，小声问张明清事情办得如何。张明清听见枝子的脚步到了屋场上，才说：“办好了，小卓答应帮枝子物色对象。”李光汉陡地坐起：“这就好。我做主，让枝子趁早去小卓的门市部，我一听好事，腰便不疼了。”张明清说:“我没让枝子马上过去,养猪场马上要建了,垒养猪场围墙要人手，我去帮你，家里要人烧饭，料理家务。”于是夫妻俩商量，等垒好了养猪场围墙，安排枝子去见小卓。

晚上，刘庄上空笼罩着锅盖似的乌云。次日清晨，下起淅淅沥沥的小雨。早饭后，枝子提出去镇上找春花聊天，说刘庄里没个说知心话的人，长时间待在家里，生活忧闷，担心憋出病来。李汉光认为没这么严重，这是枝子的借口，愣眼瞧着枝子，意思是你为什么要说出这种话，是不是又暗藏心思，不会现在春暖花开，气温变暖，想学翠花？这样一想，刘汉光对张明清说：“不让枝子去镇上，在家老实待着，实在玩得无聊，就在刘庄附近走走。”枝子质问父亲什么意思。李汉光说：“你以前所做之事把我吓怕了，担心你又坐车去了远方。”枝子急得跺脚：“爸，你怎么连你闺女都不相信，我真的想跑，回来后机会多，两条腿长在我身上，你每天总有一觉吧。”张明清叫李汉光不要过分猜疑枝子，是的，枝子想离家出走多的是机会，但纵观枝子回家后的表现，似乎再不想让父母怄气，想好好待在家里。张明清天性善良，何况是对自己的女儿。他对李汉光说：“让她去吧。是的，刘庄跟她一起大长的几个玩得好的姑娘都走了，她每天确实没个说知己话的人。你要不放心，我陪枝子一起走走，反正雨天也没啥事，去了镇上，我去菜市场买点厨房的佐料。”李汉光认为有张明清陪着一起去，就放心了。但想想又说：“今日下雨，天晴再去更好。”枝子情绪激动：“雨天怕什么，公路水泥硬化过，路面没有泥巴，我和妈就当在雨中散步，走去集镇上不要多少时间，一路上又能说说体已话。”李汉光没有吱声。

母女俩拿着雨伞出门时，李汉光给枝子一沓钱，要她买回一辆自行车：“春波会骑了，你购买后先送到学校给春波，他先骑着，你学会了也能骑。路面硬化后，刘庄多家购买了品牌不同的自行车，每天从家门前来来往往，听着铃铛声就舒服。春波说学自行车很简单，几下就会了。再说连小秋都会骑，哪能把你难住？”听到小秋的名字，枝子心情不爽，如果此时小秋在跟前，枝子才不顾及父母的情面，会狠踢他几脚。枝子说：“小秋能学会，那是瞎猫碰上了死老鼠。爸放心，购买了自行车，我保证把它骑回家。”接着张明清与枝子出门，各顶着一把伞走在雨中。张明清嘱咐枝子：“枝子啊，你要听话，不能再伤你爸和我的心了，我们严格看管你都是为了你好，你要听话了，理解了我们的心情，我们何至防着你呢？”枝子说：“我多次说过，我现在不是三岁小孩，我回家以后的表现不好吗？我只能做到这样了，我不想让你们为我再操心了。”张明清说：“这最好。不听话的翠花，遭到刘庄人的唾弃。春花与小红听大人话，现在都体面出嫁了，刘庄人伸大拇指称赞。人生几十年光景，好像一场梦，一觉醒来，头发白了，你所说的走出大山的理想，是不切实际的，是没用的话，是瞎想。小红与春花都嫁得好，嫁在家乡，想回娘家，脚一伸就到了，多好啊。遇事想请娘家人帮个忙，多方便啊。对一个女孩来说，这就是幸福生活。”张明清说着，枝子听着，经过春花娘家门前时，春花父亲从家里出来，去沙河集镇给春花送东西。得知张明清的意图，春花父亲把张明清叫到一边，小声说：“你不要去了，我负责回来时带回枝子，如果枝子不见了，我赔你一个枝子。放心好了，如果枝子想在春花家里多玩两天，我就嘱咐春花看管好枝子。乡里乡亲，我说话算数。”这倒也是。张明清表示谢意，返回家里，但进门却遭到李汉光呛她：“不行，我在后面跟去。”张明清说：“你要相信人家，你现在跟去，不是用巴掌抽春花父亲的脸吗？你就那么不相信人家？”

李汉光不吱声了。

枝子一到沙河集镇上，雨歇了，天晴了，山坡上的植物与树木，雨水洗涤后郁郁葱葱。雨后的天空又蔚蓝又深邃。春花热情接待了枝子，然后安排春生陪枝子在门市部看看，她陪她父亲去菜市场，很快回来。作为春花的伴娘，春生熟悉枝子。枝子对那些山货充满了兴趣，佩服春生头脑灵活，利用本地丰富的资源发家致富。地上摊满了动物的皮，墙壁上也挂满了。有人走进门市部，与春生谈生意。来人问："春老板，有人让我向你了解，有没有野兔皮。"春生笑脸相迎："有啊。对方要多少张兔子皮，做什么用？"来人说："对方只说一家鞋厂要，没说用处，先打听打听。"春生明白了，老练地说："我知道，做皮鞋用的。现在用兔皮做的皮鞋在市场上很受欢迎。你回去问对方的需求量，量大，我还要一段时间收购，量小，他下个星期就能来提货。"来人礼貌点头，走了。

春生与来人的对话，以及坐在办公桌后的风度太像老板。以前，"老板"二字枝子只在外地听人喊过，没想到已成为沙河集镇上的时髦词。枝子羡慕春生，生意批零兼营，如果把零售赚钱比如小管子放水，批发就是大管子放水，往春花家里流金送银。枝子想着想着，拿自己与春花比较，觉得自己文化水平比春花高，看的书比春花多，人才与口齿更不用说，为什么就没有春花命运好呢？好事为什么让春花占有而与自己不沾边呢？就理想来说，春花没有大追求，但她现在的好日子，不就是实现了她的走出大山的理想吗？小红嫁到县城，其对象又在县城有工作，小红也没有理想，同样走出了大山。枝子想不明白，没有走出大山理想的人，都阴差阳错地实现了，自己有那么强烈的走出大山的理想，实现起来却阻力重重。枝子认为这是命运对她的不公，一脸沮丧。这时春花和她的父亲回来了。枝子对春花说："我要回去了，见过了就心安了。"春花奇怪地说："来的时候还说在我这儿好好玩两天，你看，我都把菜买回来了，走了不好吧。"春花的父亲说："今日不走了，春花专门买了你喜欢吃的菜，你们是好姐妹，饭后你们好好聊聊。"枝子笑说："叔，不了，我还是回去了，你看天也放晴了，我爸肯定去垒猪栏墙了，我回去帮忙。”春花的父亲想了想：“也是。春生创办山货收购门市部，在沙河集镇是新生事物，你爸办养猪场，在刘庄也是新生事物。”枝子说：“我爸那不算新生事物，有人早办成了，他还在起步。”春花知道枝子个性，留是留不住的，就送枝子出门，分手时，把用塑料袋包着的一斤猪肝，让枝子带上，见枝子不要，生气地说：“我俩不要客气，不接着就是见外、生分了。带回家给叔与婶尝个新鲜，刚才买的，新鲜着哩。”枝子只好收下。把枝子送到街口，春花突然问：“你说实话，为什么来了屁股没坐热就要走，是什么事情令你不快要走。我俩在同一宿舍相处那么长的时间，对我而言你在想什么，我从你脸上已看出来了。”枝子笑说：“今日真不是。真的，天晴了，我想回去帮家里做点事。”春花笑说：“好吧，你回去吧，但下次不要一来就要走，常来玩。”二人挥手告别。

枝子一路上慢慢地走，慢慢地想，脸上似乎失去了青春的气息，一脸忧郁。自己的人生前途在哪里？枝子茫然，而这种茫然以前是没有的。以后该怎么办？枝子在心里问自己，但没有确切的答案。枝子想到小时候，与春花、翠花以及小红一起玩耍，她在她们中间鹤立鸡群，是她们羡慕的对象，但现在除翠花走上了不归路，另外两人的人生称心如意，至少在她们自己看来是如此。这让枝子想不通，难道是命运的捉弄吗？枝子停下脚步，望着那高高的山顶，望着因两山相夹变得狭窄的天空，渴望长上一双翅膀飞过那山顶，让走出大山的梦想变为现实。本来半个小时的路程，枝子竟然走了一个半小时。走到自家屋场上，枝子没进屋，注视着屋侧那棵大树，它已经绽出了新绿，有一只鸟在枝节上跳跃。厨房的烟囱冒着袅袅的炊烟，母亲张明清正在烧午饭。枝子瞧了一眼开着的大门，里面不见抽烟的父亲，知道父亲此时还在养猪场忙着。枝子轻轻进屋，没有惊动母亲，又轻声进卧室躺在床上。

李汉光回到家吃午饭，张明清把饭菜端到桌上。李汉光说：“枝子这时没回家，一定被春花留住了，这春花，真把枝子当成了好姐妹。”

张明清说：“春花是我们看着长大的，确实是个好闺女，从来对人没有坏心思，她与枝子结成一辈子好姐妹，互相走动，枝子也算结对了人。”李汉光说:“这种结成的没有血缘关系的姐妹，要礼情往来一辈子，走到老，半途而废遭人笑话，也尴尬。”张明清说：“她俩不会发生这种情况。”话未落音，枝子从卧室出来。李汉光与张明清睁大眼睛瞧着枝子。张明清说：“你什么时候回家，搞什么鬼呀？”李汉光对枝子说：“肯定是春花父亲有事急于回家，把你一起带回了。”枝子生气地说：“不论我做什么事，你们都不放心，从今往后，我干脆一天到晚待在家里，大门不出，二门不迈。”因生气，枝子眼光转向大门口。张明清赶紧打圆场，埋怨李汉光尽说些枝子不想听的话，把枝子拉进厨房，小声询问枝子回家的原因，为何走时兴致勃勃，回家一脸不悦。张明清想知道是不是枝子去了之后春花不高兴，或者春花高兴而春生不悦，总有一个原因。枝子摇头：“都不是。是我自己想回家。去了之后，突然想回家，没别的原因，就这么简单。其实春花与春生对我不错，真心挽留我，要我好好在沙河集镇玩两天。”张明清眨了眨眼，“哦”了一声，又问会不会是春花爸爸不想你待在春花家里，对枝子旁敲侧击。枝子说：“妈，不要把人家想得那般坏，他们都是好人。”张明清笑了，出来对李汉光小声说:“是枝子个人要回家。枝子真的变了，我们以后不要再防着她了。”

吃饭时枝子没坐桌边，夹了一些菜放在碗里，默默走到墙壁边，坐在那把陈旧的椅上。李汉光瞧了一眼枝子，用自责的语气说：“枝子，看来是爸错怪你了。你进步了，爸高兴，爸不放心你也是为了你好。不瞒你说，我近段时间不知为什么竟常梦见翠花，那个死女子那样不计后果地离家出走，我吓着了，给整个刘庄养闺女的父母都吓着了。你想呀，把一个闺女抚养成人多不容易，都说养闺女以后是父母的小棉袄，现在倒好，人走得没影儿了，哪儿来的小棉袄，还落得不好的名声。枝子，你爸才不想步翠花父母的后尘。”枝子默脸说：“翠花是翠花，我是我。”李汉光说：“我也是这样想的。天下父母都想女儿幸福啊。为了打消掉你走出大山的想法，我冒着一定的风险办养猪场，目的是让你通过养猪有一定成就感，认识到在自己的家乡，也能实现走出大山的理想。另外，我还在盯着沙河集镇边的企业，如果有适合的机会，我想把你弄进镇上的企业上班，乡镇企业也是企业，进了企业就有了工人身份，让你有人生的价值感。”因说话来了兴致，李汉光放下筷子，竟然抽起烟来。张明清说：“汉光，依我看，枝子已经没有走出大山的想法了。”枝子说：“真的假的，你们以后看我的行动，我解释有什么用。”张明清笑着把话题引到自行车的购买上。李汉光问枝子是什么原因没买，是看不上品牌，还是嫌价格太贵。枝子说：“都不是。我想让春波自己买，他看上哪款买哪款，免得我买的他看不上。至于我，骑不骑自行车无所谓。”

次日清晨，李汉光与张明清去垒猪栏墙。早饭后枝子也过去，发现父母力量真大，竟然将养猪场三方栏墙垒了起来，只剩下一方栏墙没垒。李汉光告诉枝子，农历三月初二，就去沙河集镇逮回八头小猪，钱已准备好了。枝子问猪槽用水桶还是木盆。李汉光笑说：“那是过时的东西，我去别人的养猪场发现，现在都用水泥猪槽，又耐用，又不会被猪拱翻，经济适用。”枝子拿起铁锹，帮助给板框里添土，遭到张明清的阻拦：“你回去吧，姑娘家脸皮嫩，经不起春天的太阳晒，这里的事有我和你爸就够了。”见枝子迟疑不走，李汉光夺下枝子手上的铁锹：“回去做家务，把午饭烧好。”李汉光望着枝子回家的背影，对张明清说：“看来枝子回家后，耳濡目染了刘庄发生的一些事，思想有了翻天覆地的改变，那个走出大山的想法没有了，以后我们不用怀疑她了。”张明清说：“是呀，假如她还心存那个想法，昨日手上又有钱，她就在沙河集镇坐车走了。”李汉光说：“既然这样，赶紧把枝子送到小卓那儿，她的个人问题不能再耽搁了。一会儿回家吃午饭，我们给枝子挑明，明天你就陪她过去，对，去时给小卓带点礼物，不能空嘴说白话。”张明清点头。

午饭后，李汉光把话对枝子挑明，遭到了枝子的强烈反对。枝子激动地说：“爸，妈，这么重要的事，你们竟然瞒着我擅自做主，完全不征求我的意见。特别是妈，那天爸腰扭了，问你去了哪儿竟然骗我。妈，你不能这样。”张明清笑说：“妈还不是为了你好，暗中为你操心。当时我对你的思想意识还不放心，担心你知道后走了极端，我要多长个心眼。今日能把话挑明，是对你放心，知道了你不会走翠花的路。再说，八字还没一撇，我必须和你舅妈先去了解一下，如果小卓不想帮忙一口拒绝呢，让你知道就打消了你的热情。”李汉光说：“其实这事也是我做的决定。我当时不告诉你真相，你要体谅父母对你的良苦用心。现在小卓答应了，是天大的好事，去了无非帮小卓照看照看家具，动动嘴巴与眼睛，小卓也好专心帮你找对象。你不知道，这姑娘找对象看起来是简单，但像春花与小红那样有选择，就不容易了。”张明清对枝子说：“我们这样做的目的，是想你像小红一样嫁到城里，找一个体面的有工作单位的对象，一辈子过幸福日子。”枝子生气道：“可我对县城没好感。你们清楚，我读书时，那个刘小明老师的家就在县城，如果当初我想一辈子生活在县城，我当时就不会对他爱答不理，就算我与他之间不发生故事，至少我托他在县城帮我物色一个对象，我就不会出门打工了。”李汉光黑起脸来：“不要提你打工，现在看来，打工害了你。如果当初不让你打工，你现在肯定找好了对象，我们也不会替你操心了。你告诉我，是不是不想嫁在县城？”枝子说：“也不是。县城里有我真正看上的对象，我也同意。”李汉光说：“那你的意思是——”枝子说：“我不去小卓那里。你们想啊，在她家吃住多不好，时间一长，会闹出矛盾，到时候多尴尬，也剥了你们的脸面，让舅妈难堪。我的想法是，你们把我的照片给小卓，这事不着急，慢慢帮我找，事成了重重谢她，找不着也不埋怨她，还是感谢她。”李汉光抽了一口烟，慢慢喷出烟雾，觉得枝子的想法也对。是的，舌头与牙齿也有磕碰时。于是李汉光对张明清说：“就听枝子的，你明天把枝子的照片给枝子舅妈送去，让她送给小卓。看相如看人，现在找对象时兴这样。记着去时带点礼品，给她舅妈备一份，给小卓备一份。”次日清早，张明清拎着礼品去枝子舅妈家时，枝子还睡在床上。

第十六章

热烘烘的太阳照着大地。池水里倒映着蓝天与偶尔飘过的白云。鸭子戏水，小鱼露出水面，见了人倏地没入水中，留下好看的涟漪。池塘边，小草蓬蓬勃勃的。池边树木绿叶满身，春风一吹，树叶轻盈飘动。枝子家侧面的那棵大树，披上绿色的外衣，树叶发出飒飒声，向下面走过的大人与孩子打招呼。春暖花开了，刘庄的老人们坐在自家门前晒太阳。没有上学的孩子，在刘庄里奔跑着，欢乐着，追逐着，有时大声喧哗，鸡鸣与狗吠之声不断。

摩托车发出轰轰的响声，在刘庄上空萦绕。奔跑的孩子们赶紧停脚，想一探究竟。在当时的刘庄，还没有一户人家有摩托车，这奇怪的声音对孩子们是陌生的，也是让他们向往的。在田地做事的村民们，也不由把头转到摩托车发声的方向。对这个新生的事物，大人与孩子们都奇怪，那被骑在胯下的家伙，竟然老实地听人指挥，让它跑它就跑，要它快它就快，要它慢它就慢下来。孩子们终于看看清了这听话的发声的家伙，兴高采烈地跑到它的跟前。春花微笑地招呼孩子们："你们小心啊，不要跟紧摩托车，防止伤着自己了。"摩托车！孩子们终于知道了这家伙的名字，欢呼起来。

枝子听见摩托车的声音，从家里出来，见驾驶人是春生，春生背后坐着春花，两手抱着春生的腰，二人多么风光与浪漫。春花向枝子挥手招呼，同时要春生减速。摩托车到了春花娘家门前没有停下，直接开到枝子跟前，才慢慢停下。枝子对春生羡慕地说："没想到竟然拥有了摩托车，有钱啊。"春生笑说："本来不想买的，想来想去还是买了，有了它，以后下乡收购山货，就方便轻松，不用自己下体力。"枝子围着摩托车打量一番，问多少钱购买的，春花替春生答话："不要多少钱，你枝子也可以买一辆。"春花担心春生说出了真实价格，会吓着枝子，就枝子家庭经济能力，积攒够这辆摩托车的钱很难。枝子心气高，春花不想让枝子产生失落感。枝子叫春生与春花到家里坐坐，春花笑说："我先回家里与爸妈打声招呼，一会儿再来找你玩。"枝子说好吧。春生又把摩托车发动起来，轰轰的响声又在刘庄上空回响，又吸引着村民的目光，又让孩子们发出尖叫声与喝彩声。

春生把摩托车停在岳父家门前。灿烂的阳光映着崭新的三种颜色搭配的摩托车，发出熠熠的光。有刘庄村民从摩托车跟前经过时，发出称赞之声，这让春花父母更乐了，微笑时眼睛眯成了一条缝，脸上的皱纹重叠了起来。半个小时后，春生与春花来到枝子家。春生一边喝着枝子递给的茶水，一边说："天气暖和了，结婚的事也完成了，明天我要行动了。"枝子问什么行动？春生笑说："不是打架的行动，看把你吓的，我是说，明天我开始下乡收购山货了。"枝子说："你现在有了摩托车，是如虎添翼，今年生意会更上一层楼。对，那笔兔皮生意做成了没有？"春生笑说，做成了，周到地服务人家，互利互惠，合作共赢，哪有不成的。春花对枝子说："其实春生的生意没有多大的技术含量，只要能说会道，信息灵通，认得人多就行了，汉光叔也可以做的。"能说会道，信息灵通，认得的人多，枝子总觉得不是谦虚的话，反而这就是技术含量，也是个人能力的体现。枝子摇头："我爸做不了的，他身体也不是很好，即便能做，山路弯弯，靠他两条腿步行太难了。"春生对枝子说："跟叔说一声，他遇到现成的山货就收着，我照出售价购买，保证让叔赚点钱。"枝子说了感谢，但心里清楚，父亲现在热衷于他的养猪场，心里没有收购山货的想法。接下来从春生嘴里，枝子得知了经营山货生意的利润。枝子伸出了舌头，天啊，竟然有百分之五十的利润，太吓人了。枝子终于明白春生是如何成功的，在沙河镇既拥有了老板的名声，也让人刮目相看，成为生意场上一颗耀眼的新星。

春花与春生要走，枝子把他们送出家门，望着他们离去的背影，枝子不知为什么，脑海里突然冒出这样的念头：一辈子能找一个会做山货生意的、能说会道的、人长得帅气的小伙子共度人生，也是一件称心事。但马上，枝子把这个念头打消了，因为向她迎面走来了一位稀客，来人五十多岁，一脸风霜留下的粗糙皱纹，一身山里人特有的衣服，耳鬓滋生了醒目的白发。枝子不认识他，但对他仿佛又有点模糊印象。此人见枝子愣眼瞧着他，笑说：“你应该叫我表叔，你爸李汉光与你妈张明清都认识我，你肯定没印象了。不过你小时候我抱过你，我与你爸是姨表兄弟。以前我们两家有往来，后来才停止了。”枝子还是记不起来，摇头笑了一下，给这位表叔递上茶水。枝子说：“你在家坐吧，我去喊我爸妈回来。”这位表叔就问枝子的爸妈现在哪里，枝子说了地方。他说：“你不用去喊他们，我直接去养猪场见他们。”说完，他几口喝净了杯里的茶水，起身出门，在门外又回头仔细端详枝子：“对，姑娘，我问你一下，你名字叫枝子吧，我记得你小时候就是这个名字。”枝子点头。他再把枝子打量一眼，一边走一边小声自言自语。可枝子没听清一个字。

他见到李汉光的时候，李汉光热情地说：“得富表哥你好啊，你的精神还是这样好。”张明清也打招呼称稀客。此处没有凳子，李汉光与得富干脆坐在草地上。接过李光汉的纸烟，得富说：“一家有女百家求。我来打听一下枝子相亲了没有，有了就算了，没有，我帮她介绍一个对象。”张明清说：“谢他表叔关心，枝子还没相亲哩。”得富说：“那好。如果枝子能看上那人，这门亲事准成。那人叫栓子，与我爱人娘家沾亲，住在县城边上，地理位置不错。在部队当了三年兵，去年复员，现在村里担任民兵连长。人不错，懂礼貌，说话有水平。”当过兵的，李汉光眼睛一亮。张明清也来了兴趣。得富拿出栓子当兵时的照片给李光汉，李汉光静静地仔细地瞧了，然后递给张明清。李汉光说：“这小伙子五官端正，长着一张好人的脸。”得富瞧了一眼李汉光脸上的表情，看似平静，但平静掩藏不了满意。至少不反感吧。至少有些投他要求了。张明清说：“就相片上看，小伙子上得了台面，不是个笨人，能独当一面。”张明清虽然没说枝子会满意，但脸上表情是欣喜的，满意的。得富说：“栓子的照片你们收着，回去给枝子瞧瞧，如果枝子中意了，这事我就往下说，如果枝子瞧不上，这事就当没说。对，他的家庭情况我还没介绍，兄弟姐妹四个，他最小，上面两个姐姐早嫁了，一个哥哥也结了婚，分家立了门户。去年冬天，栓子把他的三间瓦房修缮一新，堂屋大门是厚厚的杉木，两间侧屋前面的檐墙砌的青砖，大气哩，上面镶着长方形的大钢筋窗户，窗框上镶上了透明的玻璃，太阳一照溅人的眼睛。别看住在县城边上，但他那个地方的地理位置没的说，是平畈地，眼睛看累了才看到高山脚，视野不知有多开阔，住那儿仿佛住在了平原上，与住在我们这大山里感觉完全不同。他门前一条公路连到县城，也是水泥硬化过的，成天路上车水马龙。百闻不如一见。有些事我介绍不了，只有亲眼看了才知。”张明清听着，脸上的表情不平静了，洋溢着喜悦。李汉光再递给得富一支烟：“表哥，难得你为枝子的事操心，我真诚感谢你。虽然现在提倡婚姻自主，自由恋爱，但生活的圈子有限，还得要媒人介绍，地上无媒不成亲这老话还得延续下去。我说说我家的枝子，你刚才看到了，刘庄的姑娘里数她漂亮，这是有定评的。现在的问题是，枝子很有性格，我们不能完全当她的家，先要听听她的想法，然后再说这事。”得富点头。李汉光说：“走，我们现在回去。”他站起来对张明清说：“得富老表难得来我家，不为这事，怕是十年八年也来不了一回。你中午烧几个菜，杀只鸡，我与得富老表好好喝几杯。”张明清欣然答应。但得富说：“不了不了，我现在就回沙河集镇上，有人在那儿等我。这样，我三天后再来一趟，你们先征求枝子的意见，她不答应，我们说得再好也没用。”

得富说完就走，但走了几步又折回来，希望带一张枝子的照片，既要让枝子看看栓子，也让栓子从照片上认识一下枝子。李汉光要张明清回家去拿。张明清赶紧往家里走，走了几步折回，突然记起身上有一张枝子照片，那天去见枝子舅妈带了两张枝子的照片，枝子舅妈只要了一张。得富高兴收下，然后抄近路去了沙河集镇。

李汉光在得富走后对张明清说："刚才当着得富的面我没明说，我们把枝子的亲事压在小卓身上，小卓现在一定在帮枝子寻找，你说今日的事是推辞还是让枝子考虑一下？"张明清生气地说："不能推辞。柿子寻熟的摘。让枝子先认识栓子，如果条件真如得富所说，而枝子又愿意，暂时答应。反正认识一下也不要紧，又不是马上要结婚。等几个月看，如果小卓在县城寻着了更好的，就答应小卓这边的，随便找个借口就把得富这边推辞掉了。反正两边都不把话说死，总说先了解了解。"李汉光说："老亲戚，不能不地道啊。"张明清生气地说："为了自己姑娘的幸福，不地道一回又怎样，外人知道了不会戳我们的后背。再说，我们不说出来，得富也好，别人也好，哪个会知道，不听心不烦。得富不知真情，就得罪不了得富。人往高处走哩，天经地义的事。"李汉光想想也在理。

夫妻俩回到家里把这件事告诉枝子，枝子脸色难看，生气，从椅子上倏地站起，将栓子的照片还给父亲："爸，不要听表叔吹嘘的，我坐在车上看见了县城周边的环境，不能称为平原，就那一块小小的平坦地方，形象点说几步就走到大山脚下。你把照片收好，到时候还给表叔吧。"张明清过去把照片收着，对枝子说："你再冷静考虑一下，环境是重要，但人更重要，人家当过兵的，在部队接受过锻炼的，现在是民兵连长，以后保不定能当大队书记哩。大队书记也是书记，是村民心中的香馍馍，都巴结啊。"枝子激动地说："认识一个人不能只看照片，照片是冷的，不能说话，想真正了解只有与他交流，这个人处在什么层次位置上。我现在不说他人怎样，将来有如何辉煌的前途，我现在想说的是，我对县城边地理位置瞧不起，与其嫁到那儿，不如嫁到沙河集镇上，好歹是个集镇，有商场吧，有菜市场吧，有人来人往赶集人吧，有吃饭的餐馆吧，有学校与卫生院吧。什么县城旁边，就是典型的农村，晴天一身灰，雨天一脚泥，眼睛一睁是大山，比我们刘庄也强不到哪儿去。”李汉光说：“你的意思是看不上栓子，这事没戏，不往下说了？”枝子说：“是的。做事果断点，不要拖延，对我不好，对栓子也不好。”张明清劝枝子：“不要过早下结论，先认识一下，万一走不到一块儿就算了，也算给你表叔一个面子。如果单看照片就瞧不起人家，有点说不过去，我仔细瞅了，论人才他没得说的，并不比小红的与春花的对象逊色，人家还有当兵的经历，配得上你。”李汉光赞成张明清的想法。张明清再对枝子说：“走动一段时间，真没有缘分，再推辞掉，边走动边等小卓的消息，如果小卓帮你找到更好的，就答应小卓那边。”张明清要枝子给自己多留条退路，脚踩两只船就有选择的余地。枝子生气地说：“不能这样，这是对人家不负责，也是对自己不负责。”张明清激动地说：“关乎一生幸福的婚姻，自私点无可厚非。”枝子苦笑一声，起身进卧室，嘭的一声带上房门，不像心情愉快所为。

一周后，张明清清早去厨房，听见喜鹊叽叽喳喳。喜鹊叫有客到。刘庄人都这么说。张明清好奇地来到门外瞧，见喜鹊在屋侧大树上欢乐跳动，望着她家叫唤。张明清望着喜鹊微笑，返身进屋对李汉光说：“你也听见了吧，今天估计有客人来。”李汉光说：“不年不节没有客人来。”可早饭之后得富来了，还带来了栓子。栓子来时带来了大包小包的礼品。让人费解的是，得富空手走在前面，栓子跟在后面，竟然推着一辆挂满礼品的自行车。二人一进刘庄，村民就在心里发问他们干什么，他们又是哪家客人，见二人走进枝子的家门，于是似有所悟，知道枝子谈了对象。

得富今日穿着干净的衣服，脚上一双自缝的布鞋也是干净的。其实村民的目光不关注得富，都在关注年轻的栓子。他穿了一身绿色的军装，众人都以为他是当兵的，直到发现衣领上没有识别标志的鲜艳领章，才知道他是复员军人。然而毕竟当过兵，受过部队的训练，走路脚步有力，腰板直挺，整个人充满青春的勃勃生机，也算是刘庄一道风景了。

得富领着栓子突如其来，让李汉光、张明清与枝子措手不及。春波在学校，在家同样措手不及。得富进屋笑着叫李汉光老表时，李汉光竟然小声答应，也没有说个稀客之类的客套话。张明清给得富与栓子送上了茶水，表面上热情，内心不情愿，认为得富五十多岁了，人生走了大半辈子，不懂得礼节。枝子因生气，干脆把衣服穿好后躺在床上装病。在李汉光与得富叙家常时，张明清轻轻来敲枝子的卧室门，但枝子不开门，依旧躺在床上，睁眼望着蚊帐顶。枝子在心里说："这栓子也太讨人嫌了，我一点思想准备都没有，他竟然不征得我的同意，贸然来家，让全村人知道他是我的未婚夫，显然别有用心。"枝子越想越气。

得富把李汉光与张明清叫到厨房，向夫妻俩表示诚挚的歉意。得富说："不是我不懂礼节，我懂，汉光老表应该了解我的。为什么这事今日如此草率，实在有难言之隐。你们不知道啊，这栓子见了枝子照片后，一见钟情，说这辈子除了枝子不娶，不把枝子追到手死不罢休，缠我一定帮他把这门亲事说成功。我做栓子思想工作，这事要慢慢来，要看对方的意思，如果对方没有这想法，我也没有办法，现在不是旧时代，捆绑不成夫妻。昨天，栓子又来缠我，要我陪他一起来，我不同意，哪能这般草率办事。汉光与明清，我知道你们夫妻俩是规矩人，重礼数。但栓子说，如果我不陪他一起来，他就一个人前来，有名有姓有村名，对他确实不是一件难事。我没有办法啊。我是这样想的，如果他来刘庄挨家挨户询问，又没有媒人跟来，那像什么样子，那有损你们夫妻的脸面啊，也有损我的脸面啊。真的，我警告过栓子，可这孩子爱枝子爱得太深了，成了一头八人拉不回去的犟牛啊。我向你们表示歉意，你们现在怎样说我的歹话，我都虚心接受。我一会儿就走的，你们与枝子瞧不上他，直接向他说明，让他死心塌地地回去。"说完，得富抱拳向李汉光与张明清鞠了一躬。

听得富这样一说，李汉光气消了，张明清也有了笑脸。是啊，反过来想，得富也是好心办事，当然希望把事办成功，不想把事办砸。得富应该有其难言之隐。再说栓子，陡然听起来有些霸道和可恶，仔细一想，也是出于对枝子真心的爱。村里人知道真相后，得知家住县城边的小伙子，当过兵，还是大队干部，竟然追求枝子不顾一切，不讲面子，死心塌地，还抬高了枝子的身价，是给枝子长脸，不是给枝子减分，刘庄的姑娘们对枝子都会刮目相看。于是李汉光就催张明清到堂屋，不能把栓子一人晾在那儿。张明清赶紧去了堂屋。李汉光对得富说："表哥呀，你不能因这事自责。就礼数讲确实说不过去，有些另类，至少刘庄第一次发生这样的事，但现在新时代新风尚，人们也能理解，比不得我们当年那样繁文缛节，也太麻烦了。我是这样想的，既然栓子来了，就让栓子与枝子认识一下，有缘分是好事，我们皆大欢喜，没缘分那就没办法了，捆绑不成夫妻。"得富感谢李光汉的谅解。

返回堂屋后，得富坐下，不见枝子从卧室出来打招呼，心里清楚，枝子有自己的想法。坐在墙壁边的栓子很主动，赶紧给李汉光与得富分别递上了一杯茶，说着热情的话。得富借此夸奖栓子做事有头绪，尽力化解枝子不出卧室的尴尬。张明清进了枝子的卧室。在张明清进去时，李汉光与得富说了春种秋收，不让场面冷场。张明清进去后，把枝子卧室的门轻轻掩上，然后做枝子的思想工作。李汉光与得富说话时，不时去瞧枝子卧室的门，然而过了十分钟，张明清出来，后面竟然没有跟着枝子。李汉光的脸色有些阴沉。栓子瞧了一眼后垂头瞧自己的脚尖，尴尬脸红。张明清对得富笑说："你们今天来得实在不巧，枝子昨天身体就不舒服，让她去镇上卫生院打一针，拿点药吃，她坚持硬扛，这不，硬是把自己扛在床上受痛。可你得富表叔来了，轻易不到家里来，枝子再痛也得下床与表叔打个招呼吧。还有栓子，第一次到咱家来，让我们没有思想准备，但常言道'进了家门就是客'，这是待人之道，枝子说头再痛，也要起床跟栓子见个面，打声招呼。由我看，枝子一定是感冒了，她说她全身乏力，有些头痛。”得富马上附和：“最近感冒人多，春季是感冒的高发期。”栓子陡然站起来：“伯父伯母，我现在就去镇上给枝子拿感冒药。我骑自行车去集镇，一会儿就回来了。”张明清说：“不用不用，你坐吧。”但栓子不由分说出了门，两腿将自行车熟练一夹，铃铛一响就驶往沙河集镇。

李汉光在栓子一走就问得富：“这自行车是栓子从家里骑来的？”得富说：“是他在沙河集镇上租的。他家有自行车，你看他骑自行车的熟练劲就知道了，是我不同意，那么远的距离，翻山越岭。还是坐车方便。但到了沙河集镇，栓子硬是租了一辆自行车，一天一块钱，他无所谓。他说他在家有事就骑自行车，很少走路去办事。”张明清笑说：“栓子很聪明，当村干部的脑子就是灵光，眨眼动眉毛的。”李汉光说：“这孩子是不坏的。”话音刚落，枝子突然从卧室冲出来，瞧着得富生气地说：“表叔，你把栓子带来要提前告诉我一声，让我有心理准备，这样倒好，尴尬了他，也尴尬了我，我爸、我妈和你不觉得尴尬吗？”得富微笑着，诚恳地接受枝子的批评，解释道：“一言难尽，你爸你妈会告诉你真相的。”真相？什么真相？枝子现场要母亲告诉她。张明清笑说：“话莫扯远了，当务之急是栓子已经来家了，你要热情地对待人家。”枝子生气地说：“对待人家！一会儿我对他说，让他在我家吃餐饭，然后回家，带来的东西全部带回去，只当他是一个过路客。”李汉光说：“不能这样做，太粗鲁了，让你得富表叔的脸面往哪儿摞？”枝子说：“得富表叔，这回枝子真得罪你了，我不同意这门亲事，不是瞧不起栓子这个人，说实话，他人还是挺不错的，但我瞧不上那个地方，我外出打工时从车窗外看过那个地方，不及我们的沙河集镇。你给他传个话，请他理解，找一个比我更合适的。”说完枝子出门。张明清问枝子去哪里，枝子生硬地甩下一句：“去厕所！”得富、李汉光与张明清同时把眼光集中在枝子身上，瞧着枝子大步走出了大门。接着得富站起来：“汉光老弟，明清弟妹，我也走了，枝子已表明了态度。这事是没法商量的，我提前走，免得一会儿当着栓子面尴尬。以后，我也好开脱这件事。他一会儿回来了，你们好好做他的思想工作。他要问我为什么先走了，你们就替我撒谎，说有人找我有急事。”李汉光与张明清想了想，觉得得富说得也有道理，向得富迭迭说着抱歉。得富说：“这事办成这样说抱歉的应该是我。我抄小路走，不与栓子在公路上相遇。”说完，得富双手抱拳致礼，出门而去。

张明清随后出来寻找枝子，但厕所哪有枝子的人影，她走了。问人，得知去了刘庄的后山顶，张明清就生气，心里说：“这孩子，遇到难事就回避不见，把尴尬留给父母。去吧去吧，走了也好，在家当面更不好办。”张明清回家把枝子去了后山顶的事告诉李汉光，李汉光叹息一声：“这枝子不知道走的什么运气，你事后到沙河集镇上找算命先生算算，给她迷信一下。唉，枝子婚姻实在曲折。”张明清说：“是啊。”李汉光猛抽了一口烟：“你再想想，一会儿栓子回来了，我们如何对他开口，直接叫他回去吗？”张明清说：“照枝子说的，留人家吃顿饭，做通思想工作，让他安心回去。”正说着，栓子停下自行车进了屋，冲李光汉亲切地喊了一声伯父，冲张明清亲切地叫了一声伯母。让李汉光没有想到的是，栓子不仅给枝子买回了感冒药，也给李汉光买回了一条烟，还带回了肉、鱼和一只鸡。栓子把烟恭敬地送到李汉光面前，然后把带回来的菜往厨房里送，被张明清拦着：“你不能这样，你还没有跟枝子交言哩。”张明清把菜接到自己手上，原封不动地顺势放在身边一个红色塑料盆里。李汉光没有把烟退给栓子，而是推向桌边：“栓子同志，你坐着，我跟你好好谈谈。”栓子就坐下。张明清也坐在大门口。栓子的眼光在家里四处寻找得富的人影。李汉光说：“有人找来家里，说有急事，把他拉走了。”栓子“啊”了一声说是这样呀，一脸的惊讶之色。李汉光说：“栓子同志，婚姻大事非同儿戏，不能草率从事。我们听得富说了，你对枝子一百个满意，我们很高兴。可枝子对你呢，你来时都见到了，她不见你，你走后我们做了大量工作，但她脑筋就是转不过弯，我们喊都没有喊住，她跑了，现在不知跑去了哪里。”栓子自信地说：“谢谢你们不把我赶出家门，还让我安心坐在这里。我能理解枝子，如果我是枝子也会这样的，毕竟我是陌生人。但你们放心，我相信枝子终有一天会接纳我，我要用我的行动来证明给枝子看，他在我心中是多么重要。”张明清说：“婚姻讲究缘分，如果枝子觉得与你没有——”栓子依然自信地说：“缘分是培养的，我相信我的能耐。”李汉光说：“这样吧，你先回去，半个月后你再听得富的回音，我们尽量做枝子的思想工作。你不错，又是村干部，思想觉悟高，心地又善良，人是没得说。”张明清接着说：“这样最好。待枝子回来后，我们再做她的思想工作。”栓子没有答话，而是望着门外的天空，表情沮丧。李汉光说：“你带来的东西我们先收下。我想，如果你真的喜欢枝子，就应该给枝子一些时间考虑。”栓子想想也是。不过栓子提出一个要求，回家之前与枝子交谈一下。李汉光说：“你先回去吧，半个月后得富会告诉你实情。”说完起身，给栓子的感觉是催栓子出门。栓子只好站起：“好吧，我听伯父伯母的安排。”见栓子骑着自行车走了，李汉光才松了一口气。但张明清多少有些不放心，毕竟栓子是个机灵人，不似小秋那样憨，担心栓子滞留在村东哪家屋后或屋侧，那里多是天然的不用选择的遮蔽屏障。张明清就去村东偷看，途中遇到村人询问栓子是她什么亲戚，怎么这些年不见来刘庄，张明清就扯谎说，一位多年断了来往的远房亲戚，今日到沙河集镇办事，顺便来看看他们，编得天衣无缝。在村东，张明清发现公路上骑自行车的栓子，已经到了转弯处，人成模糊黑点了，于是紧绷的神经才松弛下来。

第十七章

当厨房的烟囱冒起炊烟时，枝子才慢步回到家里，进屋不见栓子与得富表叔，高兴了，对桌边抽烟的父亲说："都走了，好！"李汉光重重地叹了一口气。枝子安慰父亲："爸，对不起，知道你为了难，替我说了不少好话，这事只怪得富表叔，哪有这样办事的。"李汉光说："你实话实说，你对栓子看法如何，有没有眼缘？"枝子斩钉截铁地说，栓子在她眼里，就是一个普通得不能再普通的小伙，第一眼瞧栓子照片，没有一点情感冲动，多看几眼更没有，像在大路上看见一个不认识的普通人一样，不做丝毫的多想。李汉光沉默不语。这时枝子目光落在桌上一条烟上，头一转，目光又落在墙壁边的礼品上面，还见到了塑料袋里装着的新鲜的鱼肉之类，就站起来激动地说："你和妈好糊涂，他们走时为何不让带回东西，亲事谈不扰就不能留下人家的东西！"张明清从厨房来到堂屋，对枝子说："事情不能做得太绝，慢慢说，给彼此都留点缓和空间。栓子走时我对他说清楚了，这事你同意不同意，半个月后由你得富表叔过去传话，你实在不同意，到时候让你得富表叔，把东西带过去给人家，咱家也不稀罕这些东西。"枝子生气地指出，烟与其他礼品能放些时间，但鱼肉等在这种天气下能放几天？张明清说："这不值几个钱，到时候折钱退回。"李汉光严肃地说："枝子，你别嚷嚷，你不知道，我和你妈没对你说实话，这事不是你想象的那么简单，这栓子对你一见钟情，这辈子非你不娶，看起来这是好事，细想是坏事，搞不好你就毁在这个婚姻大事上。”枝子愣眼，不明意思。张明清瞧着枝子：“你不明白，我就告诉你，有男孩爱上女孩爱得走火入魔，女孩如果不从，男孩走极端，这种不幸事这些年在沙河镇出现过，最后以让人心痛的悲剧收场。”枝子激动地说：“爸，妈，你们放心，这件事我来处理，这栓子是村干部，我不怕他走极端，谅他也没有这个胆量，我会用法律武器保护我的恋爱自由！”这件事确实让李汉光心烦，他起身想到门外透透气，可走到大门口又停下，回头对张明清说：“这事先压压，等小卓那儿有没有合适的，没有的话，这栓子还是可以考虑的。”说完了，出门去养猪场，双手反背身后，一脸烦心的表情。张明清撵到大门口，说这个时候了，不要李汉光去养猪场，即便要去，午饭后再去。李光汉说肚子不饿，饭熟了不要等他。

枝子见父亲走远了，要母亲劝劝父亲，不要对她与栓子抱有幻想，是没有希望的，即便有一点点，她就不会跑去后山顶躲避栓子。张明清说：“可你爸和我对栓子还是有点好感，看人做事看细节，这栓子，你没交代，我们也没交代，可他听说你感冒了，马上骑自行车去给你买药。他见你爸抽烟，给你爸买了一条烟，考虑他们突然来，担心我家没有准备，他就带来了鱼肉等，多细腻的心思啊。”枝子张嘴要说什么，张明清不想听了，转身去了厨房。

养猪场边，李汉光坐在草地上思索着。如果不是因为枝子的亲事，他已经把小猪从沙河集镇上逮了回来，开始在猪栏里悉心喂养了，自已喂猪致富的想法成了现实。一只手只能捉住一条鱼，他现在终于明白了。对他来说，当务之急是处理好枝子的亲事，这不能马虎，否则会带来意想不到的后患。得富已经说得很清楚了，痴情的栓子，把情感看成了第一位，别的事都放在第二位。虽然没有走火入魔，但正往那入魔的情感路上走着。枝子埋怨她得富表叔是错怪了人家，人家也是好心，人家也是实在没有办法，否则不会明知有错而为之。如何将这件事处理得顺水顺风皆大欢喜，李汉光希望想出一个周全的办法，但想不出来。接着李汉光想到了小红，对枝子瞧不上栓子有所理解。枝子样样强于小红，不能在婚姻上落后于小红，就算成为平手，也能安慰刘庄人的看法。想来想去，李汉光决定暂时把养猪场的事放一放，把主要精力放在枝子的亲事上。

李汉光回到家，得知枝子午饭后，去了沙河集镇，找春花诉说苦闷心情去了，就想，让她去吧。午饭早凉了。张明清重新加热后，端到桌上。李汉光一边吃，脸色依然不好。张明清跟他说话，他似理不理。饭后抽烟时，李汉光叹息一声。张明清说："不要叹息枝子的亲事，曲折归曲折，相信枝子会找个好对象。"李汉光说："我不明白，事情总是节外生枝。"正说着，门外响起熟悉的笑声，枝子舅妈即小卓二姑，急匆匆从门外走进家里，喜笑颜开。

枝子舅妈带来了好消息，也是李汉光与张明清夫妻俩正期盼的。小卓在县城帮枝子物色了一个对象。人家看了枝子的照片，是一千个愿意，但这个愿意与一见钟情还是有所区别的，没到栓子那样迫不及待的程度。枝子舅妈说，小卓这次是真为枝子的事费心了，不仅她在寻找，还动员她爱人的熟人帮忙寻找，人多力量大，终于找着了，他叫龚小宝，比枝子大五岁，有正规的工作单位。枝子舅妈特别说到了名字中的小宝二字，顾名思义，小时候在家里特别受宠爱。受宠爱的孩子好，聪明。枝子舅妈兴奋地说："听小卓说，龚小宝的家旁边，就是县城里有名的商场，地理位置好，是县城的繁华地段，枝子嫁了过去以后，就是地地道道的城里人，再回刘庄来就风光了。前世修过的人才有福住在县城里。"张明清微笑着，拿来了热水瓶，再给枝子舅妈的茶杯里添加茶水。

李汉光说："这件事真让你舅妈操了心，咱们这样的嫡亲，俗话说得好，除了郎舅无好亲。客套话我就不说了，我想知道这龚小宝从事什么工作的。"枝子舅妈马上拿出龚小宝的照片给张明清看。张明清看得细致，然后将照片给李汉光看。张明清的眼睛谈不上火眼金睛，但一瞧照片，心中有数了。当时照相技术落后，单从照片上看人是不够的，有人在照片上好看，实际不好看，有很大的区别。在张明清看来，这龚小宝的长相，跟栓子比差一个档次，皮肤黝黑，颧骨凸出，尖下巴有点影响五官。与此同时，由于皮肤黝黑的缘故，让龚小宝的牙齿显得太白，给人突兀之感。这些李汉光也看到了，也不喜欢龚小宝的皮肤，没见那般黑的，与皮肤洁白的枝子形成了强烈反差。这以后婚事成了，枝子回到娘家的刘庄，二人走在一起，刘庄人会说枝子为了进县城，一点眼光都没有。这时枝子舅妈介绍龚小宝的工作，每天在公路两边，将车轮轧到路边的沙子，用镶有厚橡皮的推子往路中间推一推，保护山区公路畅通。啊，李汉光与张明清都明白了，原来是公路段的养路工。在公路上，夫妻俩都见过这样的养路工，一年四季风吹日晒的，难怪皮肤那般黑。枝子舅妈是个明白人，一听张明清问龚小宝工作时可能没戴帽子，就知道张明清的意思，解释道："这工作很轻松，就是推一推，推一推就是推一推，即使女同志也不嫌累。工资待遇不错。对，小卓说了，龚小宝家境优裕，父母都有工作，房子宽敞，枝子以后嫁过去，人家不指望枝子上班，在家好好当个家庭主妇就行了，多幸福啊。别看皮肤黑，又不是女人，男人皮肤黑是健康，以后工作时不让日晒，脸上皮肤自然就白了。对，说了半晌，我怎么没见到枝子？"得知枝子去了沙河集镇，枝子舅妈着急地说："要把她喊回来呀，要听听她的意见，她同意了一切都好，她不同意，我们愿意了没用。"李汉光说："枝子晚上会回家的。你今日不走，在我家歇息一夜。"枝子舅妈想了想："不行呀，我家还有事，晚上不回去不行的，又是鸡鸭进笼，又是牛进牛栏，还有猪要喂，不回去不行的。这样吧，我先回去，等枝子回来，你们把龚小宝的照片给她看，她看上了没意见了，你们来告诉我，我让小卓安排他们二人在合适时间见个面，说好了就去龚小宝家里'看家'，按你们的要求备下订婚礼金。"说完起身，说了几句客套话就往门外走。

李汉光与张明清把枝子舅妈送到门外，二人心里的想法是一样的，枝子舅妈走了也好，便于枝子回家后一家人商量，免得了枝子舅妈在场。返回家里后，李汉光说：“我仔细想了，这龚小宝不论家庭条件，还是自身条件，都要强过栓子。只是人才差点，皮肤黑点，郎才女貌是过去的讲究，放在今天依旧可行。”张明清说：“你有这个想法最好，好看不能当饭吃、当柴烧，人一辈子重要的是生活，一日三餐不能在锅里煮白水。只是我担心，我们两人过关了，担心枝子那个高眼光看不上。”李汉光生气地说：“这次由不得她。如果放弃了，怕是枝子这辈子再住不上县城，找个有工作的体面对象了。我刚才着重想了想，那公路段是事业单位，那工作是正规工作，他是吃国家饭的。”夫妻俩达成一致意见，这次定要压制枝子，成就这门亲事。

栓子自枝子家里出来后，来到沙河集镇上，但他没有就此坐车回县城，而是在沙河集镇上转悠，边走边想，自己不能空手而归，至少要跟枝子见上一面。就这样回去，心里觉得实在别扭，越想越不是滋味，好歹自己也是民兵连长，回到村里被别人问起，自己脸面扫地，被人笑掉大牙。在栓子的村里，这样的事还没有出现一例。吃午饭时，栓子走进一家私人餐馆，简单吃了午饭，然后推着自行车，来到沙河集镇与刘庄的公路连接处，坐在那儿静静地瞧着公路上有没有枝子的人影。明知道没有，可就想在此瞧一瞧，又想过一会儿再往枝子家里去一趟，只是一时半会儿没想出去的由头。栓子现在后悔该坐在枝子家里不走，走之前跟枝子说几句话，这样也是对自己心灵的安慰。岂知栓子瞧着瞧着，枝子恰巧来沙河集镇，二人不期而遇了。

相见时，枝子只顾走，根本没在意那路边上坐的人竟是栓子，而此时心里想的也不是栓子。栓子却是一眼认出了枝子，因为在家一闲着就瞧枝子的照片，晚上在被子里也要瞧上几眼，才能安然入睡，而现实中的枝子与照片上的枝子又没有发生变化。栓子陡地站起，大步走向枝子，亲切地说：“你好枝子，我是栓子，上午去过你家！”枝子吃了一惊：“你不是回去了吗，怎么没走？你从哪里知道我要经过这里？你莫非是个神仙，好可怕，你吓着我了。”栓子平心静气地说：“我不是神仙，也不是鬼，我是个大活人，叫栓子。你想过没有，我大老远跑来见你，如果连你的人影都没见着，你说我如何有脸回去，所以我越想心里越痛，就坐在这儿想办法，准备再到你家去一趟，在想以什么由头。”枝子赶紧打住栓子的话：“别别别，我们的事连个萌芽都没有，你就让刘庄知道了我在相亲，你若再去，不是进一步证实了这件事，你觉得我们俩有希望吗？”这时有人迎面走向二人，二人赶紧退到路边一处平坦草丛里站着。栓子待路人过去了，大胆地说：“我们怎么没有希望？是你一句话的事，我是追你的，你是被追的对象。实在我们眼前没有镜子，如果有，我们站在一起观察观察，我哪里配不上你？我对天发誓，这世上，数我栓子对你最爱，如果为了你要付出生命的话，我也没有半点含糊，心甘情愿去为你付出。”栓子说完，心里有淋漓的畅快，他为自己的大胆与自信高兴。枝子冷笑一声：“你为我付出？你知道我想要什么？”栓子赶紧追问：“你要什么你说出来，我赴汤蹈火也要帮你实现。”枝子的冷笑声更大了：“赴汤蹈火！没用！我要走出大山，你能移动眼前这巍然屹立的大山吗？就是一千个栓子加在一起，也拿大山没有办法。栓子同志，你是村干部，有一定的素质与文化修养，你实现不了我的理想，我们不是一个道上的人，我们所追求的人生理想与精神世界也不一样，在你心里，找一个称心如意的爱人可能就是幸福，我不是，我要走出大山！”走出大山！这是什么理想，栓子一时愣在那儿，傻傻地瞧着枝子。接着栓子问：“你所说的走出大山是指离开这个地方，嫁到一个没有大山的地方吗？”枝子点头说：“是，但它只是我走出大山理想中的一部分。栓子你回去吧，凭你的条件，能找到一个比我更好的姑娘，一辈子幸福过日子多好，你要摊上了我，你这辈子没有安宁的日子。”栓子激动地说：“不。我不能就此放弃你，在我眼里，你就是天上美丽的仙女，这世上的姑娘没有一个比你更漂亮的，能跟你在一起，我当牛当马也心甘情愿。我实在是太爱你了！”枝子惊然地瞧着栓子：“你的话让我脸红，我也能感觉到你是真心爱我，但婚姻讲缘分，我们之间没缘分。”栓子央求道：“我恳请你给我一次机会，我的家乡没有山，是一块平畈地，大山只在平畈的田边，你每天只要不刻意寻找远处的大山瞧，是瞧不见大山的。这不是实现了你走出大山的梦想吗？”枝子说：“不，你家乡那个地方我在车上见过，跟我家乡相比，只是大山离得远一点而已。栓子，我实话告诉你，我相亲的对象，再好的自身条件只是第二位，第一位就是地理环境。人各有志，希望你理解我的想法。”说完，枝子大步往街上走去。走了几十步，枝子又回头对痴站那儿的栓子说：“过几天，我得富表叔会把你的礼品还你。再见！”枝子向栓子挥了挥手。栓子平缓情绪后冲着枝子的背影，大声地说：“枝子，我不会就此罢手，我还会再来找你的，不到长城非好汉！”枝子没回头，这话也许听见了，也许没听见。

枝子一进春生的门市部，春生就热情地迎接枝子，让枝子坐在办公桌边的沙发上。接着，春生向坐在另一张沙发上的客人介绍枝子：“马金兄弟，我来介绍一下，她叫枝子，我们沙河镇上的美女，称得上国色天香，比电影明星还要标致，我们山里不仅土特产与山货多，山里飞出的金凤凰也多，枝子就是其中一位。就我所知，你还没有找到适合的女朋友，由我说就在我们这大山里找一个。”马金赶紧说：“好啊好啊，但要找像枝子这样的。”枝子笑说：“你们谈生意，不要把我扯进去了，我走。”说完就离开。春生大声喊道：“春花，你的好朋友枝子来了，你出来接待她。”春花赶紧出来，把枝子迎进了一间类似客厅又不是客厅的房间，给枝子沏了一杯茶。

马金的心为之一颤，他从来没有见过如此漂亮的姑娘，感觉此人只应天上有。二十三岁的马金是外省人，当过兵，家住平原，因有经济与致富的头脑，复员后做起了山货生意，是春生的重要客户。生意讲究互惠，春生现在致富了，这马金现在也致富了，只是没有春生致富的速度快罢了。平原经济比大山深处发达，而马金又住在平原的一座县城边，那里既有鞋厂也有皮箱厂，这些厂里的老板中既有马金以前的同学，也有马金当兵时的战友，还有回来后结成的要好哥们儿，给马金做山货生意提供了土壤。马金头脑灵活，能说会道，做生意自有一套，在家乡让人另眼相看。以马金的能力，即使不做山货生意选择其他生意，也能获得被人称道的成绩。致富后的马金没有创办属于自己的公司，但在他的家乡，他也被人称为富裕之人，吸引了人们羡慕的目光。他家有自行车与摩托车，也有电视机，还有自己的门市部。马金好奇地追问春生："枝子是你什么人？"春生笑说："我爱人的好朋友，从小一起长大，不是住在集镇上。"马金说："这枝子长得太美了，你们这里真是山清水秀姑娘美啊。"春生得意地说："怎么，对枝子充满了兴趣？要不要我从中撮合撮合？这枝子，不仅人漂亮，心灵更美。我听我爱人说，她一心想走出大山，而你的老家是平原，这是最好的。"马金说："这事不能一厢情愿。我喜欢她，她未必看中我呀。"

而此时的枝子，虽然在跟春花说话，心却完全被马金占据了。在男孩面前好久没有心动的感觉了，今日见到马金的刹那就有了。马金的能力她不用怀疑了，能成为春生的重要客户就可见一斑。她认为这马金太帅了，太英俊了，太能俘获女孩的心了。那在枝子眼里无可挑剔的五官，那脸上像女孩一样细腻的皮肤，那炯炯有神的黑色眼珠，那墨汁似的一头黑发，那长长的灵巧的手指，那发达饱满的肌肉，那颀长的有力的双腿，那和谐的激情的身材……春花说："枝子，你怎么答非所问，在想什么？"枝子醒悟似的说："没有，没有。对，我看看，你的客人走了没有。"枝子赶紧把头探到门边，仔细地瞧着马金，进一步证实是不是自己所想的那样帅气，果然是的。这时春花说："你是说马金吗？"枝子回到自己的座位上，笑说："是的，他今日离开沙河集镇吗？"春花说："他前天过来的，春生陪他到山里转了一圈，货收购得差不多了，但现在是下午，估计他今日不会走了。"枝子说："他住在你家吗？"春花说："不。他每次来了都住在镇上的旅馆里。他为人好，心地善良，总是先替我们着想，从不因这事给我们添加麻烦。他当过兵，素质高哩。"这时枝子听见摩托车的声音，赶紧出来瞧，是马金发动了摩托车，春生坐在马金身后。春生回头对春花说："我们现在去一趟乡下，你把晚饭准备好。"不知为什么，枝子一见马金，心里就像小鹿撞击，那是一种美好的、激烈的、让人心花怒放的心跳。毕竟与男孩打过交道，枝子赶紧拍了拍胸口，让心跳慢下来。真的，枝子不清楚，见了马金她就心跳，速度不是缓和的，而是怦怦的，激烈的。为了再看一眼马金驾驶摩托车的风采，枝子跑到了春花门市部的门口。看见了，马金驾驶的摩托车正在街道上行驶着，迎面有人向摩托车走过来，马金不见一点心慌，熟稔地驾驶过去，那动作就一个字"酷"，与他的英俊相得益彰。

春生极少在家里为客户准备晚饭，因此春花不能马虎。当时钟指向了下午三半点，春花就开始准备了。想到马金晚上在此吃饭，枝子就不回家了，这么好的机会，枝子不想放过，她觉得多看一眼马金，都是视觉上的享受，也是心灵上的收获。枝子主动请缨，给春花当助手，春花听了高兴地说："我求之不得，你要走了，我一个人多累啊。再说，多个人多双筷子，你走了就是见外了。"在春花的厨房里，枝子一边择着新鲜的蔬菜，一边偷着打量，心里好生羡慕，太干净漂亮了，能与星星家里的厨房比，能与小胖家里的厨房比，想想自己家里厨房的简陋，心里一阵惆怅。接着，厨房里弥漫着浓浓的香味。在温馨的环境里，这对好姐妹一边做事，一边快乐地说笑。太阳落到山顶时，摩托车的响声在门市部门口戛然而止。枝子马上从灶膛口起身跑出厨房，她看见了摘下头盔时马金脸上的微笑。那微笑太灿烂了，笑得不亢不卑，青春阳光，恰到好处，是那样让枝子心动。

晚饭开始了。光滑的桌面在灯光下闪亮，春生、春花、马金与枝子，四个人坐了桌子的四边。摆满了一桌子的好菜，有兔肉、野猪肉等。有韭菜煎鸡蛋，有小鸡炖蘑菇，有青椒炒肉丝，也有香喷喷的熏蒸肉等。火锅里，腾腾的香气激发着大家的食欲。作为重要的客户，马金将春生安坐在上席的位置上。马金站起来，向枝子恭敬伸出了一只手臂，笑说：

“我与春生是老朋友，今日这个位置，应该属于美女枝子。今晚的酒席上，因为枝子的到来而生辉！”枝子赶紧站起来，羞涩地说：“不敢不敢，你是贵客，我只是一个陪客而已。今晚能与马老板同桌吃饭，三生有幸。”春生就要二人都坐下，笑说：“我怎么听着你俩的话，感觉你们早就熟悉，此时在我们面前演戏。没想到你们都会说，肚里有墨水，佩服佩服！”春花笑说：“刚才马金与枝子同时站着谦让时，我仔细瞅了一下，你俩站在一起就是一道美丽的风景线。”马金马上拍手道：“嫂子这话说得有水平！不过这样的话我不是今日才听到，当年在北京当兵，曾听一位漂亮的主持人讲过，看来春花嫂子的文采也不输那位主持人啊。”春花笑说：“马老板真会说话，不过听着不像表扬我。”枝子瞧着马金，好奇地问道：“北京是我们伟大的首都，人人向往的地方，马老板当年在北京当的哪种兵？”马金说：“你们看我驾驶摩托车的技术就能猜到。”枝子称赞道：“羡慕，真是见过大世面。”这时春生催促大家，不能只顾说话，要吃菜喝酒。高潮来了。但有趣的是，枝子的心思不是放在桌面的好菜上，也没有多大的喝酒情趣，她的目光几乎都集中在马金身上。有时四目相遇了，枝子赶紧垂头，脸红了。眼睛是会说话的。眼睛是心灵的窗户。当四只眼睛相遇的时候，它们相互传情，此时无声胜有声。彼此都被对方吸引了。只是马金是理性的，与一见钟情还有一定的距离，是在一个可进可退的位置上，如果对方向他招手他会冲上去，如果对方与他挥别，他也能安然处之，不会为了对方后悔终生，或者为爱情做出极端的举动。枝子完全被马金征服了，在情感的战场上成了马金的俘虏，毫无还手之力。枝子从来没有这么激动过，真的。如果说前面接触的几个男人也让枝子动了心，但那种动心是基于走出大山的考量，是为实现梦想的迁就，是有目的的利用。枝子对马金没有目的性，喜爱是由衷的，是情感自然而然的迸发与流露。突然，枝子站起来，向马金提出要一张名片。枝子是这样说的：“马老板，不定哪一天，我去了你的县城打工，遇到了困难，好方便求助你马老板啊。”马金赶紧站起，翻出一张名片给了枝子，抱歉地说：“欢迎美女到我家做客，那将是我最大的荣幸！上面有我的住址和座机电话。”枝子如获至宝地收进自己的口袋，亲切而友好地说了一声“谢谢”，与此同时，过来给马金斟酒，让马金受宠若惊……

酒席结束不到十分钟，在马金与枝子的开心说话声中，李汉光与张明清拿着手电筒，来接枝子回家。春花说：“春生准备用摩托车将枝子送回家的。”春花估计枝子的父母没吃晚饭，赶紧去准备。张明清说：“我们吃过晚饭了。”马金赶紧来到枝子父母面前，恭敬地打招呼，给李汉光送上了一支时髦香烟。春生借机向枝子父母做了详细的介绍。张明清听后笑说：“一看就像春生一样是个能干人。”李汉光说：“时间不早了，我们要回去了。”枝子就跟在父母身后出门。春生、春花与马金相送。到了门外，枝子不由回头挥了挥手。其实这个举动是做给马金看的，是向马金一人告别，也借此最后瞧一眼马金。夜色中，虽然不能眉目传情，但马金清楚枝子的意思，赶紧向枝子挥了挥手。

李汉光一回到家里，在饭桌边一坐，对枝子严肃地说：“枝子，今日春波住校没回家，这正好，家里只有我、你妈和你，我们好好商量你的亲事，这是大事情，因为你的亲事，我打算把养猪场的事往后推推，没心思办理那件事了。你先看看这个龚小宝。”李汉光把龚小宝的照片递到枝子面前，然后燃起了一支烟。枝子看着照片上的龚小定，生气地说：“爸，你搞错了没有，一会儿是栓子的照片，如何下午又冒出了一个龚小宝，本来栓子的事让我烦着，现在是烦上加烦。”张明清对枝子说：“你先看看龚小宝。下午你舅妈过来了，说小卓在县城帮你找好了对象，就是这个龚小宝，这照片是你舅妈送来的。”李汉光把龚小宝的详细情况说给枝子听了。枝子静静地瞧着照片，一言不发。天哪，栓子与龚小宝，人才是一个比一个差，如果与马金相比，这二人只配当马金的仆从，好的太好了，差的太差了，形成了鲜明对比。枝子在心里说，如果栓子差强人意，这个龚小宝就是丑得不能再丑，真不知是从哪个螺蛳壳里蹦出来的。尤其是龚小宝一身的黑肉，枝子见了就有恶心的感觉。枝子放下照片："爸，妈，这栓子，这龚小宝，我都瞧不上，他们这种货色，怎么配得上你们的如花似玉的女儿啊。特别是这个龚小宝，家庭条件与工作单位我认可，但人才太差了，简直就是从粪里爬出来的。"李汉光生气地说："怎么说话！我和你妈都看这龚小宝顺眼，你为何看不顺眼，你多看几眼就顺眼了。"张明清说："白面书生不能当饭吃、当柴烧，人活世上要过日子，你知道什么叫日子吗？"枝子强压着生气，黑着脸说："你们不要强迫我，我不比别人只比小红，那小红哪方面能胜过我，我只想找个比她的对象差不多的人，这不过分吧？这没有过高要求吧？"李汉光说："姑娘就是菜籽命，小红有好运气把自己撒在了肥沃的土壤上，问题是你没有小红那样的好运气，找不到更合适的。你不是口口声声说要走出大山？以后住上县城，过上幸福日子，你的走出大山的梦想就实现了。"枝子绝望地瞧着父亲："爸——"李汉光说："不要说了，这事就这么定了。栓子那儿就辞掉，过两天把栓子带来的礼品送到你得富表叔家里，他会处理好这件事的。明日，你妈就去给你舅妈回话，让小卓通知龚小宝安排你去'看家'的事，你的婚事不能再拖了，我真怕拖来拖去，你步了翠花的后尘。"枝子的眼泪出来了，滴在她拿着龚小宝照片的手背上。她质问父亲为什么要如此逼她，李汉光斩钉截铁地说："我深思熟虑了，一切都是为了你好，你现在不能理解，等你享福的时候，就知道了父母的苦心，父母的好！"说完，李汉光起身去了卧室。

枝子用袖子将眼泪一揩，跑进了她的卧室。张明清赶紧跟进去，安慰枝子："咱家没有背景，也没有钱，就是刘庄一个普通得不能再普通的家庭，日出而作，日落而息，一个耕田而食的家庭，说白了就是一个种地的，有什么资格挑肥择瘦？你看看刘庄嫁出去的姑娘，几十个有吧，又有几个不是在田里刨食，一年四季风里来雨里去，种田养猪过日子。小红能嫁到县城，找了个有工作的对象，那是一个例外，是小红县城里有一个嫡亲。春花现在嫁给春生住在沙河集镇上，也是一个例外，只能说春生能干，享了改革开放的福，是春生奋斗出来的。拿你妈我来说，年轻时也有大志向，但后来我只有嫁给了你爸，当然我跟你爸这辈子也幸福，我知足。你不知道，我结婚时也不情愿的。你现在找了个龚小宝，这不丢人，在刘庄也是让人刮目相看的。住县城，有工作，这是多美的事啊。至于龚小宝皮肤黑，黑是有力气、健康的象征，婚后让龚小宝工作时戴上帽子，要不了几个月，皮肤自然变白。”枝子忧郁地望着母亲：“妈，你给我说个实话，如果我不答应呢？”张明清郑重地说：“枝子，不怪爸妈心狠，这次不能由你了，必须答应这门亲事，请你多想想爸妈把你养大不易，不要把我们逼到死路上。”枝子沮丧地说：“我明白了。妈，你去睡吧。”枝子在张明清走出卧室后，拿出马金的名片。

张明清关掉堂屋门准备睡觉,发现门外站着小秋,险些吓着了张明清:“小秋搞什么鬼。”小秋说：“我刚从镇上回来，路过你家门口，想与枝子说几句话。”这时枝子从卧室里出来，手上拿着一把扫帚，见了小秋就要打。小秋赶紧退到屋场上：“我也没惹你，打我干什么？我看看你，跟你说几句话也没错。”张明清夺下枝子手上的扫帚：“小秋是个好孩子，你干什么这样！”枝子指着小秋：“就是你的捣乱，让我的运气差！”又捡起地上另一把旧扫帚。小秋赶紧骑上他的自行车，枝子瞧着朦胧月光下离去的小秋，眼泪刷地流了下来……

第十八章

今日是枝子“看家”的日子。清早龚小宝就起床，把家里拾掇停当，桌椅、沙发、地面、墙壁以及厨房等，给人的感觉焕然一新。龚小宝的母亲严向英与父亲龚长海也早早起床忙着，脸上都罩满了欣喜，印证了那句“人逢喜事精神爽”。严向英从厨房出来，见龚小宝因忙碌额头上沁出了汗水，夸龚小宝：“儿子，在家里勤勉，妈还是第一次见到啊。”龚小宝笑说：“我从楼上我的卧室开始收拾，一直收拾到楼下，这件事不比我在公路上做事轻松。妈，你不知道，我太喜欢枝子了，我打赌，我们这一块的姑娘中，没有人比枝子更漂亮的。”严向英笑说：“我从你的行动上看出来了。上次帮你找的对象，你不愿意，‘看家’那天你竟然上班去了，那次多尴尬啊，那媒人又是妈的同事，弄得妈现在见了人家弯道绕行。”龚小宝信誓旦旦地说：“这次一锤定音，再没有下次了。我庆幸我那次的逃避，不然就没有这次的真爱。”在龚小宝黝黑的脸颊上，写满了欣慰而灿烂的笑容。这时龚长海走下楼梯说：“今日枝子第一次进家门‘看家’，你们事事都不能马虎。楼上我刚才又拾掇了一遍，主要整理楼下，特别是客厅，不重要的东西全部搬进空屋里放着，待客人走后再拿出来。”龚小宝点头称是。

上午十点，小卓领着枝子、二姑和张明清走进了龚小宝的家里，受到了热情接待。龚小宝的姐姐龚小丽满脸堆笑。玻璃镶成的茶几上，摆满了严向英从家旁边商场里买回的水果、糖果之类。落座之后，在小卓的介绍下，龚小宝微笑着，极尽关切地，向来客一一招呼，是长辈称长辈，小卓与枝子是平辈，龚小宝称小卓为小卓姐，到了枝子面前，喊枝子二字的时候，那是细声细气，怕声音大了，把楚楚可人的枝子吓着，与此同时，依次将泡好的茶水恭敬地递到各位的手中。为了给大人们有说话的空间，也为了给龚小宝与枝子制造说话的机会，龚小丽对枝子说：“枝子妹妹，楼上位置高，空气好，我们去楼上坐坐，那儿也摆有水果之类的。”枝子起身，龚小宝在前面带路，枝子走在中间，龚小丽走在最后。是一个木制的楼梯，响着三个人的脚步声。龚小宝把枝子带进了二楼朝左的房间，这是他的卧室，经过了精心的收拾，还能闻到一股沁人心脾的馨香。卧室里早摆放着三张椅子。但龚小宝不坐椅子，坐到床铺上。枝子把卧室打量一番，墙壁上贴着几张巨幅的明星照，窗户边摆着一张漂亮的书桌，上面还有几本小说及纸与笔，一把时尚的靠背椅，窗户上的玻璃一尘不染，看得出龚小宝是费了工夫的。一张高档的弹簧床，铺着绿色的毯子，被子也是令人耳目一新。还有粉红色的蚊帐。枝子尽量回避龚小宝投来的目光，心里想，这个温馨的卧室与龚小宝的人实在有些不相称，如果不是亲眼所见，实在难以相信。其实枝子从门外走进这个家庭的时候，表情是严肃的，也带有不情愿，眼光不是集中在家庭的摆设上，主要集中在龚小宝的身上。枝子没有想到的是，照片上的龚小宝与眼前的龚小宝还是有所区别的，皮肤没有照片上那般黑，五官也没有照片上那样差，而眼前的龚小宝，头发黑得流油一般，穿着一套西装，显得有些潇洒，身高一米八左右，在枝子看来也算是标准的身高。穿着一双锃亮的皮鞋，走路发出有节奏的响声。总的来说，枝子细致打量了龚小宝，没有作呕的感觉。正因为没有作呕的感觉，枝子才随龚小宝来到楼上。而龚小宝，自打枝子走进家里以后，眼睛几乎全部落在枝子身上，即便跟别人说话，也偷着回头瞧枝子一眼。他做梦没想到，眼前的活生生的枝子，比照片上的枝子更漂亮，更妩媚，更富韵味。龚小宝虽然不明白韵味的真实意义，但认为用在此时的枝子身上恰到好处。龚小宝明显感觉到了面对枝子，自己有强烈的心跳，觉得枝子是此人只应天上有。龚小宝起身了，将一个饱满的苹果削好，清洗之后递给枝子。枝子接着，见苹果削得光光溜溜，心想这个外表粗糙的男人，也有心思细腻与情感温馨的一面。无疑，这个细节让不抱希望的枝子给他加了一分。当枝子吃完苹果时，龚小宝赶紧上前，把苹果核拿去丢到门外的垃圾桶里。这个举动让枝子又给龚小宝加分了。

这时龚小丽拉开龚小宝的书桌抽屉，拿出了一摞奖状，递给枝子一一过目。枝子看见都是龚小宝的，既有劳动模范的称号，也有先进工作者的称号等。枝子瞧着龚小宝："你得奖了，为什么不贴在楼下客厅的墙壁上，却收藏在自己的抽屉里？贴在墙壁上，大家才知道你得了奖。"龚小宝回避枝子的目光，垂着头，有点不好意思地说："不用让别人知道，自己知道就行了。再说也不是特别重要的奖，等哪天我获得了令人瞩目的大奖，就把它贴在墙壁上，让你枝子天天能见到。我这人喜欢低调，再说，人在生活中，本来就要谦虚谨慎，不要骄傲自满，这样才能得到别人的好评。"这话枝子听着新鲜，又增加了对龚小宝的印象分。接着，龚小丽知趣地离开了，她觉得龚小宝与枝子之间，已经消除了那种初次见面的陌生感，已经在走向倾心交谈的途中了，如果自己继续待在这里，无疑成了电灯泡。是的，作为过来人的龚小丽，看问题是很准的。她一离开，枝子与龚小宝就都站在了窗户边，望着窗外的天空。枝子一直望着，不说话。龚小宝瞅着枝子脸上的表情，诧异地问枝子看到了什么，枝子松了一口气："龚小宝，我这样对你说吧，站在这里看天空，天空特别高，站在这里看远方，远方的山顶显得矮些，这里与沙河集镇还是有区别的。"龚小宝说："我知道，县城这一块地势开阔。我在山脚边的公路上工作时，望天空似乎与两边的山顶相接，看山也显得特别高，但回到县城后，这种感觉没有了。我想知道，你为什么突然说及这个问题呢？"枝子说："你说得没错，县城确实比沙河集镇高出一等，但比起我打工的地方还是差得太多，那地方一眼望不到边际，天空真是太辽阔了，处在那种环境里，你会由衷地觉得自己太渺小，就像地上的一只蚂蚁，大海里的一滴水。”

龚小宝听着，只能就字面意思理解，不能理解枝子的内心世界。不过龚小宝喜欢枝子的说辞：“枝子，我没想到你人漂亮，知识也丰富，看来以后我还要加强学习。”枝子说：“我也没什么知识。我只是有感而发。你的理想是什么？”龚小宝不假思索地说：“一辈子做一个称职的爸爸，一个称职的丈夫，一个优秀的先进工作者。枝子，我向你透露实情，自打见到了你的照片，我几乎没睡过一次安稳觉，你完全折服了我，你真不知道我是多么爱你。”这话真的让枝子很感动，没想到这龚小宝像栓子一样，对自己是个情痴。枝子转脸望着龚小宝，龚小宝觉得自己的面相配不上枝子，就转过脸去说：“我去给你剥个橘子吧。”枝子说：“我告诉你，我来了之后，我对你的看法有所改变。我再告诉你，我是一个孝顺的女儿，我想给我的父母报点恩情。”喜悦中的龚小宝只顾喜悦，没有细致去揣测枝子话中的含义。

楼下的氛围也是温馨而欣喜的。严向英与龚长海对枝子是一百个满意，这夫妻俩在厨房忙着时，见没有别人在场，偷着夸枝子进了这个家门，是这个家庭的福气。张明清细致瞅了龚小宝以后，吃下了定心丸，认为自己估计得不错，照片上的人与真实的人有区别，原来龚小宝并不差，作为男人，有这个样子也上得了台面，去刘庄也会让人刮目相看。跟龚小宝的父母也深入交谈了，人不错，不是那种没事找事、专门挑刺的人，这让张明清不担心枝子进门之后，受到意想不到的委屈。房子也看见了，两层楼，这在县城只有家境宽裕的家庭才能拥有的。为了看清楚地理位置，张明清与枝子舅妈在小卓与龚小丽说笑的时候，借故出门走走，二人便出来了。张明清知道枝子最看重地理位置，“走出大山”四个字一直在她心里藏着。地理位置的问题解决了，枝子就无话可说，这门亲事也水到渠成了。张明清放眼一望，感觉天空好开阔啊。龚小宝家门前虽然称不上街道，可路面也算宽。五十米远的地方，就是县城有名的商场，二人走过去瞧瞧，这里人来人往，人声鼎沸，这样的场景，张明清只在临近过年时在沙河集镇上见过。商场里的商品琳琅满目。枝子舅妈笑说：“县城就是县城，不一样啊。”张明清说：“这门亲事成了，要好好感谢小卓，也是托了你的福，到时候让枝子好好孝敬你。”枝子舅妈乐道：“这以后更好了，到时候在小卓家里玩一天，再到枝子家里玩一天，看来不歇两夜是回不去的。”张明清笑说：“记着啊，反正我来枝子家时，一定要你陪着一起来。”二人一边说着一边乐着，一出商场，正好小卓向她们走来。小卓告诉她们，眼前的这条马路是南北方向，一直往北走，可以走到县政府办公楼附近；一直往南走，可以走到紧挨县城的河边。张明清对小卓说了一通感谢之语。

历时两个小时的热情而周到的午饭终于结束了。枝子也要回家了。枝子出来的时候，看见门前停着一辆面包车，是龚小宝专门叫来送枝子回家用的，车门开着，只待枝子等人上车。严向英问龚小宝：“这车是谁请来的？”龚小宝笑着指了指自己，而这个细节被枝子看见了。这进一步增加了枝子对龚小宝的印象分，原来他还是一个做事细心的男人。大包小包的礼品都搬到了车上。众人随后也都上了车。龚小宝从司机手里接过车钥匙，发动了面包车。这让枝子眼睛一亮，没想到龚小宝还会开车，太牛了吧。虽然不信，但眼前就是客观事实。担心龚小宝为了表现自己故意逞能，或者说半桶水当满桶水用，枝子特意提醒龚小宝：“你家里还没有拾掇好，你让司机送我们吧。”龚小宝笑说：“说的什么话呀，作为一个在公路上工作的人，如果不会开车，就让人笑话了。枝子，我不光会开这种小型的面包车，还会开拖沙拖石子的工程车。”在面包车的嗡嗡声中，张明清等向龚小宝的父母和姐姐挥手告别，彼此洋溢在脸上的，都是喜悦的笑容。

面包车驶进刘庄时，太阳偏西了。似乎刘庄人对机动车的响声很敏感，或者说那个时候机动车在刘庄人的心目中是个稀罕物，很多刘庄人都不由把眼光投向它，看它停在谁家的门前。经过春花娘家时，春花的父母站在门前好奇地瞧，有人以为是小红回娘家来了，见它停在枝子家门前时，众人就惊然了，因为众人的印象里，李汉光无有钱的亲戚，也没有在外面吃公家饭的亲戚。有人走到枝子家附近，要深层次地探个虚实。当见到张明清与枝子从车上下来，司机龚小宝把大包小包的礼物搬进枝子家里时，人们恍然大悟了，原来枝子相亲成功了，至于对象是谁，众人一想就明白了，一定是开车的龚小宝。有人说："这司机，就其穿着打扮与做事灵活，一看就是个吃公家饭的。"

李汉光在他的养猪场边转悠，在面包车停在家门前时，就知道是枝子回来了，刹那间眼睛发亮，绷紧的心松开了，知道这门亲事成了，这枝子没有让他失望，或者说没有惹他怄气。龚小宝见到进屋的李汉光时，没有紧张，叫伯父二字的时候没有刻意为之的尴尬，认为水到渠成，与李汉光有一见如故之感。接着，龚小宝从驾驶室拿来一条烟，恭敬地给了李汉光。枝子问龚小宝："你什么时候准备的烟？另外，你如何知道我爸抽烟？"龚小宝笑说："我真不知道，我想，准备一条烟放在车上不是坏事，现在不是派上用场了？"枝子脸上有了轻松的微笑。李汉光把龚小宝打量之后，笑得更灿烂了。李汉光想与龚小宝多聊聊，但张明清说："小宝，在我家吃了晚饭再走，我现在就去准备了。"龚小宝没有推辞。张明清就把李汉光叫进厨房："给两个孩子说话的空间。另外准备龚小宝的上门钱，给多少呢？"李汉光说："按刘庄女婿第一次上门的规矩。"张明清把今日'看家'的情况详细告诉了李汉光，李汉光乐道："看样子，枝子对龚小宝不讨厌。"张明清说："二人在车上说说笑笑的，枝子是真心接受了，我心里的一块石头也落了地。这小宝家人也好，家庭环境也好，小宝为人处世也好，都没的说的，唯一就是面相差点，但多看两眼也不差。"

晚饭后，张明清把龚小宝的上门钱，塞进了龚小宝的口袋。龚小宝没有推辞，很大方地收下了，却在走的时候，把枝子叫到门外，把这钱塞进枝子的口袋。枝子说："你塞的什么？"龚小宝说："你别问，等我走了之后再看，我的心意，谁叫我那么爱你呢。”枝子把钱翻了出来，也明白了这钱的来历：“你到我家来是我家的心意，至少是我爸妈的心意，你要收下，不然他们会如何想？”龚小宝说：“我是收下了，那份情我也领了。但现在我再给你，那就是我的心意了，这是两回事。你拿着，就当我给你的零花钱。以后，我每个月把工资的一半交给你零花，反正家里有钱，从来不过问我的工资，我节省点就是了。从现在开始，我要保护你，要让你快乐。”枝子只好收下：“小宝，我答应与你相爱，是鼓足了很大的勇气，希望我没有看错你。”龚小宝拿过枝子的一只手，放在自己的胸口，向枝子做了真诚的爱情承诺。枝子真的被感动了，眼里有了喜悦的泪光，只是在朦胧的月光之夜，龚小宝看不见而已。枝子说：“如果你明天不上班，今日你就不用走了，春波的床铺空着。”龚小宝坚持要走。枝子把龚小宝送走以后，回到家里对父母说：“爸，妈，你们把我抚养成人不易，这回我成全你们的愿望，不就是要找一个家住县城、有体面工作的女婿，在刘庄有面子？我已经做到了。我保证只要我不挑剔，龚小宝对我言听计从。”说完，枝子回了她的卧室，并关紧了卧室门。李汉光与张明清面面相觑，认为枝子的心中依旧藏着“走出大山”的想法，现在被逼抛在了脑后，但心有不甘。而枝子，在父母睡了之后，黑暗中眼睛睁着，浮想联翩，最后深深地叹息一声，小声自言自语道：“要想实现自己走出大山的理想，只有与龚小宝结婚以后再从长计议了。也许，走出大山的理想，只有来生去实现了。”

得富把栓子的礼品送去之后，栓子的家人是理解了，栓子却不甘心。他告诉得富，他哪天会再来沙河集镇，跟枝子再见一次面，有些话当面说。栓子母亲说：“儿子啊，你是村干部，人家把话挑明了还说什么呀，东方不亮西方亮，总有一个女孩子在那儿等着你。”栓子说：“妈，我不是找不到恋爱的女孩，确实有女孩追我，但我只看得上枝子，你不理解我的心思。”栓子父亲生气道：“这有个屁用，蛤蟆爬在冰上，一边热一边冷。”栓子不想与父亲争执，生气地出门而去。

半个月后，栓子坐车来到了沙河集镇，租了一辆自行车骑来刘庄。这次没带任何礼品。栓子把自行车停在刘庄村东一户人家的墙壁边，走到枝子家屋侧的大树下站着，谛听枝子家里有没有说话声，没听见，断定枝子父母不在家里，又见大门开着，就大胆走进枝子的家门，可家里没人。出来问过路的人，得知枝子去了县城，又得知枝子的亲事定在县城了。栓子失望地仰天悲叹："枝子，你为什么不给我一点机会！"于是忧郁地返回沙河集镇，走到上次与枝子见面的地方坐着，希望今日能再次见上枝子一面。果然一个小时后，栓子真的见到了枝子。原来枝子没去县城，她在沙河集镇，来给在校住读的春波送菜。

栓子见到枝子时喜出望外，大步地走向枝子。枝子见到栓子的刹那一愣，犹豫一下，然后大步地走向栓子。枝子认为，东西都还给你了，并且还超量了，二人之间没有任何纠葛，还想纠缠吗？可枝子没想到，栓子提出了一个有趣的要求："枝子，我知道你瞧不上我，我只想跟你交个朋友，希望你满足我的愿望。"枝子一口回绝："这不可以，这会影响你的婚后生活，也会影响我的婚后生活，我不能答应你。"枝子认为栓子真的走火入魔了。栓子一听，双手用力揪扯自己的头发。枝子说："我已经在县城找好了对象。"栓子激动地说："我知道，我去了刘庄，有人已经告诉了我。算了，你走吧，今生无缘，来生再追你。"见枝子走远了，栓子捡起地上的一块石子，用力地掷向路边的稻田里，他清楚，恋爱自由，他不能把枝子怎样。

进入了盛夏。一个星期天，早饭之后，龚小宝开着那辆刘庄人已经熟悉的面包车，停在枝子家门前。已经来过多次了，龚小宝一下车，认识的人就跟他打招呼。枝子赶紧出来迎接。太阳热烘烘地烤着大地，池塘的水似乎烤热了。狗伏在地上伸出舌头。枝子对龚小宝说："不要把车停在路上，停到大树下的阴凉里。"龚小宝唯令是从，赶紧把车停在树荫下。枝子批评龚小宝："这车不是你的，以后不要开来刘庄，不好哩。"龚小宝向枝子承诺，婚后保证购买一辆崭新的。龚小宝每次来，给李汉光一包烟，是李汉光爱抽的牌子；从县城里带菜来，有肉有鱼有鸡，今日也不例外，让枝子的父母好是喜欢。当然龚小宝此举也让刘庄人羡慕，夸是刘庄最好的女婿。不能说这家人爱财，真不是的，枝子的父母是想透过这个细节，检验龚小宝以后是不是顾家的男人。龚小宝走进枝子卧室，并带上门。枝子的父母视而不见，放心他们，不会做出越轨的事来，枝子是传统型的，龚小宝也是如此。关门的原因，是龚小宝把本月工资的一半，往枝子衣袋里塞，枝子总是阻拦不要，但最终的结果是，枝子经不起龚小宝的情真意切，只得收下，而且收下时眼里潮湿，恨龚小宝一步步消磨她走出大山的理想棱角。有时枝子想，这龚小宝就不能对她坏点、狠点吗，为什么要对她这般好？下个月的月底，龚小宝发了工资，瞅星期天休息又来见枝子。这次龚小宝没有开来那辆别人的面包车，而是骑来了刚买的摩托车。刘庄人也熟悉突突的摩托车的响声，起初以为是春生来了，细看之后见是龚小宝，就议论龚小宝家境富裕，说枝子摊上了龚小宝，有一辈子享不尽的荣华富贵。在枝子的卧室里，龚小宝把自己本月工资的一半又塞进枝子的衣袋。枝子说：“小宝，你以后不要这样了，我真的受不了。”龚小宝动情地说：“知道我爱你有多深吗？如果你现在说为了你，让我跟人拼命，我会在所不辞。”枝子再也经不起这种真挚情感的冲击，突然觉得在龚小宝面前毫无招架之力，她要倒地了，她倒在了龚小宝的怀里，龚小宝紧紧抱住：“枝子，我想结婚。”枝子喃喃地说：“我同意。”……

接下来，龚小宝照刘庄的风俗习惯，一一办妥了枝子出嫁前的聘礼之事。枝子父母清楚，这聘礼在刘庄是数一数二的。前面说过的，李汉光与张明清不爱财，不想在枝子身上捞一把。之所以要龚小宝按刘庄的规矩办事，主要出于面子上的原因，这代表了人的脸面。私下里，李汉光与张明清商量好了，到时候把它们作为枝子的陪嫁，悉数退还回去的同时，还要再陪枝子一些嫁妆。夫妻俩心里镜子般明亮，龚小宝家境优裕，枝子处于劣势，越是这样，娘家越是要给枝子长脸，牙齿与舌头总有不和的时候，不想因为这事，让枝子嫁过去以后，听到烦心的闲话。张明清与严向英都找了算命先生，婚期定在冬月初二。

按刘庄规矩，枝子冬月初二出嫁，李汉光冬月初一就在家里摆上酒席，其排场不逊色于小红，就摆桌数量来说，还比春花出嫁时多了一桌。刘天合因喜欢枝子，在刘庄一吆喝，与此同时自己带头送上人情，于是呼啦啦都来了。人多，桌面多，李汉光同样请了沙河集镇上的厨师，这样在生活方面他与张明清就不操心了，人家是全套班子，把碗筷桌椅都带来了。随着社会的发展，沙河集镇上应运而生了好几组这样全包的厨师班子。这天天公也作美，李汉光与张明清担心的下雪没有发生，温暖的冬阳普照着刘庄大地。李汉光见人就打招呼，有人先前打过了，李汉光再打招呼，是从未有过的惬意。张明清焕然一新，穿着过年时的新衣服，在人群里风风火火，且走且笑，一脸春风。自春波过十岁生日办过喜事，这个家几年没办喜事了，这机会难得令她欣喜，与人说起客套话没完没了，有时情不自禁地拉着别人的手说。刘天合在开席之前发表讲话，好好把枝子夸奖一番，进一步增加了喜庆氛围。

婚宴开始后，枝子由父母领着，一桌一桌敬酒。给刘天合敬酒时，刘天合却说："枝子，今天是你大喜的日子，你的笑容为什么没有平时灿烂动人？"枝子笑说："刘伯看花眼睛了吧，我一直在笑哩，别看不在脸上，但在心里哩。"张明清赶紧笑说："枝子一直在笑，只是昨晚熬了夜，有些累，笑容浅一点罢了。大家吃菜喝酒，尽量地喝。"每到新的一桌前，李汉光就要燃放一小挂鞭炮，刘庄人称之为"炸席"，以提振婚宴的气氛。突然，张明清看见了站在大树下面的小秋，他是什么时候来的没人知道。张明清大声说："小秋，你瞧什么呀，这里正好有个空位，快来坐下喝酒。"小秋朝张明清摇了摇手，意思是不过来，自己只是站在这儿瞧瞧热闹。张明清就过去把小秋拉到空位上坐着。这时坐在别的酒席上的小秋的父亲站起来，要小秋回家，说锅里有剩饭哩。小秋起身要走。这时李汉光冲小秋的父亲说："孩子已经来了，让他坐下吃，位子空着也是空着。”说完，过来把小秋一把按坐到位子上。枝子给小秋的酒杯里加满了酒，但没有叫小秋喝。小秋与枝子的眼光相遇了。小秋感觉自己的眼珠要蹦出来了，瞧枝子的眼神是那般专注。枝子赶紧回避小秋的目光，去了另一桌酒席，给别的客人敬酒。张明清走时拍了拍小秋的肩膀，说今日是枝子的好日子，要小秋放量喝酒。但小秋没听张明清说话，眼光跟随着枝子。小秋旁边的人扯小秋的衣服：“不要瞧了，新娘是别人的，快喝酒。”这话似乎击中了小秋的痛处，小秋倏地坐下，将一杯酒倒进嘴里，颈项一伸，整杯酒下肚了。接着小秋喝了第二杯、第三杯，喝第四杯的时候，小秋的父亲过来夺下了小秋的酒杯：“你还喝！已经醉了！”小秋央求道：“爸，你不要拦我，今日让我喝醉吧。”父亲发现儿子眼里有了晶莹的泪光，就不与儿子吵嘴，离开时特意嘱咐小秋酒席上的斟酒人，再不要给小秋斟酒了。

冬月初二上午，龚小宝那边请来了六辆面包车，因有一次李汉光向龚小宝提及小红出嫁，男方开来四辆面包车。龚小宝没有攀比之心，但他发觉岳父有强烈的攀比之心，在暗示他。当六辆面包车整齐地停在枝子家门前的公路上，有攀比之心的李汉光，因欣喜眼睛眯成了一条缝，称枝子这回真给他长足了脸面。

上午十点左右，穿着美丽婚服的枝子，在伴娘春花与表妹的陪伴下，轻盈走出卧室，然后坐上龚小宝开来的婚车。这时站在枝子屋侧面的小秋，眼泪刷地流了下来。这个细节，恰好被刚上车的枝子看见了，当时枝子回头跟人说话，在回头的瞬间，眼光正好扫到了小秋。枝子看见了小秋流泪，心里恨道：“这天杀的，为什么要站在那树下，刘庄这么宽敞的地方，他哪里不能站呀！”因为小秋的缘故，枝子上了婚车后，就催龚小宝出发。本来枝子还想多逗留几分钟，与家人及刘庄人说些离别的动情的话语，被该死的小秋搅乱了心思。

六辆面包车依次出发了。枝子把头伸出窗外，向站在家门口的父亲与母亲轻盈挥手，向站在父母身边的嫡亲们依依惜别。因不想见到小秋，枝子又催龚小宝要司机们加快面包车的速度。枝子岂知，小秋就跟在最后一辆面包车的后面，小跑着，与面包车保持一样的速度。小秋的举动让刘庄人目瞪口呆，认为小秋因枝子结婚过于欣喜，被喜庆冲昏了头脑。六辆面包车一过刘庄村东，就快速前进，而小秋追到村东后也加快了脚步，一边哭泣一边奔跑，直到六辆面包车过了那个转弯，在小秋眼前消失了，小秋才颓然地坐在公路边哭了起来。

第十九章

冬天温暖的阳光，透过婚房的玻璃映到婚床上，也映在睡在婚床上的枝子与龚小宝的脸上。县城的地理位置与刘庄真不一样，此时如果在刘庄，即便门朝东方的家庭，阳光也不会照进室内，最多在山顶处跳跃。婚房一片红，红喜字、红被子、红床单、红蚊帐……地板也映红了。枝子坐起来的时候，脸是红彤彤的。这么早起床干什么呢？龚小宝也披衣坐了起来。龚小宝要枝子多睡会儿，说外面刮着北风哩。北风的声音在屋顶上响着。又说此时才早晨七点多钟。枝子说以前在外打工，这个时候要起床洗漱。龚小宝说那时是那时，现在枝子是新娘子。枝子提醒龚小宝，她进这个家门几天了，今日是“回门”的日子，她要下床做家务，不能让这几天累着的公公婆婆再累了。枝子喜悦地告诉龚小宝，她现在就是这个家庭的一分子，不是外人了，该她承担的她要主动承担起来。下床后，枝子换上从娘家带来的衣服，做家务时不怕脏，更利索做事。龚小宝想，好吧，你要表现就表现吧，但我必须陪你一起做，风雨同舟嘛。可枝子把龚小宝的头按进红色的被子里。龚小宝动情地说：“我把你娶进家门是用来疼的，我不能让你累着，知道我爱你有多深吗？你是见不到底的，只有我自己清楚。我要好好爱你，我觉得我这辈子就是为爱你而来到这个世界上的。”枝子看似刚烈，但真正遇到真情表露时，她也会情不自禁被感动，于是把嘴唇凑到龚小宝的额上吻着，且吻且想，我是他的妻子，我应该对他这样。龚小宝双手抱着枝子的脖子，生怕一不小心松开，美丽的枝子走掉了。只有恩爱的夫妻才会如此，才有这样的真情表露，难舍难分。枝子心花怒放，喃喃地说：“好了好了，你安心睡觉吧，要听话。”听着“要听话”三个字，龚小宝更疼爱枝子了，龚小宝于是慢慢地、极不情愿地、依依惜别似的松开手，瞧着枝子慢慢地伸直身子，站在床铺边。当枝子转身走到卧室门口时，龚小宝突然坐起要下床，枝子折回，再次把龚小宝的头按进了被子里。

婚房在二楼。枝子噔噔噔走下楼梯，来到一楼，洗脸时，听见了严向英与龚长海的说话声。枝子推开他俩的卧室门，亲切地说：“爸，妈，天气寒冷，你们多睡一会儿，这几天把你们累坏了。等我做好早餐后你们再起床。”严向英说今日是枝子“回门”的日子，不要枝子动手，并嘱咐早餐后，枝子和小宝就去刘庄。枝子清楚今日是“回门”的日子，枝子只想利用今日烧早餐和收拾家务，让龚小宝与公爹公婆知道她不是懒人，有吃苦精神，能到外面上班又能下厨房。枝子拿起拖把，非常熟练地拖地，并将大门打开，让新鲜空气进入，待抹净了桌椅茶几等之后，再把大门关上。在厨房烧早餐，枝子面对厨房的各种自己没有用过的设备，并不惊慌，聪明的她一看就会，用起来动作熟练，该用电的用电，该用煤的用煤。枝子不知，严向英透过卧室的门缝，将枝子一举一动看得一清二楚。严向英对龚长海小声道：“咱小宝这辈子享福了，这枝子真的是个能干的好姑娘。”龚长海笑道：“我第一眼观察枝子就知道了，看人看面相，枝子就是一脸福相。对，今天早晨就让枝子表现一番，以后就不要她这样了，你多辛苦点。”严向英说：“这话还要你提醒啊，我的儿媳妇我会心疼。”这时老两口听见龚小宝的声音，接着听见枝子说：“不是嘱咐你不要起来，饭熟了我再喊醒你。”龚小宝笑说：“我在床上睡不着啊。”

吃过早餐，枝子带着龚小宝“回门”来到刘庄。对枝子来说，这是高兴事，可一件事让枝子不悦，原因是自枝子出嫁那天开始，小秋就不去沙河集镇上的修理部做事了，修理部大门关掉几天了，老顾客们高兴来，失望归，很有意见。小秋每天要么待在家里睡觉，要么到枝子娘家屋侧大树旁站着，瞧枝子门前洗衣的地方，有时抬头瞧树枝以及枝叶上面的天空。冬天，大树光秃一片，人们不知道小秋瞧什么，想瞧出什么新意来。小秋站在树下不言不语，除了瞧还是瞧，人们看着有酸酸的感觉。李光汉走到小秋面前，追问小秋瞧什么，李汉光把大树好好瞅了一下，上面什么东西也没有。小秋回答说看天空，又重申看天空就是看天空。想到小秋发育得没有同龄孩子灵活，李汉光就走了，心想你要瞧就让你瞧个够，瞧够了你就去修理自行车。再说瞧与不瞧也是小秋的自由，别人无权追究此事。可小秋父亲开始过问小秋，昨天傍晚，小秋父亲走到大树前吼小秋："瞧你的魂啊，自行车我帮你推来了，快去镇上打理修理部，几天不见你的人影，这生意以后还想不想做呀！"小秋不去，与父亲争吵起来，不去的理由在父亲听来不是理由，典型的驴唇不对马嘴，强词夺理，父亲情急之下，连抽了小秋两记耳光。小秋被抽蒙了，有点晕头转向，于是走向枝子以前洗衣的池塘边，还在犟嘴不去，又说以后不做那生意！父亲几大步跑到小秋跟前又要抽耳光，小秋赶紧朝后退去，竟然跌进了池塘里……李汉光与张明清从田地回家，听别人说起这事，非常生气，说小秋哪里不能跳水呀，偏偏选在他们家前的池塘边跳，不吉利。小秋为什么突然变成这个样子？刘庄有人背地议论，说小秋因为枝子出嫁的原因。但议论的人也承认，这事与枝子没有关系，不过枝子听后，心里镜子一般清晰，小秋的举动与自己有关系。枝子在心里说小秋：要用镜子照照自己配不配，活该！

因心情不爽，吃过午饭，枝子就催龚小宝回去。张明清要他们吃了晚饭回去，有车不怕回不了县城，枝子坚持说算了算了，早点回家。路上，龚小宝询问枝子谁是小秋。枝子生气地说："刘庄一个脑筋有毛病的人。"见枝子脸上表情不好看，龚小宝就说别的话题。龚小宝使了好大的劲，并用了一些可心的肢体语言，终于让枝子脸上有了笑容。回到县城的家里，一进卧室，龚小宝就抱起枝子。枝子说："放下我。我有个想法，明天你要上班了，你的婚假也结束了，我想下午瞅气温高，又有太阳，坐摩托车到县城边走走，看看城边的山峦。"龚小宝好奇地说："那里有什么好瞧的，就是山脚与稻田，还有一条小河沟。不如我带你去公园看看，虽然谈不上真正意义上的公园，但它在县城人看来就是公园。"枝子说："我们还是去看看山脚吧。以后你上班了，我在家里没事了，我会去公园看的。公园的位置我知道，离我们家不太远，我一会儿就走去了。"龚小宝就是看不得枝子脸上央求的表情，一看就有心疼的感觉，握起枝子的双手说："你要戴上手套，不能让北风吹裂了美丽的双手。同时，你还要围上厚厚的暖和的围巾，我老婆的脸是天下最美的一张脸。"枝子感觉龚小宝感来越油腔滑调了，不过她喜欢听。龚小宝认真地给自己澄清，说他所说的每句话都是由衷的，都是他的肺腑之言。

枝子与龚小宝出门时，严向英嘱咐他们早去早回。枝子说："妈放心，我会早点回家的，晚上我烧晚饭。"严向英说不用，她到时会烧好晚饭等着他们回来。龚长海待二人出门之后对严向英说："听听，枝子张嘴一个妈，闭嘴一个妈，比咱们的亲生闺女还要嘴甜。"严向英就批评龚长海，他的话对她说可以，不能让龚小丽听见了，那会伤了小丽的心。严向英说："现在小宝结婚了，枝子走进了家门，我们这辈子只生育了小丽和小宝，手背手心都是肉，不要偏心小宝而冷落了小丽，也不能顾及小丽让枝子不高兴，要处理好他们之间的关系，做父母的要掌握好一个度。"龚长海生气地说："你把你自己把握好我就放心了。"夫妻俩互望一眼笑了。

龚小宝熟练地驾驶着摩托车，枝子双手紧紧抱着龚小宝的腰。枝子兴奋着，突然想起了第一次看见春生带着春花回刘庄的情景，当时好是羡慕，想不到时间不长自己也拥有了。枝子想到春花这次做伴娘，回去时由衷地说："我住沙河集镇上，你住在县城，你还是比我强，你的走出大山的梦想终于实现了，祝贺你。"枝子不要春花提"走出大山"四个字。枝子说：“我真没想到龚小宝对我这样好，他走进了我的心灵，在他与走出大山之间，我要选择他，以此回报我的父母。”

龚小宝把枝子带到山脚处。龚小宝说：“因是下午，一会儿回家方便，我们只站在这个位置看一看，其实还有离县城远的山脚，那儿的山比这儿大多了，站在山脚下，看站在山顶的人，是看不清楚的，似乎是个小小的黑点。我读初中的时候，有个星期天我们几个同学专门去那儿爬山，爬到山顶返回，一上一下四个小时。真的，比你娘家沙河镇的山还要大。但这里与沙河镇不同的是山大畈大，于是诞生了县城所在地的这片畈地。给人的感觉是，站在山顶时觉得这里就是巍巍大山区，站在我家的位置，就感觉置身于无垠的平原。我想知道你为什么想看山呢？”枝子说：“我生在大山，对大山有感情，看见大山就亲切啊。”龚小宝说：“我明白了，你是初来县城居住，开始肯定不习惯，待你居住一段时间后，你就会爱上县城而瞧不起大山，会觉得生活在县城比生活在大山里强百倍，你的人生境界就会发生质的改变。”枝子说：“但愿如此吧。”枝子一边回答，一边漫步走向对面的大山。龚小宝说：“哪天时间充裕再上到山顶看看，好吗？”枝子说：“我只走到山脚处的河边。”龚小宝就跟在枝子身后。身边的田地里长着包心白菜，最上面的菜叶因为霜打的缘故都蔫了。在这块平坦的田地里，种植的不是稻谷与小麦，而是各种蔬菜，保障县城居民的日常蔬菜供给。龚小宝向枝子介绍，这里属于城郊村管辖，村民都以种菜为生，改革开放提升了这里的蔬菜种植能力，引进了先进的蔬菜种植技术，放眼望去，这里有很多白色的蔬菜大棚。可整齐的菜畦、无数的包心白菜、无数的蔬菜大棚以及北风中忙碌的菜农的身影等，都不是枝子想看到的情景，枝子就是想看看山，看看山脚处的小河。站在河边上，枝子静静地瞧着河里的水。其实小河也没有什么可看的，冬天的河水在流动，发出潺潺的声响，透过流动的河水，下面是光滑的石头与沙砾等。河边，除了几处有四季常青树木，给小河点缀了一点绿色，整个感觉是枯萎的。而对面的大山上，除了几处零星的绿色，就是光秃秃一片，龚小宝看着顿生苍凉之感。一阵北风从县城北端吹来，枝子感到了一阵寒冷，不由打起寒噤。龚小宝把枝子双手焐在自己的双手里：“这里没啥好瞧的，如果春天来瞧，倒是有些看点，至少满眼绿色。走，我们回去吧，小心感冒了。”枝子微笑点头。坐在摩托车上，龚小宝一边驾驶摩托车，一边询问枝子来此看后有何感想。枝子说：“我就是想来看看，看过了，好奇心就没了，或者说小了。原来这里的山跟我娘家的山是一样的，没有区别。那河水都是一样清澈，不，似乎有些浑浊。”龚小宝笑说：“我听别人说这河水的源头在沙河镇，流到这里，加上县城人多，有点浑浊也在情理之中。”这时枝子突然想起了栓子，他住在城郊，不过县城分为四方，不知道他在县城哪一方，担心遇到了这个情感有些走火入魔的人，枝子催龚小宝加快摩托车的速度。

次日吃过早餐，龚小宝去上班，枝子嘱咐龚小宝：“要好好工作。工作时不要想我，安心工作，工作才是第一位。”龚小宝在枝子脸上亲吻一下：“知道我的想法吗？我感觉我时时刻刻都离不开你，我想现在把你带上，下班后我们一起回家，多爽！”枝子把龚小宝拥抱一下：“你一个人去吧，我怕我去了不好，你单位的人会笑话我，还会笑你一时半会儿都离不开我，要怀疑我用迷药迷住了你的魂。”龚小宝说：“哪个要这样说，我就跟哪个急。同事们对我都很好，不会这样说的。再说，我们是合法夫妻，他们巴不得我们如胶似漆地恩爱哩。而且现在有了摩托车，来回也方便。”枝子说：“小宝，你不知道，婚后我是真心爱你了，有些事情你不明白，我也不会告诉你，婚前我的心思非常复杂，但现在我都甩开了它们，我要真心实意与你恩爱一场，做你的好妻子。知道昨天我为什么要去看山吗？我不是想记住大山，我是想忘却大山在我心目中的位置。这里的山与沙河镇的山没有不同，有的似乎还要大些，但我枝子不同了，我已经不是沙河镇刘庄的枝子，而是县城龚小宝的爱人了。”龚小宝听着这话新颖，可又觉得怪怪的。

严向英反对龚小宝把枝子带到工作场地上。她批评儿子：“枝子长得如花似玉，又这么寒冷的天，你要冻坏枝子吗？再说你的工作场地在公路上，风吹起灰尘，车辆驶过又起灰尘，这怎么能行？把枝子留在家里，我还有个说话的人。”龚长海与严向英都在县城的供销社上班，严向英请了长假，说是休息一年多，到了退休年龄就退休。枝子没进这个家门时，如果不是周末，家里就严向英一个人，没有熟人来家聊天，严向英就感到寂寞。龚小宝对严向英说：“妈，枝子也想跟我一起去，去了我不让她去路上，我让她待在我在单位的临时宿舍，那儿是天生乡政府的所在地，她可以在那儿随便走动走动。”严向英态度坚决地说：“不行。年后天气暖和了再去吧。枝子还是新媳妇，不好。”枝子瞧了一眼婆婆脸上的表情，对龚小宝说：“小宝，你一个人去吧，不要耽误上班。我在家陪妈，顺便做做家务。如果中午休息时间长，你就骑摩托车回家吧。反正有了摩托车很方便。”龚小宝向枝子微笑一下，上班去了。

严向英嘱咐枝子：“以后不要事事都听龚小宝的，要有自己的主见。对你来说，最重要的事是把身体养好怀上孩子，我们家包括你四个人，三个上班拿钱的，家庭条件这样好，最缺的是一个孩子，如果你能在明年内为这个家庭生下一个孩子，男孩女孩都好，你就是这个家庭的最大功臣。”枝子脸红了，没说自己能不能怀上孩子，以前听母亲张明清说过，生儿生女是要命的，不是自己想怀上就能怀上的，有时如何努力都怀不上，有时不经意间就怀上了。再说这事就是婆婆不提醒，自己也希望怀上。枝子就说自己的身体好，没有一点毛病，能吃能喝能睡。严向英高兴地说：“这就好。以后遇到身体不舒服时告诉我，我带你去县医院检查。看你的面相也是儿女绕膝，哪有怀不上孩子的。今天说到这件事，我想啊，我现在身体还好，带孩子没有问题，如果你和龚小宝把生孩子的事往后拖，哪天我身体差了，带不动孩子了，到时候也是你们的负担。”枝子礼貌恭敬地向婆婆表示了谢意。严向英向枝子传授了一些如何提升营养、如何保胎的知识，是否有效枝子不知，但枝子听着时脸红耳热，只能点头接受。枝子清楚婆婆的要求一点也不过分，走进了龚家，自己就要为龚家传宗接代，这是自己的责任与义务，也是娘家所盼望的。

当枝子从厨房拿来毛巾准备清洁有水迹的茶几和桌面的时候，严向英赶紧夺下了毛巾，说这样的小事以后由她来做，不用枝子操心。枝子说："我也没有上班，我总不能天天在家只吃只玩吧，我总得做点事吧。"严向英说："我发现你没听懂我的话，我曾告诉过你，我现在请了长假在家，等过一年多我就退休了，我每天总要做些事吧，我工作了几十年，是个闲不住的人，你做你的本职工作就行了。"枝子感激地说："妈，当你的儿媳妇我知足了，你的好颠覆了我没进这个家门前的想象。只是我希望你不要把我过于娇惯，那样我就懒散了，不好，邻居们也会笑话我。"说到邻居，严向英提醒枝子，没事不要随便串门，县城不兴串门这一套，实在在家无聊，到公园去走一走，到街上看一看，逛一逛商场。

在婆婆手脚麻利做事时，枝子去了楼上自己的卧室。这时婆婆在楼下喊道："枝子，你可以坐在沙发上看看电视。"枝子说："我不看了，就在卧室里看看书。"枝子拉开了窗边书桌的抽屉，龚小宝获得的奖状下面压着两本小说，看了内容说明，枝子放下，枝子不看战争题材的小说，爱看情感题材的小说。枝子把那些奖状拿到桌面摊开观看，看着看着，产生了一个想法，想把这些奖状贴到墙上。枝子下楼把想法告诉婆婆，希望贴在客厅墙上，但婆婆说他们先前没贴，现在贴在墙上，熟人进屋见了感觉突兀，龚小宝喜欢低调，就低调点吧。枝子没有反驳，走上楼梯，这时婆婆说："如果你想天天见到它们，你把它们贴在你卧室的墙上。获奖是好事，不知道小宝是怎么想的。"接下来枝子就做贴奖状的事情，做完了，躺在床上瞧，红色奖状与整个卧室相得益彰，点缀得非常好，看着激励人，也养眼。

龚小宝中午在单位吃午饭，傍晚时回到家里。听见摩托车在门外的响声，枝子噔噔噔地下楼迎接小宝，在厨房忙着的严向英望着枝子，会心一笑。见到了小宝，枝子对小宝嘘寒问暖的。枝子瞅小宝的脸与手，用手去摸，心疼地说："快进屋暖和，真的好冰啊。"龚小宝笑说："这有什么呀？我不怕冷，我是男人，一个男人经不起北风吹，那能做什么工作？”这时早下班的龚长海，听见枝子说话，从卧室出来说：“枝子，不要那么心疼小宝，我像他那个年龄，哪里知道冷呀，同时年轻有热情，全身有使不完的劲，你把他惯坏了，以后你会吃亏的。”枝子对龚长海笑说：“爸，你想多了，小宝真的很优秀，这跟你和妈对他正确教育分不开。”龚长海对龚小宝说：“不吃苦中苦，难成人上人。”龚小宝笑说：“爸，这话不要当着枝子的面说，我一直记着，我不是一直这样奋斗的吗？”龚小宝牵着枝子上楼，一进卧室，见到墙上的奖状，就感激地抱起枝子转圈，是发自心底的喜悦。枝子说：“我一个人闲着时就看看墙壁上的奖状，就能想到你努力工作的情景，心里踏实。”

晚饭后，龚小宝与枝子没下楼看电视，也没到外面散步，二人洗澡后上床睡了。小夫妻俩有说不完的悄悄话。枝子把头枕在龚小宝臂弯里。龚小宝说：“今天一上班，同事们就对我说羡慕的话，称我是有福之人，又夸你人好，是个贤惠的妻子。大家都为你的美貌所折服。结婚那天的酒席上，你也看到了，同事们都对你交口称赞。不要认为他们是奉承，不是，他们是由衷的。哪天不刮风，天气晴朗，我带你去我单位看看。”枝子想把婆婆对她说的话说给龚小宝听，但想想欲言又止。龚小宝说：“想知道我今天工作时在想什么吗？”枝子转过身脸朝龚小宝，很想知道。龚小宝说：“我工作时想的都是你，而想你又不影响我的工作，越干越有劲，平时要三个小时干完的事，今日提前了半个小时。”枝子感动地说：“小宝，我今日向你表态，以后我要做一个好女人，做一个好妻子，一心一意爱你，爱这个家。”龚小宝说：“你为什么要这么说，你以前不是一个好女人吗？在我心里，你的过去与现在都是冰清玉洁。”枝子说：“我是好女人。不，我也不算好女人。然而我骨子里还是好女人。即便不是好女人，以后也会做个好女人，做你龚小宝的好妻子。”这语无伦次的话将龚小宝绕得有点糊涂，但玉人在怀，龚小宝也不往深处想，起身拉灭了电灯……

星期日，枝子与龚小宝提着礼物去感谢小卓，中午把小卓和她爱人请到餐馆招待。小卓告诉枝子，由于沾亲带故的关系，以后彼此多走动。枝子向小卓表示了真诚的谢意，没有她的帮忙，枝子不会跟龚小宝结为夫妻。第二天，为了不影响龚小宝上班，枝子一人回了沙河镇。在沙河集镇下车后，枝子没有马上回刘庄，而是先去学校，把送给春波的东西给了他，然后来看望春花。一进门市部，春生就打趣枝子："看看，县城人就是县城人，这枝子才去了几天，全身都是县城人的气派。回娘家路过沙河集镇能来看看我和春花，我们就十分感谢了。"枝子佯装生气地说："春生你不能这样说，我与春花是永远的好姐妹，要行走一辈子的。"枝子故意过去朝春生后背打了一拳。春生继续拿枝子打趣："实在是龚小宝捷足先登，否则你枝子就险些被那个马金重金买走了。"春花瞧着春生说："别瞎说。即便不出现龚小宝，枝子也不会答应马金，距离太远了，又不是住在县城里，农村与县城是两个不同的概念。什么叫城里人？我们不是，马金更不是，只有枝子现在是。"这时有人喊春生，春生跑了出去。枝子对春花说："你别这样说了，我的心思你最清楚。不过实话实说，我现在挺幸福的，龚小宝对我真的很疼爱。"春花笑说："你不知道，我最喜欢现在的你。"春花知道枝子的真正心思，嫁到县城并非真正走出了大山。枝子要给春花一个定心丸，称她现在的脑海里只有三个字：龚小宝。

走进刘庄，热情地招呼枝子的，是一张张亲切的笑脸。走进娘家，父亲李汉光提及养猪场的事，说枝子出嫁了，现在没有信心办养猪场了，担心人手不够。又说明年开春之后再行动，不能让费神费时垒起的养猪场废了。枝子生气地说："爸，你的目的已经达到了，你为什么还要折腾自己。小宝说了，不担心家庭经济困难，有他有我哩。你当初办养猪场，不就是做给我看的，让我死了走出大山的心吗？我现在已经死了这条心，只想跟小宝好好过幸福日子。"李汉光说："你要早死了这条心，我就不会花那么大的精力。好了，听你的，把养猪场的事先放一放，以后再说吧。”张明清对枝子说：“闺女啊，你现在的想法娘好喜欢啊。我当时不是说了吗，小宝就是皮肤黑点，看几眼就顺眼了，这辈子享了清福，可要记得娘的苦心啊。”枝子过来握紧了母亲的手。

枝子在娘家歇了一晚，第二天吃了午饭坐车回到县城，在县城逛到傍晚才回家，走到门外时，突然听见龚长海在对龚小宝发脾气，就站在门外听原委。只听见龚长海大声说：“龚小宝呀龚小宝，你简直太固执了，你现在结婚了，家里有了枝子，不是以前的你了。你就算不为你自己想，也要为枝子着想。我想办法把你从道班调回县城供销社工作，我是冒了风险的，是犯规在办这件事，现在办好了，你却死活不同意。回县城才好，等于在自家门口上班，多方便，多少人削尖脑袋找关系想拥有这个好事，多难啊。”龚小宝斩钉截铁地说：“爸，你不要逼我，在别的事情上我听你的，但这件事我不同意。我爱公路事业，不然我当初就选择去别的单位上班，我当时也有选择性。现在，那里有我的一班好兄弟。另外，即便我想调回县城工作，我要凭自己的实力，待我做出了更大的成绩，领导自然会把我调回县城，县城有公路局，我现在年轻在一线多干干。我最不想你犯规把我调到县供销社。重要的是，我不喜欢那一串串的数字。”说完，门外的枝子听见龚小宝上楼梯的声音。枝子进屋后，见龚长海与严向英都坐在客厅沙发上，便亲切地喊一声“爸”，又亲切地喊了一声“妈”。龚长海说：“我刚才说的话你都听见了？”枝子点头说：“我一字一句都听在耳里，你是好心，我理解你的心情。”严向英说：“长海啊，我们把思想解放一些，我认为小宝的想法不是没有道理，他想凭自己的能力调回县城，是积极向上的表现，我们就尊重他的意愿，给他两年时间，到时候他能凭能力调回县城是最好的，不行的话，我们再替他操心也来得及。还有，他不愿意从事供销工作的想法，我们也要放在心里掂量掂量，要从长计议，没有兴趣是干不好工作的。”龚长海生气地说：“不是我批评你，一到关键时刻，你总是替他圆场，息事宁人，这不是爱他，是害他。他一口一个热爱公路事业，哄人的说辞，他就是追求工作单纯，不受人管制，每天在公路边推动那些沙子，有谁去现场监督他？他就想图个自由。算了，这次再听你一回。”严向英向龚长海投去理解的微笑。龚长海缄口不语，看起电视。枝子上楼，知道龚小宝没有消气，她要好好安慰他，尽妻子的应尽之责。

第二十章

对龚小宝来说，每晚与枝子同床共枕，并不能止住他每时每刻想见枝子的冲动。一日不见如隔三秋是老话，但龚小宝现在两小时不见枝子，感觉如隔三秋。龚小宝恨不得把枝子缠在自己腰上，走到哪儿带到哪儿，想看就看，想亲就亲。而枝子对龚小宝也是爱得真切，每天早上，在龚小宝上班走时，总要抱抱龚小宝，亲了龚小宝的额头，再亲龚小宝的脸，难舍难分。龚小宝一次亲吻似乎没有止渴，龚小宝已经走出了卧室，接着又折回卧室，将枝子再亲亲，再抱抱。傍晚的时候，枝子估计龚小宝快要回家了，提前站在大门口等候龚小宝的归来，二人见了面总是先亲亲，然后再进屋，彼此心里都欣喜得怦怦跳动。这场景有时被邻居看见，好羡慕这对年轻的夫妻。

龚小宝上班的单位叫来生道班，离县城二十公里。那儿是来生乡政府的所在地。春节过后，来生道班召开了一次重要会议，按上级安排，道班实行责任分片管理制度，每人分有路段维护任务，旨在提高工作质效。大家考虑龚小宝新婚不久，就照顾龚小宝，将紧挨道班的两公里路面维护分给了他。好处是，别人从道班出发，还要时间到达自己的指定位置，龚小宝不一样，出了道班大门就能工作，这样就能提前完成任务，可以早点回家与新婚妻子团聚。作为单位的先进工作者，龚小宝要把便捷让给别人，但大伙都不同意，说此举不是为龚小宝考虑的，是为枝子考虑。

有人开龚小宝的玩笑，那么如花似玉的美人，闲在家里是浪费了。新婚男人三把火，大家希望龚小宝好好烧燃自己的三把火，让枝子见证一下来生道班职工的雄风。重要的是，希望龚小宝经过三把火的燃烧，让漂亮枝子的肚里，诞生一个虎头虎脑的小子，让来生道班后继有人，让公路事业发扬光大。龚小宝感谢大家，玩笑背后是好心，是同事情与兄弟情。但大家有所不知，龚小宝是多么喜爱枝子，爱情烈火天天晚上熊熊燃烧，已有力不从心之感。接着有人拿龚小宝打趣，说龚小宝婚后脸变小了，大家呼啦啦围到龚小宝面前来，瞅过脸颊后发出惊讶，故意说是啊是啊，脸真变小了，瘦削了，最明显是眼圈下面那一块，因瘦而淡化了原本的黑色皮肤。龚小宝要大家不借题发挥，自己也忍不住笑，大家于是哄堂大笑，开心极了。有人提议，要龚小宝哪天把枝子带来道班，不能自己一个人天天欣赏美丽，不能结婚那天让大家看一眼就算了，嬉笑声中，大家不由扛起各自的镶有汽车报废轮胎的推耙，去自己承包的地段工作了。

农历二月，气温升高，天气暖和。县城边的小河里，早已不见冰凌，城郊村的菜农们，早在菜地里劳动了。枝子向龚小宝提出："我天天在家闲着，也很无聊，现在你分有自己的任务，我每天给你帮忙，这样你就可以早点回家。"枝子要龚小宝给她一个推耙，夫妻俩各站公路一边，并行向前工作，这样可节省一半工作时间。龚小宝坚决反对："不行不行。不能要你帮忙做，那任务对我来说不在话下，我做得轻松哩。你要实在玩得无聊，就随我一起去玩吧，坐在公路边的树荫下看看书，有时晒晒温暖的太阳，过段时间路边野花就开了，你采撷一些闻着，芬芳得很。有时听听鸟叫，也很有趣。我是巴不得你随我一起，一会儿不见你，我像如隔三秋，真的难熬思念之苦。"说着，龚小宝亲吻枝子。枝子小声说："我知道我知道，你注意点，别让妈看见了，羞哩。"龚小宝松开枝子又说："你去了，我不胡思乱想，能安心做事，这实际上给我提高了速度。"枝子说："我要么不去，去了就得做事。不要担心我干不了那活，我给你看。"

枝子挽起衣袖，露出一截手臂，它像清水洗净过的一节莲藕，要龚小宝仔细瞧瞧。枝子笑说："我不是大户小姐，我能做事，在娘家，我挑起百斤重的两桶井水，在外面打工，我双手能抱起一包四十公斤重的饲料。我去帮你早点完成任务，我们就早点回家，路边风景再优美，也不及家里温馨。"夫妻俩的对话让严向英听到了，她极力反对。她对龚小宝怒道："你要是让枝子去公路上，我就跟你急，不是一般的急，我是真急，妈急起来的凶你清楚。你做你的工作，枝子做她的工作，各司其职。"接着对枝子说："我以为你把我的话牢记在心，哪知你忘记了，这不好。路上环境那么差，你随小宝去干什么？"见龚小宝垂头不语，显然不敢违拗母亲的话，枝子欲言又止。其实严向英知道二人离不开，他们平时过于亲昵，她都看在眼里，这不可取，会影响心情与工作，于是对二人生气地说："夫妻是一辈子的事，时间长久，不是今天过了明天散了，有太多个日日夜夜啊。不要把自己看成是捆绑的夫妻，就是捆绑了，为了工作大局也要松开。你们每天在一起，想想在沙河镇上工作的人员，他们家住县城，人家也有家庭，一星期才回家团聚一次，人家照样坚持。"龚小宝说："妈，你不懂我和枝子，人家是人家，我们是我们，不一样的，他们有我和枝子这样情深意切吗？"严向英生气道："给我闭嘴！白天几个小时不见能咋的，晚上有多少话说不完呀？"枝子满脸通红，知道不能再对严向英解释了，就把龚小宝往大门口推，要他快去上班。龚小宝故意脚步迟缓，有意做给母亲看。枝子把龚小宝推到大门口摩托车跟前，松开手，龚小宝见母亲没跟出来，就赶紧亲枝子，枝子回亲一个，然后说："有人偷看哩，够了够了。"被枝子推开的龚小宝，这才心满意足地上班去了。

枝子站在路的中央，瞧着龚小宝的身影在自己的视线中消失，欣喜的微笑映在脸上，然而一回到家里，枝子就笑不起来了，因为她感觉婆婆严向英的眼神，是有意识地从她的肚皮上扫过。此时无声胜有声。枝子再清楚不过那眼神背后的内涵。回到二楼的卧室，枝子将右手放在自己的肚皮上摩擦，心里清楚没有丝毫的变化。枝子算算时间，今天应该是来例期的时候，枝子多么不想它来啊。算来结婚已有三个多月了，也应该怀上孩子了。那天去看春花，枝子就偷着询问了春花，春花就比枝子幸运，婚后第二个月就怀上了。说不定已经怀上了，枝子想，在床上躺下，平坦了身子。严向英把午饭烧熟后，站在客厅里喊枝子下楼吃午饭，枝子虽然答应及时，但下楼时却放慢脚步。枝子认为此时例假没来，就不能说没有怀上，还是小心点好。

可是饭后上厕所时，枝子发现身上见红了，赶紧套上了卫生巾。再次回到卧室时，枝子显得情绪有些低落，脸色也不好看了，一副自责的模样。事实摆在眼前，这三个多月与龚小宝干柴烈火般的恩爱，在怀孕这重大问题上没有丝毫突破，他们的身体里依然有着一道不易逾越的屏障，或者是攻不破的堡垒吧。是自己不行还是龚小宝有毛病，或者是二人都没有毛病是没有很好地掌握怀孕的时间节点，枝子想搞清楚，以后不能让龚小宝在她的身上虚晃一枪，自己呢，也不能让一块肥沃的土壤不长庄稼，这样就对不起自己，对不起娘家人，对不起小宝，更对不起这个家庭。枝子在卧室一躺就是两个小时，她没睡，没有那么多瞌睡，她一直坐在窗边，望着窗外的行人，有时望望天空，望望远处的山顶，胡思乱想着。突然枝子听见楼下的严向英大声喊道："枝子，不要老在卧室待着，下来看看电视，调节调节身体。"枝子于是下楼来到客厅。严向英看了一眼枝子的脸色，吃惊地说："照照镜子，你脸色好差啊。"枝子说了假话，没说例假来了，而是说可能有了轻微的感冒。感冒！严向英赶紧过来摸枝子的额头："不烧呀。"枝子说："可能是温烧吧。妈，现在时间还早，我去拿点感冒药，顺便去看看小卓。"严向英同意，但提醒枝子，县城是个老县城，没有改造的街道有些狭窄，行人多摩托车也多，一定注意安全。枝子点头后欣然出门。

天气晴朗，轻微的春风吹过，枝子倍感新鲜。枝子拿了一盒感冒药，不拿又怕婆婆说她说假话。枝子向一位五十岁左右的女医生请教如何有效怀孕。但女医生要枝子去找妇科医生咨询。不过咨询过后，枝子觉得所做的，与医生所说几乎是一样的。枝子有些茫然。随后枝子去了医院，购买了一本如何怀孕的书。枝子没有去看小卓，在县城慢慢地走，信马由缰地走，整个县城横竖就那几条街，枝子不会走失。枝子走到了龚小宝对她说的县城公园。这是一个简陋的公园，有些设施没有配齐，但已经有开放的时令鲜花了。宽敞的广场、来来往往的行人、充裕的阳光、清香的鲜花、清澈的池水、水泥台阶与石椅石凳、竹林与芦苇等，让枝子的心情一下子豁然开朗了。枝子走走，看看，停停，当太阳走到每天小宝快要回家的那个位置，枝子就赶紧回到家里等候小宝的归来。枝子从客厅经过上楼梯时，有意把那盒感冒药拿在手上，让坐在沙发上的严向英看见。严向英嘱咐枝子："这感冒药能吃就吃，不特别厉害最好不吃，是药三分毒，我平时轻微感冒了就扛着，过两天自然好了。"枝子说："妈，我感觉在外面走动一下似乎好多了。"

去楼上放下了感冒药与如何怀孕的书籍，枝子来到大门外站着。枝子估计小宝最多十来分钟就到了家门前。严向英叫枝子进屋，不要惯坏了龚小宝，话是这么说，心里却喜欢枝子爱儿子。龚小宝停好摩托车的第一件事，就是抱着枝子亲了一口，他才不管有路人经过哩。回到卧室后，又是抱着枝子倒在床上亲吻，直到枝子说可以了，龚小宝才停止，从恩爱中回到现实。回到现实的龚小宝告诉枝子："单位在评每月之星，大家一致推荐了我。是的，我本月的任务完成得既快又好，不仅如此，我还帮了别人忙。"枝子说："为人应该有爱心，互相帮助。"龚小宝说："那天爸说他走后门把我调到他们的供销部门工作，我不答应是有道理的，因为我热爱公路事业，我不怕灰尘，也喜欢路上过往的车辆，我天生就不是坐办公室的那块料，那些办公室人员的一套语言我也说不来，也不喜欢，总觉得那些话言不由衷，冠冕堂皇。我只希望我四十岁的时候，在公路上推不动了调回县局就够了。"枝子抚摸龚小宝的脸，越来越喜欢这张脸了，黑是健康的，是满满的正能量。

晚上，龚小宝在床上又抱紧了枝子。枝子向龚小宝说明了原因，龚小宝就失望地坐起来，突然看见了那本如何怀孕的书籍，生气地说："怀什么孕呀，好好玩几年再说。再说国家也提倡晚育。"枝子披衣坐起："能怀上当然好了，你不知道爸妈的心情，他们想早抱孙子哩。"龚小宝想，枝子一旦怀孕，他就空下来，那是多么难熬的一件事啊，不行，龚小宝受不了，他与母亲商量，让枝子等两年再怀孕，给他和枝子一个尽情享受二人世界的空间。龚小宝穿好衣服下床。枝子抱住他："去哪儿？"龚小宝笑说："去楼下厕所。"枝子松开了手。龚小宝下楼就看见了父母，正坐在沙发上看电视。龚小宝把母亲叫到一边，向母亲小声地说了自己的想法，但遭到母亲的严厉拒绝："不行！你要是暗中做手脚，我不得饶你！别的事好商量，这事没商量。你知道我们家最缺什么吗？不是钱，是缺人，缺一个大胖小子，跟我同龄的同事们都抱起了孙子，我在他们跟前只能空手，多尴尬啊。"龚小宝央求道："妈，我想多玩两年，也是执行国家晚育政策嘛。"母亲再次斩钉截铁地说："不行！这事没有商量的余地！"说完返回沙发看电视了。

龚小宝下楼时，聪明的枝子知道龚小宝下去干什么，就站在楼上听着。听完婆婆的回答，枝子马上返回了卧室。龚小宝进卧室时，枝子装作没事人一样。龚小宝沮丧地说："以后日子难熬了。不，你不能怀孕，我受不了瞧着身边肥肉吃不到嘴的痛苦滋味。"枝子吃吃一笑，拍拍龚小宝的后背，解释不是怀孕后夫妻之间就不能亲热了。但枝子想怀孕却不是容易的事，一个月后的今天，枝子发现又来例假了，枝子好生气，一脸沮丧地将那本如何怀孕的书扔在卧室的地面上，枝子想不明白，她每次与龚小宝亲热的时候，都是按照书上的程序与姿势进行的，这是为什么呢？为此，枝子回了一趟沙河集镇，向春花请教了怀孕经验。春花笑说："没有什么经验，种子到位了就能发芽，我是不知不觉怀了孕。"枝子以为春花不想告诉真实的经验，就回到刘庄询问母亲张明清。李汉光与张明清也是焦急地盼望早点降临一个外孙，春花婚后三个月就怀孕，小红婚后四个月就怀孕，枝子不能落后。向枝子了解了真实情况，张明清认为问题有可能出在枝子身上，于是张明清找了江湖郎中，给枝子拿回了怀孕方子，让枝子在娘家多住几天，每天熬药让枝子服用。晚上睡觉时床上不见枝子，龚小宝急得像热锅上的蚂蚁，来刘庄要枝子回去，张明清说枝子有病，要在娘家调养几天，要龚小宝安心回去上班，这让龚小宝回去时一脸沮丧。倒是严向英清楚枝子患的什么病，见龚小宝一回家，就冲龚小宝生气："枝子在娘家玩几天你就受不了，看看你有什么出息，哪像个男子汉！"龚小宝生气地说："妈，你不懂！"

五天后枝子返回县城的家里，当时龚小宝上班去了，严向英见枝子脸色不好，就问了情况。枝子说："妈，其实我没病，我娘家妈硬是怀疑我有病，吃了几天药，险些苦死我了。"严向英安慰道："哪个做娘的不心疼闺女，你妈也是为你好，为了小宝好，我也如此，希望你和小宝一辈子生活美满。"晚饭后，严向英嘱咐龚小宝："枝子还病着。"龚小宝生气地说："妈，我们的事不要你管，枝子没病，我清楚。你要实在闲得无聊，你到外面走走。"严向英真的生了气："你敢不听，妈就收拾你！"严向英凶起来，表情让人见了害怕，凶相让胆小者见之战栗。但龚小宝瞧也不瞧，微笑着跑进了卧室，同时关紧了卧室门。然而龚小宝抱着枝子亲吻时，却让枝子推开了："今天我不舒服，不信你看看我的脸色。"惊诧的龚小宝就追问原因："是不是我妈在你身上捣鬼了？我看出来了，她现在抱子心切，如果她用歪门邪道让你怀孕的话，你不好反驳就告诉我，我去跟她理论。年纪轻轻的要什么孩子，过几年不行吗？"说着把枝子的手握在手中，安慰枝子，并说出了自己的心底话，不想枝子马上怀孕，趁年轻血气方刚好好玩几年，享受青春岁月的浪漫与美好。枝子把头靠在龚小宝的肩膀上："其实你妈也没错，是我不争气，我也在努力啊。"龚小宝把下巴抵在枝子的秀发上，闻着秀发的清香，心里替枝子委屈。

严向英这时没有睡意，晚上十点钟以后，她认为龚小宝与枝子已经熟睡了，就对龚长海说："我琢磨呀是小宝身体有点问题，根据枝子这次去娘家治疗，枝子是没病的。我就不懂了，这小宝平时从来没病，无非一年感冒几回，怎么枝子就怀不上呢？"龚长海生气地说："功到自然成，好多夫妻都是婚后两年才有孩子，不能那么性急。"严向英说："不对，我是女人我懂。你睡吧。"龚长海一会儿就发出了安稳的呼吸声。严向英越睡越清醒，在想如何给龚小宝补补身子。次日清早天刚蒙蒙亮，严向英就下床忙着，搜出了家里的炖钵，过一会儿厨房里就弥漫着一种平时没有的味道，似药不是药，说不清楚。龚小宝起床后的第一件事，不是去上厕所，而是被母亲拉进厨房，把炖钵里的东西喝掉。龚小宝惊讶地说："妈，什么东西？味道好难闻。"严向英严肃地说："你别问，你喝下就是了，妈能把毒药给你喝吗？"龚小宝喝下一口，一脸苦相地瞧着严向英："妈，能不能不喝呀？"这时枝子站在楼梯上面说："小宝，你喝下吧，我知道是什么东西，是好东西。"龚小宝眼睛一闭，咕嘟两下把那碗东西喝进了肚里。严向英赶紧把空碗接在手上，喜滋滋地说："儿子，你是好样的，妈为你点个赞！"严向英真的向龚小宝伸出了大拇指。龚小宝马上去洗脸漱口。严向英又向枝子微笑，也伸出一个大拇指。

早餐后龚小宝去上班，枝子像每次一样送到大门外。分手时，夫妻俩完成了每次一样的动作，难舍难分，互相亲吻。一个人认识龚小宝，恰好上班从此路过，故意在龚小宝抱着枝子亲吻时咳嗽一声，龚小宝就冲咳嗽人笑道："咳什么咳，不是别人，我爱人！"对方笑说："知道是你爱人，不然把你当流氓送到了派出所。"彼此开心一笑，然后龚小宝心满意足地骑着摩托车上班去了。枝子返回客厅时，严向英说："以后不要这样，夫妻二人爱的真切要放在心里。再说，晚上时间那么长，有多少恩爱不能展示，大清早的像这样，不好，别人也会讪笑你们举止轻浮。"枝子委屈地说："妈，你不知道，小宝说每次走的时候不抱抱我亲亲我，说他在公路上做事不踏实，我也不知道是真是假，我是他的妻子，我不能不答应他。"严向英说："你贤惠善良没得说。但小宝说的假话，走时不抱你一下工作不踏实，试问这道理说得通吗？他那道班里有十多人，人家走时不抱自己的爱人，为什么人家就能工作踏实？这只能有一个解释，小宝爱你爱得太深了。你晚上好好开导开导他。”枝子红了脸。

见龚小宝脸上黑色有所减少，精神一直处于亢奋的状态，严向英由衷地感到欣喜，看来她每天给龚小宝炖的东西产生了效果。有时，只有婆媳二人时，严向英就旁敲侧击向枝子打探一下：“你观察没有，近期小宝相比以前有没有不同？”枝子尴尬地说：“妈，我担心这样下去，小宝每天就不能像以前那样按时完成工作任务，要拖时间了，人的精力有限度。”严向英说：“目前对小宝来说，工作放在第二位，让我给他的东西发挥最佳效果才是第一位。知道每炖一次多少钱吗？挺贵的。”枝子显得有些疲惫，揉了揉眼睛，严向英发现，枝子眼里有淡淡的红丝，所以离开时严向英开心地笑了。为了让枝子每天心情快乐，严向英要枝子不要一天到晚待在家里，多在外面走动走动，适当晒晒太阳对身体是有好处的。枝子谢谢婆婆的关爱，真的出门走动走动。然而县城就那么大的面积，值得去看的地方太少，商场逛多了觉得没意思，去公园的次数多了产生视觉疲劳，于是枝子有时就到小卓那儿坐坐，毕竟都是从农村嫁到县城来的，交谈时总有共同的语言。然而小卓要做家具生意，有时谈兴正浓来了购买家具的顾客，枝子只好意犹未尽地离开，又想到这样会影响了小卓的生意，后来枝子也不去了。不过严向英提出：“可以去小丽家里坐坐，听说她现在只下午上班，上午在家休息。小宝就这一个姐姐，没有弟弟妹妹，你们一定要处好关系啊。”枝子说：“妈，你放心，我会的。”严向英说：“小丽的脾气不是很好，你有时就让她一点，反正她来咱家不多，再说她那脾气就那样了，改不了的。算了算了，你不去她家了，常言道言多必失，去了搞不好产生不悦的事来。”其实这事严向英考虑多了，枝子会把握好分寸。

进入夏季以后，天气炎热的原因，龚小宝就将上班时间提前，反正任务是死的，早做完早下班。因此每天早上四点钟，天似亮未亮时，龚小宝准时起床，洗脸漱口之后就吃早餐。早餐是现成的，为了不影响龚小宝上班，枝子总是在凌晨三点起床，把龚小宝的早餐做好。龚小宝喝了母亲给他炖的东西，又吃了枝子给他烧的早餐，走的时候仍然沿袭以前的做法，亲吻了枝子再离开。所不同的是，枝子听了婆婆的话，不再把龚小宝送到大门口。枝子躺在床上，见龚小宝亲吻了，笑说："够了，你去上班吧，早去早回。"龚小宝移开了自己的嘴巴："好，听你的，但你要亲我一下。"说着时就把脸颊送到枝子的嘴前，枝子微笑着亲了一下，龚小宝才噔噔噔地下楼。但这时枝子又把龚小宝喊回卧室，嘱咐道："床头边有一顶新草帽，你一定要戴上，夏天太阳紫外线太强了。"龚小宝笑说："你是不是怕我晒黑了？我觉得我本来就黑，再晒也是这个样子。"枝子假装生气地说："你在我心里一点也不黑。戴上吧。"龚小宝言听计从地过去把新草帽戴在头上走了。

枝子随后一直睡到上午九点才起床。在客厅，严向英对枝子说："不知为什么，感觉今年夏天较往年热，县城地处大山深处，按说气温没有这样高的。再等等看，如果热得更厉害了，就是再贵，也要购回一台电扇。"枝子说："妈，我认为葵扇就很好，质轻又廉价。反正我每天感觉不是那样热，坐在客厅里不出汗。"严向英问枝子住在楼上热不热，枝子说就是中午那一会儿热，太阳一偏西就凉快了。严向英说："这样吧，现在是夏天，我把小丽住的房间收拾一下，你与小宝就在一楼睡，待夏天过完了再去楼上睡。"枝子同意。严向英马上去收拾一楼最右那间以前小丽睡过的房间，其实也没啥收拾的，就是把枝子的被子抱下来，将窗玻璃清洁了一遍，那床铺与书桌都是现成的。但枝子不喜欢桌子摆放的位置，挪动了一下，同时把楼上卧室的椅子搬下来，把小丽以前用过的椅子搬进了杂物间。还有墙壁上贴的画，枝子觉得太陈旧，撕下来换上了新的。躺在一楼卧室的床上，枝子真的感觉比二楼凉快。

中午十二点，龚小宝回家了。此时太阳已经当顶，一天里热气最厉害的时候开始了。枝子问龚小宝下午还去不去路上，龚小宝笑说：“如果下午还去，我就不用早晨那么早到路上。”说完去二楼，枝子赶紧指着一楼的卧室说：“在这里。妈怕我们热。”龚小宝说这里最好。他知道夏天的时候，一楼比二数凉快，而且这个卧室一到下午，就处在旁边高楼房的阴凉下。龚小宝进去后朝床上一躺，情不自禁地说：“舒服。”见窗户关着，外面行人看不见，又见母亲严向英在厨房烧午饭，起身关了卧室的门，一把抱起枝子亲吻。枝子小声说：“热天，脸上有汗渍，有咸味。”龚小宝笑说：“我不怕咸，你身上什么味我都喜欢。”枝子推开龚小宝：“好了好了。你累了就歇息，我去把烧好的饭菜端到桌上，你一会儿出来吃。”

午饭开始了。枝子见公公龚长海没回家，就问婆婆：“妈，不等爸吗？”严向英说：“他嫌天热，从今天开始，午饭就在单位食堂吃，然后好午睡一会儿。”龚小宝见桌上有枝子爱吃的菜，赶紧向枝子碗里夹菜。枝子笑说：“够了。”龚小宝要枝子多吃点。严向英瞧着笑了一下。可是枝子吃着吃着，突然作呕，赶紧放下碗筷跑向洗手间。龚小宝吓得大惊失色。严向英先是一愣，然后赶紧拉着要去洗手间的龚小宝，严肃地说：“你别去，没事。”听到枝子呕吐的声音时，严向英笑说：“我去看看。”严向英走进洗澡间时，枝子的呕吐已经轻松多了，抬起头来瞧婆婆站在面前，就说：“妈，我是不是——”婆婆小声说：“应该是的。好了，没事了。”枝子把嘴巴清洗干净，跟在婆婆身后返回饭桌。龚小宝问枝子是什么毛病，枝子说不是毛病，现在好了。严向英对龚小宝严肃地说：“你好好吃你的饭，以后不要对枝子没完没了，听见没有！”龚小宝委屈地说：“我不知道听见了什么。”枝子对龚小宝说：“你多吃点，天热了，保持身体做事的能量。”严向英夺下了枝子的饭碗，端进了厨房，一会儿出来时，枝子饭碗里换上了别的食物。严向英对枝子关爱地说：“换个胃口，再吃时应该不会呕吐了。”

饭后，等龚小宝午睡了，严向英把枝子叫到一边，问枝子这个月来了例假没有，枝子说：“没来。要来的话，三天前该来了。”严向英欣喜道：“好事啊，你怀孕了。”接着千叮咛万嘱咐，以后不要由着小宝的性情来，那不行的。严向英告诉枝子，枝子现在的工作是保胎，没有比这更重要的事情。但枝子有点为难：“小宝他——”严向英明白了，承诺她做小宝的工作。次日，为了确切知道枝子是不是真的怀孕，严向英把枝子带到医院检查，枝子真的怀孕了。回家路上，严向英脸上一直挂着笑容。遇到熟人，严向英故意牵起枝子的手与熟人打招呼。严向英这个动作让枝子惊讶，同时也给熟人传递了枝子怀孕的信息。都是过来人，心里清楚得很。有人提前贺喜了。严向英谦虚地说：“同喜同喜，还早着哩。”

枝子成了家庭的重点保护对象。看电视时，首先满足枝子，她想看哪个频道，大家都听枝子的。每天，严向英总是给枝子单独做饭菜，这让龚小宝羡慕了，有时也嫉妒。晚上，枝子不想睡，严向英就陪着枝子一起坐。龚小宝来催枝子，严向英就冲龚小宝发火：“如果枝子不来你就睡不着，你一个人去楼上睡呀！”龚小宝委屈地说：“妈，你不觉得你现在对我太苛刻，你现在过分偏心了，枝子是我爱人，我知道心疼她，你不要在中间作梗好不好？”严向英笑说：“你个臭小子，你还没完没了，你爱人不是我的儿媳妇吗？”就假意去寻找东西打龚小宝，但寻的时候故意磨蹭，枝子看了也忍不住笑。

时间过去了一个半月，暑期完了，天气变凉，县城的早晚温差更加明显。太阳一落山，凉爽的夜风拂走了县城上空的热气，枝子就穿上了秋衣和秋鞋。龚小丽三天前就通知了枝子，今日晚上去她家里集聚一下。饭桌上没有别人，就是枝子一家人，还有三个龚小宝熟悉的嫡亲，刚好一桌坐满，其乐融融。枝子是重点保护对象，龚小丽对她的热情非同一般，特意为枝子单独烧了一碗有保胎功效的汤。饭后，龚长海与严向英二人谈兴正浓，枝子与龚小宝就提前回家。枝子走的时候严向英嘱咐龚小宝，路上照顾好枝子。枝子说不用，熟门熟路，又有月光，又有路灯。龚小丽住在三楼，门前有灯光。可走到二楼下到一楼的交接处，这里没有灯光，漆黑一片。龚小宝走在前面，开始是牵着枝子的手，下了一层楼梯，觉得多此一举，就松了手，枝子也感觉牵着她的手让她走路不太方便。刚才的饭桌上，同桌的嫡亲说了一个笑话，龚小宝到现在还忍不住笑，就只顾自己下楼，或者说龚小宝还沉浸在那个笑话中，把严向英的嘱咐忘在了脑后，在龚小宝的笑声中，枝子一脚踏空，黑暗中整个身子狠狠地栽了下去，肚子硌在台阶上，让枝子感到了一阵剧痛，额头也碰在栏杆上。如果这个楼梯不是有些陡，台阶高度过大，台阶间距过短，即便枝子栽了下去，可能不是什么大问题，大不了手撑在台阶上，惯性小，手受点轻伤。可是由于陡，枝子栽下后，肚子被硌痛了，而且整个人滚到了龚小宝的跟前，应该说是滚到了龚小宝的后脚边。对于龚小宝来说，当枝子发出“哎哟”的声音时，他意识到了危险，但已经来不及了，又处于黑暗之中。慌乱中，龚小宝三下五除二地抱起枝子，来到楼梯口的灯光处，问枝子没事吧。枝子站着，手扶自己的肚子：“还有点痛，但没事，一会儿就好了。对，小宝，你看看我额头是不是在出血？”龚小宝定睛去瞧：“不见血，但似乎那块有点变颜色。”枝子生气地说：“你呀，叫我如何说你呀，那个笑话就那么好笑吗？你只顾你乐，就把我忘在了脑后。”龚小宝说：“是你不让我牵你，说牵着让你不方便下楼，我就当真了。”歇息一会儿，枝子从惊魂中回到现实，再次摸了一下自己的肚子，感觉没事了，就放心地说：“回家吧，没事了。对，这事不要告诉妈。”龚小宝点头，跟枝子牵手前行。回到家里，枝子说肚子还在痛，就上床躺下。

当严向英回到家里时，枝子再也忍不住肚子厉害的疼痛了。严向英赶紧跑进枝子的卧室，灯光下，床上的枝子穿着睡衣，手捂肚子，脸色因疼痛变得苍白。严向英急道：“枝子，发生什么事了？”枝子只说晚上饭后回家时不小心让肚子硌了一下，现在痛得厉害。硌了一下！严向英大惊失色，就催龚小宝快点发动摩托车，赶紧把枝子送到医院。严向英以为是龚小宝造成的，咬牙切齿地说：“你呀你，妈真的要抽你的耳光！”枝子解释道：“妈，这事不怪小宝，今日他老实哩。”严向英生气地说：

“老实，老实为什么会这样？”枝子说：“妈，明天我再慢慢告诉你。”见龚小宝还愣在面前，严向英催促道：“臭小子，你快点呀，再迟就来不及了。”为了节省时间，害怕坐摩托车的严向英，今日破例坐在枝子身后。摩托车可坐三个人，有点挤。为了不挤着坐在中间的枝子，龚小宝只坐了一点座位，严向英也尽量两手撑着摩托车，与枝子保持距离。可一切都晚了，待枝子躺在医院的病床上，流产的结局已无法挽回。医生把严向英叫到一边说：“对不起，我们尽力了。实在可惜了，是个男孩。”严向英脸上写满了失望与愤怒，她把龚小宝叫到病房外，当着护士的面，狠狠抽了龚小宝一个耳光：“臭小子，平时嘱咐你像嘱咐狗子过年，你却当成了耳旁风，你是成心要气死我呀！”说着流下了伤心的泪水。龚小宝手摸抽痛的脸颊，第一次用失望而委屈的语调向母亲说：“妈，这回你冤枉我了，不是我——”严向英吼道：“闭嘴！”

第二十一章

痊愈的枝子由龚小宝陪着回到家里，公公婆婆对她还是喜笑颜开，没有埋怨与责备。然而枝子却乐不起来，坐在椅子上像个做错事的孩子。龚长海坐在沙发上安慰道："枝子，这事就当一阵风吹过，你安然无恙，比什么都好。"越是安慰，枝子越是内疚，向公公说着自责的话。严向英对枝子说："不要自责了，这事不怪你，你也尽力了，只怪小宝太大意，错在小宝，我也有错，明知你身子重，应该陪你一起回家的，不该让不知轻重的小宝陪你回家。不过你年轻，以后多的是机会，当务之急是恢复身体，有个好身体就好办了。"枝子点头。

龚小宝对枝子流产非常自责，晚上在床上，久久难以入眠，背靠床头坐着，用手揪自己的头发。枝子安慰龚小宝："是我没小心，我真不知道我经不起那样一跌。你是不知者不为错，你要是知道这事的重要性，你一定会好好保护我的，当时会搀扶我下楼，至少用电筒照着我走。其实在我栽倒时，我心想没事的，岂知有事了。"龚小宝叫枝子不要说，他难受，又用手揪自己的头发，发出一声沉重的叹息。

次日，严向英仍然给枝子炖了汤，但不是保胎汤，是补身体的汤。严向英也给龚小宝熬了东西，并嘱咐龚小宝以后更要坚持。龚小宝实在不想喝，却不敢面对母亲那咄咄逼人的眼神，眼睛一闭咕噜喝下，因为喝的次数太多了，对身体没有副作用。但喝过之后龚小宝并不去上班，因为枝子流产，严重削弱了龚小宝的上班积极性。接下来三天，龚小宝天天在家，哪儿也不去，就陪着枝子。第四天，枝子见龚小宝仍然不想上班，就说："你不去上班，我心里难受，会让我更加自责。"龚小宝说："我没心情。等我的心情恢复了再去。再说我对你也不放心。"枝子说："去工作吧，我好了。"说着故意走动让龚小宝看，又要龚小宝看她的脸，称脸上颜色正常了。龚小宝闭眼不看，出着粗气，仍然一副不能原谅自己的愧疚模样。枝子抱着龚小宝的脖子笑说："亲亲我，亲亲我你就好了。知道你想要什么，再等一个星期吧。"龚小宝双手捧着枝子的脸颊，吻着枝子的额头，喃喃道："枝子，你也忘记这件伤心的事，在孩子的事情上我们从头再来，你行，我更行！"龚小宝眼里全是清亮的盈盈泪水。午饭后，龚小宝骑着摩托车上班去了。

得知枝子流产的消息，李汉光与张明清匆忙赶来县城看望枝子。坐在来县城的班车上，李汉光不停抽烟，情绪低落。张明清眼里泪光闪闪，同车人不知道这对老夫妻发生了什么事。见到枝子后，李汉光唏嘘不已，张明清流了一通眼泪。返回刘庄之后，夫妻俩一连半个月心情不畅。张明清非常担心枝子以后不能怀孕，怀孕又要拖到什么时候。小卓也来看望并安慰了枝子。龚小丽向枝子表达了深深的自责，后悔那天不该把枝子请到家里吃饭，如果枝子不去，就不会流产了。龚小丽给枝子送来不少补品。

枝子为了能尽快怀孕，只要是婆婆为她准备的汤，都全部喝完，形象地说一滴不剩。枝子尽量让自己心情开朗，尽量让自己饭量增大，尽量注重锻炼。与此同时，枝子也百分之百地迁就龚小宝，只要龚小宝想要，枝子没有丝毫的吝啬。张明清来县城看望枝子，主要关心的是怀孕了没有，可每次兴致勃勃地来，暗中失望地回家。严向英呢，只要枝子在眼前，她的眼光就落在枝子肚子上，看有没有发生变化，作为过来人，她知道怀孕不到三个月是不见变化的，但她就是想看看。遗憾的是，直到第二年夏天，枝子肚子仍然鼓不起来。于是张明清与严向英商量，让枝子与龚小宝都去医院检查，查出问题在谁身上。这天，严向英与张明清带着枝子来到县医院检查，结果身体正常，不存在不能怀孕或者怀孕困难的问题。严向英与张明清同时愕然，只能怀疑龚小宝有问题了。严向英对张明清说："我是眼见的，小宝不会有问题，如果有问题，他不会对枝子那副猴急的样子。"果然龚小宝到医院检查的结果是一点问题也没有。于是严向英调整策略，每天不给枝子补身子，只补龚小宝的。严向英怀疑枝子怀不上孕，有可能与枝子长胖了有关。二人身体都没毛病，这让严向英心情变好了，她想，枝子怀孕只是时间问题，可是一年过去了，又一年过去了，枝子的肚子依然鼓不起来，身材苗条。肚子鼓不起来，枝子发现公公龚长海对她说话少了，换成以往，遇到那样的场合与情景，公公会跟枝子说话的，脸上会滋生舒畅的笑容，但现在遇到同样的场合与情景，公公就无视枝子的存在，表情是木然的。严向英呢，也懒得再给龚小宝每天熬那些补身体的东西。这天，农历四月的热烘烘的阳光，透过客厅的窗户玻璃射进来，枝子就过去拉下窗帘，对严向英说："妈，要不我和小宝再去医院检查一下？我真不知道问题出在哪里，我感觉我也正常，小宝比去年精力更旺盛了，好像每天都想吃，每天又吃不够。我想，如果我没问题，就是小宝的浓度达不到。反正我说不清楚。"严向英说："枝子啊，今天我就对你敞开心思交谈一下，当初我们同意你进这个家门，一是小宝巴心巴肝爱你到了极点，要挟我们他这辈子只爱你一人；二是我认为你将来会生一群儿女。而对我们这个家庭来说，不在乎你有没有工作，同时想给你安排一个工作也不是难事，我们想想办法能办到，让你去商场做个营业员，是易如反掌的事。但这个家庭不需要你拿钱回家，只希望你生个孩子，让这个寂静的家庭充满着孩子的笑声。所以，你生孩子的事不能光由我操心，你自己也要想办法，比如你与小宝恩爱的时间节点呀等，打个比方吧，这块田地，需要下雨时不下雨，不需要的时候大量下雨，这没有用，适得其反。你明白我的意思吗？"枝子脸红，说明白了，以后注意。

进入五月，对于做养路工的龚小宝来说，是一年最忙的时候，也是工作最关键的时期。炎热的夏天龚小宝不怕，无非晒黑一点；严冬也不怕，无非手上冻裂变得粗糙罢了，这不是问题，慢慢就会愈合的。这年的雨量比往年大，自四月下旬开始，天空上总是乱云飞渡，有时乌云翻滚，像一个锅盖压着大地，太阳露脸的时间屈指可数。每次下倾盆大雨的时候，总是伴随着震撼大地的雷声与耀眼的闪电，由于公路两边是大山，奔流直下的雨水在山洼处汇聚一处，有强大的冲击力，冲倒了山上的树木，也将太多的泥草冲到公路上，给道路保畅工作，带来了意想不到的难度，同时也带来了一些防不胜防的危险。

这天龚小宝上班，天下着小雨。枝子说："听天气预报，中午有大到暴雨，你今日别去上班了。"龚小宝说："越是这种时候越要去，既是单位的规定，也是我的职责所在，要保持公路畅通。"严向英对龚小宝说："我也听了天气预报，说有大到暴雨，你请假，就说今日家里有急事，让单位安排别人去巡路吧。真是的，年年五月汛期，我为你提心吊胆，那危石可不长眼睛啊。"龚小宝生气地说："妈，关键时候我不能请假，如果大家都是你这个想法，就不能保障公路畅通了，那还要我们养路工人干什么。再说，每年都有遇到汛期的时候，都有遇到危石的时候，但每次困难都克服了。放心，我是熟练的养路工人，不会有危险。"严向英说："说不过你，你去吧，但一定注意安全。"龚小宝笑说："知道。妈，我若遇到困难逃脱，同事们会笑话我的，我才经受不起那个尴尬。"见龚小宝身上的雨衣没有摆布好，枝子赶紧过去摆弄好。枝子将龚小宝送到大门口，龚小宝亲了枝子后，骑着摩托车去了。

不过自龚小宝走后，枝子心里一直不踏实，眼睛不时瞅着客厅的窗外，心中暗暗祈求不要下暴雨。严向英见枝子神色紧张，笑说："不要担心，年年都有五月呀，都是安然无恙。"枝子说："妈可能忘记了，去年五月几乎没下过一场暴雨，最大的就是中雨而已。妈，你不知道，我一听到暴雨两个字就心里发怵，那年我在沙河集镇上读书，一天下暴雨，沙河集镇去刘庄的那条大冲被水淹没，最深水位有两丈，一个十二岁的男孩被淹死了，等到水完全消失后，田地里全是山上冲下来的大石头，重的几百斤哩。”严向英说：“你说的那年我清楚，那年的雨下得太大了，我们县城有三条街都淹了，估计今年不会。”话虽如此说，严向英还是走到窗边，眼瞅窗外，说天色放开了，雨也下小了。可是枝子听着雨水从楼上瓦沟里不停地流到地面上发出哗哗响声，总静不下心来。突然响起了一声炸雷，枝子脸色紧张，自言自语道：“小宝快回家吧。”枝子认为这声炸雷，比那年在饲料厂听见的炸雷响多了，好像要把地球击穿似的。枝子感觉房子似在晃动，回音在耳里不断鸣响。枝子来到二楼卧室，站在窗边看。好在只是雷打得大，雨下得不算大。虽然如此，枝子仍然坐立不安，站了一会儿，又下楼来到客厅。坐在沙发上的严向英说：“打雷时不要站在窗边，钢筋易导电。”枝子说：“妈，我想去看看小宝。”严向英说：“外面下雨，他又在城外山区里，你如何去看他？”严向英说着瞧了瞧茶几上的闹钟：“估计小宝快要回家了。”枝子说：“不知为什么，我心里一直不踏实。”严向英说：“你想多了，把简单的事情想得复杂化了。小宝不是今年才从事这项工作的，他会照顾好自己，会注意安全的。”

可是又过去一个小时，龚小宝依然没有回来。枝子急得几次站在大门口观望，总是不见龚小宝的身影。雨越下越大，风也越刮越大，大地虽不是漆黑一片，能见度却非常低。乌云厉害地翻滚，瓦沟的落水声更响了。严向英与枝子哪里知道，此时的龚小宝真的出事了。龚小宝发现公路边一处悬陡的地方，因雨水的冲刷，四周松散的石土不见了，出现了一块突兀的危石，像一只老鹰嘴似的，如果不清除它，随时遇到大雨冲击，或是打雷震动，就会滚下来，不仅会阻断公路，还会造成重大事故。比如危石滚到公路上，有车辆经过，恰好砸着经过车辆的驾驶员；比如危石滚下时受阻弹跳，正好砸着了路上的行人……职责告诉龚小宝，必须消除这个安全隐患，在没有车辆经过的时候，让危石消失。龚小宝背着一把便携式的洋镐，小心地接近危石。山陡，又滑，龚小宝几乎爬着前进，有时必须拉紧树枝才能稳住身体。龚小宝边上边想出了清除的办法，上去之后，站在危石上面，大声呼唤此处危险，这样过往车辆的司机就能听见他的声音，就会停车，在公路上没有车辆经过时，他将用力一脚踹掉危石。如果一脚踹不掉，他就发挥洋镐的作用。可是事与愿违，不等龚小宝接近危石，突然刮来一阵风，响起震耳欲聋的雷声，一道耀眼的闪电自天而下，大地刹那间白花花一片，接着下起了瓢泼大雨。这时，哗啦一声，危石滚下山来。龚小宝见势不妙，身体赶紧往旁边滚，以躲避危石。如果就地不动，危石不会击中龚小宝；因为判断失误，龚小宝往旁边一滚，滚动的危石，因途中遇阻弹跳了一下，落地时恰好砸中了龚小宝，接着危石在前面往下滚，后面的龚小宝也在往下滚，滚到公路上时气息奄奄，被过往车辆送到医院，抢救无效……

枝子知道这个消息时是中午十二点。当时她正站在大门口观望。来报消息的人是龚小丽，是她在县医院工作的同学告诉她的。这个同学与龚小宝一起吃过饭，记着了龚小宝的名字。龚小丽来的时候，边哭边跑，没打雨伞，全身被雨水湿透了，头发贴在脸上。枝子听到这个不幸消息时，眼睛陡睁，整个人瘫在地上，喃喃道："小宝，你为什么要丢下我？"不停地重复这句话。严向英听到这个消息时，喊了一声"我的儿啊"，倒在沙发上昏了过去，龚长海掐她人中她才苏醒过来，接着家里是撕心裂肺的哭声。龚长海老泪纵横，脸色如死灰一般，一脚踢翻挡在面前的椅子，一边喊着小宝，一边踉跄地冲进了门外的雨中，他要去医院看他可爱的小宝。这时天空再次响起炸雷，闪电再次划过天空……

李汉光与张明清得知龚小宝离世的消息，风尘仆仆赶来县城，在班车上，李汉光抽着闷烟，不说一句话，张明清的眼泪一直没干，既惋惜好女婿龚小宝英年早逝，又可怜闺女枝子人生道路的曲折多舛，想不明白这种天大的不幸之事，为什么落在枝子身上，不知道枝子以后的生活道路，又该如何走下去。来到县城后，夫妻俩极力安慰枝子，话语说了几箩筐。参加完女婿的葬礼，夫妻俩又安慰枝子，说人死不能复生，活着的人还要继续生活，要枝子鼓起勇气，坚强面对现实，首要的是保重身体，至于以后的路，走一步看一步，天无绝人之路，总有办法可想的。坐在返回沙河集镇的班车上，张明清一直在流泪。失去弟弟的龚小丽，其伤心不言而喻。然而她也担心父亲龚长海与母亲严向英，知道他们承受不了失去龚小宝的打击，为便于照顾二位老人，在安葬龚小宝以后，把父母接到自己家里，不让他们触景生情。

最苦的是枝子，一个人住在家里。虽然答应了娘家父母的嘱咐，放松心情，勇敢面对现实，但躺在床上时又胡思乱想，不吃不喝，睁着呆滞的眼睛，总觉得龚小宝站在面前，正在瞧她。枝子就把被子当成龚小宝，总是抱着被子，有时对着被子自言自语："小宝你安心睡吧，不要害怕，我就在你身边。"但回答枝子的是寂静。

家里没有昔日的欢乐氛围了，死一般沉寂。大门一天到晚紧闭，所有的窗户都关着，屋内空气沉闷。两天后，枝子下床喝了一碗稀饭，听着外面人们兴高采烈的说话声，又见强烈的光线从窗外射进卧室，心情慢慢安静下来。坐在镜前，枝子见自己面容憔悴，蓬头散发，脸无血色。因全身疲软，梳头后下楼，险些倒下，幸好扶着了墙壁与楼梯护栏。活人要面对生活，枝子想，走进厨房烧了饭菜，不能再这样饿下去了，要勇敢面对现实。饭后，枝子在屋里打扫卫生。次日严向英回到家里。枝子亲切地说："妈，你不要怄气了，我以后就是小宝，一辈子好好孝敬你。"严向英坐到茶几前："我不是你妈，你的爸妈在沙河镇的刘庄。再说，一百个你也顶不了我的小宝。我失去了小宝，等于我的半截身子埋进了土里。现在小宝走了，你还这么年轻，不能在这个家庭守寡一辈子，你以后还有你的人生道路，我思想开明，也不困住你的手脚，给你放飞的自由，你在这纸上签个字，从此与这个家庭没有任何关系了。"枝子伤心欲绝地说："妈，你这是要赶我出门呀，我不想走，我会给你养老送终，孝敬你一辈子的。"严向英黑着脸："不用了。我还有小丽。你回去孝心你娘家爸妈吧。快签字吧，签了你就自由了，我们再不会管你了。”泪雨纷飞的枝子站在茶几前一动不动，不拿起茶几上的那支笔。严向英就逼着枝子：“你不签字吗？你已经逼死了小宝，你还待在这个家里把我也逼死吗？啊！”最后的“啊”字，严向英好像用尽了全身的力气吼了出来，震动了枝子的耳膜，在客厅里回响着。枝子知道，这纸上的内容，绝非严向英一人所为，是包括龚小丽在内的多人决定的，自己签字与不签字，已经没有意义了，因为这个家庭不要她了，她就是赖在这个家里不走，也是一个遭人白眼的多余的人。这样一想，枝子倏地拿起笔，在那张相关单位盖过章的纸上签下名字，然后把纸递给严向英过目。严向英看后收好：“你现在跟这个家庭没有关系了。不过你想在这家里多住一段时间，我也不反对，至于你娘家的陪嫁，你现在拖走也行，你以后再来拖走也行，我是不会要的，你若不拖走，我只保管一年，一年后我就扔掉。”枝子哭着说：“妈，我对不住你。”严向英说：“对得住对不住，现在说这个没有意义了。你让我失望了。我把一个好好的小宝交给你，你却让他走了。你不要认为那事是小宝固执造成的，养路工人不止小宝一个人，每年也有清除危石的时候，为什么别人不出事而小宝出事了？我只能理解你给我家带来了不幸和晦气，如果你不走进这个家门，我的小宝不会出那样的事。这事也可以解释不是你人不好，是你的命不好。”严向英起身出门，走到门口又说：“我们最近十天不会回家，如果这两天你要走，走时把钥匙放在隔壁人手上，我已经向她做了交代，她会替我保管好钥匙的。”枝子再次喊了一声“妈”，但严向英充耳不闻，没有回头，怒气冲冲地走了。

枝子顿感全身无力，头昏眼花，像一团烂泥瘫坐在茶几边，瞧眼前的物件，单个瞧成了双个。喘息了好一会儿，挣扎着站起来，去把大门关上，然后躺在客厅的沙发上。痛定思痛，枝子决定振作起来，终于明白了救自己只能靠自己，于是第二天太阳出来时，她在厨房烧了几个自己喜欢吃的菜，饭后将这个生活了几年的家，再认真细致查看一遍，接着去楼上卧室面对墙壁上挂着的小宝的遗像，把心里想说的话诉说一遍，说的时候泪水流淌。离开时枝子说：“小宝，你在地下安息吧。”锁好大门，把钥匙交给隔壁的熟人，枝子顿感全身轻松，不过她清晰地知道，从此后，她多了一个身份——寡妇，一个漂亮好看的寡妇。这个丑陋的标签贴在枝子身上，枝子想甩脱它，不知还有多长的路要走，不知路是平坦还是崎岖。

天气晴朗。枝子没有去汽车站坐班车回刘庄，见时间早着，就径直往县城南边走，想再去看看结婚时看过的那个山脚。那次看后，这几年枝子再没去过，因为龚小宝不愿意去。枝子没戴帽子，走到山脚处时，脸晒红了，头上冒汗，就坐在河边的树荫下。潺潺的流水声、五月的花香、山上葱郁的杂草树木、清脆的鸟语等，都让枝子顿感神清气爽。枝子终于明白了，没有龚小宝的家里，那就是一座令人窒息难以逾越的大山，比县城四周的大山还大。现在走出了那个家，离开了那令人窒息的大山，枝子全身轻松多了，也自由了。枝子无法想象的是，龚小宝活着时她是全家心中的宝，龚小宝一死，她就成了众矢之的，遭到他们的白眼，她真不知道自己错在哪里。枝子静静地望着眼前的大山，终于明白了一件事，家庭的大山比实际的大山更使她害怕。枝子在此坐了一个小时，放松身心之后返回，不想经过家门前，就折到另一条街道。枝子害怕见到自己卧室的窗户，感觉龚小宝正站在窗边瞧着她。枝子顺着街道一直往北走，经过县城汽车站的时候，枝子没有进站，而是在汽车站边拦了一辆出租的摩托车，把她一直送到县城最北边的山脚下。龚小宝生前对枝子说过，哪天带枝子到这座高山顶上一睹风景，后来一直未能如愿。枝子想站在山顶上，一览众山小，呼吸新鲜空气，放飞苦闷的身心。枝子想通了，龚小宝死了不能复生，即便对她再有感情，他以后也永远顾不着她了，她以后的漫长人生还得靠她自己。枝子气喘吁吁，爬了一个小时才爬到山顶，其实也算不得山顶，对面还有更高的山顶，它才是附近高山中最高的峰顶。时间的原因，枝子还要赶回刘庄，只能站在这个二号山顶上了。

不过站在这里，整个县城也尽收眼底，感觉县城太小了。枝子坐在一块草地上，让凉爽的南风吹拂，“走出大山”四个字，又出现在她的脑海里。枝子憎恨命运的捉弄，想当初，枝子不想嫁到县城，枝子认为嫁来县城，不能实现她走出大山的理想，只是将沙河集镇换了一个位置而已。好在后来龚小宝用真爱感化了枝子，让她忘掉了走出大山，也认为自己实现了走出大山的理想，给枝子带来了最美妙的快乐，感觉眼前天天是鲜花与歌声。岂知几年之后的今天，自己又回到了生活原点，心力交瘁，疲惫不堪，还多了一个年轻寡妇的身份，让她以后实现走出大山的理想，既要面对客观存在的巍峨大山，又要面对冷嘲热讽、人言可畏的世态大山……

在沙河集镇下车时，枝子想去学校附近走走，可走了几十米停下脚步，觉得没必要再去了，春波在去年秋天就离开了学校，现在闲在家里，等待冬季的征兵。枝子想去春花家里坐坐，向春花诉说一下心中的委屈，但想想，觉得没有这个必要了，不想在春花面前自惭形秽，同时春花现在也帮不上她。枝子只好回刘庄，走在路上，一只鸟从她头顶飞过，她就望着远去的鸟儿说：“我现在就是你了，一只可以自由飞翔的鸟了。”公路上，有过往刘庄的熟人，枝子此时不想见到他们，觉得见面了尴尬，就走公路上面的小路，走到刘庄村东，见太阳还没落山，就到刘庄的后山顶，坐在那块让她滋生走出大山理想的石块上，回想着联翩的往事，认真思索着如何摆脱眼前有形的大山和那座无形的大山……

当刘庄人在家里亮起灯光的时光，枝子回到娘家，走进大门时，春波和父母都愣住了。枝子见了家人眼泪不止。李汉光说：“枝子你记住，给我揩净眼泪，从此后不许再流泪，要自强！”枝子坐在墙壁边：“爸！”只说了一个字。春波过来拍着姐姐的后背。张明清对枝子说：“已经这样了，哭没有用，只会招外人笑话，要精神起来，要自立！”李汉光后悔地说：“枝子你不知道，自那天从县城回家，我就一直在想。你今天的不幸，我要负责任，如果当初不是我逼你嫁到县城，你的命运就会改写了。如果那次从外面把你带回家里，我听从你的意见，你想走出大山，就换个地方去追求你的理想，也不会出现今日的局面。”张明清对李汉光说：“你这话说得有理也没理，由你这么说，那枝子舅妈做介绍人就错了，人家也是好心，谁知道那龚小宝半路甩掉了枝子，害了我的枝子。”枝子从春波手上接过毛巾把眼泪揩净。春波对枝子说：“姐，你忘掉龚小宝，就当这个人在你的人生道路上没有出现过，你再追求你的人生之路。这时代，这种不幸的事见怪不怪，你要展望未来，再找一个，我支持你。”张明清听了心里酸愁，枝子现在身份变了，不是黄花大闺女，是“二婚”，是人们瞧不起的寡妇，已经没有选择的余地了。李汉光赶紧催张明清，把昨天杀的那只鸡炖了，给枝子补补身子。张明清马上去了厨房。李汉光对枝子说：“当务之急你要调整心态，然后从长计议，去把你的卧室重新收拾一下，那县城的家以后少回去，回去了也是尴尬。”枝子把签字一事详细说了。李汉光思索一会儿说：“这样也好。至于你的陪嫁，不要了，他们要扔掉就扔掉吧，如果拖回刘庄，那是自己给自己脸上抹黑。枝子，我现在给你表态，支持你走出大山，能嫁到远方就嫁到远方去吧，爸不想把你留在沙河镇，留在县城内，你走得越远，如果你不说你是二婚，也就没人知道你结过婚，有过一段失败的婚姻，这样你心里就没有阴影了，爸现在只想你一辈子幸福。”这话被进来的张明清听见，她也极力赞同：“枝子，等你在家把心情调整好了，你就出门打工吧，在外面遇到适合的人，就嫁了吧，我们不再阻拦你。”李汉光说：“枝子，你走出大山吧，你不走，以后会被那座无形的大山压垮你，到时爸也无能力为，因为你的人生路还长，爸一年一年地老了，顾不上你了。”见枝子又要流泪，李汉光吼道：“不许流泪，要坚强！”枝子就起身去收拾自己的卧室。

晚饭后，春波走进枝子的卧室，向枝子吐露心声：“姐，我现在天天盼着冬天到来，那时我好应征入伍。等时间好烦。爸妈担心我到时不能入伍，把养猪场办了起来，要我学养猪，我实在没这个兴趣。”枝子说：“我觉得爸妈考虑全面，你要做两手准备，能入伍就去部队，不能入伍就在家里养猪致富，也让自己的人生有价值。”春波说：“我以前对你的走出大山的想法不理解，甚至还有偏见，但我下学之后才理解，你的想法没错，人各有志。”枝子愣然瞧着春波：“你可不能有这种想法，你要走远了不回来，爸妈的养老送终怎么办？姐姐现在是自身难保啊。”春波笑说：“我不会滋生这个想法，我的理想是入伍，成为一名军人，为国争光。”

第二十二章

枝子觉得时间真的难熬,在刘庄一个多月的时间,有度日如年的感觉。这段时间枝子极少出门，除非万不得已。秋天是最美的季节，枝子的心情也好转了，想通了，不在意刘庄一些人的异样眼光了。寡妇是个不雅的标签,然而谁又愿意贴在自己身上呢？异样眼光看多了,枝子见怪不怪，而刘庄人呢，慢慢也对枝子身上的寡妇标签视而不见了，因为枝子的户籍已经迁到了县城，她是县城人不是刘庄人，刘庄只是她临时的落脚点，一旦有了新的落脚点，她会不请自离。

刘天合走进了李光汉的家里。他接过李汉光递来的纸烟，叫张明清也坐在他的跟前。他说：“我进屋时观察过了，枝子与春波都不在家里，这正好。昨天晚上小秋父亲找了我，要我出面将枝子与小秋撮合一起。我昨晚想了半夜,觉得这事可行。小秋这孩子，你们瞧着长大的，人心好，就是反应能力差点，能吃苦下力，目前又学会了做生意，养活一家人没有问题。而枝子呢，我想经过几个月的反复思考，已走出了阴影，对以后的人生之路有了新的认识，眼光也不会再高了。不知你们觉得这桩婚事如何呀？”张明清说：“谢谢队长的好心。但这事枝子不会同意，她从来就没看上过小秋。我清楚小秋喜欢枝子，但这没有用。”李汉光说：“刘队长，别看我家枝子命不好，现在守了寡，但枝子心气高，哪能与小秋扯到一起，这事就此打住，不往下说了。”刘天合说：“你们可以考虑考虑，征求一下枝子的意见，没准就成功哩。枝子是不错，刘庄人都清楚，但此一时彼一时，眼光不能像以前那样了，赶紧再成个家是上策，也免去了你们当父母的天天为她操心。”张明清说：“刘队长有所不知，枝子已经给我们交了底，她这辈子不会嫁在沙河镇的地界，也不会再嫁到县城里了，她要嫁到远方去的。”李汉光接着说：“其实枝子以前就有这个想法，是我不准，现在我想通了，让她飞远些，放眼看，外面的发展还是比我们这里快多了。”刘天合认为一方有意等于零，这事再往下说也无意义，起身说：“好吧，这事就当我没说，我给小秋爸回个信。”

刘天合刚走一会儿，枝子骑着春波的自行车回来了，进屋就说春波去了同学家里，今晚不回家了。李汉光生气地说：“要他好好学养猪，他就是没有兴趣，到处玩耍，不知他一辈子想干什么！”张明清附和道：“这春波是要管教，任由他，以后会荒废了他。读书不求上进，回家又瞧不起累活脏活，这将来如何养活一家人啊。”枝子安慰父母：“你们放心，冬季征兵时间快到了，春波早有当兵的打算，他身体好，五官周正，会实现入伍的愿望的，没准将来在部队干出一番事业。”张明清说：“入伍当然好，可不知有没有机会。”李汉光说：“春波的事不管他了，枝子你听着，刚才刘队长到家里来了，提及你与小秋——”枝子赶紧打断李汉光的话：“爸，不要提小秋，我讨厌他！”话音刚落，门外响起自行车的铃声。接着小秋跑进家里，忽地跪在枝子面前，深情地望着枝子：“我今日当你爸你妈的面向你求婚，嫁给我吧，这个想法在你没出门打工以前我就藏在心里，一直没说，今天我终于鼓足勇气向你说出来，你答应我吧，我求你！”这个举动让李汉光与张明清大吃一惊，让枝子措手不及，待缓过神来，她一耳光抽在小秋的脸上，又踢了小秋一脚，怒道：“我落到今天的下场，都是你造成的，如果不是你的破坏，我早就嫁给那个小胖了，赶紧从我面前消失！”枝子说完又要踢跪着不起的小秋，被张明清拉住：“小秋是个好孩子，你不能这样，答应不答应是另外一回事。”枝子甩掉张明清的手，走到一边站着，出着愤怒的粗气。

小秋用手摸了一下自己被枝子抽过的火辣辣的脸，双膝着地移到枝子面前，再次深情央求："枝子，求你嫁给我吧，我保证一辈子让你幸福，以后我在沙河集镇上建几个门面，把生意做得更大，我保证！"枝子强硬地说："不可能，你下辈子也甭想！我要走出大山，你没有这个能耐！"小秋可怜巴巴地说："走出大山！好啊，我一定好好赚钱，我们以后去县城盖房子，达到你走出大山的目的。你不知道，我听说你的遭遇，我反而高兴得睡不着觉，我认为我的机会终于来了，我终于等到机会了！"李汉光过去把小秋拉起来："你回去，你是个好孩子，只怪枝子没福气享受。"见小秋站了起来，枝子就进了自己的卧室。李汉光见小秋不想回去，就把小秋轻轻推到了门外。小秋走的时候一往情深，两眼瞧着枝子的卧室依依惜别。而此时的枝子，坐在床边伤心垂泪，她没想到竟连小秋也看低她了，她想到了人言可畏，想到了世态炎凉，想到了无形大山比有形大山更可怕……

接下来，枝子要么在卧室看书，要么去刘庄的后山上坐坐。她不想跟刘庄人说话了，只要跟人说话，人家看似好心关爱她，问她找了对象没有，枝子觉得那语气中含有揶揄。李汉光与张明清从枝子平静的外表下，早就看出了枝子内心的躁动不安。他们希望枝子早些出门打工，早点消失在刘庄人的视线里。但枝子说："爸，妈，我等到冬天的时候再出门。"李汉光说那个时候要下雪，怕是出不了门。枝子说："我想等春波入伍之后再走，我想知道结果。如果春波能入伍，我送他。要是心里没这个想法，我早走了。"张明清说："这样也好。对，你现在跟春花还有来往吗？"枝子说："她托人带信要我去她家里玩，是我不去，自己低她一等了，去了也无趣，再说她现在是两个孩子的母亲，成天有忙不完的家务事，何必再去打扰她。"张明清叹息一声，心里清楚，现在的枝子，跟春花不是一个层次的人。

冬季征兵时，春波体检与政审都合格，如愿以偿地成为一名新兵。迎着温暖的阳光，穿着新兵军装的春波，雄赳赳、气昂昂地回到刘庄，走到家门前时，早有众多村民在此等候，大家欢腾起来了，把春波围在中间，祝贺的声音不绝于耳。李汉光与张明清乐得合不拢嘴，眼睛眯成一条缝。春波叫李汉光赶紧给大伙散烟。其实李汉光正在给大伙散烟，听说春波入伍了，他特意购买了几包好烟。刘天合拍春波的肩膀，大声道："大伙静一静，听我说几句。咱刘庄这些年，每年都有小伙子去应征入伍，可是年年不尽如人意，不是身体有小毛病，就是政审不过关，只有今年春波凭过硬的身体素质与英俊的相貌，轻松实现了入伍的愿望，有出息，不仅给家庭撑了脸面，也给刘庄撑了脸面啊，大家拍掌祝贺！"话音未落，响起雷鸣般的掌声。对春波来说，穿上绿色军装后，整个人变得英姿飒爽，就连笑容也比以前灿烂。有几个中年妇女把春波身上的军装，摊在手上细瞅，好是羡慕。这种欢乐氛围持续了一个小时，众人散去时，李汉光再向大家散烟，听着大家走远了还在由衷夸奖春波，真是心花怒放。

枝子一直站在大门里面，从敞开的大门瞧外面激动人心的场景。枝子欢乐着，微笑着。不过待众人都走了，春波走进大门时，枝子忽地抱着春波号啕大哭。张明清赶紧关上大门，怕村人听见哭声。李汉光说："弟弟入伍，你欢乐都来不及，哭啥呢？"张明清过来拉开枝子："不要把眼泪水弄到春波的军装上。"枝子不哭了，笑说："爸，妈，我是高兴才哭。知道为什么吗？刚才的祝贺场景我亲眼看见了，我命苦，让这个家庭蒙上了阴影，让你们在刘庄人面前没有脸面，春波争气，终于给你们挣回了脸面，以后你们在刘庄人面前也能挺起胸膛了。"春波拿来毛巾给枝子揩净了泪水。李汉光抽着烟说："枝子，你去实现你走出大山的理想吧，爸再不会阻拦你了。你的幸福掌握在你自己手上，我们无能为力。"张明清说："其实刘庄人不是你想象的那样，没人对你低看一眼，是你心里这样想的，有时候人家真是好心关爱你一下，你认为是在歧视你。"枝子说："也许是吧。"几天后，送走了入伍的春波，枝子背着行李出门了。走时故意在刘庄走了一趟，有意让人们知道她今日出门，打工去了。枝子不想悄悄离开，希望刘庄人在她走后，把她这个过路客忘掉，她是嫁出去的姑娘，她是泼出去的水。

枝子又来到了以前打工的城市，又见到了奔跑的车辆、无数的工厂、冒烟的烟囱、忙碌的人群、喜庆的笑脸……不见巍巍的大山，全是陌生的人流，在这里没有人知道她的过去，闻不见那种令她窒息的空气，枝子的心情一下子放纵开来。枝子决定还是应聘熟悉的工作，去饲料厂的生产车间缝包，果然如愿以偿。所不同的是这家名叫昌星饲料厂的所在地，与枝子以前做过的那两家不同，在它们相反的方向，相距三十公里左右。枝子再不想见到那两家饲料厂了，它们都给枝子留下了伤痛的记忆，枝子要重新生活，活出一个新的枝子来。

枝子的宿舍在宿舍楼一楼最北端，挨着厕所，打开宿舍的门与窗户，刮风时能闻到异味，所以一直没人住。生产车间主任王勇，把枝子带进这间宿舍："目前厂里只有这间宿舍了，床铺是现成的，你住在这儿吧。挨着厕所，但没有别人住，你一个人住着宽宽敞敞，有弊也有利，给你自由方便。"枝子说："谢谢主任。我无所谓，有地方住就行了。"王勇说："当然，如果你嫌弃这里，你也可以在厂外租房，厂里不加限制，也有员工在外面租房的。"枝子赶紧说:"不啦不啦，我觉得住这儿挺好的，我就喜欢一个人住，睡觉安稳。"待王勇一走，枝子赶紧收拾房间，喷水，清扫，通风。第一晚睡在这个陌生的房间里，枝子关紧房门以及房门边的窗户，将异味隔在门外，睡得踏实。唯一让枝子遗憾的是，在食堂旁边，离宿舍五十米左右，是给生产车间提供蒸汽的锅炉房，遇到锅炉晚上工作，会影响休息。不过这样的时候不多。

为熟悉厂里厂外环境，枝子第一天下班后，在厂内走了一圈。厂办公楼后面有个水池，池边长着杨柳树，是夏天乘凉的好地方。水池边有操场，可以跑步娱乐。厂前的公路南北相通，公路下面是渠道，四季流水，春耕时节水的流量大，水位几乎挨着渠道边沿。顺着公路往南走五百米，有一个小铁桥，再往前走有一所小学，经过小学再走一公里就是街道了，有小饭馆与超市等，能满足一般购物需求。在街道上，枝子购买了牙膏、牙刷、洗衣粉、热水瓶、塑料盆等日常用品。

春节时员工流动最大，有人借春节辞工回家，明年不来了，有的员工年后去别的工厂上班。这里的工厂多，员工选择性大，同时厂里也借这个时机，把不理想的员工辞退，这是一种双向的选择，一种相互制约的机制，与这里的大开发是相得益彰的。成品库的保管员辞职了，年后不来上班。谁能成为新的保管员，生产车间有多人把眼光盯在这个岗位上，至少不流汗，不吸灰尘或少吸灰尘，动动脑筋而不下力，库内环境干净卫生。重要的是这个岗位，工资待遇要比生产车间好，每月还多出四天休息时间，即每个星期天可以休息，让厂财务部来人代替。厂里经过认真考察，认为枝子是最适合的人选。原因是，枝子工作认真，吃苦，负责。这出乎大家的意料，因此枝子第一天在成品库上班，与枝子熟悉的员工，或者不熟悉的员工，都向枝子投来羡慕的眼光。

可枝子第一天上班就出错，发货时，枝子因为疏忽，也因为搬运工的大意，车出厂后，发现给车上多上了一包饲料，但无法追回了。虽然损失不大，但毕竟也是损失，为此枝子遭到了王勇的批评。王勇说："保管员的工作，除了掌握发货的业务知识，还要熟悉一定的会计知识，这样吧，我让人搬一张旧桌子送到你的宿舍，便于你闲时补习业务知识。"枝子感激不尽。从这天开始，只要晚上不发货，枝子就伏在宿舍窗边的书桌上，在灯光下，认真练习打算盘，练习快速使用计算器之类，有时嘴里念念有词。难者不会，会者不难。以后的工作中，枝子再没有出错。

二月，天气暖和。枝子收到了春波的来信。信上说：姐，你好，别来无恙。我的三个月新兵训练结束了。我感激绿色的军营，让我学到了知识，得到了锻炼，有了革命的远大理想与抱负。我现在生活充实，朝气蓬勃，向自己制定的目标前进。我一定听你的话，在部队好好干，为国争光，也为刘庄人争光。来部队后我才深深知道，一个革命军人，除了身体素质强，还要有文化知识。现在，我每天在别人睡后，还蒙在被子里学习知识，我要全面提升自己。上次给家里写信时，我向爸妈告诉了你平安的消息，相信他们看了信后，不会天天为你担心了。对，还有，我听你的话，没有把你的地址写在信上，我相信你有此想法一定有你的道理，你不亲自给爸妈写信，肯定有你的苦衷……

星期天枝子休息，晚饭后，她顺着厂前的公路往南走，经过小铁桥时，枝子停下脚步，思索为什么渠道上要架一座铁桥。架一座小型的水泥桥不是更安全吗？枝子不知这座小铁桥，当年不是集体所为，是对面那家工厂建造的，目的是方便员工到渠道这边的公路上。后来，在前面一百米处，集体修建了一座宽敞的水泥桥，可以走汽车，但这座小铁桥依旧保留了下来，原因是，有员工就喜欢抄近路到公路上。同时，员工走过小铁桥时，脚步让小铁桥发出嗵嗵的响声，有人爱听这种声音，觉得能释放烦恼，让心静下来。此话是真是假无从考证。但有一点是肯定的，平时总有人站在小铁桥上，手扶小铁桥的铁栏杆，瞧下面渠道里流动的水。有人瞧几分钟就走了，有人竟然花一个小时站在那儿静静地瞧。此时小铁桥上没人，枝子就到小铁桥上，手扶小铁桥的铁栏杆，瞧着下面流动的水。这流水让枝子突然想到了娘家门前的池水，想到池水就想到了其他，于是不瞧了，打算去街道上看看。

可枝子转身时，看见一个似曾相识的男人，正从对面工厂连接小铁桥的小门，径直走向小铁桥。此人身材与相貌好熟悉，可枝子一时半会儿想不起来。枝子搜索记忆，依然一片空白。让枝子不解的是，这个男人一走上小铁桥，距离枝子几米远时突然停下脚步，愣然瞧着枝子，也在回忆。二人都细致地端详对方。过了一会儿，男人终于想了起来，大声道：“哎呀呀，终于想起来了，你是枝子，美女枝子，这几年你发生了变化，而这个变化让我一时想不起来是你。知道我是谁吗？当年在春生家里，我们一起吃过饭，我是马金啊！对，你为什么站在这儿？”马金上来与枝子握手，可是刚握住，枝子就用力抽回了自己的手。枝子根本不相信此人就是马金，认为他不会发生如此大的变化。当年那个帅气的英俊的马金，为什么现在一脸沧桑，不修边幅，脸色变黑？枝子于是后退几步："你认错人了。我是叫枝子，但不是你所认识的那个枝子。你仔细想想。"

马金真以为自己认错人了，再次细致地打量枝子。打量后马金坚定地说："我没认错你，你就是枝子，你说你是不是叫枝子，沙河镇的枝子？"枝子承认是沙河镇的枝子。马金欣喜地说："这就是我为什么能认出你，你却不能一时认出我来，原因是，这几年你的变化小，虽然有些苍老，也长胖了，但你的漂亮依然，还是当年的样子，只是皮肤感觉黑了点，衣服没有当年穿得时尚罢了。你好好想想，当年在春生家里，那个与你同桌吃饭的马金，如果我没有记错的话，我当时还给了你一张名片。"名片，春生，吃饭，这些都是事实，枝子想，当年那个马金是收购山货的老板，脸上皮肤像女孩一样细腻白嫩，长得英俊帅气，而此时面前的这个男人哪有英俊帅气可言，枝子无法将当年那个马金与眼前这个落魄男人联系在一起。

枝子不明白这个自称马金的人，为什么在此出现，他在这个城市干什么，他难道像自己一样也是打工族吗？生活真的如此会开玩笑吗？马金再次解释，为让枝子把自己看得更清晰，马金向枝子跟前走了几步。枝子近距离打量马金，通过相貌轮廓的联想，终于肯定了此人就是马金。真是马金！四只手握到了一起。他乡遇故知。二人脸上都写满了欣喜。

马金请枝子吃晚饭，前面有一家小餐馆，马金曾在那里吃过，味道还好，有点沙河镇的风味。枝子说在食堂吃过了。枝子说陪马金在桥上叙叙旧是可以的，餐馆就不去了。马金不同意，说枝子是她心中的女神，这几年一直装在他的心中，原以为这辈子再也不会见到，想不到上帝给他机会，他无论如何要表示一下。马金说能请自己心中的女神吃饭，是三生有幸。见枝子摇头，马金再次恳请，即使枝子坐在桌边喝杯饮料也行。恭敬不如从命，枝子同意了。

去餐馆途中，枝子在想一个问题，今日要不要把自己的寡妇身份告诉马金，想来想去，枝子决定不告诉。没必要告诉，他早就结婚了。枝子要弄清楚马金为什么在此，他这几年发生了什么，显而易见，他不是老板，他究竟经历了怎样的令人惋惜的伤痛故事？

明亮时尚的小包间里，亮着温馨的灯光，桌上摆放了四菜一汤。枝子闻到了沙河镇的风味。二人相对而坐。枝子批评马金如此而为太浪费了。枝子真的吃不下去。马金在枝子面前放了啤酒与饮料。枝子抱歉地说："我陪你喝点饮料吧。"枝子只想知道马金的故事。马金喝的是白酒，与枝子碰杯之后，一大杯白酒一饮而尽。马金说："我这几年从来没有如此兴奋过，因为我见到了你。那年在沙河集镇，我对春生说，我多想你第二天再来跟我一起喝酒，可是你没来，我空等了一天，到第三天我才返回。我睡在旅馆里难以入眠，当时的你太美了，当然现在在我眼里你仍然如此。我当时准备疯狂地追你，但春生打消了我的念头，说你的理想是走出大山，我以为你的走出大山是住进大城市，于是我就放弃了，这个细节估计春生没有告诉你。"枝子脸红地说："没有。提醒你一下，我现在不美丽了，我有自知之明。我照过镜子的。"马金把第二杯白酒倒进嘴里吞下肚，吃了一箸菜："不。你没有变，如果你真变了，我不可能在小铁桥上一眼认出你。"不知为什么这话让枝子感动，起身拿起酒瓶，给马金的空杯里斟满了酒。马金礼貌而绅士地说了一声"谢谢"。枝子坐下说："马金，我想知道你为什么在这个地方，是改做别的生意了？"

马金叹息一声，说："早就不做生意了，现在就是一个打工者。你不要用惊讶的眼神望着我，让我慢慢地告诉你来龙去脉吧。从前听人说人是三节草，不知哪节好，现在我终于相信这句话了。与你见面的第二年，我听说你结了婚，住进了县城，真的，我暗中祝福过你。后来因为年龄的关系，我找了一个当地姑娘结了婚。我解释一下，我们的婚姻并不幸福，她不是真心爱我，她是冲我的钱来的，我更不知道她跟我结婚之前，就已经有个相好的，而且是个有妇之夫。现在，她跟那个有妇之夫结婚了，唉！"马金叹息一声，摇了摇头，喝了一口酒，吃起菜来。枝子说："你的门面呢？你当年那么富有。"马金黯然神伤地说："一把火化为了灰烬，到现在还不知道是谁干的。我跟前妻离婚时，余钱基本上都给了她。现在的我，就是孤家寡人一个，靠打工度日。不过也好，我与前妻没有孩子，我现在没有任何牵挂。每月发了工资，给家里父母寄点生活费，剩余的钱我想如何花费就如何花费，想喝酒就喝酒，要逛街就逛街。在这个城市里，我已经生活了两年多。往事不堪回首啊。我知道我现在成了什么样子，哪像曾经当过兵的人，哪像曾经当过小老板的人，这就是你在小铁桥上认不出我来的原因。”……

接近三个小时的叙述。马金的遭遇让枝子嘘唏不已。大致轮廓清晰了，枝子不想追根刨底，没有那个必要了。枝子清楚了，马金目前在小铁桥对面的灯泡厂打工，一半时间在车间上班，一半时间在露天安装，风吹日晒的，因此皮肤黑。二人从餐馆出来时，天上布满了灿烂的星星。公路上的行人极少了。枝子想到了同是天涯沦落人。马金与枝子并排而行，一边抽烟一边说:“可否让我知道你来这个城市干什么。”枝子告诉了马金。马金惊然道:“在对面的昌星饲料厂,我以前在那儿干过,是车间的操作工。那套生产线的设备是从美国进口的。”枝子吃惊了，追问马金后来为什么走了。马金说：“其实在哪家工厂干都是一样的，当时只想换个环境，新鲜一下，没别的意思。不信我过几天来找车间主任王勇，又可以回厂做事。”枝子迫不及待地说：“你回来呀！回来好呀！”马金说：“行，我考虑两天。你现在在那厂里打工，我一定回去，这样我每天都可以见到我心中的女神啦。”二人经过小铁桥时，枝子说：“想去我宿舍坐会儿吗？”

马金当然喜出望外。来到枝子的宿舍，打量一番后，聪明的马金马上明白了一件事，即枝子是一个人打工，没带上自己的男人，宿舍里没有一件男人的衣服，也没有一双男人的鞋子，牙刷只有一把，茶杯只有一个。马金坐在桌边的椅子上，枝子用自己的茶杯给马金倒了一杯茶水。马金好奇地问：“你爱人怎么没来，你一个女同志在外打工他放心吗？”马金提出的疑问，枝子一句话总结了：“跟他在家经常吵架，感情不和，一气之下我就出来了。”这个解释也合理。马金笑说：“真没想到我心中的女神，还有如此傲气。不过作为朋友，我提醒一句，女人不要动不动发脾气，会老得快。由我说，月底拿了工资就回去吧，估计他在家里日夜难眠，也许不要多长时间会来找你。”枝子说：“他不会来的。他永远不会来的。走的时候我们约法三章，只许我回去找她，不许他前来找我。”马金摇头，笑一下，这是什么约法三章，马金不懂。马金走后，枝子熄灯上床，可难以入眠，眼前总有马金的影子。枝子想到了自己的走出大山的理想，想到了马金现在的孤家寡人，又想到自己现在是一个实实在在的寡妇，反正胡思乱想，想的事都连不到一块儿。

第二十三章

枝子正在发货的时候，突然有人在她的后背上戳了一下。枝子回头见是马金，在马金的手背上打了一下，见马金穿着生产车间操作工的制服，就睁大眼睛惊呼道："没想到你真来上班了，应该告诉我一声呀。"觉得马金把自己当成了外人，枝子又在马金身上重重打了一下。马金笑道："就是想给我心中的女神一个惊喜呀，你想呀，我心中的女神在此工作，我能不回来吗？虽然干操作工比我在那边厂里的工作累，但能天天见到女神，也值得呀。"见搬运工们向二人投来了诧异的眼光，枝子小声说："在这个场合不要女神女神的，让人讪笑，再说我现在这个样子，连女神的衣角也扯不上。"马金说："别人如何看你我不知道，你在我心里就是永远的女神。"枝子听着心里舒服，暗自欣喜。自龚小宝死后没有人这样恭维她了，除了自己的亲人外，很多人向她投来的是世俗的鄙夷眼光，那不是一支箭，可像箭射在心里一样痛；那不是一座大山，可像真正的大山更令人生畏。有人在喊马金，马金给枝子一个"拜拜"的手势，兴奋地跑去了车间。不知为什么，此时枝子还真想马金跟她多说一会儿话，胡聊什么乱七八糟的都行，望着马金的背影有些遗憾。

马金晚餐后来到枝子的宿舍，见宿舍门关着，知道枝子在加班，就来找枝子。马金觉得枝子不仅人美，也比他能干，比如枝子能当保管员，他马金只能去当操作工。操作工是负责机器设备的，不出问题的时候轻松，出了问题就太累，折腾得全身灰尘，大汗淋漓。在成品库见到枝子熟练而轻盈地发货，马金羡慕极了。枝子问马金为什么晚上不出去走走，马金就开玩笑：“在这里看看就是一种享受。”马金尽会说些叫枝子感动的话，有时说的话有点庸俗，或者有些露骨，但枝子喜欢听，只是嘴上假装说不喜欢。在单调的工作中，马金无疑是枝子的一枚开心果。货上完了，搬运工也下班走了，马金就帮枝子收拾仓库的卫生。枝子笑说：“你这可是义务劳动啊。”马金笑了起来，说谁叫枝子是他心中的女神哩。枝子回到宿舍，要去锅炉房提热水洗衣服，马金就夺下枝子手上的塑料桶，帮枝子把热水提回宿舍。马金的宿舍在四楼，他不想打扰枝子洗衣服，就回到了自己的宿舍，过一会儿估计枝子的衣服洗好了，又来到枝子的宿舍。枝子看出来了，下班后的马金在注重自己的形象，穿上了干净的衣服，也穿上了打过鞋油的皮鞋，头发梳整洁了，有自信了，有精气神了，与那天在小铁桥上见到的马金，简直判若两人了。灯光下，枝子打量着马金，心里像镜子一样明亮：马金想在枝子面前制造好印象，那点小心思是瞒不过枝子眼睛的。可枝子享受这个过程，毕竟马金曾让她有过彻夜难眠的相思。

成品库保管员的中餐与晚餐，有时候不能准时，这是工作性质决定的。一车饲料装了三分之一，不能撂在那儿一走了之，司机要赶路，特别是外省的司机。对此厂里做出规定，遇到这种情况，保管员与搬运工必须坚持装完车，然后再去吃饭，用户至上是企业的宗旨之一。又到了午餐时间。员工们都走向食堂，马金也在人群之中。可是走到食堂门口的时候，马金看到了正在上车的搬运工，于是马金跑来了成品库。枝子问马金这么快就吃好了，马金说你不是还没吃午饭吗？这话让枝子听着心里好生温暖。过一会儿去食堂吃饭时，不让枝子动手，马金就把枝子的饭菜端到桌上，这让洗完手进来的枝子更觉温馨。在他乡有这样一位热心的人关爱自己，枝子认为真是难得。

马金从厂财务室出来，他今日领了工资。他抬头瞧瞧天上的太阳，脸上有微笑，他打算请枝子吃晚饭。可是这天不是枝子的休息时间，这没事，马金下班后换好衣服，等枝子下了班一起去餐馆。厂里食堂也对外卖小炒，马金觉得在那儿不合适，食堂的饭菜天天吃，马金要给枝子换换口味。枝子下班回到宿舍时，马金正等在宿舍的门口，并说明了意图。枝子没有反对，眼光落在打热水的塑料桶上，这时马金赶紧过去拎在了手上。给枝子打回热水已经成为马金每天必做也乐于做的一件事。枝子说马金如此做会让人瞎想的。马金笑说：“没事的。在生产车间，我对同事说我是你哥，既然是你哥，我就要做一个称职的哥哥，不称职才叫人瞎想哩。”枝子说：“就没人追问你是我的什么哥？”马金反问哥的定义还有多种吗，仔细一想脸红了，是的，还有一个情哥哥，就笑说：“你要把我当成你的情哥哥也行，那是我做梦都想的美事。”马金嬉笑之中说的话，枝子觉得像玩笑，再想又认为是有意为之。热水打回宿舍后，马金站在宿舍外面。十几分钟之后，宿舍门开了，灯光下，美丽的枝子焕然一新，显得清新脱俗，与上班时判若两人。

枝子今晚的兴致很好，已经成为熟人，就不用客套了。枝子在心里想好了，下次她请马金吃饭，这叫一跪还一拜，互相不欠人情。酒与菜摆上了桌子，灯光下的二人依旧相对而坐，这样彼此一抬头，就能清晰地瞧着对方。喝酒之前二人有二十秒的互瞧，没有尴尬，都带有一种深情的意味。瞧到十九秒的时候，二人都情不自禁地笑了。二人笑的背后的含义是一样的，就是为什么二人竟然旁若无人地坐在一起吃饭。当马金给枝子礼貌地敬酒时，枝子突然想到了那年在春生家里她是礼貌地向马金敬酒的，几年后的今天这事倒了过来，就想到了人生的沧桑、世事的无常，脸上的微笑消失了，一口喝掉了杯里的白酒。马金关心地说：“这是白酒啊，不是饮料。”枝子说知道。桌上有枝子爱吃的菜，枝子吃着时神态又恢复到饭前的样子。喝了这杯白酒，枝子就改喝饮料了。马金继续喝白酒，三杯酒过后马金突然说：“枝子，如果你现在没有结婚多好啊！”枝子说：“如果我没有结婚，你想怎样？”马金脱口而出：“还用问吗？拼命追你，纵然千辛万苦也要把你追到手，可惜你现在成了别人的娇妻。你不知道我现在多么后悔，如果我当时放下顾虑，抱着试一试的想法，对你展开疯狂追求，向你承诺带你走出大山，也许我们就走到了一起，我也不会落到现在的结局。真的，是你的‘走出大山’四个字把我吓住了。”枝子动情地说：“你当时为什么不追我呢？你要追了，我会摆脱一切阻力跟你走的，你当时就是我心中的男神。我的走出大山的意思是多方面的，说实话，我自己也说不清楚，应该是我的一种感觉，与相爱的人结婚也是实现走出大山理想的一种方式，不见沙河集镇周围的高山也是一种方式，挣脱世俗偏见的束缚也是一种方式。”马金说：“你现在理想实现了，‘走出大山’四个字是不是从脑海中消失了？”马金没想到枝子忽地站起来：“没有，反而更为强烈，不然我就不会来到这儿打工，理想不实现，再不回沙河镇！”当枝子坐下时，马金为枝子的志气击节赞叹。可是再一想，怎么样才是真正的走出大山，马金觉得费解与茫然。不过马金向枝子表态，枝子在这个地方打工多长时间，他就在此打工多长时间。枝子用严肃的语气质问，真的假的？马金说：“一言既出，驷马难追。反正我现在孤家寡人，也不想回老家那个伤心的地方，在这里陪你一起打工，对我来说就是一种幸福。每天能见你，晚上睡个安稳觉，多好。”

孤家寡人四个字触动了枝子，她伏在桌边啜泣起来，让马金手足无措，赶紧解释道：“抱歉，我说错了话，我罚酒一杯。”把酒端到枝子跟前一口喝干了。枝子抬起头说：“你不知道我现在的情况，我也不想让你知道，我心里的苦只有我自己知道。”马金说：“春生换了座机电话，加上几年没有联系，不然我向他打听一下你的情况。”枝子马上止泪说：“你不要这样，你要联系了春生，我就跟你急。过一段时间我自然会告诉你。还有，我希望你以后要像现在这个样子，把自己拾掇得清清爽爽，看着舒服，要自信起来，振作起来，好吗？”枝子用深情的目光望着马金，马金却用诧异的目光回望枝子。枝子激动地说：“你不要这样望着我，你不懂我的意思吗？当年那个精明的马金哪儿去了？”马金恍然大悟，赶紧拿纸巾给枝子：“我是面对我心中的女神吓呆吓傻了。”接着走到枝子身边给枝子倒饮料，与此同时叫服务员端来米饭。马金说：“没想到你也如此，为你叹息。像你劝我一样，我希望你忘掉过去，勇往直前，光明就在眼前。”为活跃气氛，让枝子露出笑脸，马金故意笑道：“如此看来，我的机会来了！”这话果然让枝子瞧了马金一眼，回给马金一个温馨的微笑。

在马金的疯狂追求之下，到秋天时，马金与枝子相恋的事，在厂里已经不是秘密。人们经常看见下班之后，只要枝子不加班发货，马金就牵着枝子的手在池塘边漫步，或者坐在池塘边的杨柳树下情话绵绵。没有人去打扰他们，让他们安静地恋爱吧。在大家眼里，这二人是天造地设的一双，如果不能结为夫妻，会叫人大跌眼镜，扼腕叹息。这二人结成连理就是一道赏心悦目的风景。二人有个约定，都不把自己的过去告诉大家，大家也不知道二人以前的不幸。二人沐浴着秋天温馨的夜风，为他们的未来勾画幸福的蓝图。

马金为获得枝子的爱，可谓费尽了心思。马金首先从自己的皮肤着手，让它脱胎换骨，平时尽量不晒太阳，晚上还在脸上抹上了洁白霜之类，一天几遍清洗脸颊。这样的费心费神，时间不长就取得了意想不到的效果，脸上的黑皮肤慢慢变白了，人也变年轻了。马金再从衣服着手，上班时穿着操作工的服装，下班后洗澡清洁身体，穿着笔挺的西装。马金身材高挑，穿上合适的西装显得更为潇洒。也注重头发的整洁了，脚上穿起了擦得锃亮的皮鞋。枝子夸马金：“想不到你在变。支持你！”马金直言不讳地说：“我是为你而变，我想让你尽量找回当年在你心中有着美好印象的那个马金。”与此同时，马金认为以此获得枝子的芳心似乎不够，要从实质上获得枝子的芳心，这样情感才能长久，才有牢固的基石。因此马金一边努力改变自己的外在形象，一边积极刻苦地钻研技术，实现了两条腿同时走路。那天，当厂里提拔马金为生产车间副主任时，枝子当着马金的面，激动得险些流下眼泪。马金说：“为了你，我必须这样，我要让你跟着我有安全感。放心吧，我以后有你的鼓励，有我在部队生活的经历，相信我的努力会有更好的收获。”枝子听了太感动，见附近没人，抱着马金的脖子，在马金脸上亲了一下。

二人的结婚时间，定在春节放假的时候。婚房选好了，不是回到马金家里，也不是回到沙河镇的刘庄，就是在枝子现在的宿舍。厂里封闭了枝子宿舍边的厕所，让异味消失。既然结婚不是秘密，马金以后不仅限于给枝子打热水，他买回了小圆桌，放在枝子宿舍，同时买回了椅子，添加了生活用品，可以说除了不能烧火做饭，其他都比较齐全了。只要不遇特殊情况，吃饭时，马金总是叫枝子坐在宿舍桌边，他去把自己的饭菜连同枝子的饭菜，一起从食堂端到枝子的宿舍，二人围桌吃饭，开心说笑。结婚是万事俱备了，只等春节放假的到来。不过马金提出同居时，枝子反对了：“不，不能这样，结婚时间快到了。”每晚十一点钟左右，宿舍楼的员工们，只要是醒着的，都能听到有人从一楼走上四楼的脚步声，是马金。

秋夜月光皎洁。马金与枝子在厂外公路上散步。从开发区中间穿过的国道上有汽车的喇叭声，清晰地传进他们的耳里。射向天空的耀眼激光灯，像要刺穿苍穹，枝子好奇地望着，心生敬畏。枝子先向马金赞美一番眼前的美丽夜景，说这是这里特有的，在老家沙河镇没见过，在县城也没有见过。之后枝子话锋一转：“你现在后悔吗？如果后悔还来得及。我知道我的走出大山的理想，对你来说太高了，近乎一种苛刻的要求，它像一座大山压着你。我想再听听你的想法。”马金坚定地说：“我们已经走到这个地步了，你还问这个问题？如果我有异议，我此时就不会跟你走在一起。我是多么爱你，不说你只提走出大山的要求，就是要天上的月亮，我明知道摘不下来，我也会冒险去试试，不怕头破血流，或者粉身碎骨。不要认为我这是为了得到你，虚情假意说出的忽悠你的话，这是言为心声，不信你摸摸这个地方。”马金把枝子的一只手放进他的上衣内，让它摸着自己的胸口。枝子笑说："我感觉你的胸口热乎乎的，还能感觉到你激动的心跳。"当枝子抽出手时，马金拉着枝子坐到空地的草丛上。马金要枝子具体说一下她走出大山的内涵。其实这个问题枝子也没有想清楚，就眼下而言，她能想到的是长期生存在这个地方，因为这个地方让她看不见大山，这个地方充满了勃勃生机，有日新月异的发展速度。她想在这个地方通过奋斗，以后拥有属于自己的房子，三间两层就够了，即便在城市的边际也行，房前还要有小小的院落，有自己的摩托车与小轿车，回老家沙河镇或马金的老家，一家人开着轿车。马金想了想说："其实你的想法不算高，只要我们努力奋斗都能实现。最难的就是落户，城市落户有条件，只能落在农村了。"枝子说："农村也行。农村也没有山啊，能一望千里，到时我们有车，上班也方便啊。"马金说："到时候我把我的父母接过来，也把你的父母接过来，方便照顾他们，反正两层有六间房，够住的。"二人一边说着一边幻想着，眼前都浮现出幸福的画面。马金拥抱着枝子，溶溶月光映照在二人微笑的脸上。

这晚回厂之后，马金将自己的工资卡交给了枝子。从此，枝子挑起了家庭主妇的担子……

时光荏苒。两年后的秋天，在枝子眼里处处充满了生机，用金色二字似乎难以形容它。枝子觉得天空是从未有过的蔚蓝，池水是从未有过的清澈，厂内花台上的鸡冠花、月季、波斯菊等是从未有过的鲜艳。在这个秋天里，饲料厂做了人事变动，王勇成为饲料厂副经理后，生产车间主任一职空缺，经过多轮角逐，马金最终以业务过硬，工作负责，管理能力强被提拔为生产车间主任。枝子在这个秋天收到了春波的来信，春波入党提干了。在刘庄，在部队入党提干是没有的。枝子本人在这个秋天保胎成功，怀孕七个月了，请假待产的她只等待分娩那天的到来。曾经的流产让枝子经受了别人不知的难过，后来不能怀孕让她十分痛苦，感到自己低人一等，现在终于可以扬眉吐气了。

马金成为生产车间主任，不仅是职位上的提升，工资上也有了质的飞跃。为犒劳马金，枝子挺着大肚子到菜市场，特意买回了马金爱吃的菜，还有白酒与饮料等。厂里为照顾马金与枝子，考虑怀孕的枝子吃不惯食堂饭菜，允许枝子自己在宿舍做饭。枝子与马金在宿舍中间，隔了一块类似落地窗帘的花布，花布后面是放有简单衣柜的卧室，花布前面靠墙壁摆放餐具，是夫妻俩做饭与吃饭的地方。在门旁的窗户边，安装了抽烟的排风扇，将炒菜时的油烟抽到窗外，里面卫生倒也干净。有人建议马金与枝子在厂外租房子，但二人不同意，不是舍不得出那点租金，实因住在厂内上班便捷。经过枝子精心布置，这间面积不大的宿舍也显得温馨。

西天的阳光透过食堂的屋顶，照射到枝子的宿舍前，也透过门边窗户，照到屋内的饭桌上。枝子开始烧晚饭了。窗边的抽油烟机呼呼地响起来。马金下班了，枝子把烧好的饭菜端上桌子。可是马金一见便脸色难看：“哪个要你去菜市场呢？还烧了好几个菜，干吗呀？你身子这么重，这种事该我做的，比如现在，我骑着自行车，一会儿就买回来了，可你来回折腾得多长时间？我心疼啊。”枝子笑说：“我没事的，慢慢走动一下不影响的。”马金关上宿舍门，把枝子拉到隔帘后面，枝子知道马金想干什么，就坐在床沿上，掀起肚皮上的衣服：“你听听，你儿子在生你的气，为妈妈打抱不平哩。”马金蹲在枝子跟前，把耳朵挨在枝子干净洁白的肚皮上倾听，喜滋滋地说：“好，好，在动，真的在动！”枝子叫马金小点声，担心门外有人走动听见了。马金说：“听见怕什么，我与我儿子说话。”枝子情不自禁地抱着马金的头，下巴抵在马金的头发上，闻着熟悉的味道，笑容灿烂。

吃饭时，枝子拿起酒瓶要给马金倒酒，被马金一把夺下酒瓶：“原则上我现在尽量不喝酒，我查看了资料，酒刺激人的大脑，我要时时保持大脑清晰，我晚上还要看书，那些进口设备的资料复杂哩。”枝子站起来，硬把酒瓶要了回去，充满柔情地说：“知道今日为什么多烧了几个菜，知道今日为什么亲自给你倒酒？作为你的老婆，我为你的进步高兴。我知道你拼命进步背后的原因，让自己有所作为只是表面，你是为我的理想在奋斗。”马金说：“我的好老婆，你不要站着，你会难受的，这杯酒我让你倒，我把酒杯放在你面前，你坐着倒。”且说且把酒杯放在枝子面前，枝子就坐着倒酒。马金将杯里的酒喝掉一半，放下酒杯说：“老婆，能与你今生走到一起，是我前辈子修来的福。你想过没有，如果没有在这个地方遇到你，我以后就是一个没有进取心的人，一个今日有酒今日醉的人，我要感谢你，是你成就了我，是你让我有了自信，让我找回了当年的自己。放心，你的理想会实现的，我保证！”枝子微笑着说：“以前我被别人宠着，现在我宠着你，可我觉得我现在生活非常充实。当年我曾为你做过梦，希望这辈子与你共度美好人生，没想到上天保佑我，让我美梦成真。”马金笑说：“这叫‘姻缘前世定’，虽然我们都走了一段弯路，最终还是相会了。对，我告诉你一件事，很重要的，我不能一个人做主，必须跟你商量，厂里可以入股分红。”枝子问马金的想法。马金说：“我问了一些人，他们都有这个意愿，我觉得可以入股，我看好饲料行业，因为全国都在大发展，人们生活水平逐步提高，鸡鸭鱼肉每餐都将出现在普通人的餐桌上，但鸡、鸭与猪等都要吃饲料对吧？我主张入股。”枝子说目前手上没有多少钱。马金说：“厂里说了，每月工资当成股金也行，积累到一定数量入股也行，分红时按多入多得，少入少得，遇到特殊情况提出股金也可以，非常方便。厂里的目的，希望每个员工都成为饲料厂的主人。”枝子欣然同意了。

饭后，马金要枝子先到床上躺着，他收拾好碗筷就来。在床上，马金又把耳朵贴在枝子的肚皮上听，肚里的孩子一有动静，马金就高兴得像个孩子，亲吻枝子的肚皮，然后再亲吻枝子的脸。枝子等马金的欣喜劲减弱后，就向马金提出了一个客观现实的问题。枝子说：“马金，我怀孕七个月零十天了，近段时间随时有临盆的可能，到时候你要上班，我在医院哪个服侍我和孩子呀？我想了想，打算让我爸把我妈送来这儿，到时有我妈照顾我和孩子，你能安心上班，现在，你可是这个家庭的主心骨啊，我上班还得孩子满了三个月才行。”马金说：“这事不用商量，叫爸和妈赶紧坐车过来，我到车站去接他们。”枝子说：“这事只能让春花帮忙了。我知道春花门市部的座机电话。”马金觉得这事宜早不宜迟，现在去厂办公室打电话。枝子把春生的座机电话告诉马金，马金写在纸上，然后说：“春生的座机号码果真换了。你在家里等我，我去厂办公室打电话。”枝子想了想，还是她去打电话，怕马金办不好这事，毕竟春花与枝子是好姐妹。马金想想也是，搀扶着枝子，来到厂办公楼一楼的办公室。马金说明来意，值班员就让枝子拨号。通了。是春花接的电话。一通客套话后，枝子就说主题，春花承诺办妥此事。回来之后，夫妻俩又商量了二位老人来了之后在哪里居住。马金说：“看来这几个月不在外面租房是不行的。”但枝子实在不想在外面租房。次日，经过深思熟虑，枝子走进了隔壁宿舍。宿舍里住着四名生产车间的缝包员，都是单身，年轻。枝子微笑着，抱歉地说出了自己的想法。没想到她们同意了：“这有什么呢，哪个人都会遇到困难，没事，我们到厂外租房，费用也不用你出了。”枝子歉意地说：“不，我出。我把房子帮你们租好，你们到时候直接搬过去。你们成就了我的方便，真诚感谢。”

此时在沙河镇的刘庄，春花匆匆走进了李汉光的家里，说明了来意。李汉光与张明清喜上眉梢，谢谢春花家里那么忙还为枝子的事奔波费心。送走春花，夫妻俩返回家里，李光汉欣喜地说：“春花说女婿是那个厂的车间主任，工资高哩，这让我安心了。又说这女婿以前跟春生做过生意，人长得帅，能说会道，精明能干，这以后他来到了刘庄，大家再看枝子的眼光就不一样了。”张明清说：“命运掌握在自己手中，这话是对的。当年枝子天天要走出大山，要到远方去，我们不允许，结果是错的，嫁了个龚小宝，要么流产，要么怀不上孕，可把枝子折腾苦了，现在好了，枝子竟然有了，身体也清洁。”望着喜出望外的张明清，李汉光走进卧室，将一包烟装进上衣口袋，并在口袋外面用手轻拍一下。这包烟现是沙河集镇上的时髦牌子，有头有脸的人爱抽它。在李汉光家里，以前是不备这种烟的，都是李汉光自抽的廉价烟，自从春波入伍以后，他开始在家里准备好烟，因为不定什么时候，有人以恭贺为名到家里坐坐，其中不乏镇上的干部。

厨房里有瓢碗相碰的声音，张明清正在收拾家务。李汉光走出家门，径直往刘庄西端走，脸带微笑。有人问李汉光有什么喜事，李汉光就把枝子的事向对方复述一遍，并散给人家一支烟，收获人家送上的由衷的祝贺。一路上，李汉光遇到了十人，收获的效果都是一样的。李汉光是这样想的，俗话说"一传十、十传百"，到了中午，刘庄大部分人都会知道枝子的喜事。当然李汉光清楚，枝子的事必须让刘天合知道，他知道了，等于在刘庄上空架起了喇叭。在刘天合家里，刘天合接过李汉光的烟，向李汉光祝贺一番之后说："现在回想起来，我险些做错了一件事，当初想把枝子与小秋撮合在一起，还是枝子有自己的主张。如果当初这事成了，就苦了枝子一辈子，咱刘庄的女婿中，就少了一个有能力的车间主任。汉光啊，你女婿身上可做大文章啊，他现在是车间主任，以后有可能是厂里的副经理，那时刘庄人想出门打工，那是水到渠成的事。"李汉光说："据春花说，女婿叫马金，以前当过兵，也做过生意，是个能干人，只是我现在还没有亲眼见到，想必春花是从枝子嘴里得知的，一定不假。"刘天合笑说："这个秋天是你汉光收获的季节，不是田地的庄稼，而是收获了儿女们的喜事，你看看，你家春波也入党提干了，这春波优秀啊。这下好了，你家春波与枝子，都给你老李家和刘庄人长了脸。"李汉光听着这话，心里像炎热夏天喝凉水一样舒服……

第二十四章

马金与枝子站在火车站的月台上，等待李汉光与张明清坐的那趟列车的到来。列车晚点，马金有些焦急，替挺着大肚子的枝子叫苦。马金不认识枝子的爸妈，不然他不会让枝子前来。枝子身子重，不能总站着。马金就背靠月台上的水泥柱子，蹲着，叫枝子坐到他腿上。枝子摇头，说自己能坚持。兴奋与激动，让枝子表现得很坚强。二十分钟后，列车终于进站了。马金拉住走向车门的枝子："你不知道爸妈坐在哪节车厢，不要乱走。"还是马金有头脑，拉着枝子直接站在出站口，这是最便捷的办法。熙熙攘攘的人声与匆忙的脚步声交汇，人们陆续出站。当人流变得稀少时，枝子看见爸妈了，他们在人流最后。枝子朝爸妈颠颠地跑去，这太危险了，万一跌倒如何是好，马金不由拉住了枝子，要枝子放慢脚步。枝子大声喊道："爸，妈，我们在这儿！"爸妈也看见了枝子，大声喊着枝子的名字，张明清还举起手来用力地朝枝子挥。他们互相朝对方走来。一步步走近了，走近了。在枝子扑向自己时，张明清一边嘱咐枝子慢点，一边敞开双臂抱住了枝子。紧紧地抱着，紧紧地抱着，母女俩号啕大哭。马金向李汉光亲切而真诚地叫了一声爸，递给李汉光一支烟，又向张明清真诚地喊了一声妈。马金过去拍了一下枝子的后背："别哭了，你一哭，妈也跟着哭。有些话到了站外的车上再说。"说着，马金将岳父岳母的行李背着，走在前面带路。李汉光走在最后，用手捅了捅张明清的后背，张明清回头瞧着李汉光，李汉光笑着，小声地说：“你观察女婿，春花没说假话，回到刘庄时一定让人刮目相看，枝子有眼力。”张明清笑了。这时枝子叫前面的马金脚步放慢点。

为迎接岳父岳母回到厂里，马金借用了生产车间的专用车，此车驾驶室有两排座位，包括驾驶员可坐五人，这正好。马金与枝子就是这辆车送来的，车现停在车站的外面。在车上，张明清向枝子具体了解了怀孕情况，听枝子说得样样称心，真是心花怒放。见枝子眼里还有喜悦的泪水，就拿出手帕给枝子揩净了泪水。车到了饲料厂附近，马金安排大家先在餐馆吃饭，然后再回厂里。司机非常知趣，认为在今天这个场合，他在饭桌旁坐着非常不适合，于是把马金他们送到餐馆门前，待他们下车之后，就把车开回厂里，说两个小时后再来接回他们。饭桌上，待菜上齐之后，马金恭敬而礼貌地站着，端起倒满酒的酒杯，向岳父岳母郑重说道：“爸、妈，我恳请你们原谅我，与枝子结婚没有征求你们意见，实在不孝，我自罚一杯。”说完一饮而尽，然后走到李汉光与张明清面前跪拜在地。枝子对马金说：“马金你起来，爸妈不会见怪的。”马金说：“爸妈在此，他们不说话，我就不起来。”李汉光说：“马金，你起来吧，我和你妈不会在意此事，因为枝子出门那年，我就同意她在外面找到了合适的，自己做出决定，我们不会干预。我听枝子说了，你们现在非常恩爱，我们做父母的心里高兴，枝子跟着你，我们放心了。我们看好你。”张明清上前拉起马金。马金笔直地站着，斩钉截铁地说：“爸妈在此，我现在向你们二老郑重承诺，保证一辈子对枝子好，让枝子过上幸福美好的生活。”枝子对马金笑说：“行了行了，回到座位上吧，我把你对我如何恩爱早就告诉爸妈了，也说了你的优秀，现在是生产车间主任，以后朝副经理位置冲刺，他们为你骄傲哩。”马金回到自己的座位上。这时张明清催促道：“快趁热吃吧，否则饭菜都凉了。”马金赶紧朝岳父岳母碗里夹菜。饭后，马金告诉李汉光：“爸，我跟枝子商量好了，以后在此落户。”马金详细地说了他和枝子的发展规划。李汉光说：“这里确实是个好地方，我不反对你们的想法，只是我老了，只能嘴上支持，没有行动支持。对你弟弟也是一样，他在部队提干了，我没钱支持他，只能嘴上给予他鼓励。我只希望你和枝子努力奋斗，去实现你们的美好理想。”马金笑说：“爸，你们不反对我和枝子在一起，就是对我们最大的支持。”

五天后，李汉光要返回刘庄。枝子央求道：“爸，我真不想你回去，你能不回去吗？”这时张明清说：“枝子，不用劝你爸了，让他回去吧。我在这里就够了，他在这里也帮不上忙。别看家里养猪场没办了，但跟人合伙喂养的耕牛下月轮到我家，要人照看，这也是大事。另外家里还请人照看，家里的鸡呀鸭的也不放心，让他回去吧。”枝子是了解父亲的，他一个人回去，吃饭就是问题。李汉光说：“最近一年多，我进厨房次数多了，如果只炒两碗菜和煮点饭，我没有问题。”张明清说：“放心，你爸回去饿不着。”

次日，马金把李汉光送到火车站，购买了车票，又把李汉光送到火车上。放好李汉光的行李，马金将一沓钱硬塞进李汉光的口袋。马金说：“爸，以后我和枝子每月会给你寄钱，好好孝敬你。有事就到春花家里给我们打电话，我把这儿办公室的电话号码，写在纸上放在你的提包里，你不要弄丢了。”李汉光点头。马金周到的安排，真情的表露，叫李汉光感动不已，在马金下车后，他还把头伸出窗外，用喜悦的目光，瞧着站在月台上的马金。

过了十五天，这天上午，灿烂阳光照耀着开发区医院。随着一声清脆而响亮的婴儿哭声，枝子顺产了一个虎头虎脑的胖小子。枝子对产床边的张明清说：“妈，你如果不在这里，我真没勇气顺产这个孩子。妈，现在好了，我有儿子了，当妈妈了，你当外婆了。”张明清喜悦地说：“我高兴，也替你高兴，以后在刘庄，我和你爸有面子啊。”这时马金从门外进来了，张明清过去照看孩子。马金握着枝子的手，见枝子脸色还显苍白，眼里闪着激动的泪光，哽咽地说：“你辛苦了。我终于当上爸爸了！”说着，亲吻枝子的手背。枝子说：“好了，现在我安康，孩子安康，这是最好的。给孩子取个名字吧。”马金脱口而出：“早想好了，叫马腾，但愿这孩子长大后飞黄腾达，过上幸福生活。如果我们到时候有未了的心愿，交由马腾来完成。”枝子望着屋顶，念着马腾两个字，连续念了三遍，觉得顺耳好听，又响亮，是个好名字，满意地笑了。马金说：“以后我们再生一胎，最好生个可爱的女儿，名字我也想好了，叫枝枝，用你的名字而取名。”枝枝，这两个字枝子同样念了三遍，也满意地笑了。

七天后，枝子与马腾顺利出院。儿子的降生，让枝子心情无限畅快，欣喜之情无法用语言表达。在宿舍，枝子不时去亲吻熟睡中的马腾，再不就坐在那儿静静地瞅着马腾可爱的脸蛋。张明清提醒枝子让马腾熟睡，不要动不动亲马腾，马腾没有满月，小心着凉，那可不是小事。张明清虽然提醒枝子注意，她自己却禁不住定睛去端详马腾，笑说：“马腾的脸像他舅舅春波，春波小时就是这样的脸蛋。”话未落音，从生产车间返回宿舍的马金恰好进门，接茬道：“我那天仔细地看过春波的照片，我认为马腾百分之五十像他舅舅，剩余百分之五十像我。”张明清笑道：“像谁不重要，重要的是这个孩子长大后一定英俊帅气。”马金说：“妈，我现在去办公室给春花打电话，要她把这个喜讯告诉爸，他肯定在家里天天盼望着。”枝子生气地说：“马腾出生那天，我就催你给春花打电话，原来你没打呀。”马金说：“这几天既要关照你又要安排生产车间的事，一忙，竟把这事给忘了。”张明清说：“现在去打电话也不迟。我想啊，你爸知道后，又要从刘庄东头吆喝到刘庄西头，不让刘庄家喻户晓他不甘心哩。枝子这回可长脸了，那些在背后叨唠的人这回可打肿自己的脸了。”由衷的喜悦荡漾在脸上。

农历腊月十五，距马腾出生已是三个月零十天。枝子身体早已恢复，已经上班一个星期。白天，马金与枝子都去上班了，宿舍里只有马腾与张明清。马腾醒了，张明清就唱带有大山特色的摇篮曲，马腾微笑着安详入睡。不过马腾熟睡后，张明清坐在宿舍门口，望门外的天空，担心新年将近，李汉光是不是在家里准备年货。每年这些繁杂的事，都是张明清揽着悉心操办，精打细算，外行的李汉光不闻不问。又不能回去，这怎么办呢？张明清在心里自言自语。如果枝子请假，明年正月十五以后上班，那是最好的。张明清打算把她的想法告诉枝子。但不等她告诉枝子，这天下午李汉光来了。张明清说："你怎么电话不打就来了？我正为家里过年的事愁着哩。"李汉光说："不行啊，你不在家，我一个人生活确实有困难，能坚持这几个月，已经超出了我的能力极限。特别是马上要过年了，所以我来把你接回去，借此来看看小外孙。"张明清说："现在你来了，干脆我们不回家过年，就在这里过年算了。"李汉光生气地说："这不行，过年阶段哪个帮你喂牛？哪个帮你看家？别人过年家里喜气洋洋，你家门上一把锁，这不好，另外，大队干部们说了，我家作为军属，年前要给我家送对联，过年时还要来我家吃餐饭，祝贺春波的进步。"说完，就去瞧马腾，真是喜不自禁。得知枝子在上班，李汉光说："让枝子带马腾一个月，年后你再过来。"张明清说："我也是这个想法，就怕枝子不同意，你跟她说。"

正说着，枝子回来给马腾喂奶水。见了父亲，枝子先是喜出望外，接着埋怨道："爸，你来时应该打个电话，让马金到车站接你，这样多危险呀。"李汉光笑说："放心，你爸没到脑筋昏迷的时候，能回家就能过来。"接着把来意说给枝子听了，劝枝子再请假。枝子想了想："爸，我上班才一星期，厂里已把我纳入社会养老保险人员之内，我应该按照厂规办事，估计厂里也不会同意我再请假，搞不好要我辞职，我不想丢掉这个职位，老有所养对我很重要，它是我的理想之一啊。这样吧，我和马金商量请个保姆，我看见别人也是请保姆带孩子。"张明清一脸愁容。李汉光说："请保姆要钱呀，你们又想积攒钱置办家业，难啊。这样吧，你临时请个保姆，年后我把你妈再送过来。"张明清对枝子说："你爸这样安排最好，最多一个月的时间。"枝子说到时候再看情况，接着去给马腾喂奶。随后枝子与马金商量，马金不请保姆，回去把他的爸妈接过来，他妈大脑有些迟钝，但他爸的脑筋还好，二人互补，照看马腾没有问题。这样安排，李汉光与张明清也能安心回刘庄了。不过在火车上，张明清还是觉得就这样走了，心里不太好受。李汉光说：“我也是如此。但没办法，我的根在刘庄，这里再好，我在这里就是睡不安逸，睡着了就梦见刘庄。你难道没有这种感受吗？”张明清说也有同感。李汉光说：“其实细致一想，马金的爸妈过来带孩子是天经地义的，我们带与他们带是一样的。”张明清问刘庄大雪封山了没有，李汉光说：“今年是个暖冬，还是入冬时下过雪，如果大雪封了山，我能过来接你回去吗？”

回到家里的第三天，李汉光与张明清来沙河集镇上置办年货。二人担心马金的爸妈不能带好马腾，就来春花家里打电话询问。走进春花家里，春花向他们询问枝子的情况，春花听后高兴地说：“枝子终于实现了自己的理想，她现在算是走出大山了，老了有退休金，我们同龄的姐妹们，现在哪个都比不上枝子了。沙河镇与那个地方比，只能是一只小小的蚂蚁。”李汉光说：“春花，不能这样说。你没听大家都在讲，沙河镇被纳入了风景区建设，有一条国道从沙河集镇边穿过，刘庄村后的山顶上要建通信塔，还有很多，我一时说不上来。”春花说：“汉光叔，我听说了，但不知什么时候才能真正实现。”李汉光说：“上面有了计划就快了。反正在我眼里，枝子那里好是好，可我在刘庄住了一辈子，觉得没有刘庄好。”春花微笑着拨通了电话。电话里，枝子告诉张明清，马金的爸妈能照看好马腾，于是张明清就放心了。

…………

第二年，马腾过周岁时，李汉光与张明清来看望马腾。枝子想到她在这个地方不会再回刘庄，春波以后也不会再回刘庄，就劝父母过来跟她一起生活，免得时时牵挂。李汉光说：“枝子，爸爸理解你的孝心，但爸真的离不开刘庄。春波告诉我，他以后就是转业也是在城市生活，要我以后跟他一起生活，我对他一口说死了，我哪儿也不去，死也要死在刘庄，我和你妈身体好能走动的时候，我们主动来看望你们，不耽误你们的工作，我和你妈身体走不动了，你们就抽点时间，回家看看我们就行了。”张明清也向枝子表明了同样的态度。马金劝枝子：“随爸妈的意愿，这是对爸妈最好的孝心。”李汉光说：“你们有所不知，现在沙河镇要通国道了，国家将沙河镇纳入风景区建设，刘庄村后的山顶上要建通信塔，有人说以后刘庄临近公路的房子，都会成为门面为旅游者服务。马金、枝子，你们记在心里，真到了那一天，你们就把我现在住的房子修缮一下，发挥它们的经济价值。”马金说这是好事。枝子生气地说：“春花也给我说起了这些事，即便到时候真的变成了现实，我也不会再回群山环绕的刘庄。”

几天后，李汉光与张明清回刘庄。马金工作太忙，枝子就将爸妈送到火车站。列车到来时，枝子在月台上向爸妈承诺，以后抽出时间常回去看望他们，要他们时刻保重身体。火车进站了，枝子把爸妈送上火车，放好他们的行李。火车开动了。枝子看见爸妈的头伸出车窗外，不停地向她挥手，她的眼泪刹那间迸出。火车在枝子的视野里消失了，可枝子仍然站在那里流泪。她明白，只要父母还健在，她每年都要回去那个让她滋生走出大山梦想的刘庄，还要面对那些她不想看见的巍峨的大山，因为生她养她的爸妈还在大山里，她身上流着一半爸爸的血，一半妈妈的血，还有那割舍不断的乡情……

后 记

一

终于写完了《出山》的最后一个字。我没有离开书桌，没有笑，也没有走动。我坐在椅子上一动不动，不由得抬起头，靠在椅背上，将耳机塞进双耳，一边听着歌曲，一边闭目养神，美妙的旋律让我想到了美丽的草原，深邃的天空，长长的流水，还有女孩脖子上围着的红丝巾等等。《出山》是我肩膀上撂着的一副担子，我刹那间把它卸掉了。其实年前它就完成了三分之二的篇幅，我最近只是把后面三分之一的篇幅写完了。它一共写了三十多万字，但最后定稿时，它只有二十多万字，修改过程中删除了十万字。《出山》是2018年冬天动笔的。这次时间充裕，终于写完了它。不仅写完了它，并将它从头到尾修改了一遍。修改时删除了十万字，考量了我的勇气和耐心。修改让小说的情节更集中了，人物更鲜活了，更有阅读快感了。去粗取精，化繁为简，将芜杂化为精炼，这是我修改的目的。但想一想，那删除的十万字，我要用多少时间写，我为构思它花去了多少精力啊。真的，删除时我不忍心，那一个字一个字，都是我在键盘上慢慢敲出来的，有时为一个字敲不出来折腾好一会儿。但为了《出山》以后更好地面世，或者说有一点生命力，我必须忍痛删除那些我认为没用的十万字。不过，它以后能不能面世，或者以何种形式面世，那是另一回事，至少它目前已在《编钟之声》副刊上连载了七万字，后期陆续将它连载完。修改到最后一个字时，我感到全身轻松，想，这本书本来就是这样的，而非修改前的样子。它看起来字少了，轻了，但它的分量却重了。其实删除这十万字，比我写十万字更难，其中的酸甜苦辣，只有我自己知道。自己删除自己所写的文字，我认为是一个态度问题，是敬畏文学的表现，既是对自己负责，也是对读者负责。精炼的文字能节约读者的阅读时间，这年月生活快节奏，大家都忙。

二

写作《出山》是辛苦的，作为长篇小说，它里面的各种人物将近二十个。当然它的主角是枝子，身材高挑苗条，笑容灿烂，皮肤白皙，周身散发着青春的气息，是一个漂亮妩媚的女孩，然而又是一个为追求走出大山理想，有时执拗得近乎倔强的女孩。她觉得在她身上有两座山，一座是客观存在的巍峨大山，另一座是世俗与偏颇的大山。她总在努力，但总有意想不到的阻力。她哭过，放弃过，但她的妥协，带给她的是更大的山。有人说我的作品中，多是女性的形象，我承认，这次写作《出山》也不例外。我的长篇小说《幸福村里的光棍》发行以后，销量令人满意，至少目前还没有听到批评的声音，或者是质疑的留言。这部小说，看题目是写光棍的，但小说里的人物，一个名叫珍的美女，此人只应天上有，我在珍的身上投入了浓墨抒写。我喜欢有故事的美女，愿意花费更多的笔墨。我写美女的时候，我是惬意的，一个字：爽。现实生活中，我也喜欢观察美女，脑海里贮藏着美女的形象。然而贮藏的美女形象不够丰富，给我的创作带来了局限性。那是十年前的事，在一个作家网上，我遇到了马来西亚的一位华人作家，她曾荣获过台湾小说大奖。记得有一次，我连续写了八篇文字不多的作品，主人公都是美女，至少在这个女作家看来是美女，而我写的时候，也是把她们当美女来写的，她看后，说这样不好，脸谱化，是小说创作的忌讳，我把她与我的交流文字记在心里，也至今保存在电脑里。是的，世上美女多，但每个美女都长着一样的五官吗？是一样的言谈举止吗？一颦一笑都相同吗？不可能，绝对不可能。在刻画枝子这个人物形象时，我尽量去掉脸谱化，让张三见了枝子，觉得此人像某某人，让李四见了枝子，觉得像另一个某某人。写作时，我在枝子身上去掉了多少脸谱化的东西，我不知道，但我努力了。创作中去掉脸谱化，是我在写作《出山》时想到的。

三

写作时，我总是集中精力。一位作家说：集中全力写作。我又记起了另一位作家说过，一切艺术与世间成功的秘诀——集中。是的，有人集中精力工作时，就忘记了周围的干扰，那是忘我的表现。我羡慕。然而我做不到。这次在家写作《出山》，就是一个有力的佐证。坐在电脑前，我的脑海里全是想好的场景，想好的在场景上活动的人物。场景是立体的，是经过了艺术处理后的场景，比现实中真实的场景要高。比如拍武打电影，那电影中的人真能飞翔吗？不能，但拍出来的时候他在飞翔，而读者也喜欢这样的视觉效果，如果不飞翔，反而觉得失去了精彩性，观众兴趣会有所减弱。这应该是源于生活，又高于生活吧。遗憾的是，写作时，只要遇到了干扰，我就不能集中精力了。我的抗干扰能力真的很差劲。我住在楼房的高层，书房的窗户又朝北，虽然窗户关着，但一刮北风，就能听到风的呼啸声。特别是下雪的天气，或者是下雪前的天气。下雨时及下雨以前的天气也是如此。只要听到窗外风的呼啸声，我就站到窗边看。风声撵跑了我脑海中的场景与人物。我静不下心来了。它们走了，想好的文字也走了。场景与人物是用文字描述的。描述得生动不生动，形象不形象，与贮藏的词汇丰富不丰富，有很大的关系。我是这样认为的。很好的一件事，有趣的一个人物，在别人写来生动有趣，可能在你的笔下却枯燥乏味。扯远了，我再回到窗前吧。我在窗外看到了灰黄的天空，看到灰黄天空下的国道，以及国道边在风中呻吟的树木。还有国道上零星奔跑的车辆。往左转个弯，车辆在我的视线里消失了。可此时的我不能静下心来了，无法马上投入写作。让自己从现实世界里，再回到自己构筑的艺术世界里，需要时间，是一个困难的过程，当然有人把它当作开心的过程。几个小时后，或者饭后，我接着中断的地方写时，就要把前面写的认真看看，再认真联想那个场景，那个人物，让它们鲜活起来，假如人物正是哭的时候，就让他哭得眼泪哗哗时再动笔。我努力了，不过就后来删除的十万字来说，估计有很多文字是受干扰后着急写出来的，有的地方有点断章取义，或者说衔接得不紧，松松垮垮的，它们的命运只能是被删除。全力写作对我很重要。

四

有一句话叫“欲速则不达”，这话于我非常有用。我已经不年轻了，脸上刻有岁月的沧桑，一挥而就与文思泉涌，那是年轻人的专利，与我是渐行渐远了。我不想拉住它，也没那个劲拉住它了。很多人有急功近利的思想，我从前也有过，但现在，我把它从我的灵魂深处摒弃了。回过头来，写作的路上走了二十多个春秋，路边的风景也看得差不多了，没有必要跑在别人的前面，去抢一朵鲜花或争个第一，累得气喘吁吁，或者腰酸背痛。有人见我写的东西多一点，认为我把工作放在第二位，主要精力放在写作上，把写作放在了第一位，其实错了，我从来以工作为重，当好一名记者，做好一名编辑。我的写作都是在业余时间，不上班了，没事了，心闲了，又没有打牌与喝酒的嗜好，于是就选择了写作。一处场景，一个人物，一句笑话，一首歌曲，一对情侣等等，都会激发你构思点什么，让你生发灵感。但问题是，你要好好地写，反复修改，不要急于求成，你的心要像秋天的潭水一样清澈，你要理解创作上的“欲速则不达”的真实含义。我认为对业余作者来说，重要的是脚踏实地地写，写一百篇报废的作品，不如写几篇能够发表的作品。心静自然凉，真诚地对待写作，要相信心态浮躁，会写出粗糙而无用的文字。

五

我为什么要写枝子呢？这个枝子有原型吗？我说有，它有好几个；我说没有，它一个也没有，是我虚构出来的一个人物。说它有好几个，是在我的脑海中，贮藏了一些与枝子类似的人物形象，我认识她们，也与她们之中的某人是朋友，了解她们心中的喜怒哀乐。写枝子的时候，很多鲜活的场景与人物浮现在我的眼前。写《出山》的时候，这些场景就呈现在我的眼前。《出山》中的主角枝子，是我将众多跟枝子类似的女孩糅合而成，熔铸了这个类型女孩的本质特征，发挥思维的能动性，是经过概括提炼、构成浑然一体的一个艺术典型。什么叫熔铸？比如一块钢，是经过了熔炉冶炼才成的，可能在这个女孩身上能看到枝子的眉毛，在那个女孩身上能看到枝子的头发，在另一个女孩身上能看到枝子苗条的身材等等。写《出山》时，我遇到了写不下去的时候，我知道问题出在哪里，是我的生活积累不够，这是创作的短板。塑造典型不是一鳞半爪的综合，此一事彼一事的拼凑，真人真事的剪裁缝合，它是深入生活，了解生活，分析生活，概括生活，精心表现生活的结果。我的想法虽好，但枝子这个典型人物塑造得成功与否，只有交给读者去评判了。写《出山》让我明白了，要创造典型环境中的典型人物，拼的是作者的生活积累，没有丰富的生活积累，写起来很困难。积累了丰富的生活，刻画人物时就游刃有余，不会捉襟见肘，不会胡编乱造了。我突然想起了契诃夫的一句话：要把别人写成别人，不要写成自己。

六

每次散步，遇到有人跳舞，我就站在那儿观察。我在想，那跳舞的女孩为什么要穿那种衣服呢？仔细一想，原来它是为跳舞专门设计的。女孩身上的裤子也有特色。舞蹈跳得好不好，这不能激起我的兴趣，因为我对舞蹈是外行。我欣赏女孩跳舞时的目光，为什么跟平时看人不一样呢？她的臀部为什么要左右摆动呢？她转身的时候为什么是那个情形呢？包括那女孩的笑，为什么会呈现那种表情呢？仔细一想，是女孩有意为之的。再想想京剧里的脸谱与人物动作，也是演员有意为之的。生活中，他们的一颦一笑，完全不是这个样子，如果是这个样子，就会招人讪笑。正因为如此，他们在生活中就不会被人们关注。而他们在舞台上跳舞的时候，唱戏的时候，人们就喜欢了，就关注了，看得津津有味。同样的一个人，二者的差别为什么如此之大呢？我细细一想，终于想明白了，是艺术处理起到了至关重要的作用，他们呈现的是舞蹈艺术与京剧艺术。其中重要的是两个字：艺术。原来艺术与现实生活千差万别。生活就是生活，艺术就是艺术。不作艺术处理，场景与细节，是一盘散沙，没有多大的意义。但经过艺术处理以后，它们之间有了互补性，于是产生了价值，成为一件完美艺术品组合中的一个部件，有了生命力。所以创作《出山》，遇到细节描写的时候，我就将细节描写与跳舞女孩的一颦一笑联系起来。那一颦一笑不是那个舞蹈作品中的细节描写吗？如果没有那一颦一笑，没有那摆动臀部的特殊动作，没有那身子转圈时短衣的飘起，没有那身体故意暴露的部分等等，那个舞蹈还有人津津乐道吗？移植到小说中，没有细节描写就不可能有艺术典型。情节可以虚构，细节必须真实。要想写好一个人物，细节描写是人物典型化的重要手段。写枝子的时候，我尽量去找那些有代表性的语言和动作，这些语言和动作就是细节，去描写枝子。但想法是美好的，找故事容易，找细节的这种“零件”就难了。虽然我积累了一些生活，但找“零件”的时候并不得心应手，而是颇费周折。什么是创作？高尔基说得太好了，就是把许许多多细小的东西，结合为形式完美的或大或小的整体。这许许多多细小的东西，就是让我搜肠刮肚的细节。只要这个细节能体现人物的性格，或者是人物的内心活动，就是一个好细节。写《出山》时让我明白了仅积累情节——有人把它称为故事——是远远不够的。积累情节太容易了，我认为每个人身上都有故事，也可以不违背生活真实地编造故事，但细节是不能捏造的，否则作品就失去了真实性，情节再精彩，细节失了真，这个作品就不是成功的作品。

当然，不能说细节找到了就完事了，远远不是，还要精雕细刻地描写，达到栩栩如生，形象生动。为什么有的小说让人看不下去，显得肤浅，原因是它只是写了表象，一个粗线条的故事，像人只有骨头架子，没有丰满的血管，如同舞蹈没有经过艺术处理，没有表演者的动人的一颦一笑，看了叫人觉得寡味。而描写是文学创作的重要手段之一，没有一支生花妙笔，你如何能写出精彩而生动的作品？写《出山》时，我遇到了描写力度的不足，经常发现自己用一般的描写，去代替具体与特殊的描写，就是说，不用过多笔墨描写的地方，却使用了重墨，真正要浓墨重彩描写的地方，反而轻描淡写，没有写到人物的骨髓里，削弱了人物的鲜活度、丰满度等。虽然定稿的时候，我在有的地方作了修改，但我依然觉得不尽如人意，没有收到自己理想的效果。所以写《出山》让我想到，在以后的写作中，我要加强描写训练，多读书，多积累词汇，在要紧的地方进行细致、具体的描写，尽量去满足读者的期待。我要站在读者的立场想一想，人家最感兴趣的地方，你却轻描淡写地搪塞过去，是对读者的不尊重，也是对文学创作的态度问题。

…………

徐宗义

2020 年 10 月 10 日

我的心灵能量加油站

想法

[西]索菲亚·吉尔 著
[西]梅尔塞·加利 绘
刘文君 译

GUANGXI NORMAL UNIVERSITY PRESS
广西师范大学出版社
·桂林·

XIANGFA

出版统筹：汤文辉　　责任编辑：宋婷婷　戚　浩
质量总监：李茂军　　美术编辑：刘冬敏
选题策划：郭晓晨　张立飞　　营销编辑：钟小文　宋婷婷
责任技编：郭　鹏　　版权联络：郭晓晨　张立飞

图书在版编目（CIP）数据

我的心灵能量加油站. 想法 /（西）索菲亚・吉尔著；（西）梅尔塞・加利绘；刘文君译. —桂林：广西师范大学出版社，2022.1
ISBN 978-7-5598-4478-1

Ⅰ. ①我… Ⅱ. ①索… ②梅… ③刘… Ⅲ. ①儿童故事－图画故事－西班牙－现代 Ⅳ. ①I551.85

中国版本图书馆 CIP 数据核字（2021）第 238268 号

广西师范大学出版社出版发行
（广西桂林市五里店路 9 号　邮政编码：541004
网址：http://www.bbtpress.com）
出版人：黄轩庄
全国新华书店经销
北京尚唐印刷包装有限公司印刷
（北京市顺义区牛栏山镇腾仁路 11 号　邮政编码：101399）
开本：787 mm × 920 mm　1/16
印张：2.5　　字数：80 千字
2022 年 1 月第 1 版　　2022 年 1 月第 1 次印刷
定价：24.00 元